KNAUR

Von Lena Johannson sind bereits folgende Titel erschienen:
Das Marzipanmädchen
Die Bernsteinheilerin
Die Bernsteinsammlerin
Die Braut des Pelzhändlers
Die unsichtbare Handschrift
Die Ärztin von Rügen
Haus der Schuld
Sanddornsommer

Über die Autorin:
Lena Johannson wurde 1967 in Reinbek bei Hamburg geboren. Nach der Schulzeit auf dem Gymnasium machte sie zunächst eine Ausbildung zur Buchhändlerin, bevor sie sich der Tourismusbranche zuwandte. Ihre beiden Leidenschaften Schreiben und Reisen konnte sie später in ihrem Beruf als Reisejournalistin miteinander verbinden.
Vor einiger Zeit erfüllte sich Lena Johannson einen Traum und zog an die Ostsee.

LENA JOHANNSON

Villa Sanddorn

EIN RÜGEN-ROMAN

KNAUR

Besuchen Sie uns im Internet:
www.knaur.de

FSC
www.fsc.org
MIX
Papier aus verantwortungsvollen Quellen
FSC® C083411

Vollständige Taschenbuchausgabe Juni 2018
Knaur Taschenbuch

Ein Imprint der Verlagsgruppe
Droemer Knaur GmbH & Co. KG, München

Redaktion: Dr. Gisela Menza
Covergestaltung: ZERO Werbeagentur, München
Coverabbildung: gettyimages/Bernd Bieder; FinePic/shutterstock
Satz: Adobe InDesign im Verlag
Druck und Bindung: CPI books GmbH, Leck
ISBN 978-3-426-52081-9

2 4 5 3 1

Für Tante Irmchen, meine Zweit-Mutti,
von der ich mir eine große Scheibe abschneiden kann

Und für M. T.
Danke für sehr inspirierende Musik

Entscheidungen

»Immer nur trifft man aufgrund einer geistigen Verfassung, die nicht von Dauer sein wird, die wichtigsten Entscheidungen.«

Marcel Proust

Schon wieder Spargel mit Kartoffeln und Schinken? Das wäre das vierte Mal in den letzten zwei Wochen. Oder lieber zur Abwechslung eine Pizza? Nein, bloß nicht. Wenn Franziska noch häufiger zu Fertigfutter griff, sähen Niklas und sie bald aus wie die gläsernen Ballons, in denen der Sanddornlikör reifte. Sie pustete sich eine Strähne aus der Stirn. Gedankenverloren tänzelte sie zwischen der Tiefkühltruhe und dem Gemüseregal hin und her.

»Entschuldigung«, stammelte sie und ließ eine Kundin passieren, die versucht hatte, links an ihr vorbeizuziehen, abrupt hatte bremsen müssen und dann den gerade frei gewordenen Weg rechts angepeilt hatte. Die Frau verdrehte die Augen und schob ihren Einkaufswagen eilig davon.

Pasta mit Gorgonzolasoße! Das war schnell gemacht und gehörte obendrein zu Niklas' Lieblingsgerichten. Allerdings auch ganz schön gehaltvoll und außerdem eine wahre Kohlenhydratorgie. Ein tiefer Seufzer stieg in Franziska auf. Für den Bruchteil einer Sekunde hatte sie einen gräulichen Käse mit Schimmelflecken vor Augen, der fetttriefend über einem Nudelberg schmolz. Jetzt stieg etwas ganz anderes in ihr auf – fiese würgende Übelkeit. Und zwar so schnell und unerwartet, dass sie erschrocken eine Hand vor den Mund presste und sich mit der anderen an einem Stapel Eierkartons festklammerte. Der nächste Schreck fuhr ihr in die Glieder, als das zu einer Pyramide aufgetürmte Gebilde ins Schwanken geriet.

»Ist Ihnen nicht gut?« Frau Olschewski sah sie prüfend an. In ihrem Blick lag eine interessante Mischung aus echter Besorgnis und einer Todesdrohung. Auch ihre Stimme verriet, dass ihr Mitgefühl in dem Moment endete, in dem Franziska sich auf die beige-grau gesprenkelten Fliesen übergeben oder die Eierberge umreißen würde. Beides würde mitten im Gang zwischen Äpfeln, Möhren, Salat und abgepackten Brotsorten zweifellos zu einer hässlichen Sauerei führen. Die gute Olschewski war diejenige, die die Bescherung beseitigen müsste. Kein Wunder, dass sie, gelinde ausgedrückt, ein wenig beunruhigt war. Das war Franziska selbst auch. Glücklicherweise war sie aber ein echter Profi, wenn es darum ging, anderen Leuten einen guten Rat zu erteilen.

»Wir machen das so«, murmelte sie zwischen den Fingern hervor, die sie noch immer an ihre Lippen presste, als könnten sie dort im Fall einer Katastrophe irgendetwas ausrichten, »Sie passen auf meine Sachen auf, und ich gehe kurz an die frische Luft. Bestimmt geht's gleich wieder.« Sie hoffte inständig, dass Frau Olschewski mit der klaren Anweisung etwas anfangen konnte und sie augenblicklich umsetzen würde, sonst könnte Franziska für nichts garantieren. Sie reichte der zögernden Supermarktmitarbeiterin den Plastikkorb und brachte gerade noch ein Lächeln zustande, ehe sie auch schon losrannte.

»Und Sie kommen sicher wieder, ja?«, rief Frau Olschewski hinter ihr her.

Franziska nickte, ohne auch nur eine Ahnung zu haben, ob die Mitarbeiterin es erkennen konnte, riss die Tür auf und hastete ins Freie. Sie musste sich an den grauen Metallstangen eines Fahrradständers festhalten, weil ihr schwindlig wurde. Tief einatmen, langsam durch die Nase ausatmen. Sie wiederholte die Prozedur mehrmals und spürte, wie es ihr von Mal zu Mal besser ging. Die Luft, die von allen Seiten gleichzeitig das salzige Meeresaroma der Ostsee über den kleinen Ort Altenkirchen an der Nordspitze Rügens zu wehen schien, tat ihr gut. Sie musste lächeln. War es wirklich schon anderthalb Jahre her, dass sie sich entschieden hatte, der Großstadt den Rücken zu kehren und ständig auf diesem verträumten Eiland zu leben? Na ja, verträumt war vielleicht das falsche Wort. Immerhin handelte es sich um die größte deutsche Insel. Trotzdem. Noch immer fand Franziska, dass die Uhren hier einfach anders tickten, dass sich das Leben immer ein wenig nach Urlaub anfühlte, gerade im Sommer. Obwohl ... von Urlaub konnte nun wirklich keine Rede sein. Apropos Uhr, sie warf einen Blick auf das Zifferblatt an ihrem Handgelenk. Höchste Zeit, dass sie nach Hause kam, sonst wäre ihr Klient noch vor ihr da. Ein letztes Mal atmete sie tief durch, dann ging sie zurück in den Laden, kaufte Spargel, Kartoffeln, Schinken, Pizza und Gorgonzola und beschloss, Niklas die Entscheidung zu überlassen, was am Abend auf den Tisch käme.

»Sehen Sie, Herr Meyer, es ist essenziell, sich für einen Weg zu entscheiden und diesen dann auch zu gehen.« Franziska faltete die Hände und sah ihrem Klienten fest in die Augen. »Das gilt für Ihre Frau genauso wie für Sie.«

»Tja, das sagen Sie. Aber meine Frau hat offenbar gemerkt, dass ich in ihrem Betrieb eben doch eine nicht so ganz unwichtige Position innehatte. Ich bedaure, dass sie mich erst vor die Tür setzen musste, um das zu kapieren, doch ich freue mich, dass sie es überhaupt eingesehen hat.«

»Wissen Sie, lieber Herr Meyer«, Franziska seufzte, »das Problem ist doch, dass Ihre Frau erst mit ziemlicher Verzögerung kapiert hat, was sie an Ihnen hatte, um es mal vorsichtig auszudrücken. Wenn ich Sie richtig verstanden habe, hat sie inzwischen drei Buchhalter verschlissen. Verzeihung, eingestellt und wieder entlassen.«

»Das ist richtig.« Da war ein gewisser Stolz in seinen Augen. »Es ist nicht so einfach mit ihr. Ich bin ihr Ehemann, ich weiß sie zu nehmen.«

»Hatten Sie mir nicht erzählt, dass Sie Ihre Arbeit in der Künstleragentur sehr mögen, dass sie Ihnen noch mehr Freude macht als Ihr alter Job bei Ihrer Frau? Apropos«, sprach sie weiter, ehe er antworten konnte, »was für eine Firma hat Ihre Frau noch genau?«

»Sie hat im pädagogischen Bereich zu tun. Im weitesten Sinne.«

»Aha.« Dieser Herr Meyer machte geradezu ein Staatsgeheimnis aus der Branche seiner Frau. Franziska hatte schon mehrfach versucht, ihm auf den Zahn zu fühlen, doch in diesem Punkt blieb er vage.

»Sie haben schon recht«, kam Meyer auf ihre Frage zurück, »die Tätigkeit in der Agentur füllt mich ganz und gar aus.« Er lächelte selig.

»Sie sind zu mir gekommen, um Ihre berufliche Orientierung auszuloten. Sie sagen deutlich, dass Ihre derzeitige Position Sie glücklich macht. Die Antwort liegt auf der Hand, oder nicht?«

Franziska lächelte freundlich. Vor bald zwei Jahren war sie nach Rügen gegangen, um von ihrer Coaching-Tätigkeit Abstand zu gewinnen, um sich selbst neu zu orientieren. Zum Unverständnis einiger ihrer Freunde. Sie war im Karrierehimmel ihrer Branche angekommen gewesen. Alle bedeutenden Managermagazine hatten über sie, ihre Methode und vor allem über ihre hohe Erfolgsrate berichtet. Sie hatte Spitzenhonorare fordern und sich vor Klienten nicht retten können. Und ausgerechnet sie war unzufrieden? Das war für die wenigsten nachvollziehbar gewesen. Doch sie wollte mehr. Sie hatte es sattgehabt, Menschen von ihren Luxusproblemen zu befreien und ihnen zu helfen, noch ein wenig mehr Geld zu verdienen, noch eine Sprosse in der Hierarchie aufwärtszuklettern. Sie wollte etwas Sinnvolles tun. Es war goldrichtig gewesen, sich eine Auszeit zu gönnen. Auf Rügen hatte sie ihre Bestimmung gefunden. Und noch viel mehr …

»Lieber Herr Meyer, unsere Zeit für heute ist um.« Sie warf einen schnellen, aber unübersehbaren Blick auf ihre Armbanduhr. »Sie sagen, dass Ihre Frau Sie als Mitarbeiter nie richtig zu schätzen wusste. Und Sie sagen, dass das in dieser Agentur völlig anders ist, dass man Sie dort beinahe jeden Tag spüren lässt, wie wertvoll Ihre Arbeit ist, wie froh man darüber ist, dass Sie da sind. Sie müssen an sich denken, Herr Meyer. Sie können Ihre Frau als Ehemann unterstützen, aber Sie dürfen Ihre eigenen Bedürfnisse dabei nicht aufgeben.«

»Na ja, aber wenn …«

Franziska unterbrach ihn. »Das besprechen wir morgen. Gehen Sie runter nach Vitt, essen Sie bei Heinrich frischen Fisch, lassen Sie sich die gute Ostseeluft um die Nase wehen. Morgen, wenn Sie eine Nacht geschlafen haben, sehen wir weiter«, schloss sie in einem Ton, der keinen weiteren Widerspruch duldete.

Herr Meyer sprang eilig auf, was der weiße Korbstuhl mit überraschtem Knarzen quittierte. Beinahe unterwürfig verabschiedete er sich und beteuerte, dass er genau das tun werde. Fisch bei Heinrich sei immer eine gute Idee, dort sei er am besten. Und dann Wind um die Nase. So werde er es machen. Franziska folgte ihm durch die Tür ihrer Praxis. Während er in den Gebäudeteil der Villa Sanddorn verschwand, in dem die Gästezimmer und der Frühstücksraum untergebracht waren, trat sie ins Freie.

Herr Meyer war einer ihrer ersten Klienten, die *Auszeit mit Einsicht – Coaching im Urlaub* gebucht hatten. Schon lange wollte Franziska sich intensiv um die Vermarktung kümmern, doch ihr fehlte schlicht die Zeit dazu. Streng genommen hatte sie den Aufwand unterschätzt, den die Sanierung des alten Hauses bedeutet hatte und noch immer bedeutete. Dabei hätte sie es ahnen können. Welcher andere Grund hätte dafür sorgen sollen, dass Niklas nicht längst die Büroräume von Rügorange in den Bau im Stil der Bäderarchitektur verlegt hatte, der am Rand seiner Sanddornplantage mehr und mehr verfiel? Das Firmengebäude war zu klein geworden, es wäre schon lange ideal gewesen, einige Büros von der Produktion und den Lager- und Kühlräumen zu trennen. Obendrein hätte sich Niklas in der zweistöckigen großzügigen Villa eine tolle Wohnung ausbauen können. Hätte. Hatte er aber nicht. Sowohl die Kosten als auch die riesige Aufgabe hatten ihn davon abgehalten. Er hatte schon genug damit zu tun, die Sträucher zu pflegen, Schädlinge ohne den Einsatz von Chemie fernzuhalten, neue Märkte zu erschließen und ständig neue Produkte zu entwickeln. Die Konkurrenz schlief auch in diesem Segment nicht. Wenn er nicht ab und zu neue Marmeladenkreationen oder Liköre anbieten konnte, wanderten die Kunden ab. Das Geschäft war hart. Umso glücklicher war Franziska, dass es ihr gelungen war, einen Messestand und Werbematerialien für ihn zu gestalten, die ausgesprochen gut ankamen und Niklas' Firma schon eine Menge Aufmerksamkeit gebracht hatten. Außerdem freute sie sich, dass dank ihrer Investition Gästezimmer in der Villa entstanden waren. Die Ferienvermietung war ein willkommener Nebenverdienst. Man musste immer damit rechnen, dass eine Ernte mal nicht so üppig ausfiel oder dass womöglich Unwetter oder fiese kleine Insekten für einen Totalausfall sorgten. So war das eben, wenn man mit der Natur arbeitete. Dann konnten Feriengäste, die es auf Rügen zu jeder Jahreszeit gab, vielleicht die Rettung vor der Pleite sein. Bei all den Dingen, um die sie sich hatte kümmern, die sie hatte organisieren müssen, war die Werbung für ihr neues Coaching-Konzept einfach auf der Strecke geblieben. Das musste sich ändern.

Franziska wollte gerade wieder hineingehen, als sie Niklas entdeckte. Sie lächelte versonnen. Wenn sie diese Geschichte in einem Roman gelesen oder in einem Film gesehen hätte, wäre sie aus dem Kopfschütteln nicht mehr herausgekommen. Wer glaubte denn bitte, dass so etwas in Wirklichkeit passierte?

Franziska war vor rund zwei Jahren auf die Insel gekommen, um ihren Coaching-Klienten den Rücken zu kehren und auf einer Sanddornplantage völlig neue Erfahrungen zu sammeln. Ganz nebenbei hatte sie die Weichen für ihr weiteres Leben stellen wollen. Immerhin war sie am Ende ihrer Auszeit dreißig geworden. Das war doch wohl ein Einschnitt! Für sie jedenfalls war es der Anlass gewesen, den bisherigen Stand zu überdenken und möglicherweise etwas ganz Neues zu beginnen. Mit solchen Gedanken im Kopf war sie als Praktikantin bei Rügorange aufgetaucht und Chef Niklas gleich am ersten Tag fast in die Arme gestolpert. Diesen Augenblick würde sie nie vergessen. Sie hatte das Gefühl gehabt, ein Schlag hätte ihr Sprachzentrum getroffen. Sie war nur noch in der Lage gewesen, zusammenhangloses Zeug zu stammeln. Bis heute behauptete Niklas steif und fest, sie habe sich auf den ersten Blick in ihn verliebt. Von wegen! Ja, sie hatte sich von der ersten Sekunde an zu ihm hingezogen gefühlt, aber vor allem, weil er ihr auf eine seltsame Art bekannt vorgekommen war. In der Nacht nach dieser Begegnung hatte sie von Jürgen geträumt. Und dann war alles wieder da gewesen: Als kleines Mädchen war sie immer zutiefst davon überzeugt gewesen, einen Bruder zu haben. Der sei irgendwo zu Besuch und müsse ganz sicher sehr bald nach Hause kommen, hatte sie sich eingeredet. Ihre Eltern hatten Mühe, ihr etwas anderes einzubläuen. Es gebe keinen Bruder, hieß es beharrlich. Schließlich hatte ihr Vater sie zur Seite genommen und ihr erklärt, dass es ihre Mama traurig mache, wenn sie immer wieder von einem Bruder anfange. Ihre Mama wünsche sich nämlich sehr ein zweites Kind, verriet er ihr, doch sie bekomme keins. Franziska hatte damals nicht verstanden, warum ihre Eltern nicht einfach ein Geschwisterchen machten, wenn sie eins haben wollten. Sie wusste nämlich schon, dass nicht etwa irgendein komischer Vogel die Babys brachte, sondern dass die Erwachsenen sich selbst darum kümmern mussten. Was sie jedoch sehr gut verstand, war, dass ihre Mutter traurig war, wenn sie von ihrem Bruder sprach. Also tat sie es nicht mehr, auch wenn sie überzeugt davon war, dass es ihn gab. Im Lauf der Jahre hatte sie nicht mehr an ihn gedacht. Selbst seinen Namen hatte sie irgendwann vergessen. Bis sie auf Rügen diesen Traum gehabt hatte – von Jürgen, ihrem Bruder. Kurioserweise hatte der Junge in ihrem Traum ausgesehen wie Niklas, Chef der Sanddornplantage, den sie tags zuvor beinahe über den Haufen gerannt hatte.

Franziska blickte zu der Reihe Sträucher herüber, an der Niklas gerade entlangging. Er wirkte hoch konzentriert wie immer, wenn er mit seinen geliebten Pflanzen zu tun hatte. Jetzt griff er nach einem Zweig und betrachtete ihn eingehend. Vermutlich suchte er nach Anzeichen für Schädlinge oder Erkrankungen. Sie schnappte sich den Schlüssel, ließ die Haustür ins Schloss fallen und lief die Treppe der neu gebauten Veranda hinunter, der noch das Geländer fehlte. Es duftete nach Frühsommer. Auf dem Festland gab es schon die ersten sehr heißen Tage, doch hier auf der Insel wehte meist ein frischer Wind, der selbst im Hochsommer für erträgliche Temperaturen sorgte. Während sie über den von Wildkräutern und Gräsern bewachsenen Weg auf Niklas zuging, schweiften ihre Gedanken wieder zurück zu ihren ersten äußerst turbulenten Wochen auf Rügen.

Sie hatte ihrem Vater damals am Telefon von ihrem sonderbaren Traum erzählt. Und da war geschehen, was sie nie für möglich gehalten hätte: Er hatte ihr gestanden, dass sie sich ihren Bruder nicht eingebildet hatte, sondern dass er wirklich existierte. Aus Fleisch und Blut. Jedenfalls war ihr Vater über die ersten ungefähr vierzehn Lebensjahre auf dem Laufenden gewesen und wusste, dass es ihm bis dahin gut gegangen war. Wäre ihm inzwischen etwas zugestoßen, hätte er das bestimmt auch erfahren, meinte er. So war es also mehr als wahrscheinlich, dass es ihren Bruder noch immer gab. Wenn sie an diese Offenbarung zurückdachte, bekam sie noch heute eine Gänsehaut. Die Erkenntnis, dass sie nicht allein war, dass da jemand, aus demselben Erbmaterial wie sie gemacht, auf der Welt herumlief, löste in ihr ebenso große Freude wie Verunsicherung aus, zumal sie den bösen Verdacht hatte, dass es sich um Niklas handeln könnte. Warum sonst sollte ihre erste Begegnung diese frühkindlichen Erinnerungen derartig aufgefrischt haben? Auch die Tatsache, dass ihr Vater sie unbedingt von der Idee hatte abbringen wollen, ausgerechnet auf Rügen eine längere Zeit zu verbringen, hatte plötzlich einen Sinn gehabt. Da sie auf dem besten Weg gewesen war, sich in Niklas zu verlieben, hatte ihr die Vorstellung, mit ihm verwandt zu sein, nicht gerade behagt, um es vorsichtig auszudrücken. Sie hatte zwar erfahren, dass es sich nicht um dasselbe Erbmaterial handelte – sie und ihr Bruder hatten zwar denselben Vater, aber unterschiedliche Mütter, waren also nur Halbgeschwister –, doch das war ein schwacher Trost. Man hatte schließlich keine Affäre mit seinem Bruder, auch wenn es nur ein halber war. Eine seelische Achterbahnfahrt war nichts gegen das Gefühlschaos, das sie hatte durchmachen müssen, ehe sie die ganze Wahrheit kannte: Jürgen war der Sohn ihres Vaters mit dessen erster Frau Marianne. Die hatte sich von ihm getrennt und Jürgen zunächst bei ihm gelassen. Als sie später einen neuen Partner gefunden und sich bereit für die Mutterrolle gefühlt hatte, war sie aufgetaucht und hatte Jürgen zu sich geholt. Da war ihr Vater bereits mit seiner zweiten Frau Susanne verheiratet gewesen und hatte mit ihr eine Tochter – Franziska. Die beiden hatten versucht, Jürgen zurückzuholen, ohne Erfolg. Irgendwann hatten sie aufgegeben, denn sie wollten dem Jungen das Hin und Her nicht zumuten. Sie dachten, es sei besser für ihn, zur Ruhe zu kommen, bei seiner leiblichen Mutter eine feste Basis zu haben. Außerdem war da ja noch Niklas, Mariannes zweiter Sohn. Sie nahmen an, dass ihm ein kleiner Bruder guttun würde. So jedenfalls hatte ihr Vater es ihr erklärt. Er hatte ja keine Ahnung gehabt. Die beiden Jungs waren nicht gerade wie Hund und Katze gewesen, doch von Geschwisterliebe konnte eindeutig keine Rede sein. Sie taten einander nicht gut, sie taten sich eher weh. Franziska seufzte. Durch ihr Auftauchen auf Rügen, dadurch, dass einige Geschehnisse der Vergangenheit endlich einmal offen angesprochen worden waren, war das Verhältnis der beiden Männer ein bisschen besser geworden. Leider beäugten sie sich aber noch immer misstrauisch. Sie waren wohl einfach zu verschieden.

»Hey, ich habe dich gar nicht kommen sehen.« Niklas trat einen Schritt auf sie zu.

»Siehst du überhaupt irgendetwas, wenn du bei deinem Sanddorn bist?« Sie lächelte ihn an.

»Klar! Blattläuse oder auch Rhagoletis batava …«

»Schon klar.« Sie schnaufte theatralisch. »Ich werde mir einen Rüssel umschnallen und im Fruchtfliegenkostüm um die Ecke schwirren müssen, damit du Notiz von mir nimmst.«

Niklas grinste breit und strich sich eine blonde Strähne aus der Stirn, die der Wind ihm ins Gesicht gepustet hatte. »Super Plan!« Mit einem Mal wirkte er nachdenklich.

»Du machst gerade nicht den Eindruck, als ob du begeistert wärst.«

»Ich überlege, woher ich Gelbtafeln kriege, die groß genug sind, damit daran ein Fruchtfliegenbrummer von deinem Format haften bleibt.«

»Ich glaube es doch nicht«, ereiferte sie sich entrüstet. »Eigentlich wollte ich dich gerade fragen, was du heute Abend gerne essen würdest. Ich fürchte, das hat sich erledigt.« Niklas sah sie fragend an. »Wenn ich schon so ein fetter Brummer bin, lasse ich das Abendessen lieber ausfallen. Tja, du wirst dir wohl selbst etwas machen müssen.«

»Das Wort fett ist nicht über meine Lippen gekommen.« Er streckte die Hand nach ihr aus und zog sie an sich. »Wäre es auch nie, nicht im Zusammenhang mit dir. Du bist nun wirklich nicht fett.«

Da standen sie und sahen sich tief in die Augen. Ein paar Möwen kreischten, und aus der Ferne wehte ein Hauch von salziger Meeresluft zu ihnen herüber. Franziska konnte sich nicht vorstellen, jemals noch glücklicher zu sein. Dieser Gedanke machte ihr fast ein wenig Angst. Schnell schmiegte sie sich an ihn und gab ihm einen Kuss. Sofort ging Niklas darauf ein, spielte mit ihren Lippen, ließ seine Hände über ihren Rücken gleiten und über ihre Hüften. Dann kniff er spielerisch in das Fleisch über dem Bund ihrer Leinenhose.

»Nein, fett kann man das nicht nennen«, raunte er. »Du hast ein bisschen zugelegt, aber das steht dir.«

»Bitte?« Mit einem Schritt löste sie sich von ihm. »Ich habe zugelegt?«

Seine blauen Augen blitzten. »Nur ein klitzekleines bisschen.«

Sie wusste, dass er sie auf den Arm nahm. Nach ihrem Unfall an der Steilküste, als abrutschende Kreide- und Schlammmassen sie beinahe unter sich begraben hätten, hatte sie wirklich zwei Kilo an Bauch, Oberschenkeln und Po entdeckt, die dort für ihren Geschmack nicht hingehörten. Sie hatte sich schließlich kaum bewegen können, musste ihre Krücken benutzen, um überhaupt zu Fuß von A nach B zu gelangen. Dummerweise hatte sich ihr Appetit in dieser Zeit nicht verringert, im Gegenteil. Niklas wusste ganz genau, dass es nicht ihre Schuld gewesen und sie beide Kilos längst wieder los war. Und er wusste, dass sie die Einzige war, die ein Problem mit der Gewichtszunahme gehabt hatte. Die einzige Veränderung, die er wahrgenommen hatte, war, wie er ihr einmal erklärt hatte, ihr Gesicht, das nicht mehr ganz so schmal gewesen war wie üblich.

»Damit hast du dein Abendessen endgültig verspielt.« Sie hoffte, ihre Miene verriet nicht, dass sie wirklich ein wenig beleidigt war.

»Ich hatte sowieso nicht damit gerechnet, dass wir zusammen essen. Hast du heute nicht deine Rentner-Beratungsstunde?«

Franziska runzelte die Stirn. »Ich berate nicht nur Rentner, sondern auch …«

»Weiß ich doch.« Er schüttelte den Kopf. »Du bist aber auch leicht auf die Palme zu bringen.«

»Du weißt, wie wichtig mir dieses Projekt ist. Und es ist nun mal eine ernste Sache. Darüber vertrage ich keine Scherze.«

Er ging nicht darauf ein, doch das freche Grinsen verschwand endgültig aus seinem Gesicht. »Wenn es dir so wichtig ist, solltest du dich beeilen. Die Wittower Straße ist um diese Zeit ein Nadelöhr, oder wolltest du die Fähre nehmen?«

»Meine *Sprechstunde Älterwerden* findet an jedem ersten Donnerstag im Monat statt. Heute ist …« Sie dachte nach. Verdammt, war heute schon der erste Juni? Niklas zog mitleidig die Nase kraus. »Mist!«, schimpfte sie. »Du hast ja recht. Heute ist der erste Donnerstag im Monat.« Sie sah auf die Uhr. Die ganze Woche hatte sie daran gedacht, dass sie Herrn Meyer heute unbedingt überpünktlich aus der Praxis komplimentieren musste, und dann hatte sie es doch vergessen. »Ich versuche, gegen halb sieben wieder zu Hause zu sein. Ist Pizza okay? Morgen koche ich dann vernünftig. Versprochen!« Ohne eine Antwort abzuwarten, gab sie ihm einen Kuss, drehte sich um und lief über das Feld davon.

Franziska entschied sich für die Route von Putgarten über Juliusruh und weiter über die Landesstraße nach Glowe. Sie mochte diesen schmalen Strich zwischen Ostsee und der nordöstlichen Spitze des Großen Jasmunder Boddens. In Bergen, das Ziel ihrer Fahrt, spürte man nichts davon, auf einer Insel zu leben. Hier auf diesem bewaldeten Streifen war das Wasser an zwei Seiten ganz nah. Obwohl sie sich auch schon manches Mal geärgert hatte, wenn ein Urlauber sein Auto mitten auf der Fahrbahn stehen ließ, um nur ganz schnell ein Foto zu machen, wurde sie doch nicht müde, die Landschaft zu betrachten und sich darüber zu freuen, hier ihr neues Zuhause gefunden zu haben. Während sie von Glowe dem Straßenverlauf nach Sagard folgte, dachte sie an ihre erste *Sprechstunde Älterwerden*. Ein wenig verdankte sie dieses Projekt Marianne, der Mutter von Halbbruder Jürgen und natürlich von Niklas.

Marianne war speziell, und das war eine freundliche Umschreibung. Sie hatte Jürgen in die Welt gesetzt, sich dann aber nicht in der Lage gefühlt, ihm die nächsten mindestens achtzehn Jahre eine Mutter zu sein. Also war sie gegangen und hatte ihren Sohn bei dessen Vater Max gelassen. Als sie sich einige Jahre später die Mutterrolle doch zutraute oder die Sehnsucht doch zu groß gewesen war, holte sie sich Jürgen zurück. Sie hatte sich nicht für zehn Cent darum geschert, ob das gut für den Jungen war oder nur für ihr Ego. So jedenfalls hatte Franziska die Geschichte empfunden, als sie damals davon erfahren hatte.

Sie hatte Lietzow hinter sich gelassen und war nun auf direktem Weg nach Bergen. Natürlich kannte sie auch den anderen Aspekt, wusste von den unzähligen Enttäuschungen in Mariannes Leben. Wie so viele war Marianne nicht mit dem Eingesperrtsein in der damaligen DDR zurechtgekommen. Sie hatte einen Urlaub auf Hiddensee für eine spektakuläre Flucht genutzt und war über die Ostsee bis nach Dänemark geschwommen. Obwohl sie die Einzige war, der das jemals gelungen war, hatte sie nie eine Medaille bekommen, und es wurde auch in keinem Buch oder Museum darüber berichtet. Marianne war für ihre Freiheit beinahe gestorben, doch kaum jemand hatte Notiz davon genommen. Im sogenannten Goldenen Westen hatte sie nie wirklich ihren Platz gefunden. Vielleicht hatte sie zu viel erwartet, vielleicht hatte die Freiheit sie auch überfordert. Wahrscheinlich hatte sie Panik bekommen, dass ein Kind sie erneut in enge Grenzen verbannen würde. Ihre Ehe mit Max war gescheitert, ebenfalls die mit ihrem zweiten Mann. Die Wende hatte unmittelbar bevorgestanden, doch noch gab es die DDR, als Marianne mit ihren beiden Jungs in ihre Heimat ging, nach Rügen. Statt der Wiedersehensfreude über die Rückkehr der verlorenen Tochter begegneten ihr Ablehnung und Misstrauen, womöglich sogar Hass. Kein Wunder, wenn jemand sich nach solchen Erfahrungen einen Panzer zulegte und verbittert war. Marianne hatte sich einen Panzer zugelegt, und zwar im doppelten Sinn. Sie war körperlich völlig aus der Form geraten. Gleichzeitig steckte ihre Seele in einer Rüstung, die kaum Gefühle herausließ und leider ebenso verhinderte, dass sie Freundlichkeiten oder gar die Liebe ihrer Söhne annehmen konnte.

Franziska dachte daran zurück, wie sie und Marianne in deren düsterem Wohnzimmer gesessen hatten. Franziska hatte versucht, ihr ihren Job zu erklären – Coaching. Sie hatte das erzählt, was sie auch immer sagte, wenn sie sich bei Seminaren oder Kongressen Kollegen vorstellen musste, dass sie sich auf berufliche Themen spezialisiert habe, auf Karriereplanung, Neuorientierung und Umstrukturierung.

Und dann hatte Marianne diese Frage gestellt: »Warum bist du nicht für kleine Leute da, die an einem Scheideweg stehen und Hilfe brauchen?«

Franziska lächelte versonnen, passierte die bunt bemalte Fassade des Begegnungszentrums in Bergen, die fröhliche Menschen jeden Geschlechts, Alters und jeder Couleur zeigte, und fuhr auf den Parkplatz. Obwohl sie Marianne damals überhaupt nicht gemocht hatte, hatte diese Frau ihr punktgenau aus der Seele gesprochen. Entscheidungen im Privatleben seien oft von viel größerer Bedeutung, hatte sie gemeint, als solche im Beruf. Das sei ein Bereich, in dem jeder Mensch mal ein Coaching brauche. Franziska war nach Rügen gekommen, weil sie die Luxusprobleme ihrer Klienten nicht mehr befriedigten, weil sie ihrem Leben Sinn geben wollte. Da war genau der Ansatz gewesen, nach dem sie gesucht hatte. Als dann noch die Sache mit Heinrich III. passiert war, der von heute auf morgen in ein Pflegeheim hatte gesteckt werden müssen, war ihre *Sprechstunde Älterwerden* geboren. Und die Nachfrage war enorm. Frauen und Männer zwischen Mitte vierzig und Mitte fünfzig mussten Lösungen für ihre Eltern finden, die im Grunde nicht mehr alleine leben konnten, sich jedoch standhaft weigerten, in ein Heim zu gehen. Teilnehmer in deutlich höherem Alter wollten Alternativen kennenlernen, erkundigten sich nach Mehrgenerationenprojekten oder hofften, in der Sprechstunde geeignete Kandidaten für eine Wohngemeinschaft zu finden. Wieder andere waren damit konfrontiert, dass ihr Ehepartner in eine Pflegeeinrichtung gebracht werden musste, dort aber unter keinen Umständen allein leben wollte. Musste man einen Teil seiner Eigenständigkeit aufgeben und mit in ein solches Seniorenheim ziehen, obwohl man in der eigenen Wohnung noch bestens zurechtkam? Hatte man das mit dem Ehegelübde im Grunde schon versprochen? In guten wie in schlechten Zeiten. Oder durfte man doch an sich denken und einen Kompromiss finden? Nur wie könnte der aussehen, gab es überhaupt einen? Dabei zu helfen, auf derartige Fragen Antworten zu finden, kostete eine Menge Kraft, erfüllte Franziska aber auch mit großer Befriedigung. Obendrein fühlte es sich gut an, diese Arbeit ehrenamtlich zu leisten. Sie hatte jahrelang extrem gut verdient und konnte es sich erlauben.

»Ik heff mol över dat sinnert, wat se seggt heff.« Klaas Christensen, ein ehemaliger Kapitän zur See, sah Franziska mit seinen hellblauen wachen Augen an. »Dat is' allens nix für mi. Betreutes Wohnen un so.« Er betonte die beiden hochdeutschen Wörter mit einer gewissen Abscheu.

Klaas war vor zwei Monaten das erste Mal bei Franziskas Sprechstunde aufgetaucht. Er hatte sich kurz und zackig vorgestellt. Als er den Tod seiner Frau vor anderthalb Jahren erwähnte, räusperte er sich einmal, um den Belag von der Stimme zu entfernen. Das war alles, weitere emotionale Bekundungen erlaubte er sich nicht. Dennoch war jedem in dem knallgelb gestrichenen Raum, den Franziska für ihre Gruppe nutzen durfte, klar gewesen, dass sein Leben durch den Verlust aus den Fugen geraten wäre, wenn er nicht über eine eiserne Disziplin verfügen würde, die ihn jeden Tag weitermachen ließ, ohne auch nur ein einziges Mal zu jammern. Klaas war der Einzige, der Franziska hartnäckig siezte, obwohl sie zu Beginn jeder Sprechstunde erklärte, dass gerade heikle Themen leichter über die Lippen kamen, wenn man einander duzte. »Ik kenn Se nich', ik segg Se to Se«, hatte er mit seiner tiefen Stimme verkündet.

Daran hatte sich auch heute, bei seinem dritten Besuch, nichts geändert. »Ik heff överleggt, dat ik so 'ne WG will. 'n poor Minschen, Männlein un Weiblein, 'n groot Huus, twee oder dree Plegers. Fardig.«

Die anderen starrten ihn an. Thekla zog kurz die Augenbrauen hoch, dann lächelte sie breit. Franziska freute sich immer, wenn Thekla mit von der Partie war. Sie war ein Prachtweib von achtzig Jahren und stand gut im Futter, wie sie selbst gern sagte. Mit ihrer weiten Hose in leuchtendem Orange, die selbst dem Sanddorn lässig Konkurrenz hätte machen können, ihren riesigen Ohrringen in Form einer strahlenden Sonne, die jeweils ein Ohrläppchen komplett bedeckte, und dem weißen Leinenhemd, das sie über einem weißen Shirt trug, war sie eine unübersehbare Erscheinung. Franziska hatte die alte Dame bei ihrem ersten Aufenthalt auf Rügen kennengelernt. Thekla hatte damals Urlaub gemacht und von ihrer Tochter Rosa erzählt, die eine Schauspielkarriere abgebrochen hatte, ehe diese überhaupt hatte beginnen können, und die sich ein Kind angeschafft hatte, um dann festzustellen, dass sie damit zum einen überfordert war und zum anderen kaum mehr eine Arbeitsstelle finden konnte, mit der sie sich und ihr Kind hätte ernähren können. Franziska hatte aufgehorcht, als Thekla ihr Rosas neues Betätigungsfeld genannt hatte – die Altenpflege. Na, die kam wie gerufen. Fischer Heinrich, der einen kleinen Kiosk mit Räucherei am Strand von Vitt betrieb, konnte sich nämlich nicht ausreichend um seinen Vater, Heinrich III., kümmern. Ins Heim geben aber wollte er ihn nicht.

»Dann is' Vadder in 'n paar Tagen doot«, hatte er traurig gesagt und vermutlich recht damit gehabt. Heinrich hatte noch mehr interessante Dinge gesagt, zum Beispiel, dass ein Teil seines wunderschönen Elternhauses mehr oder weniger nur noch Abstellraum war. So kam es, dass Rosa mit ihrer Tochter Ronja bei den beiden Heinrichs eingezogen war. Und deshalb war Thekla nun regelmäßiger Gast auf der Insel, um ihre Tochter und Enkelin zu besuchen. Und nicht nur die. Franziska wäre jede Wette eingegangen, dass es da irgendetwas zwischen Thekla und Heinrich gab. Nicht gerade eine heiße Affäre, das wäre irgendwie unpassend. Obwohl … Hörte Sex auf, nur weil man ein bestimmtes Alter überschritten hatte? Franziska konnte sich nicht vorstellen, dass ihre Lust auf Niklas jemals verschwinden würde. Aber vermutlich würden sie sich mit achtzig nicht mehr so sportlich lieben wie jetzt. In ihrer Vorstellung ging es zwischen einem betagten Paar doch deutlich verhaltener zu. Zärtlichkeit spielte bestimmt eine größere Rolle als rasende Leidenschaft. Doch das war nur ihre Fantasie. Was wusste sie schon von der Liebe im Alter? Das Thema gehörte nicht gerade zu den Favoriten, die in der Öffentlichkeit am liebsten diskutiert wurden. Sie schmunzelte. Heinrich war mehr als fünfundzwanzig Jahre jünger als Thekla. Und Thekla hatte durchaus Feuer, das erkannte man schnell, wenn man mit ihr zu tun hatte. Warum sollten die beiden also nicht leidenschaftlich …?

»Na, so einfach ist das aber nicht«, wandte Andrea Schuster ein und riss Franziska damit aus ihren Gedanken. Frau Schuster arbeitete in der Senioreneinrichtung, in die Heinrich III. vorübergehend gesteckt worden war, als sein Sohn, der Fischer Heinrich, einen leichten Herzinfarkt erlitten hatte. Franziska hatte sie als Fachfrau mit ins Boot geholt, als sie ihre *Sprechstunde Älterwerden* gegründet hatte.

»Un worüm woll nich'?« Klaas sah die Schuster aufmerksam an. Er wollte nicht provozieren, war weder aggressiv noch eingeschnappt oder ungeduldig. Klaas war sachlich, analytisch. Er hatte einen Plan, einen guten Plan, wie er meinte. Für ihn war es so einfach, und er wollte wissen, ob er tatsächlich etwas übersehen oder falsch eingeschätzt hatte.

»Haben Sie je in einer Wohngemeinschaft gelebt?«, fragte Frau Schuster zurück.

»Ik heff op'm Schipp levt. Dat is' ok nich' veel anners.«

Sie ging nicht darauf ein. »Schon junge Leute, Studenten zum Beispiel, kriegen sich in die Haare, wenn sie sich Küche und Bad teilen. Mit zunehmendem Alter wird das nicht einfacher. Im Gegenteil.«

»Hm«, machte Klaas nur und ließ sie nicht aus den Augen.

»Weil man sich im Lauf der Jahre Dinge angewöhnt hat, weil man Marotten angeschafft und kultiviert hat, weil man weiß, was man will und was nicht. Mit anderen Worten, die Kompromissbereitschaft sinkt im gleichen Maß, wie die Forderung steigt, sich anderen zuzumuten, so wie man ist.«

»Is' doch 'n gode Begünn, wenn een weet, wat he will un wat nich'«, meinte er.

Außer Thekla, Klaas und Frau Schuster war nur noch eine Dame mittleren Alters gekommen, die noch nie zuvor da gewesen war. Franziska nahm an, dass die Sprechstunde zur Hochsaison hin immer schlechter besucht werden würde, da fast jeder auf Rügen irgendwie mit den Touristen beschäftigt war. Wer sich trotzdem die Zeit hätte nehmen können, mied unter Umständen Autofahrten, weil die Straßen mit Urlaubern verstopft waren. Vielleicht wäre es klug, einen oder zwei Monate auszusetzen, überlegte sie.

Da sprach Klaas sie an. »Ik dach', Fru Ziska, dat Se mi hölpen köönt, de richtige Lüüd to finnen. Wi klamüüstert tosamen Regels ut. Un denn funkschonert dat. Op'm Schipp harr dat ok funkschonert. Wi weern männichmal Weken op See, in lütt Kajüüt. Toeerst harr ik nich' mol een egen för mi, dat is' laater kamen, as ik Offzeer weer un denn as Kaptein.« Er meinte, dass Franziska als Profi in der Lage sein müsste, eine Gruppe so vorzubereiten, dass diese gemeinsam ein Haus beziehen und sich vertragen könnte. Ihren Einwand, dass diese Vorbereitung unmöglich in der Sprechstunde stattfinden dürfe, weil die anderen Besucher dann nicht zu ihrem Recht kämen, wischte er beiseite. Das sei ihm schon klar, meinte er, er würde sie als Coach buchen und erst allein mit ihr herausfinden, was für ihn bei dieser Sache wichtig sei, welche Regeln er unbedingt brauche. Dann würden sie geeignete Kandidaten zu den Sitzungen einladen.

»Das können wir sehr gern so machen«, stimmte sie zu. »Und wenn es dann so weit ist, wüsste ich auch schon jemanden, der sich nach einer geeigneten Immobilie umsehen könnte.«

Als Franziska das erste Mal nach Rügen gefahren war, hatte sie im Zug Holger kennengelernt. Holger war Makler und hatte ihr um ein Haar die Wohnung in Putgarten verkauft, in der sie während ihrer beruflichen Auszeit gewohnt hatte. Sie musste schon wieder schmunzeln. Was war in letzter Zeit nur los mit ihr? Ständig dachte sie an die ersten Tage und Wochen auf der Insel und daran, was alles geschehen war. Irgendwie war sie gefühlsduseliger als üblich. Die Wohnung in Putgarten war ein Traum gewesen. Holger hatte schon die Papiere für sie vorbereitet gehabt, doch in letzter Sekunde hatte Niklas ihr die alte Villa am Rande seiner Sanddornplantage gezeigt. Sie war ihr nie aufgefallen, obwohl sie so viel Zeit auf den Feldern verbracht hatte. Aber diese Zeit war nun einmal damit ausgefüllt gewesen, störrische Äste zu schneiden und in Kisten zu verfrachten. Sie hatte keinen Blick für das verlassene Gemäuer gehabt, das ohnehin kaum zu sehen gewesen war, so dicht war es von Grünzeug umrankt und verdeckt gewesen. Franziska hatte sich auf den ersten Blick in die Villa verliebt. Zwei Stufen führten zur Haustür hinauf. Auf dem Trakt links und rechts hockte jeweils ein achteckiges Türmchen. Den Mitteltrakt zierte ein Balkon, zwischen dessen weiße Säulen Glas gesetzt worden war, das bis auf eine geborstene Scheibe sogar noch intakt war. So entstand eine Art Wintergarten, ein luftig heller Raum mit Blick auf die weiten Reihen der Sträucher. Es konnte keinen besseren Raum für Franziskas Sitzungen geben. Sie war von Anfang an Feuer und Flamme für Niklas' Vorschlag, zunächst zu ihm zu ziehen und ihr Geld lieber in das Haus zu stecken, als sich eine Wohnung in einem Ferienhaus mit mehreren Einheiten zu kaufen, in dem es während der Hochsaison sicher oft laut zuging. Außerdem hätte sie sich einen zusätzlichen Praxisraum mieten müssen. Nein, die Villa Sanddorn war perfekt!

Ein resolutes Klopfen beendete die Sprechstunde, die die Gruppe gnadenlos überzogen hatte. Die Damen einer Fraueninitiative hatten nun Anspruch auf den Mehrzweckraum. Nicht zum ersten Mal musste Franziska sich entschuldigen und ihre Leutchen eilig ins Freie jagen.

»Wäre das nicht etwas für dich?«, wollte sie von Thekla wissen, als die beiden Frauen gemeinsam zum Parkplatz gingen. »Klaas' Wohngemeinschaft, meine ich. Du wärst dauerhaft auf der Insel in der Nähe von Rosa und Ronja und hättest dabei dein eigenes Reich.«

»Eigenes Reich!« Thekla verdrehte die Augen. »Nee, aus dem WG-Alter bin ich definitiv raus. Wenn ich noch mal umziehe und nicht alleine wohnen will, dann ziehe ich zu Heinrich«, erklärte sie mit vielsagendem Lächeln. »Wobei ich dann vermutlich ständig als Animateurin für Ronja herhalten müsste. Das Mädchen findet einfach keinen Anschluss und kann sich nicht selbst beschäftigen.« Sie seufzte. »Hockt immer nur mit diesem Smart-Dings rum oder Ei-irgendwas. Sie hat schon einen ganz krummen Rücken.«

»Von dir hat sie das nicht. Dass sie nichts mit sich anfangen kann, meine ich. Rosa erzählte mir, du hast dich für einen Yoga-Kurs angemeldet?«

Thekla nickte eifrig, und ihre Ohrringe funkelten. »Ich konnte nicht widerstehen. Hier in Bergen bietet ein flotter junger Mann No-holy-shit-Yoga an.«

Franziska blieb abrupt stehen. »Was bietet der an?«

»Du hast schon richtig gehört.« Thekla lachte. »Weißt du, ich bin es echt leid. Ich habe schon so viele Kurse angefangen, und immer erzählen sie dir was von Karma, innerem Ich und Erleuchtung. Herrje, mein inneres und mein äußeres Ich sind zusammen achtzig Jahre alt geworden und haben das auch ohne irgendwelche Mantras ganz gut hingekriegt. Und ich glaube kaum, dass ich der Erleuchtung auch nur einen Schritt näher komme, wenn ich meinen Arm hinter meinem Oberschenkel verknote und dabei versuche, zum Universum aufzublicken«, erklärte sie und schüttelte den Kopf. »Ich will mich dehnen, beweglich bleiben, einfach Yoga ohne eben diesen ganzen holy shit.« Sie zuckte mit den Schultern. »Nimmst du mich ein Stück mit?«

Ein Anfang

»Ach! Vielleicht indem wir hoffen,
hat uns das Unheil schon getroffen.«

Friedrich Schiller

Wie war das Vorstellungsgespräch?« Franziska hatte nicht viel Hoffnung, dieses Mal eine andere Antwort zu bekommen als sonst. Niklas' rechte Hand Mandy hatte gekündigt, und es schien unmöglich, einen Ersatz für sie zu finden. Eine wollte höchstens drei Tage pro Woche arbeiten, die Nächste schloss es kategorisch aus, am Wochenende zum Dienst zu erscheinen, was in der Erntezeit aber nun einmal vorkommen konnte. Einige hatten die Vorstellung, nur im Sommer auf Rügen zu sein. Sie sagten, ihnen sei klar, dass es sich um einen Saisonjob handle, bei dem man ordentlich ranklotzen müsse. Was sie meinten, war: Es wäre toll, den Sommer auf einer Insel zu verbringen, am Strand zu liegen, Eis zu essen und sich das Ganze mit ein bisschen Büroarbeit auf einer hübschen kleinen Plantage zu finanzieren.

»Volltreffer!« Niklas strahlte.

»Im Ernst?« Sie sah ihn fragend an. Er hatte nicht ironisch geklungen, seine Miene wirkte uneingeschränkt zufrieden.

»Absolut. Sie heißt Kimberly und kommt aus Kalifornien. Sie hat da auf einer riesigen Mandelfarm gearbeitet. Ihre Mutter ist Deutsche, die als Au-pair-Mädchen in die Staaten gegangen und dort hängen geblieben ist. Die Liebe.« Er sah ihr in die Augen.

»Soll es geben«, erwiderte sie lächelnd und legte ihm eine Hand auf den Arm.

»Sie ist perfekt«, schwärmte er weiter.

»Die Liebe?« Franziska legte den Kopf schief und sah ihn an. »Hm, ja, da hast du recht.«

»Quatsch, Kimberly. Sie ist zweisprachig aufgewachsen, fachlich fit und irrsinnig sympathisch.«

Franziska zog die Hand zurück. »Allmählich werde ich nervös. Die Dame klingt zu gut.«

Er ging nicht darauf ein. »Du wirst sie ja bald kennenlernen«, sagte er nur. »Sie fängt am 15. an.«

Der Juni war eine Mischung aus Sonne und Regen – bestes Wachstumswetter. Nicht nur für den Sanddorn, sondern auch für Gräser und Wildkräuter, die sich zwischen den Sträuchern in einer Geschwindigkeit ausbreiteten und größer wurden, dass man meinte, dabei mit bloßem Auge zusehen zu können. Da Niklas' Früchte Bioqualität hatten, durfte er keine Gifte einsetzen, was für ihn auch niemals infrage gekommen wäre. Es hieß also für die kleine Mannschaft, in mühsamer Handarbeit zu entfernen, was unerwünscht war und zu arg wucherte. Zudem hatte Gesa, die gute Seele und äußerst engagierte Mitarbeiterin von Rügorange, Niklas überzeugt, ein Buch mit Sanddornrezepten und Geschichten rund um die kleine Vitaminbombe herauszubringen.

»Du brauchst ein Alleinstellungsmerkmal«, hatte sie ihm resolut erklärt. »Sanddorn kultivieren und Produkte daraus herstellen machen viele.«

»Na ja, so viele nun auch nicht.« Weiter kam er nicht.

»Es werden immer mehr, und die mischen den Markt ganz schön auf. Du musst dich abheben, Chef. Nicht nur mit unseren Rezepturen. Du brauchst ein Kochbuch.« Sie hatte diese Information zwei Sekunden wirken lassen und dann erläutert: »Rezepte mit unseren Marmeladen, Gelees, Säften.« Er kapierte nicht. »Zum Beispiel eine Torte, deren Boden mit unserem Gelee bestrichen wird. Oder ein Punschrezept mit unserem Nektar. Hast du's jetzt geschnallt?«

Selbst wenn Niklas nicht besonders viel davon gehalten hätte, wäre Gesa nicht zu stoppen gewesen. Sie übernahm die Federführung für das Projekt, aber dennoch hatte er damit den Jackpot geknackt und einen Haufen Extraaufgaben gewonnen.

Neben der Arbeit auf der Plantage nahm auch die Zahl von Franziskas Klienten zu. Es war noch längst nicht so wie in Hamburg, wo sie sich sprichwörtlich die Klinke in die Hand gegeben hatten, aber es wurden mehr. Dabei musste sie doch dringend Werbeunterlagen für ihr neues Konzept *Auszeit mit Einsicht – Coaching im Urlaub* gestalten und eine Tourismusmesse vorbereiten, bei der sie dieses Konzept endlich in der Branche bekannt machen und möglicherweise sogar Veranstaltern anbieten wollte, die es für sie vermarkten könnten. Nicht zuletzt ihre ehrenamtliche Aktivität kostete immer mehr Zeit. Es kam immer öfter vor, dass jemand sie um einen Termin bat, nur ein Stündchen. Da war zum Beispiel diese Frau, die wegen ihres verwitweten Vaters in die *Sprechstunde Älterwerden* gekommen war. Sie wusste nicht mehr weiter. Zehn bis zwölf Stunden war sie täglich für den mittelständischen Handwerksbetrieb ihres Mannes im Einsatz. Und nebenbei schmiss sie den Haushalt und beackerte einen stattlichen Garten. Da sich ihr Vater, der allmählich tüdelig wurde, standhaft weigerte, aus dem Haus zu ziehen, in dem er alleine wohnte, kurvte sie jeden Tag einmal von Garz nach Baabe und zurück. Das waren gut dreißig Kilometer. Pro Strecke! Dass ihr Ehemann nicht einen Finger im Haushalt rührte, da er schließlich einen Betrieb zu leiten hatte, dass ihm jegliches Verständnis dafür fehlte, wenn sie manches Mal vor lauter Erschöpfung nicht so geduldig war, wie er es von ihr kannte, sondern einen gereizten Ton am Leib hatte, machte sie schlicht fertig. Hätte Franziska dieser verzweifelten Person vielleicht die Hilfe verwehren sollen, obwohl sie wusste, dass mit ihrer Methode manchmal nur zwei oder drei Sitzungen nötig waren, um ihr die Augen zu öffnen und sie Lösungen erkennen zu lassen? Kam ja nicht infrage. Und die Frau bezahlte immerhin einen Obolus, den sie sich gerade eben so leisten konnte.

Nicht selten wusste Franziska nicht, wo ihr der Kopf stand. Unglücklicherweise waren die meisten ihrer derzeitigen Klienten Fälle wie diese Frau, also Menschen, die dringend Hilfe brauchten, aber nicht ansatzweise ein übliches Honorar zahlen konnten. Genau darum musste Franziska einfach für nach Tarif zahlende Kunden Platz in ihrem Terminkalender schaffen. Die Sanierung der Villa inklusive der Einrichtung von diversen Gästezimmern hatte einiges verschlungen. Und ein Ende war nicht abzusehen. Zwar hatte sie einige Jahre richtig gut verdient, doch langsam musste sie für Nachschub sorgen. Manchmal hatte sie das Gefühl, sie könnte schon wieder eine Auszeit gebrauchen. Doch diese Momente verflogen schnell wieder. Sie war glücklich. Es gab nichts, was sie ändern wollte, außer vielleicht den Umstand, dass sie und Niklas immer weniger Zeit füreinander hatten. Es kam nicht selten vor, dass jeder seine Pflichten erfüllte, ohne den anderen mehr als eine Minute zu Gesicht zu bekommen. Abends wurde es oft spät. Mal wurde Franziska auf dem Sofa vom Geräusch der laufenden Dusche wach, wenn Niklas endlich vom Feld nach Hause kam, dann wieder hatte sie Termine, die so lange dauerten, dass Niklas bereits im Bett lag, wenn sie endlich Feierabend machte. Falls es doch mal vorkam, dass ihnen ein Stündchen blieb, besprachen sie meist berufliche

Dinge und noch häufiger Handwerkergeschichten. Wann kommt der Sanitärfachmann und tauscht das Waschbecken im Gäste-WC aus? Das installierte war zu groß, und zwar so deutlich zu groß, dass sich die Tür nicht mehr schließen ließ. Die Veranda brauchte endlich ein Geländer. Holz oder doch lieber Stein, um sich den Säulen des Balkons anzupassen? Es war lange her, dass sie beide mit einem Glas Wein den Sonnenuntergang zwischen den Sanddornbüschen beobachtet hatten. Einfach nur die salzige Luft, den herrlich frischen Wind genießen, den Möwen zuhören, die sich allmählich in ihre Nachtruhe verabschiedeten, einander an den Händen halten, einvernehmlich schweigen und vielleicht ganz langsam einen hübschen kleinen Schwips bekommen. Nicht einmal zu einem ganz banalen Fernsehabend hatte es mehr gereicht. Seit Wochen nicht. Die fehlende Zweisamkeit war ein Punkt, der sich dann doch ändern musste.

Franziska hatte vom Italiener, der erst kürzlich in Putgarten sein kleines feines Restaurant eröffnet hatte, gemischte Antipasti geholt. Im Kühlschrank stand Sanddornnektar, der mit Wasser verdünnt ein wunderbar erfrischendes Getränk ergab, Weißwein und Bier. Sie schnitt Kräuterbrot auf, das sofort seinen würzigen Duft verströmte, und füllte die Vorspeisen in Schälchen. Die verschiedenen Aromen, die in ihre Nase stiegen, ließen ihr das Wasser im Mund zusammenlaufen. Der Anblick des Öls, das in den Töpfchen schillerte und hier und da an einem Löffel hinablief, verursachte ihr dagegen Übelkeit.

Franziska sah weg und atmete tief durch. Sie würde einen Moment an die frische Luft gehen. Von der Veranda blickte sie über das Land. Der Himmel färbte sich bereits hellrosa, und es war ungewöhnlich windstill. Genau richtig, um draußen zu sitzen. Sie ging wieder hinein und holte eine Tischdecke und eine dicke Kerze. Als die Flamme fröhlich flackerte, holte sie auch den Rest und legte zum Schluss Servietten auf die Teller. Sie betrachtete ihr Werk zufrieden und warf einen Blick auf die Uhr. Niklas wollte um acht Uhr da sein, hatte er gesagt. Jetzt war es fast halb neun. Auch um neun war noch nichts von ihm zu sehen. Sie überlegte, ob sie rüber in die Produktionshalle gehen oder auf den Feldern nach ihm suchen sollte. Sein Handy hatte er meistens nicht bei sich, das brauchte sie erst gar nicht zu probieren. Sie seufzte, setzte sich auf einen der Korbstühle und betrachtete allein den geradezu perfekten Sonnenuntergang. Orange- und rosafarbene Streifen glühten eindrucksvoll am bläulich schwarzen Himmel. Die Sanddornsträucher hoben sich fast unnatürlich davor ab, als würden sie von unten beleuchtet.

Franziska sah erneut auf die Uhr. Niklas war fast anderthalb Stunden über der Zeit. Es hatte keinen Sinn, ihn suchen zu gehen. Was immer er gerade tat, er würde ihr erklären, dass er das noch schnell fertig machen wolle. Wahrscheinlich hatte er vergessen, dass am nächsten Morgen um sieben ein Tischler kommen und ein Aufmaß für das Verandageländer machen würde. Um zehn versuchte sie es doch auf dem Handy. »Hallo, hier ist Niklas. Leider kann ich gerade nicht an mein Telefon gehen, aber …« Sie drückte den kleinen roten Knopf. Na schön, dann musste er eben alleine essen, wenn er je nach Hause kommen sollte. Wenigstens einer von ihnen beiden musste morgen früh fit sein, um den Tischler zu empfangen. Sie füllte sich ein paar Antipasti auf den Teller. Das Kräuterbrot hatte sich in Zwieback verwandelt, die Frischkäsecremes hatten eine Haut bekommen. Nach drei Bissen wurde ihr übel. Schon wieder. Dieses Gefühl in ihren Eingeweiden kam immer häufiger. Sie war nicht blöd, sie wusste, was das bedeuten konnte, und musste sich Klarheit verschaffen. Sie würde sich demnächst darum kümmern, beschloss sie, trug Schalen, Gläser und Brotkorb ins Haus, legte Niklas einen Zettel in die Küche und ging schlecht gelaunt ins Bett.

»Hi, ich bin Kimberly. Ich freue mich so, dass wir uns endlich kennenlernen. Niklas, Verzeihung, Herr Ritter, hat viel von Ihnen erzählt.«

»Niklas ist schon in Ordnung.« Franziska reichte ihr die Hand. »Ich freue mich auch, das können Sie mir glauben. Und wenn es Ihnen recht ist, können wir uns gerne duzen. Das machen alle bei Rügorange. Ich nehme an, Niklas hat Ihnen das schon vorgeschlagen, oder?«

»Ja, hat er. Also dann, Franziska, schön, dass wir uns kennenlernen.«

Niklas hatte an Kimberlys drittem Tag endlich Zeit gefunden, sie Franziska vorzustellen. Nur kurz, dann musste er mit Gesa zu einem Termin. Sein Lieferant für Weingeist in Bioqualität hatte seine Preise drastisch angehoben. Der Tarif je Liter war für Niklas eindeutig zu hoch. Sie mussten reden, sehen, ob noch etwas zu retten war. Nachdem er und Gesa, die an diesem sonnigen Tag ein weißes Tuch mit schwarzen Totenköpfen ins Haar gebunden hatte, gefahren waren, ließen sich Franziska und Kimberly im Schatten eines Marktschirms auf der rustikalen Sitzgruppe vor der Produktionshalle nieder. Es war wirklich allerhöchste Zeit, dass sie sich ein wenig beschnupperten, immerhin sollten sie schon in der nächsten Woche gemeinsam nach Berlin zur Tourismusmesse fahren.

»Dich hat es also aus dem wundervoll warmen Kalifornien ins raue Norddeutschland verschlagen?«, begann Franziska das Gespräch.

»Meine Mutter ist Deutsche. Seit ich ein kleines Mädchen war, wollte ich immer wenigstens für ein paar Jahre in dem Land leben, in dem sie aufgewachsen ist.« Als sie lächelte, leuchteten ihre ebenmäßigen Zähne geradezu in der Sonne. »Außerdem möchte ich mein Deutsch verbessern.«

»Du sprichst perfekt. Man hört höchstens ein ganz kleines bisschen deinen Akzent.« Franziska schüttelte den Kopf. »Aber dein Satzbau und dein Ausdruck sind besser als bei so manchem meiner Landsleute.«

»Oh, danke.« Sie schien sich wirklich zu freuen. Drollig, denn dieses Kompliment konnte sie unmöglich zum ersten Mal gehört haben. Nach einem Augenblick wurde Kimberly ernst. Mit ihren langen hellblonden Haaren, den blauen strahlenden Augen und der hellen sommersprossigen Haut sah sie wie eine Schwedin aus, schoss es Franziska durch den Kopf. »Warst du schon in California?«

»Ertappt.« Franziska verzog das Gesicht. »Nein, ich war noch nicht dort, aber ich habe schon viel gelesen und Reportagen gesehen. Na ja, ich habe so ein Bild im Kopf und stelle es mir einfach schön vor.«

Kimberly nickte. »Und das passt wahrscheinlich auch zum größten Teil. Es ist nur schade, wie sich das Land in den vergangenen Jahren verändert hat, weißt du. Es wird immer trockener und heißer. Ich meine, riesige Gebiete Californias waren schon immer trocken. Da war Wüste, bevor man gigantische Flächen bewässert und Mandeln und viele Gemüsesorten angebaut hat.«

»Tja, das ist nicht unproblematisch, was?«

»Absolut nicht. Solange es im Winter immer genug Schnee auf den Bergen der Sierra Nevada gab, ging es noch. Das war eigentlich einmal eine der schneereichsten Regionen der United States. Das Schmelzwasser hat die Depots wieder aufgefüllt. Aber das wird von Season zu Season weniger. Hast du gewusst, dass nur für die Mandeln mehr Trinkwasser benötigt wird, als die gesamte Stadt Los Angeles in einem Jahr verbraucht?« Sie lachte trocken. »Und das ist eine Menge, das kann ich dir sagen.«

»Meine Güte, hätte ich nicht gedacht. Rechnet sich der Anbau dann überhaupt noch?«

»Logisch. Mandeln aus California sind die besten, die es gibt. Die sind spitze. Die Leute zahlen jeden Preis dafür.«

Franziska dachte nach. »Aber du hattest trotzdem Angst, dass du früher oder später arbeitslos wirst, und hast dir rechtzeitig etwas anderes gesucht?«

Kimberly schüttelte den Kopf. Ein Hauch von Apfelduft schwebte durch die Luft. »Nein. Ich hatte einfach genug von Mandeln.« Sie lachte ihr lautes, fröhliches Lachen. »Wie ich schon sagte, ich wollte immer mal längere Zeit in Deutschland leben. Deshalb habe ich deutsche Landwirtschaftszeitungen gelesen. Als ich die Job-Anzeige von Niklas gesehen habe, war ich sofort total happy. Ich habe schon so viel über Sanddorn gehört.« Ihre Begeisterung konnte vermutlich selbst den Unbeteiligtsten anstecken. »Und dann auch noch eine Insel im Norden. Das ist einfach wundervoll.«

Die beiden plauderten noch eine ganze Weile. Ein sanfter Wind strich über das Gras und ließ den dunkelgrünen Stoff des großen Marktschirms leise flattern. Franziska musste Kimberly haarklein erzählen, wie es dazu gekommen war, dass sie auf Rügen gelandet war. Selbst die ganze Geschichte mit Niklas, dass sie ihn schon für ihren lange aus ihrem Leben verschwundenen Bruder gehalten hatte, erzählte sie bereitwillig.

»Unglaublich!«, sagte Kimberly wieder und wieder und riss die Augen auf. »Das ist eine verrückte Story. So ein Zufall!« Nachdem Franziska ihren Bericht beendet hatte, meinte Kimberly: »Great! Was für ein Glück, dass ihr nicht Geschwister seid. Er ist wirklich nett. Du bist auch nett. Ihr seid bestimmt ein super Paar.«

Franziska wusste nicht, was sie darauf sagen sollte. Sie lächelte kurz, dann kam sie auf Dienstliches zu sprechen. »Niklas hat dir sicher schon gesagt, dass ich bei Rügorange nur ein wenig mithelfe, eigentlich aber Coach bin. Ich berate Leute …«

»Ich weiß, was ein Coach ist«, unterbrach Kimberly sie.

»Ja, klar, entschuldige. Jedenfalls habe ich ein neues Konzept entwickelt und will in Berlin Kontakt zu potenziellen Vermarktern aufnehmen«, erklärte sie sachlich. »Natürlich werde ich dich auch unterstützen. Es wäre toll, wenn wir Gastronomiebetriebe, Hotels oder auch Bioläden für Niklas' Produkte begeistern könnten.«

»Seine Waren sind super. So eine hohe Qualität«, schwärmte Kimberly auf der Stelle. »Ich glaube, das wird eine leichte Sache.«

Franziska hatte noch einiges zu tun, und auch Kimberly wollte unbedingt noch Aufgaben erledigen, die Niklas ihr übertragen hatte, wie sie sagte. So gingen sie beide also wieder ihren Pflichten nach. Franziska konnte sich nicht erklären, warum sie nicht rundweg zufrieden war. Diese Kimberly machte den Eindruck, als könnte sie Mandy bestens ersetzen. Mehr als das. Fachlich schien sie die bessere Wahl zu sein. Sie wirkte engagiert und so, als müsste man ihr die Arbeit nicht vor die Füße legen, damit sie sie erkannte. Und trotzdem … Franziska ärgerte sich, dass sie so viel über ihr Privatleben preisgegeben hatte. Immerhin war das auch Niklas' Privatleben, und der war Kimberlys Chef. Sie nahm sich vor, in Zukunft ein wenig zurückhaltender zu sein.

Sie waren mit dem Zug von Binz nach Berlin gefahren und hatten am Abend in einem hübschen spanischen Lokal am Savignyplatz gegessen. Kimberly war außer sich, dass sie, kaum dass sie ihre Stelle in Deutschland angetreten hatte, schon die

Hauptstadt kennenlernen durfte. Berlin sei immer ein Traum von ihr gewesen, erzählte sie und bedankte sich schon wieder, obwohl Franziska ihr bereits mehrfach versichert hatte, dass sie dafür die falsche Adresse sei.

»Du kannst dich mit guten Kontakten oder gar Aufträgen bei Niklas bedanken«, sagte sie fröhlich und hob ihr Glas, in dem ein Rioja dunkel schimmerte.

Am nächsten Morgen waren sie früh auf den Beinen. Im Frühstücksraum des Hotels, in dem Nachrichten über große Bildschirme flimmerten, beobachtete Franziska, wie Kimberly sich ein Glas frisch gepressten Orangensaft nahm, das eine Dame kurz abgestellt hatte, um sich Kaffee aus einem Automaten zu ziehen. Die Karaffe war leer, und an der Station war gerade kein Mitarbeiter zu sehen, der die Orangenpresse hätte bedienen können. Kimberly hätte verzichten oder zumindest warten müssen, doch sie nahm stattdessen einfach jemandem das Glas Saft weg, der es aus den Augen gelassen hatte. Ganz schön dreist.

Auf ihr Verhalten angesprochen, meinte Kimberly schulterzuckend: »Jeder muss sehen, wo er bleibt. Wenn man nicht kämpft und verteidigt, was einem gehört, hat man es nicht verdient.« Damit war für sie die Sache erledigt.

Eine Stunde später war Kimberly auf der Messe in ihr erstes Gespräch vertieft. Franziska beobachtete sie eine Weile unbemerkt. Kimberly lachte viel, war charmant und legte ausgesprochen gute Umgangsformen an den Tag. Ihr Gegenüber, ein Managertyp mit grau meliertem Haar, Jackett zur Jeans und einem lässigen Leinenhemd, sah aus, als würde er ihr aus der Hand fressen. Falls er der Einkäufer einer nur mittelgroßen Hotelkette wäre, brauchte Niklas vermutlich keinen weiteren Abnehmer zu suchen. Leider war er kein Einkäufer, er war überhaupt kein potenzieller Kunde, sondern ein Konkurrent, wie Franziska am Abend im Hotel erfuhr.

»Stell dir vor, er war aus demselben Grund wie ich auf der Messe. Er wollte auch Kunden gewinnen und seine Sanddornprodukte an den Mann bringen. Funny!« Kimberly griff nach ihrem Glas mit dunklem Bier, das sie einfach liebte, wie sie bei der Bestellung erklärt hatte. Franziska hielt sich an diesem Abend lieber an Wasser. Sie hatte absolut keinen Appetit auf Alkohol.

»Ihr habt geplaudert, als würdet ihr gleich einen dicken fetten Auftrag unterschreiben«, wandte Franziska ein.

»Du musst deinen Gegner kennen, und er muss dich mögen, dann hast du ihn in der Tasche.« Kimberlys Augen blitzten, und sie strahlte. Anscheinend war sie in ihrem Element.

Franziska wollte wissen, wer der Mann war, woher er kam. Schrecklich viele Produzenten von Sanddorn gab es nicht. Sie vermutete, er würde Früchte aufkaufen und nur weiterverarbeiten. Das verneinte Kimberly, während sie seine Visitenkarte hervorholte, um Franziska sagen zu können, wo der Firmensitz war.

»Das liegt irgendwo in Sachsen-Anhalt«, murmelte sie und wühlte in ihrer Tasche.

Sie hatte seine Visitenkarte? Es war sicher nicht dumm, gut über die Konkurrenz Bescheid zu wissen, darin stimmte Franziska ihr zu, aber warum wollte sie gleich in Kontakt mit dem Mann bleiben? Franziska mochte nicht länger darüber nachdenken. Wahrscheinlich hatte es sowieso nichts zu bedeuten. Zum einen war sie vollkommen erledigt von den vielen Stunden, die sie auf den Beinen gewesen waren, von der verbrauchten Luft, die die Messehallen erfüllt hatte, und von den zahlreichen Gesprächen mit den unterschiedlichsten Menschen. Zum anderen wurde ihr, nachdem sie nur wenige Bissen Geflügel und Gemüse zu sich genommen hatte, schon wieder flau im Magen.

»Ich hoffe, du bist nicht böse«, sagte sie matt, »aber ich will nur noch in mein Bett.«

Kimberly sah sie erschrocken an. »Du bist auch ganz, wie sagt man, weiß.«

»Blass.«

»Genau, blass. Kann ich etwas für dich tun?«

»Nein, lieb von dir, aber ich glaube, ich bin einfach nur platt. Morgen im Zug haben wir Zeit. Dann können wir uns noch über unsere Messeerfolge austauschen.« Sie lachte schwach.

»Okay, natürlich, kein Problem.« Kimberly warf einen Blick auf ihr noch halb volles Glas. »Soll ich dich zu deinem Zimmer bringen?«

»Nein, danke. Trink in Ruhe aus und geh noch an die Bar oder was auch immer. Du musst wirklich keine Rücksicht auf mich nehmen.« Franziska stand auf. »Tut mir leid, dass wir nicht noch ein bisschen das Berliner Nachtleben unsicher machen.«

»Nein, ist okay, ist absolut okay.«

Franziska verabschiedete sich, nahm den Fahrstuhl in den fünften Stock und fiel keine Viertelstunde später in das riesige Bett. Sie hatte nicht einmal mehr daran gedacht, Niklas noch einmal anzurufen.

»Muss ich mir Sorgen machen?« Niklas' graue Augen blickten sehr ernst drein.

»Warum, was meinst du?« Franziska ließ ihre Reisetasche im Schlafzimmer auf den Boden gleiten.

»Du hast dich gestern Abend nicht gemeldet, hast mir nicht einmal mehr Gute Nacht gesagt. Das kenne ich gar nicht von dir.«

»Tut mir leid, ich war total erschossen«, murmelte sie.

»Kimberly war diejenige, die mir Bericht erstattet hat, weil es dir nicht gut ging, wie sie sagte.«

Sie drehte sich zu ihm um. »Kimberly hat dich gestern Abend angerufen?«

Er nickte. »Und heute Morgen schon wieder, weil du auf dem Berliner Hauptbahnhof plötzlich kreideweiß geworden bist.«

»Das war wahrscheinlich die Hitze. Außerdem roch es nach Erbrochenem. Das ist bei mir ein zuverlässiger Auslöser, um mich sofort von meinem Mageninhalt zu verabschieden. Darum bin ich sicherheitshalber zur Toilette gegangen.«

»Gelaufen«, korrigierte er. »Kimberly meinte, du seist losgerannt.«

»Ist eben kein weiter Weg vom Magen zum Mund.« Sie grinste schief.

Niklas war kein Lächeln zu entlocken. »Du siehst noch immer ganz schön bleich aus.«

Sie ging zu ihm und lehnte ihren Kopf an seine Brust. Sollte sie ihm sagen, welchen Verdacht sie bezüglich ihrer ständigen Übelkeit hatte? Nein, sie besorgte sich erst einmal einen Test oder ging besser gleich zum Arzt, ehe sie die Pferde scheu machte. »Ich glaube, ich bin einfach ein bisschen erschöpft. Wir hatten beide in der letzten Zeit viel um die Ohren. Ich hab viel zu wenig geschlafen.« Sie seufzte. »Ich werde mal schnell auspacken und dann gleich Mails an die Leute schreiben, mit denen ich über mein Coachingkonzept gesprochen habe.«

»Glaubst du, es ist jemand dabei, der dein Konzept in sein Angebot aufnimmt?«

»Einige Gespräche waren ziemlich gut. Ich könnte mir schon vorstellen, dass sich daraus etwas ergibt.« Sie sah zu ihm auf. »Kimberly war auch erfolgreich, oder? Wir haben zwei Termine mit Touristikern gemeinsam gemacht, aber ich hatte das Gefühl, sie kam auch ohne mich bestens zurecht. Sie war wirklich gut vorbereitet«, stellte sie anerkennend fest. »Mit den Produkten kannte sie sich aus, als würde sie seit zehn Jahren für Rügorange arbeiten.«

»Ja, wenn's nicht ganz dumm läuft, habe ich mit ihr einen super Fang gemacht.«

»Glaube ich auch«, stimmte sie zu. Dann löste sie sich seufzend von ihm. »Die Pflicht ruft. Wenn ich jetzt vier, fünf Stunden konzentriert arbeite, kann ich heute Abend früh ins Bett gehen.«

Er machte ein zerknirschtes Gesicht. »Ich fürchte, daraus wird nichts.« Sie sah ihn fragend an. »Florian kommt nachher vorbei. Ich habe ihm versprochen, dass wir etwas zu essen machen und endlich mal wieder klönen.«

»Ich übersetze mal kurz: Du hast ihm versprochen, dass ich etwas zu essen mache.«

»Ich kann auch Pizza bestellen«, sagte er trotzig. »Wir hatten in den letzten Monaten kaum Zeit für ihn. Immer nur Arbeit, immer nur die Villa. Flori ist mein bester Freund. Es wird höchste Zeit, dass wir mal wieder quatschen.«

»Ist ja in Ordnung.« Sie holte tief Luft. »Ein paar Nudeln kann ich schon zaubern. Es müsste noch Gorgonzola da sein«, sagte sie lächelnd.

Niklas' Miene hellte sich auf, und er zog sie wieder an sich. »Das hört sich ziemlich doll viel besser an als Pizza.«

»Ziemlich doll viel?«, fragte sie schmunzelnd.

Er nickte und gab ihr einen Kuss. »Wir können ja zusammen essen, und wenn du dann müde bist, ziehst du dich zurück. Einverstanden?«

»Ich habe einen Neuzugang bei meinen Stage Kids«, verkündete Florian, nachdem sie beim Essen über die letzten Renovierungsetappen, über Franziskas Erfolge in Berlin und natürlich über Kimberly geredet hatten.

»Ein schwerer Fall?«, wollte Niklas wissen.

»Auf den ersten Blick nicht, aber ich sehe natürlich in die Tiefe«, behauptete Florian und machte eine bedeutungsvolle Pause.

»Ich auch«, erwiderte Franziska. »Und ich erkenne deutlich einen ausgeprägten Appetit auf Espresso bei zwei Männern hier am Tisch.«

Die beiden nickten eifrig.

»Sehr gute Idee, Madame«, meinte Florian und warf ihr einen seiner unwiderstehlichen Blicke zu.

Franziska schenkte ihm eine Kusshand, ein Ritual zwischen ihnen. Sie konnte diesen kleinen großartigen Mann sehr gut leiden. Seine Körpergröße lag deutlich unter einem Meter fünfzig, sein Selbstbewusstsein hätte locker für zwei Meter gereicht. Er stammte aus ziemlich schwierigen Verhältnissen. Seine Mutter hatte während der Schwangerschaft Alkohol getrunken und in keiner Weise auf ihre Ernährung geachtet. Das mochten Gründe sein, die für seinen Kleinwuchs verantwortlich waren. Florian nahm es ihr nicht übel. Er vertrat die Ansicht, dass jeder nur ein Produkt seiner Familie und seiner engsten Umgebung war. »Und die sucht man sich schließlich nicht aus«, pflegte er zu sagen. Die frühkindliche Prägung abzustreifen oder umzuprogrammieren, wie er es gerne nannte, sei eine extrem schwierige Aufgabe. Er könne niemandem böse sein, der daran scheiterte. Umso engagierter kümmerte er sich um Kinder und Jugendliche, um ihnen genau dabei eine wertvolle Hilfestellung zu geben. Die Stage Kids waren sein erklärtes Lieblingsprojekt.

»Ich hätte sie auch Bühnen-Kinder nennen können«, hatte er Franziska bei ihrem Kennenlernen wissen lassen, »aber gibst du ihnen einen englischen Namen, sind sie sofort angesagt. Außerdem finden sie's cool.«

Die Kinder führten regelmäßig eine ganz eigene Mischung aus Kabarett, Komik und Jugendtheater auf und wurden von immer mehr Firmen oder Hotels gebucht. Franziska nutzte jede Gelegenheit, sich einen Auftritt anzusehen, die sie nur kriegen konnte. Die Kids waren einfach umwerfend, und jedes Mal gab es eine Panne, die die geplanten Gags noch übertraf.

»Ronja hat ernsthafte Schwierigkeiten, hier auf der Insel Kontakt zu Gleichaltrigen zu bekommen«, erzählte Florian gerade, als Franziska den Espresso brachte. Er sah zu ihr hoch. »Merci, Madame, du machst einfach den allerbesten Espresso!«

Sie lächelte. »Das Lob gebührt meiner Maschine, nicht mir. Theklas Enkelin Ronja ist bei den Stage Kids, habe ich das richtig mitbekommen?«

»Ja. Sie findet einfach keinen Anschluss. Genau wie der plumpe Riese, als der nach Rügen kam.« Er deutete mit dem Kopf zu Niklas.

»Von wegen«, widersprach der sofort. »Ich hätte meine Zeit mit jedem verbringen können, aber du kleiner Giftzwerg hast mir leidgetan.«

»Das ist ein Pleonasmus«, gab Florian bewusst überheblich zurück.

Niklas runzelte die Stirn. »Ein was?«

»Pleonasmus, du bildungsarmer Lulatsch. Kleiner Zwerg.« Er zuckte mit den Schultern, was aussah wie die Bewegung einer Marionette. »Doppelt gemoppelt«, ergänzte er. »So was wie dunkle Finsternis, reicher Krösus …« Er legte die Stirn in Falten und einen Finger an das Kinn.

»Ist ja schon gut, ich hab's ja verstanden. Angeber«, murmelte Niklas.

»Davon hat Thekla gar nichts erzählt«, kam Franziska auf das Thema zurück.

Florian berichtete, dass das Mädchen mit seinen elf Jahren nicht gerade glücklich war, in der Pampa zu wohnen. Das war ihre Bezeichnung für eine Insel, und es beeindruckte sie keinesfalls, dass Rügen immerhin die größte deutsche Insel war. Für sie war es die Pampa, und die Bewohner waren allesamt Hinterwäldler, mit denen man sowieso nichts anfangen konnte.

»Ich fürchte, ich muss dir ausnahmsweise mal recht geben«, warf Niklas ein. »Ronja und ich scheinen in dieser Hinsicht tatsächlich etwas gemeinsam zu haben. Ich war auch todunglücklich, als wir damals hierhergezogen sind. Ich erinnere mich noch gut, wie schwer es war, Freunde zu finden. So schwer, dass ich mich sogar mit dir abgegeben habe.« Er knuffte Florian in den Arm.

»Tja, ich habe dich damals in deiner Einsamkeit gerettet, und nun rette ich Ronja. Bin ich ein Held, oder bin ich ein Held?«

»Du bist ein Superheld, daran besteht kein Zweifel.« Franziska sah ihn an und meinte jedes Wort ernst. »Übrigens ist Ronjas Mutter Rosa mal zur Schauspielschule gegangen. Wusstest du das?«

Florians Augen leuchteten. »Klar. Das ist nämlich mein zweiter Neuzugang.« Er blickte triumphierend von einem zum anderen. »Na ja, nicht so richtig«, sagte er schnell. »Beim ersten Mal hat sie Ronja nur gebracht und abgeholt. Beim zweiten Mal ist sie schon ein bisschen früher gekommen, um noch einen Teil der Probe anzusehen. Und letztes Mal hat sie dann gesprochen.«

»Mehr als einen Satz am Stück?« Niklas sah ihn ungläubig an.

»Pfui, du Lästermaul«, sagte Franziska.

»Aus ihm tönt der pure Neid«, meinte Florian unbekümmert. »Er kann nicht ertragen, dass ich ein Frauenversteher bin.« Er wandte sich an seinen Freund. »Ja, mehr als einen Satz. Sie hat erzählt, dass sie mal Schauspielerin werden wollte. Sie findet mein Projekt ganz toll und hat durchblicken lassen, dass sie Lust hätte, mir ein bisschen unter die Arme zu greifen. Das ist allerdings etwas heikel …«

»Klar«, kommentierte Niklas belustigt, »da müsste sie sich ziemlich tief bücken und bekäme wahrscheinlich einen Bandscheibenvorfall.«

Florian sah Franziska gespielt erschöpft an, und die verdrehte die Augen.

»Ronja hat gerade die Find-ich-voll-langweilig-hier-Phase überwunden und vergisst schon ab und zu, dass sie Theaterspielen eigentlich für blöden Kinderkram hält. Wenn jetzt ihre Mutter mitmischt, ist das mit Sicherheit mega uncool.«

Es war fast Mitternacht, als Florian Niklas zum Abschied in die Hüfte boxte, sich vor Franziska verneigte, einen Handkuss andeutete und dann mit dem für ihn so typischen Gang davonwackelte. Franziska wollte längst schlafen, doch Florian schaffte es immer, sie ihre Müdigkeit vergessen zu lassen. Er war nicht nur Niklas' bester Freund, er war ihr in den letzten anderthalb Jahren ebenfalls zu einem guten Freund geworden, den sie nie mehr missen wollte.

Erinnerungen

»Wer in der Zukunft lesen will,
muss in der Vergangenheit blättern.«

André Malraux

Weißt du eigentlich, welcher Tag heute ist?«

»Mist, ist etwa Donnerstag? Der letzte im Monat?«

»Franziska, du bist gerade von der Messe gekommen, die am Mittwoch begonnen hat. Am Donnerstag seid ihr zurückgekommen, das war gestern.«

»Ach ja, stimmt. Dann ist heute Freitag.«

»Hundert Punkte. Das heißt?«

Sie sah ihn fragend an. »Keine Ahnung.« Hatte sie etwa einen Termin vergessen? Wäre nicht das erste Mal in letzter Zeit. Sie grübelte, doch ihr Kopf war vollkommen leer.

»Das heißt, es ist Wochenende. Du packst jetzt Klamotten für einen Tag und zwei heiße Nächte ein, und ich entführe dich nach Mönchgut.« Niklas' Augenbrauen schnellten zweimal kurz in die Höhe.

»Das geht nicht.«

»Und wie das geht!«

»Herr Meyer kommt nachher. Wir haben einen Termin.« Sie sah gehetzt auf die Uhr.

»Herr Meyer kommt um vier, richtig?«

»Ja.« Sie sah ihn verblüfft an.

»Ich habe mir erlaubt, einen Blick in deinen Kalender zu

werfen«, erklärte Niklas. »Er liegt aufgeschlagen auf deinem Schreibtisch«, setzte er hinzu und hob entschuldigend die Hände.

»Jaja, kein Problem.«

»Länger als anderthalb Stunden wirst du doch wohl nicht auf den armen Meyer einreden wollen.« Sie holte Luft, um klarzustellen, dass sie keinesfalls auf ihre Klienten einredete, doch Niklas ließ sie nicht zu Wort kommen. »Es dauert nur ein paar Minuten, Nachtzeug und Wäsche zum Wechseln einzupacken. Das schaffst du zwischendurch. Um sechs fahren wir los. Ist nicht weit«, versprach er.

»Ich weiß nicht, Nik, das ist eine süße Idee, aber …«

»Nichts aber.« Er sah sie ernst an. »Wir haben beide in den letzten Wochen zu viel gearbeitet. Weißt du überhaupt noch, wie Zweisamkeit geschrieben wird? Ganz ehrlich, Ziska, wir brauchen dringend mal ein paar Stunden nur für uns, ohne Handwerker, die Villa, ohne deine Klienten und meinen Sanddorn.«

Er hatte recht, das stand fest. Trotzdem konnte Franziska sich noch nicht freuen. Sie fühlte sich überrumpelt, war sie doch gerade erst aus Berlin zurück, und hatte das Gefühl, dass sie, wenn sie sich dieses kurze Abtauchen gönnten, hinterher teuer dafür würden bezahlen müssen, da so vieles liegen bleiben würde.

»Man kann nicht immer nur müssen müssen, man muss auch mal können können«, erklärte Niklas.

Sie musste lachen. »Na, das ist vielleicht eine Philosophie.«

»Ich will dich einfach mal wieder genießen, so wie am Anfang unserer Beziehung. Und wehe, du kommst jetzt immer noch mit einem Einwand um die Ecke.« Er küsste sie auf die Nase. »Achtzehn Uhr!« Damit ließ er sie stehen.

»Ist das schön! Das sieht gar nicht aus wie Rügen oder überhaupt wie Norddeutschland. Das erinnert mich an …«

»Irland«, beendete er den Satz für sie. Als er ihr Gesicht sah, fügte er hinzu: »Da bist du nicht die Einzige. Es gibt aber auch Leute, die finden, es sieht hier aus wie in den Alpen.«

Sie suchte in seiner Miene nach Anzeichen dafür, dass er Witze machte. »Die Steilküste ist nicht einmal fünfzig Meter hoch, oder?«

»Vorsicht!« Er nahm ihre Hand und schlenderte den Weg zwischen den grünen Wiesen weiter hinauf. »Ich bin zwar nicht auf der Insel geboren, habe aber die meiste Zeit meines Lebens hier verbracht. Es beleidigt mich, wenn du Rügens Landschaft und Attraktionen derartig unterschätzt.« Er zog eine Grimasse. »Das dahinten ist der höchste Gipfel, der Bakenberg.«

Franziska musste sich das Lachen verkneifen. »Gipfel. Wirklich beeindruckend. Er verschwindet beinahe in den Wolken.«

»Du machst dich lustig.«

»Das würde ich nie wagen.« Sie platzte beinahe vor Übermut. »Den wollen wir aber nicht besteigen, oder? Ich meine, ich habe kein Höhentraining absolviert, und ohne Sauerstoffgerät traue ich mir das nicht zu.« Sie sah, wie er die Augen zu Schlitzen zusammenkniff. »Wenigstens habe ich einen Sherpa dabei«, sagte sie und kicherte.

»Na warte!« Niklas machte Anstalten, sie zu packen und sich über die Schulter zu werfen.

»Nein, nicht, bitte«, rief sie. »Ich nehme alles zurück. Der Boppel ist ganz sicher über fünfzig Meter hoch.«

»Boppel?«

»Berg, der Berg!«, brachte sie prustend hervor.

Er ließ von ihr ab. »Deutlich über sechzig Meter sogar.« Sie runzelte die Stirn. »Ja, da staunst du.«

»Alle Achtung!« Sie nickte und schob die Unterlippe vor. Dann stutzte sie. »Bakenberg? Ich dachte, der wäre oben bei Dranske.«

»Soso, die Dame kennt sich aus.« Er nickte anerkennend wie ein Lehrer. »Hast recht, wir haben mehrere davon, aber dieser Bakenberg ist der höchste.« Sie pfiff durch die Zähne. »Ich wusste gar nicht, dass du pfeifen kannst.«

»Du weißt so einiges nicht.« Sie sah ihn herausfordernd an, legte einen Arm um seine Taille und schob die Hand in seine Gesäßtasche.

»Dunkle Geheimnisse?«, raunte er und sah ihr in die Augen. »Erzähl!«

»Dann wären es ja keine Geheimnisse mehr.«

»Muss ich dich doch erst übers Knie legen oder über den Abgrund der Steilküste halten, damit du sie ausplauderst?«

»Mach doch!«, neckte sie ihn.

Da klingelte sein Handy. »Wer ist das denn jetzt?« Niklas griff augenblicklich nach seinem Mobiltelefon. »Hm, die Nummer kenne ich nicht.«

»Bestimmt nichts Wichtiges«, meinte Franziska. »Wenn es Familie oder Freunde wären, würdest du die Nummer kennen. Wenn es beruflich ist, kann es warten. Es ist Freitagabend, acht Uhr«, fügte sie hinzu, weil er noch immer mit in Falten gelegter Stirn dastand und auf das Display starrte. »Schon mal was von Work-Life-Balance gehört? Jetzt ist Feierabend. Du hast mich entführt, damit wir mal wieder Zweisamkeit genießen können, oder gilt das nicht mehr?«

»Doch, klar, hast recht.« Er steckte das Telefon wieder ein, nahm ihre Hand, und sie gingen weiter.

Franziska ließ ihren Blick über die grünen Erhebungen gleiten. Im Hintergrund glitzerte das Wasser des Rügischen Boddens. Wenn sie es recht überlegte, waren die Ähnlichkeiten zwischen dieser Landschaft und Irland doch eher übersichtlich. Es fehlten die niedrigen Steinmäuerchen, die dort das Land durchzogen, und natürlich die Schafe. Auch die Häuser der Dörfer Gager und Groß Zicker hatten nichts mit den für Irland typischen Cottages gemein. Es war wohl ein erster Eindruck, ein einzelnes Bild gewesen, das in ihr die Erinnerung wachgerufen hatte.

Sie schlenderten schweigend auf die Aussichtsplattform des Bakenbergs. Franziska hatte die meiste Zeit der letzten beiden Jahre oben in Wittow verbracht, dem Windland, dem nördlichsten Zipfel der Insel. Oder in Bergen, wo sie ihre *Sprechstunde Älterwerden* veranstaltete oder Behördengänge erledigte. Auf Mönchgut war sie erst einmal kurz gewesen. Sie hatte den Eindruck, dass sich die südöstlich gelegene Halbinsel nicht nur geografisch in einer Randlage befand. Auch der Tourismus hatte das Fleckchen vergessen und fand größtenteils in den Seebädern statt. Dabei gab es hier alles, was einen guten Urlaub ausmachte: die Ostsee, die in dem hufeisenförmigen Stück Land eine ruhige Bucht bildete, die Weite, blühende Wiesen, Steilküste, an die die Wellen glucksend schlugen, Luft, die nach Salz und Fisch und Algen duftete. Von hier war es nicht weit bis zur Nachbarinsel Usedom. Sogar den Streckelsberg konnte man an einem klaren Tag wie diesem sehen, Usedoms höchste Erhebung, die mit dem Bakenberg natürlich nicht mithalten konnte. Welch eine gute Idee, sich freizunehmen und hierherzukommen. Sie atmete tief ein und sah Niklas an. Der hatte schon wieder sein Telefon in der Hand. Wie konnte er jetzt auf sein Display starren, statt die himmlische Aussicht zu genießen? War es das, was er sich unter Zweisamkeit vorstellte?

Niklas sah kurz auf. »'tschuldigung, ich will nur kurz …« Schon war er mit den Gedanken irgendwo, nur nicht hier bei ihr.

Franziska atmete hörbar aus, drehte sich um und ging ein Stück.

»Ich dachte, wir gehen noch irgendwo etwas trinken«, sagte sie leise.

Keine Antwort. Wie es aussah, merkte er gar nicht, dass sie sich von ihm entfernte. Dann eben nicht. Franziska hatte einiges zurückgelassen, was sie an diesem Wochenende in Ruhe hätte erledigen können, von der Bügelwäsche über das Angebot des Tischlers bis zu verschiedenen Mails, die noch beantwortet werden mussten. Ihr wäre eine große Last von den Schultern genommen, wenn sie hinter all diese kleinen Aufgaben einen Haken setzen könnte. Doch sie wusste nur zu gut, dass ihr alles leichter und schneller von der Hand gehen würde, wenn sie sich eine Verschnaufpause gönnte. Deswegen hatte sie zugestimmt und war gerne mit Niklas gefahren. Wenn sie eines ganz sicher nicht wollte, dann einerseits von der Arbeit abgehalten und andererseits ständig daran erinnert werden.

»Hey, wo willst du denn hin?« Niklas' Stimme klang gereizt. Immerhin hatte er anscheinend doch registriert, dass er alleine auf der Aussichtsplattform war.

»Irgendwohin, wo es keinen Empfang gibt«, knurrte sie.

Niklas hatte sie eingeholt. »Jetzt sei doch nicht so empfindlich. Ich wollte doch nur schnell gucken, ob die Nummer zu dem Typen gehört, dem ich wegen des Weingeists auf Band gesprochen habe. Ich brauche schnell eine Lieferung, und der hat echt unschlagbar gute Preise.«

»Ich dachte, du wärst dir mit Rasmussen einig geworden. Hast du nicht gesagt, er will dir entgegenkommen, weil er dich schon so lange beliefert und du immer pünktlich zahlst.« Sie sah ihn fragend an.

»Entgegenkommen!« Er schnaubte. »Rasmussens Entgegenkommen liegt noch immer deutlich über dem Angebot, das ich im Internet ausfindig gemacht habe. Ich hab nichts zu verschenken, Ziska. Die Villa hat so viel verschlungen …«

Sie stöhnte. Nicht dieses Thema. Es war hauptsächlich ihr Geld, das in dem Umbau steckte. Und das ihres Vaters, der es sich nicht hatte nehmen lassen, die beiden zu unterstützen. In Wirklichkeit hoffte der alte Pfennigfuchser wahrscheinlich auf eine anständige Rendite, vermutete sie. Und das war legitim. Niklas hatte natürlich auch etwas investiert, aber eben längst nicht so viel wie sie. Wenn sie ihn jetzt daran erinnerte, dauerte es nicht mehr lange, und sie fanden sich mitten in dem schönsten Streit wieder. Offenbar dachte er ähnlich, denn er ignorierte ihr Stöhnen.

»Ach komm«, sagte er, »ich habe wirklich nur kurz im Netz geguckt, ob die Telefonnummer zu dem Typen gehört. Und jetzt ist Feierabend, und wir gehen was trinken.« Weil sie nichts sagte, sah er sie von der Seite mit einem Hundeblick an, mit dem er selbst eine eiserne Lady um den Finger gewickelt hätte.

»Und, gehört sie zu dem Typen?«, wollte Franziska wissen.

Er nickte. »Ich rufe gleich Montag früh an.«

In der Nähe ihrer Ferienwohnung am Rande von Gager gab es genau eine Gaststätte. Der Wind hatte aufgefrischt, und Franziska hatte keine Jacke mitgenommen.

»Ich glaube, ich würde ausnahmsweise lieber drinnen sitzen«, meinte sie. »Obwohl … Bestimmt kann man die Luft dort schneiden. Aber draußen ist es zu kalt«, murmelte sie vor sich hin.

»Sind wir mal wieder besonders entscheidungsfreudig?«, neckte er sie. Ehe sie antworten konnte, entschied er: »Wir gucken uns den Laden mal an.«

Eine Minute später standen sie in einer Gaststube, die sich, wie es aussah, seit mindestens dreißig Jahren nicht im Geringsten verändert hatte. Die grünen, samtig schimmernden Polster der Sitzflächen und der Rückenlehnen der klobigen Holzstühle waren abgewetzt und fleckig. Zweier- und Vierertische standen in drei Reihen in dem hohen Raum, der von viel zu vielen und viel zu hellen Lampen beleuchtet wurde. Auf den Tischen gab es Kunststoffblumen mit Staubhäubchen. Der Geruch von frisch zubereitetem Fisch hätte appetitlich sein können, wenn er nicht eine unheilvolle Symbiose mit dem Moder der Gardinen und schweren Vorhänge eingegangen wäre.

»Ich glaube, ich friere lieber ein bisschen, bevor ich hier …«, setzte Franziska an. Dann brachte sie kein Wort mehr heraus. Ein Mann war hinter den Tresen getreten.

Er sah zu ihnen herüber. »Moin!«

Sie starrte ihn an. Conor! Das war natürlich nicht möglich. Und Conor hätte nie im Leben Moin gesagt. Er war Ire und kannte nur vier deutsche Wörter: Bier und Ich liebe dich.

»Alles in Ordnung?« Niklas nahm behutsam ihren Arm.

Sie hatte Mühe, sich zu konzentrieren, und spürte seinen prüfenden Seitenblick. »Ja, ja, klar. Wieso?«

»Du siehst blass aus.«

»Vielleicht arbeite ich im Moment zu viel«, platzte sie heraus. Endlich konnte sie sich von dem Anblick des Mannes hinter dem Tresen losreißen und sah Niklas an. Dessen Miene wirkte ungewohnt hart, seine Kieferknochen zeichneten sich unter der Haut ab. »Entschuldige!«, sagte sie schnell. Sie bedauerte ihren patzigen Ton und den ziemlich überflüssigen Kommentar. Erst denken, dann reden, das war ein Ratschlag, den sie ihren Klienten gern mit auf den Weg gab. Leider stellte sie in so mancher Situation fest, wie schwer es war, Theorie und Praxis in Einklang zu bringen.

»Genau. Darum habe ich dich hierhergeschleppt«, entgegnete er kühl. »Deshalb und weil ich auch ziemlich viel um die Ohren habe. Ich hatte in letzter Zeit das Gefühl, wir zwei kommen zu kurz. Als Paar, meine ich. Aber irgendwie scheint uns die Ruhe auch nicht gut zu bekommen.« Eben hatte er noch einen bockigen Eindruck auf sie gemacht, jetzt klang er bedrückt.

Sie musste schlucken. »Entschuldige«, wiederholte sie. »War echt blöd von mir. Wahrscheinlich können wir beide nicht so schnell umschalten. Wir sind ja gerade erst angekommen.« Sie lächelte. »Es war ziemlich süß von dir, mich hierher zu entführen.«

Er verzog das Gesicht. »Ziemlich süß?«

»Ja. Und wenn du so zerknautscht aus der Wäsche guckst, bist du noch süßer.« Sie beugte sich zu ihm hinüber und hauchte ihm einen Kuss auf die Wange. Dann warf sie schnell einen Blick zur Theke. Der Mann achtete nicht auf sie, sondern war mit seinem Mobiltelefon beschäftigt. Sie atmete auf, eine Reaktion, die sie selbst heftig irritierte. »Lass uns gehen«, schlug sie vor, hakte sich unter und schob Niklas zum Ausgang. »Hier ist es so gemütlich wie bei deiner Mutter«, flüsterte sie. »Und draußen ist es zu kalt. Lass uns in der Wohnung noch einen Tee trinken und dann früh schlafen. Wie hört sich das an?«

»Nach einer echt heißen Nacht«, entgegnete er und zog eine Augenbraue hoch.

»Wir sind doch zwei Nächte hier«, meinte sie leichthin, »eine zum Ausruhen, eine zum … du weißt schon.« Sie grinste schief.

Niklas sah sie lange an. Schließlich sagte er: »Ist vielleicht wirklich eine gute Idee. Du bist schon wieder ziemlich blass. Wenn das nicht besser wird, musst du mal zum Arzt gehen.«

Das musste sie auf jeden Fall, nur wollte sie darüber jetzt absolut nicht nachdenken.

»Ach Quatsch! Ich brauche eine Nacht Ruhe und eine Nacht … du weißt schon. Dann habe ich auch wieder Farbe im Gesicht.«

Franziska wurde wach, ließ ihre Augen aber noch geschlossen und lauschte den Geräuschen, die durch das geöffnete Fenster zu ihr drangen. Regen. Wie schade. Eigentlich hatten Niklas und sie vorgehabt, den Mönchguter Museumshof zu besichtigen. Er hatte nämlich gebeichtet, noch nie in Rügens größtem Freilichtmuseum gewesen zu sein.

»Sei froh, dass ich auf die Insel gekommen bin«, hatte sie erklärt. »Ohne mich hättest du nie die Störtebeker Festspiele besucht und wahrscheinlich auch nie dieses berühmte Museum.«

»Ich werde dir noch auf dem Sterbebett dafür danken«, hatte er erwidert. »Wie leer wäre mein Leben gewesen, wenn du nicht aufgetaucht wärst.«

»Das hast du schön gesagt!«

»Weil es stimmt. Ich hätte echt nicht gerne auf diese spektakulären Erfahrungen verzichtet.«

Ihre Lippen verzogen sich zu einem Lächeln. Sie lauschte weiter den Tropfen, die auf das Fensterbrett oder vielleicht ein Vordach fielen. Nicht schlimm, dachte sie, der Museumshof bot neben einem Wohnhaus Ställe und Scheunen, in denen es einiges zu sehen geben sollte. Sie räkelte sich. Trotzdem ein bisschen schade, auf den Kräutergarten hatte sie sich besonders gefreut. Ach was, bestimmt war es nachher trocken, wenn sie sich auf den Weg machten. Kaum hatte sie den Gedanken beendet, hörte das Trommeln auf. Sie stutzte. Das war ja drollig. Abrupt hatte sich der Regen verkrümelt. Klack, klack, klack. Doch nicht, im Gegenteil. Jetzt prasselte es heftiger als zuvor. Kurze Pause, wieder Prasseln. Was war denn das für ein eigenartiger Regen? Franziska war endgültig wach, öffnete die Augen und richtete sich auf. Niklas saß über sein Laptop gebeugt und arbeitete. Von wegen Tropfen, es war das Klappern der Tastatur gewesen. Stöhnend ließ sie sich in die Kissen fallen.

»Das kann doch wohl nicht wahr sein.«

Niklas sah überrascht auf. »Das ist ja eine nette Begrüßung«, brummte er.

»Das ist ja auch ein netter Anblick am frühen Morgen«, konterte sie. »Im Urlaub!« Energisch schob sie die Decke weg und sprang aus dem Bett. »Ganz ehrlich, da hätten wir auch zu Hause bleiben können«, meinte sie und ging, ohne seine Erklärung abzuwarten, ins Badezimmer. Sie hörte ihn etwas sagen, verstand aber kein Wort. Als sie eine Weile später frisch geduscht und die Haare zu einem Pferdeschwanz gebunden zurück in den Wohn-/Schlafraum kam, hatte Niklas noch immer seinen kleinen Computer auf dem Schoß. Der Frühstückstisch war nicht gedeckt, es gab noch keinen Kaffee.

Sie ging zu ihm und gab ihm einen flüchtigen Kuss. »Guten Morgen.« Dann seufzte sie und machte sich schweigend an der Kaffeemaschine zu schaffen.

»Jetzt sei doch nicht so genervt.« Niklas klang auch nicht gerade, als würde er gleich vor lauter guter Laune platzen. »Ich wollte dich schlafen lassen und habe lediglich die Zeit genutzt, bis du wach bist.«

»Bis ich wach bin, um das Frühstück zu machen, wie zu Hause auch jeden Morgen«, gab sie zurück. »Ich hätte es schön gefunden, wenn du das zur Abwechslung mal gemacht hättest.«

»Dann wärst du von dem Geschirrgeklapper ja doch wach geworden. Wäre dir das lieber gewesen?«

»Nein, hast recht.« Was sollte sie sonst dazu sagen? Die Kaffeemaschine gluckerte, und sie ging zur Wohnungstür.

»Was ist denn jetzt los?« Niklas hörte sich an, als würde er in der nächsten Sekunde explodieren. »Haust du jetzt ab oder was?«

»Ich denke, du hast das Apartment mit Brötchenservice bestellt.« Sie öffnete. Wenigstens ein Lichtblick. Am Türgriff baumelte eine kleine Tüte, aus der es appetitlich duftete.

Es war ein schweigsames Frühstück geworden. Dann waren sie mit den Fahrrädern zu ihrer Besichtigung aufgebrochen. Sie hatten die Kutschen betrachtet und lange vor den verschiedenen Trachten gestanden, die noch immer für Folkloreveranstaltungen genutzt wurden, wie ein Schild verriet. Auch diverse Gerätschaften, die vor zig Jahren in der Landwirtschaft üblich waren, hatten sie sich angesehen. Dabei hatten sie kaum ein Wort gewechselt. Niklas hatte ein paar Versuche unternommen, die Stille zu unterbrechen, die wie kaltes Motoröl zwischen ihnen hing.

»So ein Häubchen würde dir bestimmt auch gut stehen«, hatte er etwa gesagt. Oder: »Was soll das denn sein? So'n Ding habe ich noch nie gesehen.« Dann hatte er sich einer Tafel gewidmet, auf der die Verwendung des merkwürdigen Gebildes erläutert wurde.

Franziska fand es unerträglich, wie zwei Touristen über belanglose Themen zu reden, ohne geklärt zu haben, was seit dem Morgen zwischen ihnen stand. Sie hasste es selber, brachte aber nichts anderes fertig, als einsilbig zu antworten und hinter Niklas herzutrotten, bis sie beinahe den gesamten Museumshof abgegrast hatten.

»Deine Begeisterung ist echt ansteckend«, sagte Niklas irgendwann entnervt. »Okay, wenn die Trachten dich schon nicht aus den Socken gehauen haben und die Ackergeräte dich auch nicht beeindrucken, dann habe ich nur noch ein Ass im Ärmel.« Er machte eine effektvolle Pause. »Den Kräutergarten.« Als sie wiederum nicht darauf einging, drehte er sich in dessen Richtung und lief weiter. Franziska marschierte lustlos hinter ihm her. Auf einmal blieb er stehen. Sie trat ihm in die Hacken und knallte gegen seinen Rücken. Während sie einen Schritt zurücktrat, wandte er sich ihr zu und baute sich vor ihr auf. »Das reicht jetzt, Ziska. Ich habe echt keine Lust auf diesen Mist.«

»Was ist denn jetzt los?«, fragte sie kleinlaut, obwohl sie die Antwort natürlich kannte.

»Ja, ich hätte heute Morgen zur Abwechslung mal den Frühstückstisch decken können. Ich habe mich nicht dagegen entschieden, weil ich so unfassbar faul bin, sondern weil ich das Gefühl hatte, du könntest noch ein paar Stunden Schlaf gebrauchen. Nur weil ich so früh wach war, musstest du nicht auch aufstehen. Hätte ich mit den Schränken und dem Geschirr hantiert, wärst du garantiert wach geworden.« Da sie nichts sagte, polterte er weiter: »Die Zeitung hatte ich schon durch, da fiel mir ein, dass ich schnell eine Mail schreiben könnte, um die Zeit gut zu nutzen, ohne Lärm zu machen. Ich habe gründlich darüber nachgedacht, Ziska, aber ich kann keinen Grund dafür entdecken, dass du seitdem wie die beleidigte Leberwurst durch die Gegend läufst.«

Franziska fühlte sich, als stünde sie mit dem Rücken an der Wand. Klar hatte er recht, aber nur zum Teil. Als sie unter der Dusche gestanden hatte, wäre ja wohl die Gelegenheit gewesen, schon mal den Tisch zu decken. Sie kannte sich, sie hätte genau wie er noch schnell die Arbeit beendet, die Mail fertig geschrieben. Also sparte sie sich den Einwand, der ohnehin ziemlich kleinlich gewesen wäre. Aber wenigstens hätte er ihr den Vortrag doch auch in einem anderen Ton halten können, oder nicht? Ihr fiel partout nichts Schlaues ein, was sie hätte erwidern können, also hielt sie den Mund.

»Weißt du was, ich gebe dir einen Grund, mit Leichenbittermiene herumzulaufen. Der Typ, der mir den Weingeist verkaufen will, ist gerade in Stralsund. Er kommt aus Dortmund und hat hier einen Termin, fährt aber am Sonntag früh wieder. Deswegen hat er gestern so spät noch versucht, mich zu erreichen. Ich würde den total gerne treffen, fand das bis vorhin aber nicht okay.«

»Aber jetzt ist es okay?«, fragte sie zaghaft.

»Ja. Meine Zeit ist mir zu schade, um noch länger schweigend durch dicke Luft zu stapfen. Ich fahre da jetzt hin. Und wenn du dich nachher beruhigt haben solltest, gehen wir zusammen essen und machen uns einen netten letzten Abend. Oder wir packen gleich unsere Klamotten und fahren nach Hause. Das liegt an dir.« Er küsste sie auf die Wange, was etwas Versöhnliches hatte. Trotzdem oder gerade deshalb schossen ihr die Tränen in die Augen. Sie schluckte und sah ihm nach.

»Tschüss«, flüsterte sie, »fahr vorsichtig!« Blöder Mist, am liebsten hätte sie ihn aufgehalten, hätte ihm gesagt, wie leid es ihr tat. Andererseits wäre es dämlich, die Gelegenheit ungenutzt verstreichen zu lassen, diesen Händler aus Dortmund zu treffen. Wenn er schon einmal hier war, sollte Niklas ihn auch kennenlernen und mit ihm reden. Sie hätte genau das einfach nur laut aussprechen müssen. Aber nein, sie führte sich auf wie ein bockiges Kind. Sehr viel besser war er jedoch auch nicht. Er hätte ihr in aller Ruhe erklären können, was los ist, statt erst einen auf lustiger Tourist zu machen und dann plötzlich zu schimpfen wie der sprichwörtliche Rohrspatz. Mit hängenden Schultern trottete sie zum Kräutergarten. Der Duft von Minze stieg ihr in die Nase, die gelblich samtigen Blätter des Salbei verschwammen vor ihren Augen. Warum waren Beziehungen nur so kompliziert? Warum geriet man sich in die Haare, wenn man sich doch liebte? Gut möglich, dass das gar nicht immer so war. Sie war momentan irgendwie dünnhäutiger als üblich, bestimmt wegen der vielen Veränderungen, die ihr Leben ganz schön auf den Kopf gestellt hatten. Wenn sie darüber nachdachte, waren achtzehn Monate eine verdammt kurze Zeit, um all das zu verdauen: den lang vermissten und von den Eltern sogar geleugneten Bruder wiederfinden, die große Liebe kennenlernen, den Wohnort wechseln, neue berufliche Schwerpunkte setzen und obendrein noch ein altes Haus komplett renovieren und umgestalten. Sie brauchte kein langes Wochenende voller Zweisamkeit, sie brauchte einen längeren Urlaub ganz für sich allein, schoss es ihr durch den Kopf. Nur wie sollte das gehen? Wenn das große Ziel nicht auf einmal zu erreichen ist, konzentriere dich auf kleine Schritte. Predigte sie das nicht ihren Klienten? Es wäre nicht dumm, sich auch selbst daran zu halten.

Sie ließ den Museumshof hinter sich und bummelte die Strandstraße entlang, vorbei an Eisdielen und italienischen Restaurants. Ferien in Italien, das wäre es jetzt. Früher war sie jedes Jahr mindestens einmal in ihrem Lieblingsland gewesen. Mit einer Ausnahme. Sie passierte den kleinen Hügel mit dem Kriegerdenkmal darauf und kam an Tennisplätzen vorbei, ohne auch nur einen einzigen Blick auf die Spieler zu werfen. Das hohle Pochen der Bälle, die über den Boden hüpften oder auf die Schläger prallten, verlor sich schnell, während sie die Bernsteinpromenade überquerte und bei der Seebrücke den Nordstrand betrat. Sie lief zwischen den Strandkörben hindurch ganz nach vorn, dorthin, wo die Ostseewellen dem Sand einen dunklen Saum malten. Das vergnügte Quietschen der Kinder, das Rufen der Eltern und die Musik, die hier und da aus kleinen Boxen ertönte, zerrten an ihren Nerven. Sie wollte alleine sein. Doch das war zu dieser Jahreszeit in einem Küstenort schwer möglich.

Franziska hatte die Schuhe ausgezogen und lief immer geradeaus. Ihre Füße gewöhnten sich schnell an die Temperatur, und ihr Blick auf das wogende Wasser, auf das ständige Hin und Her, auf die Sandkörner und Steinchen, Muscheln und Quallen hatte etwas Beruhigendes. Allmählich fiel die Anspannung von ihr ab, und ihre Gedanken glitten automatisch nach Irland. Die Erinnerung war so klar, dass sie die Hügel ganz deutlich vor sich sah, von einem so saftigen Grün überzogen, dass man hineinbeißen wollte. Als sie am Vorabend erklärt hatte, Mönchgut sehe gar nicht nach Rügen aus, und Niklas sofort auf Irland getippt hatte, war ihr ein Schauer über den Rücken gelaufen. Ihr war dieses wundervolle Land ewig nicht mehr so bewusst in den Sinn gekommen.

Der feuchte Sand massierte ihre Fußsohlen. Es gluckste leise, wenn das Salzwasser ihre Zehen umspülte. Sie blickte kurz auf und bemerkte, dass sie den Abschnitt der Strandkorbvermietung hinter sich gelassen hatte. Hier und da lagen noch Leute auf ihren Handtüchern. In der Ferienzeit der großen Bundesländer würde es hier vermutlich auch voll sein, doch jetzt war die Zahl der Menschen überschaubar. Den Möwen gelang es leicht, die wenigen Stimmen mit ihrem Kreischen zu übertönen. Franziska musste schmunzeln. Ihr erstes Studium hatte sie abgebrochen, nach nur zwei Semestern Betriebswirtschaftslehre war sie an einem ähnlichen Punkt angekommen. Sie wollte wieder hinschmeißen, etwas ganz Neues anfangen. Der Inhalt der Vorlesungen erschien ihr unerträglich trocken. Andererseits bot das Fach unzählige Chancen in nahezu jeder Branche. Wenn sie so zurückdachte, wurde ihr bewusst, dass es eine Sekretärin an der Uni gewesen war, die die Weichen für ihr Leben gestellt hatte. Nicht etwa, weil sie ihr vorgeschlagen hatte, ein Auslandssemester zu machen, sondern weil sie ihre Unentschlossenheit auf den Punkt gebracht und ihr eine sehr simple Methode verraten hatte, die einem dabei helfen konnte, Entscheidungen zu treffen.

»Habe ich von einem Freund, der ist Personal Coach«, hatte sie beiläufig erklärt. Das war die Initialzündung für Franziska gewesen. Zum einen hatte diese Methode sie nach Irland geführt, zum anderen war sie den Gedanken nie mehr losgeworden, dass es Techniken gab, die in Entscheidungssituationen verlässlich helfen konnten, die richtige Lösung zu wählen. Gerade weil sie sich selbst oft so schwer damit tat, hatte es sie von Anfang an gereizt, das anderen Unentschlossenen beizubringen.

Irland also statt Italien, wie sie es sich gewünscht hatte. Und dann hatte sie Conor kennengelernt. Er war damals kurz davor gewesen, die Spinnerei seiner Eltern zu übernehmen. Das Studium sollte ihm den theoretischen Unterbau zur Praxis liefern, die er quasi schon mit der Muttermilch aufgesogen hatte. Franziska blinzelte, als sie ihren Blick über das glitzernde Meer schweifen ließ. Da war plötzlich ein Kribbeln in ihrem Bauch, als hätte sie sich in dieser Sekunde verliebt. Wie lange hat sie nicht mehr an Conor gedacht! Bis gestern dieser Wirt hinter den Tresen getreten war. Mit etwas Abstand war sie sicher, dass er keine große Ähnlichkeit mit Conor hatte, so wie Mönchgut nicht viel Gemeinsamkeiten mit Irland aufwies. Es war wahrscheinlich nur eine Kleinigkeit gewesen, dazu ihre emotionale Verfassung, und ihr Geist hatte ihr vorgegaukelt, Conor sei in dem altbackenen muffigen norddeutschen Restaurant aufgetaucht. Zwischen den vielen Kommilitonen, die zum Teil exakt der Vorstellung entsprochen hatten, die sie von Iren gehabt hatte – rote Haare, Sommersprossen, ständig ein bisschen zu laut –, fiel Conor sofort auf. Er hatte schwarze Haare, die immer so aussahen, als wäre er gerade erst aus dem Bett gekommen. Seine Haut war nie ganz blass, weil er viele Stunden draußen auf den Weiden zubrachte.

»Die Schafe liefern uns den Rohstoff, ohne den wir den Laden dichtmachen könnten«, hatte er ihr erklärt. »Da gehört es doch wohl zu meinem Job, mich um die Tiere zu kümmern.«

Ein brillanter Vorwand, um sich in die beeindruckende Natur der Grafschaft Wicklow mit ihren riesigen Moorgebieten, Bergen und Seen zurückzuziehen und Gitarre zu spielen. Franziska hatte sich sofort in Conor verliebt. Ihn umgab eine geheimnisvolle Aura. Alles an ihm schien zerbrechlich zu sein, doch auf eine äußerst männliche Weise. Ein kratziger Kerl, der einer Prügelei nicht aus dem Weg ging, der bei Sturm und Regen, der waagerecht zu fallen schien, über steile Klippen kletterte, um ein verunglücktes Lamm zu bergen, und der im nächsten Moment sein Instrument schnappte und eine Ballade anstimmte, die einem eine Ganzkörper-Gänsehaut bescherte. Vier Monate waren sie ein Paar gewesen.

»Bleib für immer hier«, hatte er gesagt, als der Abschied näher kam, und sie lange mit diesen dunklen melancholischen Augen angesehen. Aber das ging doch nicht so einfach. Vor allem zog man doch nicht gleich zu jemandem, den man kaum kannte.

Als Franziska die Strandkörbe von Baabe hinter sich gelassen hatte, drehte sie um. Sie wäre liebend gern weiter einfach geradeaus gelaufen, in ihren Erinnerungen versunken. Aber zurück zum Museum, wo ihr Fahrrad stand, war es bestimmt noch eine Dreiviertelstunde. Und dann musste sie ja auch noch nach Gager radeln. Dort hatte sie vor, sich nach einem hübschen Lokal für den letzten Abend umzusehen. Sie wollte wenigstens noch ein paar entspannte friedliche Stunden mit Niklas verbringen, ehe sie am nächsten Tag zurück in ihren überladenen Alltag mussten. Niklas. Wie lange hatte sie ihn gekannt, als sie sich entschieden hatte, zu ihm nach Rügen zu kommen? Schnell schob sie diesen Gedanken beiseite. Das war schließlich etwas ganz anderes.

In einem Bau mit Reetdach direkt am kleinen Hafen von Gager hatte vor wenigen Wochen ein Restaurant eröffnet. Auf der Karte stand viel Fisch. Der Koch orientierte sich an typischen regionalen Rezepten – Rügener Kochfisch, Jasmunder Senfeier, im Herbst und Winter gab es Kohl von heimischen Feldern in allen Varianten. Franziska war begeistert. Sie wusste, dass dieses Lokal auch Niklas' Geschmack treffen würde. Es war goldrichtig für eine Versöhnung. Und die musste her! Niklas hatte recht gehabt, es gab keinen vernünftigen Grund, dass sie derartig gereizt reagiert hatte, jedenfalls keinen, den er zu verantworten hatte. Sie musste sich entschuldigen. Ihren Klienten riet sie, erst zu denken und Abstand zu gewinnen, ehe sie handelten oder den Mund aufmachten. Das bekam sie selbst in letzter Zeit ja ganz großartig hin.

Sie hatte gerade die Haare geföhnt und sich angezogen, als sie ihn kommen hörte. Niklas schloss auf und betrat die Ferienwohnung. Franziska erwartete ihn. Zwei Atemzüge lang sahen sie einander nur an.

»Tut mir leid wegen vorhin«, sagten sie dann gleichzeitig und mussten lachen.

»Keine Ahnung, warum ich mich so dämlich aufgeführt habe«, erklärte Franziska, kam auf ihn zu und gab ihm einen Kuss. »Du konntest jedenfalls ganz sicher nichts dafür. Bitte entschuldige.« Sie sah zu ihm hoch.

»Na ja, es war auch nicht gerade eine Glanzleistung, dir, besser gesagt, uns ein arbeitsfreies Wochenende zu verordnen und dann weder Handy noch Laptop wegzupacken. Hattest schon recht, dich zu beschweren.«

»Du wolltest mich nicht wecken und hast nur die Zeit sinnvoll genutzt. Das war sehr rücksichtsvoll und lieb und clever«, setzte sie an. »Ich war bockig wie ein Kindergartenbalg.«

»Okay, nachdem wir uns vorhin gegenseitig fertiggemacht haben, geißeln wir uns jetzt jeder selbst. Hab ich das richtig verstanden? Weißt du was?« Er legte ihr die Arme um die Taille. »Ich nehme deine Entschuldigung einfach an und bin der Nette, der alles richtig gemacht hat.«

Sie wollte protestieren, freute sich aber viel zu sehr, ihn endlich wieder glücklich lächeln zu sehen. Ihr ging das Herz auf, sie schmiegte sich an ihn.

»Einverstanden«, sagte sie seufzend.

»Dann darf ich davon ausgehen, dass wir jetzt schön essen gehen, uns einen netten letzten Abend machen und danach … du weißt schon?« Er grinste frech.

Ein verräterisches Ziehen schoss wie ein kleiner Blitz durch ihren Körper. »Davon kannst du ausgehen.«

Sie bummelten zum Hafen und bekamen einen windgeschützten Platz auf der Restaurantterrasse. Dieses Mal hatte Franziska an ihr gestricktes Schultertuch gedacht. So konnten sie lange draußen sitzen und den Segelbooten zusehen, die sich hoben und senkten, wenn ein Schiff in den Hafen einlief. Möwen hüpften über die großen Steinquader am Kai und pickten Reste von Keksen oder Brötchen auf, die Kinder im Lauf des Tages verstreut haben mochten. Oder sie ließen sich gemächlich auf den Holzpfählen nieder, die die Bootsstege hielten, und putzten sich mit ihren gelben gebogenen Schnäbeln das Gefieder.

»Wie war das Treffen mit diesem Händler aus Dortmund?«, wollte Franziska wissen.

»Wollen wir das nicht bis morgen aufschieben?« Er zog eine Augenbraue hoch. »Das ist immerhin Arbeit, jetzt haben wir aber noch Ferien.«

»Quatsch.« Sie schüttelte energisch den Kopf. »Ich möchte doch wissen, ob du die Sorge wegen der gestiegenen Preise los bist.«

»Bin ich.« Er strahlte.

Ein Kellner mit langer Schürze und einem akkurat gestutzten Franz-Josef-Bart, der von einer Schläfe abwärts hoch zur Oberlippe, von dort auf der anderen Seite wieder nach unten und dann zur anderen Kotelette lief und aussah, als hätte sich der Mann ein schwarzes W in sein Gesicht gemalt, brachte das Essen. Franziska hatte sich Schnüsch bestellt, einen sommerlichen

Eintopf aus Möhren, Erbsen, Kohlrabi und Kartoffeln. Das Gemüse duftete köstlich, aber auch der Duft, der von Niklas' gemischter Fischplatte zu ihr wehte, war äußerst appetitlich. Sie schnappte sich ihren Löffel und versuchte damit, etwas von dem Dorsch zu fassen zu kriegen.

»Wenn du Fisch essen willst, warum bestellst du dir dann Gemüse?«, fragte Niklas.

»Ich will keinen Fisch. Ich will nur mal probieren.«

Er schüttelte belustigt den Kopf. »Dass du Leute berätst, die sich entscheiden müssen, ist echt der blanke Hohn«, meinte er. Ehe sie sich verteidigen konnte, erzählte er von seinem Treffen: »Ist ein netter Typ, dieser Herr Erkel aus Dortmund, mit einer guten Einstellung und anscheinend mit richtig guten Produkten.«

»Das heißt, Rasmussen ist dich als Kunden los«, stellte sie fest.

»Ich glaub schon. Erstens kann ich mir nicht vorstellen, dass Rasmussen plötzlich bereit ist, mir einen anderen Preis zu machen, zweitens habe ich bei dem Erkel ein echt gutes Gefühl. Er hat mir gleich einen Fünf-Liter-Kanister dagelassen. Nix Vorkasse oder Barzahlung. Er schickt mir mit dem Rest, den er liefert, eine Rechnung. Gesa wird sich freuen, dann kann sie endlich ihren Sanddorn-Orangen-Likör ausprobieren.«

Sie plauderten, und zum Nachtisch gönnten sie sich hausgemachte rote Grütze mit ebenfalls selbst gemachter Vanillesoße. Niklas trank Bier, Franziska genoss ihre Rhabarberschorle, die ein ausgesprochen erfrischendes Aroma hatte.

»Ein Schuss Zitrone und die Minze, die wir im Wasser eine Weile ziehen lassen, sind das Geheimnis«, hatte der Franz-Josef-Bart erklärt.

Franziska bedauerte sehr, dass es schon ihr letzter Abend war. Sie hätten gestern bereits hier einkehren und heute einen herrlichen Tag zusammen verbringen sollen. Jetzt war die Zeit verstrichen, und sie würden sich wieder nur kurz sehen und meist viel zu müde sein, um ausführlich miteinander zu reden.

»Und was hast du mit dem angebrochenen Tag gemacht?«, wollte Niklas gerade wissen. »Konntest du den Kräutergarten trotzdem noch ein wenig genießen?«, fragte er sanft.

»Ich hatte wohl ein bisschen zu viel davon erwartet.« Sie lächelte. »Man darf den nicht mit richtigen Kräuterabteilungen in botanischen Gärten oder mit Klostergärten vergleichen. Aber er war ganz hübsch.«

»Klingt nicht so, als hättest du da noch Stunden zugebracht. Warst du noch in Göhren bummeln?«

»Ich bin am Strand bis nach Baabe gelaufen«, gab sie knapp zurück. »War ganz schön.« Dann wechselte sie das Thema. »Hast du eigentlich das Theater um diesen Schrägaufzug in Göhren mitbekommen? Dieses Ding, das aussieht wie ein Stück Achterbahn zwischen zwei gläsernen Bushäuschen?«

Er runzelte verwirrt die Stirn. »Hab mal was davon gehört. Wieso?«

Sie erzählte, dass sie daran vorbeigekommen sei und dass sie von den langjährigen Streitereien um den Lift gehört habe, der einen hoch liegenden Ortsteil mit dem Rest Göhrens verbinden sollte. Es war keine besonders spannende Geschichte, aber es funktionierte. Niklas fragte nicht weiter nach, womit sie sich die Zeit vertrieben hatte. Gut so, denn sie hatte keine Lust, darüber zu reden. Sie hatte das Gefühl, sie müsste sonst von Conor erzählen, und danach war ihr absolut nicht zumute.

Erste Liebe

»Handle, bevor die Dinge da sind.
Ordne sie, bevor die Verwirrung beginnt.«

Laotse

So, Herr Meyer, heute ist also schon Ihr letzter Tag.« Franziska schlug die Beine übereinander und lehnte sich auf dem weißen Korbstuhl zurück. »Dann lassen Sie doch mal hören, welche Einsichten Sie während Ihrer Auszeit gewonnen haben.«

»Mein letzter Tag schon, ja, wirklich.« Er lachte leise. »Sie ahnen wahrscheinlich gar nicht, wie froh ich darüber bin, mich für dieses Coaching im Urlaub entschieden zu haben.«

Franziska machte große Augen. Komplimente und Lobeshymnen war sie gewohnt, wenn die in den letzten Monaten aufgrund ihres verschobenen Arbeitsschwerpunkts auch weniger geworden waren, doch von diesem Klienten hatte sie keine erwartet. Im Gegenteil, sie hatte das Gefühl gehabt, er sei beratungsresistent und weiche von den Entscheidungen, die er bereits vor seiner Reise nach Rügen getroffen hatte, durch keine Technik oder Methode der Welt ab, ganz gleich, welche neuen Erkenntnisse sie ihm brachte.

»Sie haben mich darin bestärkt, dass ich auch an mich denken darf und sogar muss«, ergänzte er schnell, als sie bereits Luft holte. »Das ist für mich keine ganz leichte Lektion, wissen Sie? Ich bin mit vier Geschwistern aufgewachsen. Ach, Sie kennen meinen Lebenslauf ja.« Er sah kurz verschämt auf seine Hände.

»Jedenfalls musste da jeder ständig Rücksicht auf die anderen nehmen und Kompromisse eingehen. Ich habe früh gelernt, dass man besser bei seinen Mitmenschen ankommt, wenn man sich nach ihnen richtet und tut, was sie wollen. Damit bin ich auch ganz gut gefahren.« Lange sagte er nichts mehr, sondern sah nachdenklich aus dem großen Fenster des Wintergartens. Franziska ließ ihn gewähren. Plötzlich holte er tief Luft, als wäre er aus einem stickigen Raum ins Freie getreten. »Ich war noch nie so viel alleine wie hier auf Rügen.« Er lächelte sie an. »Das war eine schöne Erfahrung«, sagte er rasch. »Vor allem ist es eine ganz wunderbare Kombination – die Gespräche mit Ihnen und die Stunden, die man auf dieser schönen Insel ganz für sich hat.« Er schüttelte langsam den Kopf und sah durch Franziska hindurch. »Das ist komisch, wissen Sie, mir sind in den letzten Wochen Erinnerungen hochgekommen, die ich völlig vergessen hatte.« Verdrängt wäre wohl das richtige Wort, vermutete sie. »Kleinigkeiten zum Teil«, erzählte er leise weiter. »Alles Situationen, in denen ich zurückgesteckt habe, in denen ich traurig war, weil ich nur an andere gedacht habe und darum selbst zu kurz gekommen bin. Mir ist klar geworden, dass ich gar nicht so gut damit gefahren bin, es anderen recht machen zu wollen, wie ich mir eingeredet habe.« Jetzt sah er ihr in die Augen. »Ich danke Ihnen sehr für diese Einsicht, Frau Marold.«

»Danken Sie sich, Herr Meyer. Ich habe Ihnen nur den Weg gezeigt, gegangen sind Sie ihn selber«, gab sie zurück, wie immer in solchen Momenten.

»Ab sofort werde ich an mich denken«, erklärte er feierlich.

»Das freut mich für Sie«, entgegnete Franziska aufrichtig. »Das bedeutet dann wohl, dass die Künstleragentur ihren besten Mann behält und Ihre Frau rein beruflich ohne Sie auskommen muss?« Das war im Grunde keine Frage, sondern eine Feststellung.

Gerade wollte sie ihm zu seinem Entschluss gratulieren, als er ruhig sagte: »Falsch! Ich habe begriffen, dass meine Frau immer über allem anderen stehen wird. Auch wenn mir der Job, den sie mir unbedingt zurückgeben will, nicht ganz so viel Freude macht wie der in der Agentur, verbringe ich dadurch doch mehr Zeit mit ihr. Und ich kann sie auf eine Weise unterstützen, wie es nicht vielen Ehemännern vergönnt ist.« Er machte eine Pause, und Franziska wusste nicht, was sie sagen sollte. »Wissen Sie, meine Frau ist meine erste große Liebe. Ich weiß nicht, wie es bei Ihnen ist. Oje, Verzeihung, das geht mich natürlich auch gar nichts an.« Seine Wangen färbten sich rötlich. »Ich bin einfach der festen Überzeugung, dass die erste Liebe, ich spreche von echter Liebe, nicht von einem Schwarm oder Flirt, dass die immer etwas Besonderes bleiben wird. Man gibt diesem Menschen ein Stück von seinem Herzen, ohne es je zurückzunehmen. Jeder, der danach kommt, kriegt nicht mehr hundert Prozent.« Er blickte zu Boden, und so konnte er nicht sehen, wie Franziska Tränen in die Augen schossen und sie die Lippen aufeinanderpresste. »Darum ist es ein so großes Geschenk, wenn man mit diesem ganz speziellen ersten Menschen sein Leben verbringen darf.« Pause. »Ach je, wahrscheinlich klingt das schrecklich kitschig, aber so empfinde ich es.« Er sah zu ihr auf.

Franziska wischte sich hektisch über die Augen. »Um ehrlich zu sein, Herr Meyer, das klingt schrecklich romantisch. Ich bin ganz gerührt.« Sie lachte unsicher. »Was Sie da eben gesagt haben, ist ganz wundervoll. Ihre Frau kann sich sehr glücklich schätzen, einen solchen Ehemann zu haben. Ich hoffe, sie weiß das.«

Lange nachdem sie sich von Herrn Meyer verabschiedet hatte, stand Franziska am bodentiefen Fenster und starrte den blauen Himmel an. Die erste große Liebe. Ein Stück des Herzens bleibt immer bei ihr. Das war kein Naturgesetz, keine mathematische Formel, die man beweisen konnte, das war nur die Sichtweise des Herrn Meyer, eines Mannes, den sie eigentlich für ein ziemliches Weichei ohne Rückgrat hielt. Dummerweise hielt sie ihn auch für einen äußerst sensiblen und sympathischen Menschen, der auf eine beinahe unzeitgemäße Weise mehr an andere als an sich dachte. Das beeindruckte sie. Und was er gesagt hatte, berührte sie tief. Conor – er war ihre erste Liebe. Der Gedanke, dass sie der nicht die Bedeutung beigemessen hatte, die sie verdient gehabt hätte, ließ sie nicht los. Warum hatte sie Conor und sich keine Chance gegeben? Ihr Leben hätte ganz anders verlaufen können. Vielleicht wäre sie nicht Coach, sondern Schäferin geworden. Wer konnte das schon wissen? Wäre sie dann heute glücklicher? Unsinn, worüber dachte sie hier eigentlich nach? Sie war glücklich. Und es war ganz bestimmt nicht ihre Erfüllung, mit sehr behaarten Vierbeinern im Regen auszuharren oder ihnen die müffelnde Wolle über die Ohren zu ziehen. Trotzdem – warum hatte sie es damals nicht wenigstens versucht? War ihr Wunsch nach einer Auszeit womöglich sogar aus dieser Richtung gekommen? Hatte sie vor zwei Jahren gespürt, dass es nicht nur die Klienten waren, sondern dass der ganze Job falsch für sie war? Es war nicht das erste Mal, dass sie sich nach dem Sinn fragte. Ihr Beruf hatte natürlich seine Berechtigung, nur war er eben so furchtbar theoretisch, so kopflastig. Er hatte so schrecklich wenig mit dem wahren Leben zu tun, mit der Natur. Sie hatte zwei gesunde Hände. Wie wenig sie damit zustande bringen konnte, war ihr spätestens dann bewusst, wenn sie versuchte, etwas an die Wand zu hängen, das schwerer war als eine Miniatur, oder wenn sie ein Geschenk verpacken wollte, das eine kompliziertere Form hatte als ein Buch. Sie seufzte tief. Sie hatte schon damals fließend Englisch gesprochen. Es wäre leicht möglich gewesen, ihr BWL-Studium komplett nach Irland zu verlegen und es dort abzuschließen. Conor wollte auf keinen Fall nach Deutschland kommen. Was hätte er hier auch machen sollen? Immerhin hatte er bereits eine Existenz, die mit seiner Heimat fest verknüpft war. Sie war diejenige, die flexibel hätte sein können. Doch das war sie nicht gewesen. Also hatten sie die Beziehung nur wenige Wochen, nachdem sie nach Hause zurückgegangen war, beendet. Im Grunde war es schon vorbei gewesen, als sie sich in Dublin verabschiedet hatten. Noch einmal seufzte sie. Bloß nicht daran denken. Conor hatte ihr gesagt, dass er nicht zum Flughafen kommen werde. Und dann war er doch da gewesen. Versteckt hinter einer Sonnenbrille, obwohl es den ganzen Tag regnete. Er hatte kaum gesprochen. Als er es doch tat, zitterte seine Stimme und quittierte schließlich ganz den Dienst. Franziska würde diesen Augenblick nie vergessen. Mitten im Satz hatte er nicht weitergekonnt. Ein Schluchzen war aus seiner Kehle gedrungen, dann hatte er sich umgedreht und war gegangen. Während ihr die Tränen in Sturzbächen über die Wangen gekullert waren, hatte sie tatenlos zugesehen, wie er seine Schritte beschleunigte und schließlich geradezu fluchtartig aus dem Abfluggebäude rannte. Das war jetzt zehn Jahre her. In jedem Hollywoodfilm hätte die Heldin in letzter Sekunde ihr Flugticket zerrissen, seinen Namen gerufen und wäre in seine Arme geflogen. Doch das war nicht Hollywood gewesen, sondern die graue Realität.

Die Tage verstrichen schnell wie Wimpernschläge. Termine, die gerade noch in weiter Ferne gelegen hatten, wurden zu Erinnerungen, ehe man sich auch nur einmal umgedreht hatte. Franziska hatte einige kurze Coachings angenommen, die ihr nicht viel Honorar gebracht hatten. Die letzten Arbeiten in der Villa Sanddorn stagnierten, weil alle Handwerker viel zu viel zu tun hatten. Das gesamte Haus fliesen, kein Problem. Einen Anbau mauern, herzlich gerne. Aber hier mal ein Geländer setzen, dort ein einzelnes Fenster austauschen, das lohnte sich nicht, dafür machte sich in diesen auftragsstarken Zeiten niemand auf den Weg zu einem Kunden. Vielleicht ganz gut so, weil Handwerker eben immer auch Geld kosteten. Niklas' Mitarbeiterin Gesa war für drei Wochen in den Urlaub verschwunden. Ihre Eltern feierten goldene Hochzeit und hatten sich gewünscht, noch einmal mit der gesamten Familie zu verreisen. Erst kürzlich war eine Karte aus Lugano gekommen.

»Mann, ist das schön hier! Ich wusste gar nicht mehr, wie gut mir die Berge gefallen. Und wie heißt es so richtig: Wenn ich den See seh, brauch ich kein Meer mehr. Ich glaube, ich bleibe hier. Nee, Scherz, ohne mich geht bestimmt alles drunter und drüber bei Rügorange. Dann werde ich wohl doch wiederkommen.«

Ganz so schlimm war es zwar nicht, aber Gesa fehlte tatsächlich an allen Ecken. Sie kannte den Betrieb seit vielen Jahren und war ein echtes Allround-Talent. Erschwerend kam hinzu, dass der Verlag, den Gesa für das Rezeptbuch hatte begeistern können, noch weitere Texte brauchte und zusätzlich um ein paar Anekdoten und Geschichten aus dem Alltag einer Sanddornplantage bat. Man komme nicht auf den geforderten Umfang, hieß es, und sie sollten bitte noch schnell Rezepte für fünf oder sechs Kreationen nachliefern. Noch schnell mal eben. Witzig. Es blieb ohnehin schon so vieles an Niklas hängen. Kimberly hielt zwar bisher, was sie von Anfang an versprochen hatte, doch sie war nun mal ein Neuling, und Niklas musste ihr viel erklären und einiges mit ihr gemeinsam auf den Weg bringen, ehe sie alleine weiter daran arbeiten konnte. So war es inzwischen August geworden, ohne dass Franziska und Niklas mehr Zeit für sich gehabt oder auch nur ein einziges Mal den Strand genossen hätten. Wie gut, dass Gesa ab Montag wieder da war. Doch auch dann war keine Entlastung in Sicht. Im Gegenteil, allmählich musste Niklas mit sämtlichen Erntehelfern Kontakt aufnehmen, sich noch einmal versichern, dass sie auch wirklich alle kommen würden. Er konnte seine Mannschaft nicht früh genug zusammenhaben.

»Hi, Zis, wie geht es dir? Alles in Ordnung?« Kimberly kam vom Hauptgebäude über den Hof in Franziskas Richtung.

»Alles bestens, danke. Und wie geht es dir? Hast du Feierabend?«

»Mir könnte es nicht besser gehen.« Sie strahlte. Jetzt war sie bei Franziska angekommen und drückte sie an sich wie eine alte Freundin. »Niklas ist der beste Chef, den man sich wünschen kann. Ich bin wirklich happy, dass er mit meiner Arbeit so zufrieden ist«, sagte sie verschwörerisch zwinkernd. »Ich hätte ja selbst nicht gedacht, dass die Kontakte, die ich für ihn in Berlin gemacht habe, so lohnend sind.«

»Ach ja? Wie schön.«

»Na ja, also, Bestellungen sind noch nicht so viele gekommen, aber ganz viele Nachfragen nach Proben und Katalogen. Das kenne ich von California, von den Mandeln. Erst verschickst du Prospekte und Warenproben, dann kannst du dich vor Aufträgen nicht retten.« Sie machte große Augen und lachte Franziska an. »Nächstes Mal müssen wir unbedingt einen eigenen Stand auf der Messe haben«, rief sie voller Tatendrang. »Ich habe Niklas das schon gesagt. So ein Stand kostet zwar viel Geld, aber das kriegen wir doppelt und dreifach wieder rein. Man muss den Stand nur ein bisschen moderner gestalten. Am besten mit einer … Wie sagt man?« Sie dachte kurz nach. »Mit der Expertise von einem Fachmann, der alle gesundheitlichen Effekte der Beeren bestätigt.«

»Streng genommen sind es keine Beeren, jedenfalls nicht im botanischen Sinn, sondern Schein-Steinfrüchte«, korrigierte Franziska sie. Niklas hatte ihr das bei ihrem ersten Spaziergang über die Felder erklärt, und sie fand, das sollte man wissen, wenn man beruflich mit Sanddorn zu tun hatte.

»Das interessiert doch keinen.« Kimberly lachte und machte eine wegwerfende Handbewegung. »Natürlich sollte das irgendwo auf einer Info-Tafel oder den Flyern zu lesen sein, aber du musst die Leute da abholen, wo sie sind. Und jeder sagt Beeren zu den kleinen Dingern.« Da hatte sie recht. »Ich werde das Werbematerial, das es momentan gibt, komplett umgestalten«, verkündete sie.

»Aber das ist doch noch gar nicht so alt. Ich kann mir nicht vorstellen, dass Niklas es schon wieder austauschen will«, meinte Franziska. Es war das Erste gewesen, das sie in ihrer Zeit bei Rügorange erledigt hatte. Sie hatte Rügens Landschaft, den Anblick der Plantage und die Ostsee optisch in den Mittelpunkt gerückt, was Niklas sehr gut gefallen hatte.

»Er ist clever«, sagte Kimberly überzeugt. »Er wird bestimmt einsehen, dass sich die Investition lohnt. Ganz sicher will er nicht, dass seine Außenwirkung so oldfashioned ist. Natur, Landschaft …« Sie zog die Augenbrauen hoch, und die Sommersprossen auf ihrer Stupsnase schienen zu hüpfen. »Das ist so langweilig. Vor allem, wenn man auf eine große Messe geht wie die ITB in Berlin. Die Leute müssen sofort den Eindruck haben, in ein Labor zu gucken. Wissenschaft, Wundermittel, lebensverlängernde Mittel, das ist es, was sie im Kopf haben müssen, wenn sie unsere Werbung sehen.«

»Aha. Ich hätte gedacht, dass naturbelassene Bioprodukte eher Menschen ansprechen, die bodenständig sind und von in Labor gezeugten Lebensmitteln abgeschreckt werden«, gab Franziska zu bedenken.

»Great«, rief Kimberly aus. »Es ist so toll, wie du dich in verschiedene Leute versetzen kannst. Darum bist du so gut in deinem Job.« Ihr Lächeln veränderte sich, bekam eine leicht überhebliche Note. »Aber in Sachen Werbung und Überzeugung bin ich der Profi.« Sie zwinkerte ihr zu, dann verabschiedete sie sich. Sie wolle noch shoppen gehen. »Die Hochsaison ist so gut wie vorbei, da hängt in einigen hübschen Boutiquen das Schild *Sale*.« Noch ein helles Lachen, weg war sie. Wenn sie da mal nicht zu spät dran war. Der Schlussverkauf hatte schon im Juli begonnen, jetzt waren vermutlich nur noch die Ladenhüter zu haben. Franziskas Mitleid hielt sich in Grenzen.

Franziska lief an den Sanddornfeldern entlang nach Osten. Ihre Gefühle drehten Pirouetten. Sie hatte Post von ihrem Klienten Herrn Meyer bekommen, der ihr noch einmal für alles gedankt und mitgeteilt hatte, dass er nun wieder im Unternehmen seiner Frau tätig sei. Sie freute sich für diesen Mann, der in seiner Meinung so fest war und der hier auf Rügen offenbar eine gute Zeit verbracht und etwas für sich gelernt hatte. Er war bestärkt und bereichert nach Hause gefahren. Genau das war das Ziel des Urlaubs-Coaching-Konzepts. Wenn sie so darüber nachdachte, stellte sie jedoch fest, dass am Ende er ihr eine wichtige Lektion erteilt hatte statt umgekehrt. Er hatte ihr seine Ansicht über die erste Liebe mit auf den Weg gegeben, als könnte er ihre Gedanken lesen, die seit dem Wochenende mit Niklas auf Mönchgut durch ihr Hirn wanderten. Und als ob das nicht schon für genug Aufruhr in ihrer Seele gesorgt hätte, kam jetzt auch noch Kimberly, die ihr Werk madigmachte. Na gut, sie war tatsächlich kein Profi in Sachen Werbung oder Grafikdesign. Gerade deshalb war sie so stolz auf ihre Entwürfe gewesen. Niklas und Gesa waren ebenfalls begeistert. Sogar Florian, der mit Sicherheit eine Menge kreatives Potenzial und damit einen guten Blick für solche Dinge hatte, fand es gelungen, wie die Schönheit der Plantage, der Sträucher mit ihren nadelartigen Blättern betont wurde.

Du bist in deiner Eitelkeit verletzt, sagte sie sich. Das war albern. Niklas würde entscheiden, ob er sich schon wieder von den Flyern und Aufstellern trennen wollte, die ihm gerade noch so gut gefallen und die nicht wenig Geld gekostet hatten. Es lohnte sich nicht, sich darüber zu ärgern. Selbst dann nicht, wenn Niklas sich gegen ihre Arbeit entscheiden sollte. Der Bessere ist des Guten Feind. Das war nichts Persönliches, basta. Doch was ihr Kopf begriff, wollte ihr Herz längst nicht akzeptieren. Es nagte an ihr, ob es ihr passte oder nicht.

Nachdem Franziska die Plantage und einen allein stehenden Resthof längst hinter sich gelassen hatte, kam die kleine Kirche von Vitt in Sicht, das Wahrzeichen des Fischerdörfchens. Jedes Mal, wenn sie ihr einen Besuch abstattete, bekam sie ein flaues Gefühl im Magen. Sie hatte das achteckige Gotteshaus, das von Weitem wie eine afrikanische Rundhütte aussah, zum ersten Mal betreten, nachdem ihr Vater ihr am Telefon erklärt hatte, dass sie wahrhaftig einen Bruder hatte. Jahrelang hatten er und ihre Mutter ihr weisgemacht, sie leide unter Halluzinationen, habe eine überbordende Fantasie. Und dann, rums, hatte er ihr die Wahrheit um die Ohren gehauen. Na ja, ihm war wohl nicht viel anderes übrig geblieben, nachdem sie ihm davon erzählt hatte, dass sie ausgerechnet auf Rügen plötzlich wieder daran hatte denken müssen, dass sie als kleines Mädchen ständig damit genervt hatte, einen großen Bruder zu haben. Ihr Vater Max wusste, dass seine erste Frau Marianne mit Jürgen nach Rügen gegangen war. Von dort hatte sie ihm das letzte Lebenszeichen geschickt. Deshalb war er von Anfang an strikt dagegen gewesen, dass Franziska ausgerechnet auf der Insel ein paar Monate verbringen wollte. Und deshalb war er bei dem Gespräch vermutlich so überfordert gewesen, dass er die Wahrheit auf den Tisch gepackt hatte. Wie in einen Kokon gehüllt, der alle Geräusche dämpfte und auch ihre Gedanken in eine watteweiche Masse verwandelte, war sie nach dieser Offenbarung einfach losgelaufen. In irgendeine Richtung. Sie kannte sich ja noch gar nicht auf Rügen aus oder auch nur hier oben auf der Halbinsel Wittow, dem dauernd windigen nördlichen Zipfel. Tja, und dann hatte da plötzlich dieser strahlend weiße Bau mit hölzernen Fensterläden und einem Kreuz auf dem Dach gestanden. Es war ein heißer Tag gewesen, wie man es hier oben nicht allzu häufig erlebte. Sie erinnerte sich an die angenehme Kühle in der Kirche und an die friedliche Stille. Sie hätte damals nicht sagen können, an welcher Art von Gebäuden sie vorbeigekommen oder ob ihr ein Mensch begegnet war. Nichts hatte sie bewusst wahrgenommen, bis sie in dem kleinen Bau vor einer Metallschale in der Form eines Fisches gestanden hatte, Symbol des christlichen Glaubens. Die Schale war mit Sand gefüllt, und darin standen dicht an dicht kleine Opferkerzen, die jemand, verbunden mit einer dringenden Bitte wahrscheinlich, angezündet hatte. Schon oft hatte sie den Fisch mit der gekreuzten Schwanzflosse gesehen, als Aufkleber auf einem Auto oder als Schmuckstück. Doch erst an diesem Tag in der Kirche von Vitt erfuhr sie, warum er das Zeichen der frühen Christen war. Die fünf griechischen Schriftzeichen des Wortes Fisch standen für die fünf Wörter Jesus, Christus, Gottes, Sohn und Retter, wie auf einer Tafel zu lesen war. Seitdem nahm sie sich, wenn sie runter nach Vitt ging, die Zeit für einen kleinen Abstecher hierher. Heute aber verzichtete sie darauf. Sie lief den schmalen Sandweg hinab. Nie würde sie sich an dem Anblick sattsehen, den das Dorf bot, das sich hinter der Steilküste zu verstecken schien. Die meisten Häuser trugen ein hübsches Rohrdach. Es gab einen kleinen Strand, vor dem die Ostsee türkis schillerte. In der Ferne leuchteten die Kreidefelsen.

»Moin, Heinrich«, rief sie, als sie den Fischer, der zu jeder Jahreszeit seine Wollmütze auf dem Kopf trug, hinter seinem nagelneuen Tresen stehen sah. »Dein Laden ist richtig schön geworden.« Sie sah sich um und nickte anerkennend. Auf den hellen Holzbohlen, die vor der Räucherbude eine Terrasse bildeten, standen knallblaue Tische und Stühle. Neben dem Räucherofen gab es jetzt ein ausrangiertes Ruderboot. Darin lagen zwischen Eiswürfeln in zwei Tonnen Flaschen mit Getränken.

»Nimmst dir da wech«, sagte Heinrich, wann immer jemand etwas zu trinken bestellte.

»Jedes Mal, wenn ich komme, ist etwas verändert«, stellte sie fest.

»Kommst so selten, Deern«, gab er in seinem kratzigen Bass zurück.

»Zu wenig Zeit, Heinrich«, sagte sie kurz.

»Nee, nee, wir ham alle die gleiche Zeit. Jedenfalls auf den Tach gesehen. Was damit machst, entscheidest selbst.«

»Da hast du wohl recht.« Sie seufzte. »Leider hat allerdings auch noch der eine oder andere ein Wörtchen mitzureden.«

»Nur wenn du das erlaubst«, stellte er fest. »Und geiht gaut?«

»Jo, alles bestens. Und bei dir, geht es dir auch gut?«

»Kloar, schlechten Minsch geiht dat jümmers gaut.« Er strahlte. Standardantwort. Sie musste lächeln.

»Ich möchte Fisch für das Abendessen mitnehmen.« Sie deutete auf die Sitzplätze. »Wir müssen wirklich mal wieder hier essen, es ist so hübsch geworden. Bestimmt kannst du dich vor Gästen gar nicht mehr retten, oder?«

»Och, so schlimm is' nu auch nich'.« Er wurde doch nicht etwa rot? »Aber is' ganz gut Betrieb.« Seine Augen blitzten. »Is' auch wirklich schick geworden. Alles Theklas Handschrift.«

»Heinrich, Heinrich.« Sie wedelte mit dem Zeigefinger hin und her. »Hast du ihr zuerst den Kopf verdreht oder sie dir?«

Seine Miene verschloss sich wie eine Muschel, die zuklappte.

»Verdreht, verdreht, du büst verdreht, dat is' doch woll …« Er bedachte sie mit einem vernichtenden Blick. Im nächsten Moment musste er aber doch schmunzeln. »Lass man, is' 'ne ganz patente Frau, die Thekla.«

»Ja, das ist sie und ausgesprochen temperamentvoll.« Sie schnupperte. »Was gibt es heute denn Schönes?«

»Ik heff Flunder und 'n guten Hornhecht da.« Als sie überlegte, sagte er: »Oder 'ne deftige Fischsoljanka. Lecker!« Er schloss die Augen und grinste breit. »Auch Theklas Idee«, erklärte er, nachdem er die Augen wieder geöffnet hatte.

»Ich glaube, ich probiere mal den Hornhecht. Was macht Heinrich III.?«, wollte sie wissen, während er zwei Fische in Papier einwickelte.

»Allerbest!«, gab er im Brustton der Überzeugung zurück. »Die Rosa is''ne afsünnerlich Deern, schnackt kaum.« Er schüttelte den Kopf und reichte ihr den Fisch rüber. »Aber mit Heinrich III. kann sie gut umgehen. Und Ronja is' 'n feines Mädchen.« Er strahlte von einem Ohr zum anderen. »Die zwei bringen Leben in die Bude. Das tut Vadder gut.«

»Freut mich sehr.« Ihr fiel etwas ein. »Dann hat von euch also keiner Bedarf an einer Senioren-WG?«

»Wat?«

»Ist die Idee eines alten Seebären aus meiner Sprechstunde. Der will eine Gruppe gründen und mit der in ein großes Haus ziehen. Pfleger dazu. Fertig.« Sie zwinkerte ihm zu. »Heinrich III. und du seid Gruppe genug. Ist wirklich schön, dass es mit Rosa so gut funktioniert. Na dann, mach's man gut, Heinrich. Und grüß schön!«

»Jo, du auch. Ach, Ziska?«, rief er ihr nach.

Die Dame, die bereits ein paar Minuten darauf wartete, bedient zu werden, plusterte sich auf. »Jetzt wird es mir aber gleich zu bunt. Werde ich hier noch bedient, oder brauchen Sie noch länger für Ihre Privatunterhaltung?«

Heinrich zog die Augenbrauen zusammen. »Ach, hol den Sabbel. Dat is' wichtig.« Sie schnappte nach Luft. »Kiek mol, wie 'n Plattfisch«, rief er und grinste.

»Er ist manchmal ein bisschen ruppig, aber sein Fisch ist ganz zart«, flüsterte Franziska der Dame zu. »Es lohnt sich, ein paar Minuten zu warten.«

»Thekla hatte da noch so 'ne Idee«, begann er und kratzte sich am Hinterkopf. »Niklas hat doch mal als Naturführer gearbeitet, ehe er mit dem Sanddorn angefangen hat.« Franziska nickte. Die Dame stand unentschlossen neben ihnen. »Also Thekla war mal in Italien im Urlaub, in der Toskana. Nee, nur in der Nähe. Da war so 'n See, wie hieß der gleich …«

»Gibt es von der Geschichte auch eine Kurzform?« Franziska sah ihn bedeutungsvoll an. »Du hast Kundschaft.«

»Bolsenasee?«, warf die Dame ein.

»Jo, genau, dat war's.« Er lächelte sie fröhlich an, und sie kicherte. »Da konntest als Gast mit dem Fischer morgens rausfahrn. So als eine Art Ausflug. Na ja, Thekla meinte, ich fahr doch sowieso ab und an raus. Und jetzt, wo Fine wieder auf der Insel is', könnte die den Laden hier schmeißen, wenn ich länger draußen wär. Wegen der Gäste, weil die ja 'n büschen was sehen und erklärt ham wolln. Dat duert dann ja länger.« Er lachte, und die buschigen Brauen über seinen Augen hüpften. »Thekla meint, vielleicht hätt auch hier jemand Spaß dran, mitzufahrn, nich' nur in Italien.« Er hob ein wenig ratlos die Schultern.

»Ach, das hört sich aber gut an«, sagte die Dame. »Da würde ich gerne mal dabei sein.« Franziska und Heinrich sahen sich an. »Das stelle ich mir richtig romantisch vor, Sonnenaufgang, das schaukelnde Schiffchen.« Ihre Hände fuchtelten in der Luft herum, als würde sie ein Bild von der Szenerie malen.

»Jedenfalls will ich mit den Leuten nich' viel reden, wenn's nich' sein muss. Aber vielleicht kommt ja Niklas mol mit.«

Auf dem Heimweg dachte Franziska darüber nach. Vermutlich war Niklas das zu viel, schließlich hatte er schon mehr als genug zu tun. Aber die Idee klang wirklich nett. Heinrichs Schwester Fine war, nachdem ihr Mann überraschend in den Vorruhestand hatte gehen können, mit ihm auf die Insel zurückgekommen. Beide waren angenehme und patente Menschen, die die Räucherei und die Fischbude bestimmt gut im Griff hätten. Nicht ständig natürlich, Fines Mann wollte schließlich erst einmal seine Freizeit genießen, aber doch einige Male, sodass Heinrich es sich leisten konnte, wieder häufiger selbst mit dem Kutter auf die Ostsee zu fahren. Er liebte das nicht weniger als sein Vater Heinrich III. und dessen Vater vor ihm. Doch durch die Öffnungszeiten der Fischbude, die er größtenteils alleine besetzte, war er dazu übergegangen, Fischer aus dem Ort anzuheuern oder junge Männer, die auf der Insel bleiben wollten, dort aber nur Saisonjobs fanden. Er hatte sie gründlich angelernt und war mit ihrer Arbeit zufrieden. Doch Franziska wusste genau, wie sehr ihm die Fahrten im Morgengrauen fehlten.

»Hallo, Ziska, hier ist Maren.«

Franziska klemmte das kabellose Telefon zwischen Ohr und Schulter. Sofort schoss ein scharfer Schmerz durch ihre Halsmuskulatur. Keine gute Idee.

»Hallo, Maren«, rief sie, drückte auf das kleine Lautsprechersymbol und platzierte das Telefon auf der Arbeitsfläche. »Kannst du mich gut verstehen? Ich habe nämlich auf Freisprechen gestellt. Bin gerade dabei, Gemüse zu putzen.«

»Ach so, ich will auch nicht stören«, kam es kleinlaut vom anderen Ende. War das wirklich Maren? Es war eindeutig ihre Stimme, aber dieser weinerliche Ton war Franziska neu.

»Du störst nicht«, schwindelte sie. »Ich freue mich doch, wenn du dich meldest. Allerdings … Sag mal, ist alles okay bei dir?« Pause. War das eben ein Schluchzen gewesen? Sie und Maren waren seit mindestens zwanzig Jahren befreundet. Franziska war ihre Trauzeugin gewesen, als Maren Richard geheiratet hatte. Und sie hatte den beiden bei der Geburt von Felix beigestanden, die alles andere als glücklich verlaufen war. Doch sie hatte Maren noch nie weinen sehen oder hören. Aber jetzt? Sie ließ das Gemüse sein, das es zum Fisch geben sollte, schnappte sich das Telefon und ging damit auf die Veranda. »Was ist los?«

»Hier läuft's gerade nicht so rund«, begann Maren leise. »Ich hätte es kommen sehen müssen, aber ich war wohl ziemlich gut im Verdrängen.« Sie atmete hörbar ein. »In meiner geliebten Fischfabrik sortiert bald eine hochmoderne Maschine meine frittierten Freunde. Meine Kollegen und ich dürfen noch ein paar Wochen bleiben, falls die Anlage eine Macke hat und ausfällt, aber dann ist Feierabend. Schluss, aus, finito.«

»Ach Mensch, das tut mir leid.« Franziska musste sich bemühen, nicht hörbar aufzuatmen. Sie hatte deutlich Schlimmeres erwartet. Ihr Mitgefühl war zudem zwiespältig. Einerseits wusste sie natürlich, dass der Verlust des Arbeitsplatzes für Maren eine mittelschwere Katastrophe war. Andererseits hatte sie nie verstehen können, dass ihre Freundin Tag für Tag und manchmal auch in der Nachtschicht Fischstäbchen am Fließband sortierte und kontrollierte. Sie hatte so viel Grips und war fleißig. Maren kannte ihre Einstellung. »Aber du weißt auch, dass ich schon immer der Meinung war, du könntest einen besseren Job haben«, erklärte sie sicherheitshalber trotzdem. »Das denke ich jetzt auch noch. Du findest bestimmt ganz schnell wieder etwas.«

»Ich bin Ende dreißig, Ziska. So einfach ist das nicht.«

»Ach Quatsch, gerade neulich habe ich im Radio eine Reportage gehört. Leute mit Berufs- und Lebenserfahrung werden in ganz vielen Betrieben händeringend gesucht. Vielleicht kriegst du vom Arbeitsamt eine Fortbildung und kannst etwas mit Kindern machen, Erzieherin oder so was. Die werden nun wirklich in Massen gebraucht. Und du hast auf diesem Gebiet etwas vorzuweisen. Wie lange betreust du schon deine Kickbox-Gruppe?«

»Es ist nicht so, dass ich mich langweilen würde. Ehrenamtlich könnte ich sofort aufstocken und rund um die Uhr mit Migrantenkindern oder Jugendlichen aus schwierigen familiären Verhältnissen arbeiten. Nur gibt mir keiner auch nur einen Euro dafür. Und von irgendetwas müssen Felix und ich ja leben.« Der letzte Satz war kaum noch bei Franziska angekommen, so leise war Maren geworden. Entsprechend lange dauerte es, bis der Inhalt der Worte Franziskas Hirn erreichte.

»Was soll das denn heißen?«, fragte sie unsicher. »Richard ist doch auch noch da.« Pause. Stille. »Oder etwa nicht?«

»Du sagst es: Oder etwa nicht.« Tiefes Einatmen. »Richard hat 'ne andere.«

Franziska ließ sich auf einen der Korbstühle fallen. »Das ist nicht wahr.«

»Doch, leider. Sie hat ungefähr zu der Zeit bei ihm in der Firma angefangen, als du nach Rügen gegangen bist. Zuerst war das wohl nur beruflich. Sie haben zusammen Kunden besucht. Tja, wie so was eben läuft … Auf dem Weg von einem Kunden zum anderen hatten sie Zeit, haben zusammen im Auto gehockt und gequatscht. Unterwegs sind sie gemeinsam essen oder einen Kaffee trinken gegangen. Dabei hat er gemerkt, dass er sie mag. Sehr mag.« Ihre Stimme brach.

»Aber dich mag er doch auch. Er liebt dich«, stotterte Franziska hilflos. »Er muss doch wissen, was er an dir hat. Ich meine, diese Kollegin zeigt sich ihm gegenüber natürlich nur von ihrer besten Seite, das ist doch klar.« Sie konnte es einfach nicht fassen. »Richard ist nicht blöd, der weiß doch auch, dass die auch schlechte Tage hat, dass der Alltag mit der anderen auch nicht immer nur rosig ist. Außerdem ist da noch Felix! Richard kann euch doch nicht so einfach sitzen lassen«, rief sie.

»Nee, nee, macht er auch nicht. Er sagt, er braucht Abstand. Er hat das Gefühl, es ist immer alles wichtiger als wir. Ich kümmere mich um alles, nur nicht um ihn, um uns«, sprudelte Maren los. »Stimmt auch irgendwie. Sükrü und die anderen Kickbox-Kids sind mir schon sehr wichtig. Sükrü war neulich in eine Prügelei verwickelt. Da habe ich mich natürlich voll reingehängt, um das aus der Welt zu schaffen, also, um eine Versöhnung zwischen ihm und dem anderen Jungen hinzukriegen. Und ich musste doch auch dafür sorgen, dass Felix' Zimmer renoviert und neu eingerichtet wird. Er ist jetzt ein Schulkind, er braucht einen Schreibtisch, an dem er seine Hausaufgaben machen kann. Weißt du, was das kostet, wenn man Handwerker kommen lässt?«

»Allerdings!«

»Ach ja, klar, Renovieren ist ja gerade dein Thema.« Maren lachte traurig. »Jedenfalls hat Richard irgendwie recht, aber irgendwie auch nicht. Bisher fand er mein Engagement immer gut und hat mich darin bestärkt. Dass ich Felix' Zimmer gemacht habe und wir keinen Maler kommen lassen mussten, hat ihm natürlich auch gut gefallen. Aber ich kann doch nicht beides, mich engagieren, den Handwerker ersetzen und dann noch Zeit und Energie haben, meinen Mann in sexy Dessous zu erwarten, wenn er von der Arbeit kommt.« Sie redete sich in Rage. »Das Abendessen habe ich vergessen. Das sollte, bitte schön, auch schon lecker duftend auf dem Tisch stehen. Ich weiß nicht, Ziska, kriegen andere Frauen das alles hin?«

»Vielleicht ist das mit dem Abstand eine ganz gute Idee«, meinte Franziska vorsichtig.

»Toll! Richard verkrümelt sich irgendwohin, wo er wahrscheinlich auch noch in Ruhe seine Tussi treffen kann, und ich darf weiter den Laden schmeißen, mich um unseren Sohn kümmern und mich nebenbei noch um einen neuen Job bemühen.«

»So geht das natürlich nicht«, gab Franziska zu. »Wie wäre es denn, wenn deine Eltern eine Weile euren Junior nehmen? Die flippen doch jedes Mal aus, wenn sie nach Hamburg kommen und Babysitter spielen dürfen.«

»Und dann?«

»Dann könnt ihr beide Abstand gewinnen und in Ruhe darüber nachdenken, was ihr in eurer Ehe verändern müsst. Und dafür kommst du am besten hierher.«

»Ja, genau, weil du noch nicht genug an der Backe hast.«

»Ich bin deine Freundin und deine Trauzeugin, Maren. Es ist meine Aufgabe, mich deiner Probleme anzunehmen und dir als Beraterin in Beziehungsangelegenheiten zur Seite zu stehen«, erklärte sie feierlich und fügte dann sanft hinzu: »Das tue ich gern. Lass Hamburg, Richard und die Fischstäbchen hinter dir und komm auf die Insel. Du hast doch bestimmt noch Resturlaub. Den nimmst du sofort. Oder so schnell wie möglich, wenn du alles mit deinen Eltern organisiert hast. Ich meine, die setzen dich vor die Tür, da brauchst du wohl auch keine Rücksicht darauf zu nehmen, wie es denen in ihrer ollen Fischfabrik passt.«

Nachdem sie das Gespräch beendet hatten, fühlte sich Franziska irgendwie ausgelaugt. Sie freute sich darauf, ihre Freundin bald bei sich zu haben, aber dummerweise hatte Maren den Nagel schon auf den Kopf getroffen, ideal war der Zeitpunkt nicht gerade für einen längeren Besuch. Sie straffte die Schultern und machte sich über das Gemüse her. Job weg und die Ehe auf der

Kippe, das war eindeutig eine Notsituation. Genau in solchen Phasen kam es ja wohl auf Freunde an. Sie würde nicht versagen, sie würde eine gute Freundin sein.

Das mediterrane Ofengemüse war entweder demnächst wieder kalt oder, falls sie die Temperatur nicht drosselte, schwarz. Eigentlich war im Sommer auf den Sanddornfeldern nicht so furchtbar viel zu tun. Die heftige Zeit war der Herbst, wenn geerntet und in großen Mengen verarbeitet wurde. Doch dieses Jahr schien alles anders zu sein. Das Wetter machte Niklas Sorgen. Erst war es früh warm gewesen, dann hatte es wochenlang geregnet, und jetzt befanden sie sich in einer andauernden Trockenphase in Kombination mit milden Temperaturen und reichlich Wolken.

»Die Pflanzen brauchen Sonne«, sagte er immer wieder. »Jetzt an den langen Tagen müssen sie auftanken, sonst reicht es am Ende nicht.«

Sie entdeckte ihn zwischen zwei Strauchreihen. »Na, wie entwickeln sie sich?«

»Hm«, machte er nur. Mehr musste er auch nicht sagen, seine finstere Miene war deutlich gesprächiger.

»Maren hat gerade angerufen. Schönen Gruß.«

»Danke.« Er sah nicht einmal auf, sondern untersuchte weiter eine der noch hellen Früchte.

»Ihr geht's echt dreckig. Die Arme hat ihren Job verloren, und wie es aussieht, betrügt Richard sie.«

»Ist ja blöd.« Er zupfte eine Beere ab, zog seine kleine Lupe aus der Tasche und betrachtete die Minifrucht konzentriert.

»Kann man wohl sagen. Mehr als blöd.«

»Verdammter Mist! Fruchtfliege.« Er ließ das blassgelbe Kügelchen fallen und untersuchte die anderen, die, geschützt von fiesen Dornen, dicht an dicht am Zweig hockten.

»Ich dachte, die bleiben an den Tafeln hängen, die du in Massen in die Sträucher gehängt hast«, sagte Franziska leise. Sie wusste, dass der Schädling in anderen Regionen die Hälfte der Ernte oder sogar mehr vernichtet hatte. Die Fliege legte ihre Eier in die heranreifenden Früchte, und die Larven ernährten sich von ihnen, indem sie sie von innen auffraßen.

»Nicht wirklich«, brummte Niklas. »Die Fruchtfliege lässt sich von den Dingern kaum beeindrucken.« Er seufzte. »Ich hatte gehofft, bei der neuen Beschichtung wäre das anders, aber es sieht nicht danach aus.« Er blies die Luft hörbar durch die Nase. »Das ist Natur, da gibt es keinen hundertprozentigen Schutz. Einige dieser Viecher gehen dir auf den Leim, andere schaffen es eben, ihre Eier abzulegen. Leider ist Gruppe Nummer zwei deutlich größer.« Er klang äußerst gereizt.

»Mist, tut mir leid.« Sie fühlte sich schuldig, obgleich sie nun wirklich nichts für das Fortpflanzungsverhalten der gemeinen Sanddornfruchtfliege konnte. Niklas schwieg und nahm Ast für Ast, Zweig für Zweig unter die Lupe. Sie gab ihm Zeit und wartete, dass er noch einmal nach Maren fragte oder wenigstens sagte, wann er Feierabend zu machen gedachte. Nichts. »Ich habe Gemüse im Ofen«, setzte sie an. »Soll ich …« Weiter kam sie nicht.

»Ziska, ich habe jetzt echt andere Sorgen, das siehst du doch.«

Franziska schlich wie ein geprügelter Hund zum Haus zurück. Sie fühlte sich, als läge eine schwere Last auf ihrem Brustkorb. Immer wieder holte sie tief Luft, ohne dass sie leichter hätte atmen können. Leider war das keine neue Erfahrung. Es lief einfach nicht mehr rund zwischen ihr und Niklas. Und das war nicht nur dem Stress geschuldet. Es ging um viel mehr. Sie hatte den Eindruck, sich trotz all der vielen Dinge, die sie beschäftigten, aufrichtig für Niklas' Belange, für Rügorange zu interessieren. Aber umgekehrt? Am Anfang hatte er noch manchmal gefragt, ob Leute zu ihrer *Sprechstunde Älterwerden* kamen oder ob es schon Buchungen für ihr *Coaching im Urlaub* gab. Doch in letzter Zeit wurde sie das Gefühl nicht los, dass immer ein leichter Vorwurf mitschwang, wenn sie über ihre Aktivitäten sprachen, die größtenteils kein Geld einbrachten. Ihre Gedanken wanderten zurück zu dem Telefonat mit ihrer Freundin. Richard hatte Maren immer darin bestärkt, sich ehrenamtlich um Jugendliche aus schwierigen Verhältnissen zu kümmern. Franziska erinnerte sich, wie stolz er oft darüber gesprochen hatte. Und Niklas? Auch er hatte ihr zugeredet, sich für etwas zu engagieren, was kein Geld brachte, aber sinnvoll war. War das womöglich nur in der ersten Phase des umeinander Werbens dahingesagt gewesen? Möglicherweise war er ja auch davon ausgegangen, dass sie mit einem einzigen Klienten so viel einnahm, dass das für Monate reichte. Zum wiederholten Mal wurde ihr klar, wie wenig sie Niklas im Grunde kannte. Ein erschreckendes Gefühl. Hatte sie sich zu früh für ihn entschieden? War es falsch gewesen, gleich nach Rügen zu ziehen? Sie ging in die Küche und schaltete den Ofen aus. Das Gemüse würde lange genug heiß bleiben und schmeckte zur Not auch kalt. Wenn nicht, sollte er es sich doch zum Fisch in die Pfanne hauen. Sie war hier nicht die Köchin oder Hausdame. Franziska merkte, wie Wut in ihr aufstieg. Sie hatte volles Verständnis dafür, dass es ihn extrem beschäftigte, wenn die Ernte in Gefahr war, doch sie erwartete einfach von ihm, auch in Stresssituationen anständig mit ihr umzugehen. Sie stapfte die Treppe hinauf und schloss die Tür ihres kleinen Arbeitszimmers hinter sich. Vielleicht hätte sie doch die Wohnung kaufen sollen, in der sie die ersten Wochen auf der Insel verbracht hatte. Das war ihr erster Plan gewesen, als sie beschlossen hatte, hierherzuziehen. Ein guter Plan, und sie hatte sogar schon beim Notar gesessen und unterschrieben. Was war nur in sie gefahren, sich auf das Abenteuer Villa Sanddorn einzulassen? Es reichte nicht, ein Haus zu finden und sich Hals über Kopf zu verknallen, man sollte auch mal den Grips einschalten. Sie hatte nicht den geringsten Schimmer von Altbausanierungen. Von dem Geld, das sie für die Auflösung des Kaufvertrags hatte zahlen müssen, gar nicht zu reden. Das war sprichwörtlich aus dem Fenster geworfen. Als es darum gegangen war, ob sie und Conor eine Zukunft hätten haben können, hatte sie sich nicht durchringen können, es mit ihm zu versuchen, ihre Zelte in Deutschland abzubrechen. Gut, Rügen war von Hamburg nicht so weit weg wie Irland, und damals war sie auch viel jünger gewesen. Sie schnaufte und fuhr ihren Computer hoch. Jünger, aber anscheinend schlauer, ging ihr durch den Kopf. Schließlich hatte sie nicht ihr ganzes Leben von heute auf morgen auf den Kopf gestellt. Conor – sie bekam ihn einfach nicht aus ihrem Schädel, seit sie mit Niklas auf Mönchgut gewesen war. Wäre sie mit ihm heute glücklicher als mit Niklas, wenn sie ihrer Liebe damals eine Chance gegeben hätte? Sie gestand es sich nicht gern ein, aber diese Frage bohrte sich immer tiefer in ihre Seele, ebenso wie die Worte von diesem klugen Herrn Meyer, ihrem Klienten, den sie so gnadenlos unterschätzt hatte, wie sie sich im Nachhinein eingestehen musste. Sie hatte Conor nicht weniger geliebt als Niklas, zumindest hatte es sich damals genauso intensiv angefühlt. Vielleicht sogar intensiver, denn sie hatte zum ersten Mal jemanden wirklich geliebt. Kein blödes Gekicher, kein Kuss und ein bisschen Gefummel, ohne den Mann wirklich zu begehren. Es war viel mehr gewesen als normales pubertäres Sammeln von Erfahrungen, die man eben machen musste. Sie ließ ihre Faust auf die Tischplatte krachen. Es war zum Verrücktwerden. Sie war nicht mehr sicher, ob es ihr wirklich nur um Niklas gegangen war oder ob sie nicht auch wegen des ganzen Drumherums gleich Nägel mit Köpfen gemacht hatte. Sie wollte mit Niklas zusammen sein, sie war wirklich in ihn verliebt, aber sie hatte natürlich auch endlich in der Nähe von Jürgen sein wollen. Er war ihr Halbbruder, den sie viele Jahre vermisst hatte. Es gab so viel nachzuholen. Zumindest hatte sie sich das ausgemalt, als sie nach Rügen gekommen war. Und jetzt? Besonders häufig sahen sie sich nicht gerade. Ihre sentimentalen Erwartungen hatten sich nicht erfüllt. Und wenn sie Pech hatte, war sie jetzt auch noch schwanger. Bisher hatte sie weder einen Test gemacht, noch war sie beim Arzt gewesen. Verschieben war eine schlechte Taktik, gerade in einer solch wichtigen Angelegenheit, nur konnte sie sich einfach nicht durchringen, sich Klarheit zu verschaffen. Ach Mann, wie gerne würde sie die Zeit zurückdrehen. Weit zurück …

Wie hieß noch die Spinnerei von Conors Eltern? Irish wool? Nein. Auf jeden Fall ein ganz einfacher Name. Franziska gab County Wicklow und Spinnerei in die Suchmaschine ein. Treffer! Der dritte Eintrag gehörte zur Irish knitwear spinning company. Sie spitzte die Ohren, um bloß nicht zu verpassen, wenn Niklas zurück ins Haus kam. Was war schon dabei, nach einer Spinnerei in Irland zu suchen? Dass für sie viel mehr damit verbunden war, konnte er nicht wissen. Trotzdem fühlte es sich an wie früher in der Schule, wenn man einen Spickzettel benutzt hatte. Sie klickte den Eintrag an, und die Homepage öffnete sich. Gleich darauf erschrak sie, denn aus ihren Lautsprechern ertönte Musik. Hastig bewegte sie die Maus und klickte wieder. Ton ausgeschaltet. Sie schloss die Augen und atmete durch. Irish Folk, wie sehr hatte sie es geliebt, wenn der in Kneipen live gespielt worden war. Sie schaltete den Ton wieder ein, machte ihn aber sicherheitshalber leise. Ein Lächeln zauberte sich wie von allein auf ihre Lippen. Sie betrachtete die im langsamen

Rhythmus wechselnden Bilder von Wicklow auf ihrem Bildschirm und hörte den Klängen zu, welche Harfe, Geige, Knopfakkordeon und nicht zuletzt die gute alte Bodhrán, eine Trommel, die sie nirgendwo außer in Irland gesehen hatte, mit ihrem melancholischen Zusammenspiel erzeugten. Diese Landschaft und diese Musik waren wie füreinander gemacht. Sie seufzte. Die Grafschaft Wicklow, an Irlands Ostküste gelegen, war aber auch zu schön. Die Menschen dort waren so unbeugsam wie das schier undurchdringliche Gebirge. Und sie waren ebenso voller Gegensätze, freundlich und offen einerseits, skeptisch und rau andererseits. Der feine, beinahe weiße Strand von Brittas Bay mit seinen Dünen, die direkt in saftig grüne Hügel übergingen, und dann die Berge, die teilweise nur aus nacktem Schiefer und Granit bestanden. Sie würde nie den Anblick der Heide vergessen, die im Sommer einen dichten violetten Teppich über den Stein gelegt hatte. Dieses Bild schürte die Sehnsucht in ihr. Es war genug Zeit vergangen. Sie wollte unbedingt noch einmal nach Wicklow reisen, keine Studienverpflichtungen, einfach nur wandern, reiten, durch die kleinen Städte bummeln. Mit einem Mal spürte sie den unbändigen Drang, die Koffer zu packen und Niklas diesen traumhaften Flecken zu zeigen. Sie musste über sich selbst lächeln. Das war vollkommen unrealistisch. Er würde seine Pflanzen um keinen Preis allein lassen. Jetzt schon gar nicht. Nicht, dass er etwas gegen die winzigen Plagegeister tun konnte, die ihren Nachwuchs in den Früchten untergebracht hatten, aber die Ernte würde in absehbarer Zeit beginnen. Er hätte keine Ruhe, weit weg von den Feldern Ferien zu machen. Nach der Ernte war er auf jeden Fall urlaubsreif, nur war es dann schon recht unwirtlich in Irland, nicht ideal, um die Landschaft auf Rädern oder zu Fuß zu erkunden. Sie würde ihm vorschlagen, im Frühjahr nach Irland zu fliegen. Dann wären sie beide mehr als erledigt, und sie war ganz sicher, dass es ihm dort genauso gut gefallen würde wie ihr. Sie klickte sich durch das Menü und las etwas über die Geschichte der Spinnerei, die sich seit sechs Generationen im Besitz der Familie Berrymore befand. Als sie beim letzten Satz angekommen war, hörte sie die Haustür. »Nach Beendigung seines Studiums hat unser Sohn Conor die Spinnerei übernommen. Fortsetzung folgt …« Ihr Herz machte einen Hüpfer. Schnell schaltete sie den Computer aus.

»Na, wie ist es in meiner Abwesenheit gelaufen?« Gesa legte den Kopf schief. Sie hatte sich ein Seidentuch ins Haar gebunden, das sie ungewohnt glatt trug. Ihre Haut war von der Sonne Italiens gebräunt, und sie sah weicher aus als sonst und sehr zufrieden. »Musste der Chef schon Insolvenz anmelden?«

»Fast.« Franziska grinste. Ihre burschikose, flapsige Art hatte Gesa in Lugano jedenfalls nicht abgelegt. »Er hat rund um die Uhr geschuftet, um das Schlimmste zu verhindern.« Sie verdrehte die Augen und wurde dann ernst. »Hast du ihn noch nicht gesprochen? Es ist wirklich gerade heftig.« Gesa schüttelte den Kopf und sah sie neugierig an. »Fruchtfliegen-Alarm!«

»Ach du Scheiße!«

»Du sagst es.« Franziska fasste kurz zusammen, was so alles während Gesas Abwesenheit los gewesen war. »Jetzt bist du wahrscheinlich gleich wieder urlaubsreif, was?«, fragte sie, als sie ihren Bericht beendet hatte.

»Ach was, ich bin hart im Nehmen. Du kennst mich doch.« Jetzt grinste sie, dann verzog sie nachdenklich das Gesicht. »Obwohl … Alles weißt du nicht von mir.« Sie angelte unter ihrem Schreibtisch einen riesigen rot-grünen Stoffbeutel hervor, auf dem in weißen Buchstaben *Lugano* stand. Daraus kam ein dicker, ziemlich großer Malblock zum Vorschein. Sie schlug das Deckblatt um. »Na, was sagst du?«

»Das hast du gemalt?« Franziska starrte von dem Skizzenblock zu Gesa und wieder zurück.

»Hast du mir nicht zugetraut, stimmt's?«

»Blödsinn, das hat damit nichts zu tun.« Sie blätterte weiter. »Ich bin total von den Socken. Die sind gut. Ich kann nicht fassen, dass du dieses Talent bisher vor mir verborgen hast. Wir kennen uns jetzt auch schon eine Weile, aber du hast nie erwähnt, dass du gerne malst. Die Bilder sind … Sie sind großartig.«

»Danke.« Gesa wirkte fast ein bisschen schüchtern, eine Eigenschaft, die Franziska mit niemandem so wenig in Verbindung bringen würde wie mit ihr. Warum eigentlich nicht? Gesa wirkte zwar immer, als könnte sie nichts aus der Fassung bringen, aber sie hatte einen ganz weichen Kern. Das hatte Franziska schnell erkannt. Warum also sollte sie nicht mal ihre schüchternen Momente haben?

»Tja, es gibt so einiges, das ich bisher vor dir verborgen habe«, sagte Gesa und blickte zu Boden.

»Ach ja?« Franziska widmete sich wieder den Bildern und blätterte die Skizzen langsam durch. Morgenstimmung am See. Gewitterwolken über den Bergen. Ein altes Ehepaar von hinten auf einer Bank.

»Ich habe im Urlaub jemanden kennengelernt.« Franziska sah auf und zog fragend die Augenbrauen nach oben. »Nichts Ernstes, nicht mal ein Urlaubsflirt«, sagte Gesa schnell. »Aber mir ist klar geworden, dass ich endlich ehrlich sein muss.«

»Huch, wie klingt das denn?« Franziska lachte, obwohl ihr ein wenig mulmig zumute war. Das hörte sich an, als käme gleich eine Lebensbeichte.

»Is' nix Schlimmes.« Gesa winkte ab. »Es geht um meine Beziehung. Also, die ist schon lange vorbei, aber ich hatte mal eine.« Sie zögerte. »Mit einer Frau.«

»Und?« Franziska wartete auf die Pointe.

»Na ja, ich bin anders, also, äh …«

»Du brichst dir nicht gerade ernsthaft einen ab, nur um mir zu sagen, dass du auf Frauen stehst, oder?«

»Doch. Na ja, was weiß ich denn, wie du darauf reagierst.«

»Liebe Gesa, das ist mir völlig egal, solange ich nicht mit dir ins Bett gehen soll. Ich bin nämlich schon vergeben, und außerdem finde ich Männer irgendwie besser.« Sie verdrehte die Augen. »Zumindest in einer Hinsicht«, ergänzte sie.

»Hast du denn schon mal die Alternative probiert?« Gesa sah sie herausfordernd an. »In einer Hinsicht?«

»Nein, habe ich nicht. Hast recht, insofern kann ich's natürlich nicht wissen. Aber es lockt mich auch nicht, also …«

»Keine Sorge, ich wollte dich auch nicht anbaggern.« Da war wieder ihr vertrautes lautes Lachen. »Meine Freundin hieß Astrid. Wir waren nicht lange zusammen. Sie stand offen zu ihrer Homosexualität und hat mich von Anfang an bedrängt, genauso damit umzugehen. Aber ich hab das nicht hingekriegt. Nicht mal meinen Eltern hab ich was gesagt. Das hat Astrid nicht lange mitgemacht. Entweder du stehst zu mir, zu uns, hat sie gesagt, oder ich bin weg.« Sie zuckte mit den Schultern. »Und tschüss.«

»Puh, ganz schön hart.«

»Stimmt. Aber ich war auch ganz schön feige.« Eine Weile schwiegen sie beide. Dann fuhr Gesa fort: »Ich will nicht behaupten, dass sie meine große Liebe war oder hätte sein können. Trotzdem nagt das ganz schön an mir, dass ich mich nicht getraut habe, zu mir selbst zu stehen.« Sie holte tief Luft. »Wird Zeit, das langsam zu ändern, sonst sterbe ich noch einsam und vor Gram ganz verschrumpelt.« Gesa zog eine Grimasse, und Franziska musste lachen.

»Der Anfang ist gemacht, würde ich sagen. Ich weiß schon mal Bescheid.«

»Stimmt. Und du findest mich jetzt nicht total schräg?«

»Nicht schräger als vorher«, meinte Franziska leichthin. »Also ehrlich, Gesa, für wie altmodisch hältst du mich denn? Ich habe in Hamburg gute Bekannte, die schwul sind. Na und? Jeder, wie er mag, finde ich. Das ändert nichts daran, dass du ein total feiner Mensch bist.«

Gesa strahlte sie an. »Danke. Mir fällt ein ganzer Kreidefelsen vom Herzen.« Dann wurde ihre Miene wieder ernst. »Ist echt 'n Scheißgefühl, sich von jemandem getrennt zu haben, na ja, wohl eher von jemandem verlassen worden zu sein, den man sehr gernhatte. Ich frage mich, was aus Astrid geworden ist.«

Franziska zögerte, dann sagte sie: »Kannst ja mal im Internet nach ihrem Namen suchen. Heute hinterlässt da doch eigentlich jeder Spuren.«

»Meinst du?«

»Das ist ja wohl ein Witz, dass ich dir das sagen muss«, ereiferte sich Franziska. »Ihr jungen Hüpfer kennt euch damit doch viel besser aus als so eine alte Schachtel wie ich.«

»Die paar Jahre, die du älter bist.« Gesa legte den Kopf schief. »Hast du auch schon mal jemanden im Netz gesucht, von dem du lange nichts gehört hast?«

»Ja, kürzlich erst.« Sie hoffte, es klang nicht annähernd so aufregend, wie es für sie war. Pustekuchen.

»Erzähl! Sag nicht, du hast auch nach einer alten Liebe gesucht.«

Na toll. Eigentlich wollte Franziska das nicht gerade an die große Glocke hängen. »Er war so etwas wie ein Urlaubsflirt«, sagte sie, und es fühlte sich schäbig und falsch an. »Nicht wichtig. Er ist mir neulich wieder eingefallen, also habe ich mal geguckt. Ende der Geschichte.« Sie sollte die Finger hinter dem Rücken kreuzen, so wie sie hier gerade das Blaue vom Himmel schwindelte.

»Und du hast ihn gefunden?«, hakte Gesa nach.

»Ja. Er hat eine Firma. Die gehörte damals seinen Eltern. War also ziemlich einfach.«

»Und?« Gesas Blick fragte: Muss ich dir jeden Wurm aus der Nase ziehen?

»Nichts und. Er führt die Firma weiter. Punkt. Gesa, ich hatte nicht vor, Kontakt zu ihm aufzunehmen. Ich wollte nur wissen, ob es ihn noch gibt und was er so treibt.« Sie fühlte sich höchst unbehaglich. Glücklicherweise hatte sie eine Idee, die als Ablenkungsmanöver hervorragend taugte. »Können wir mal bitte das Thema wechseln? Mir ist nämlich gerade etwas eingefallen.« Gesa kniff die Augen zusammen. Ehe sie Einspruch erheben konnte, sprach Franziska schon weiter: »Deine Bilder aus Lugano sind wirklich richtig gut. Hast du auch mal die Sanddornfelder gemalt oder die Kreidefelsen?«

»Die Kreide ja und ein paar Strand- und Steilküstenmotive. Die sind allerdings ziemlich alt. Habe lange nichts mehr gemacht. Also vor dem Urlaub. Wieso?«

»Weil ich noch kein einziges Bild in meinen Arbeitsräumen habe. Genau genommen hängt in der gesamten Villa Sanddorn noch nichts an der Wand.«

»Du würdest etwas von mir aufhängen?« Gesa sah sie an, als hätte Franziska gerade verkündet, unbändige Lust auf eine Wurzelbehandlung zu haben.

»Ja, klar! Du musst mir unbedingt ein paar Rügen-Bilder zeigen. Oder du malst noch welche, die zu Rügorange passen. Ich bezahle die natürlich. O bitte, Gesa, das wäre toll. Ich hätte Bilder, die mir richtig gut gefallen, und kenne auch noch die Künstlerin.«

»Na ja, Künstlerin … Ist nur ein Hobby.«

»Du hast Talent! Du solltest mal irgendwo ausstellen. Ha, und ich bin die Erste, die Originale von Gesa Johannsen hängen hat!«

Franziska legte ihren Roman zur Seite. Ihre Augen brannten, und sie konnte sich sowieso nicht richtig konzentrieren. Nur noch zwei Tage, bis Maren kam. Niklas wusste zwar Bescheid, aber wirklich darüber geredet hatten sie bisher nicht. Sie sah zu ihm rüber. Er hatte genau wie sie sein Kissen an das Kopfende des Bettes gelehnt und las. Allerdings hatte er keinen Roman, sondern eine Fachzeitschrift vor der Nase. Es dauerte nicht lange, bis er ihren Blick bemerkte.

»Na, was gibt's?« Er ließ das Heft sinken.

»Es ist wegen Maren.« Seine Miene verfinsterte sich. Es passte ihm nicht, dass sie kam, das war ihm anzusehen. »Hm, das berühmte verflixte siebte Jahr.« Sie lachte leise. »Kaum sind sie sieben Jahre verheiratet, ist die fette Krise da.«

»Ich denke eher, die schlanke Kollegin.«

»Das ist nicht witzig, Nik.«

»Nicht?« Er schmunzelte. Dann wurde er ernst. »Ziska, ich kenne deine Freundin nicht besonders gut und ihren Mann gar nicht. Ich kann nichts zu deren Eheproblemen sagen.« Er machte Anstalten, die Zeitschrift wieder zur Hand zu nehmen.

»Aber man kann doch ganz allgemein darüber reden.«

Er seufzte und legte die Zeitschrift auf seinen Nachttisch. »Sag mir bitte, dass du jetzt nicht an unserer Beziehung zweifelst, nur weil der Mann deiner Freundin nach sieben Jahren die Scheidung will.«

»So weit ist es ja noch gar nicht. Erst mal braucht er nur Abstand, Zeit für sich.«

Niklas lachte auf. »Soll ich dir das mal eben von Männer- in Frauensprache übersetzen?« Sie sah ihn erstaunt an. »Das heißt: Schätzchen, ich will dir nicht wehtun, und darum bringe ich es dir häppchenweise bei, dass ich die Scheidung will.«

Franziska schloss die Augen. »Könntest du das mit den Übersetzungen bitte lassen, wenn Maren hier ist?«

»Kein Problem.« Er drehte sich zu ihr, küsste sie, dann ließ er sich auf die andere Seite fallen und löschte sein Leselicht. »Gute Nacht.«

Franziska schaltete ihre Lampe ebenfalls aus. »Ich zweifel nicht an unserer Beziehung«, begann sie zaghaft, »aber es gibt da einige Parallelen, die mir schon Angst machen.«

»Aha?«

»Na ja, Richard hat sie erst in ihrem ehrenamtlichen Engagement bestärkt, und jetzt wirft er ihr vor, dass sie für ihn nicht genug Zeit hat.«

»Und wo sind da die Parallelen?« Er klang gereizt.

»Du fandst es am Anfang auch gut, dass ich nicht nur Coaching-Jobs annehme, die Geld bringen. Jetzt habe ich manchmal den Eindruck, du denkst, was ich honorarfrei mache, geht zu unseren Lasten. Ich habe das Gefühl, ich soll entweder Kohle verdienen oder lieber hier den Haushalt schmeißen und dich unterstützen.« Jetzt war es raus, deutlicher, als sie beabsichtigt hatte, aber das war vielleicht ganz gut so. Sie hielt die Luft an. Es dauerte zwei Sekunden, dann drehte er sich zu ihr. Sie konnte seine Decke rascheln hören und spürte, wie er in der Dunkelheit zu ihr herübersah.

»Ich find's noch immer gut, dass du dich um alte Leute kümmerst oder um junge Leute, die nicht wissen, wie sie ihre alten Eltern am besten unterbringen sollen. Ich finde es auch toll, wenn du Menschen hilfst, die gerade nicht weiterwissen, sich dich als Coach aber nie leisten könnten.« Er machte eine Pause. »Apropos leisten«, sagte er dann. »Man muss sich das leisten können, Ziska. Mir war nicht klar, dass du fast nur noch unentgeltlich oder für ein Taschengeld arbeitest. Hättest du von Anfang an gesagt, dass das dein Plan ist, hätten wir die Villa lieber nicht so kostspielig saniert.«

»Das war doch gar nicht mein Plan«, gab sie zurück. »Es ist eben nicht so gelaufen, wie ich es mir vorgestellt habe. Wie sagst du immer? Das ist Natur, das kann man nicht alles planen.«

»Für den Sanddorn stimmt das«, meinte er mürrisch, »aber ich wüsste nicht, was Coaching mit Natur zu tun hat.«

»Nichts, leider.« Sie musste ihm erklären, was sie meinte. Sie wollte endlich wieder Harmonie und Miteinander statt diese ewigen Reibereien und das Gegeneinander. »Du warst auch dagegen, dass ich zwischen Hamburg und hier pendle, und deshalb habe ich in der Stadt keine neuen Klienten angenommen.«

»Die teure Wohnung hast du trotzdem behalten.«

Sie ging nicht darauf ein. »Das mit dem neuen Konzept, das meine Kunden hierherholen sollte, hat eben alles viel länger gedauert, als ich dachte. Ich habe so vieles gleichzeitig angeschoben, und vor allem die Sanierung und der Umbau haben Zeit und Kraft gekostet.«

»Ist mir bewusst«, meinte er finster.

»Wir sind doch fast fertig. Dann kann ich mich voll auf zahlende Klienten konzentrieren. Und dann haben wir auch mehr Zeit füreinander.«

»Hoffentlich.« Sie lagen still nebeneinander in der Dunkelheit. Ein paar Nachtvögel schrien. »Dann lass uns mal schlafen, ich bin echt müde.«

»Versprich mir, dass du mit mir redest, wenn du nicht mehr glücklich mit mir bist«, bat sie ihn.

»Ach, Ziska, ich bin glücklich mit dir. Okay?«

»Versprich es mir.«

»Versprochen.« Er gab ihr einen Kuss, einen langen zärtlichen Kuss.

»Der war gut«, sagte sie leise.

»Es gibt noch einen zum Einschlafen, und dann versprichst du mir, dass du dir nicht weiter solche Gedanken machst.«

Sie küssten sich noch einmal. Franziska spürte, wie die Anspannung von ihr abfiel.

»Gute Nacht«, flüsterte sie.

Der nächste Tag hatte deutlich mehr Herausforderungen auf Lager, als Franziska gebrauchen konnte. Es fing damit an, dass Niklas in den Wintergarten gestürmt kam, nachdem er gerade erst in die Produktionshalle hinübergegangen war.

»Die Kühlung ist im Eimer, ich fahre jetzt sofort nach Stralsund«, brachte er keuchend hervor. »Ich kann nur hoffen, dass ich da Ersatzteile kriege, sonst müssen wir sämtliche Früchte verarbeiten. Okay, so viele sind es nicht mehr, das Kühlhaus ist fast leer«, sagte er mehr zu sich selbst. »Aber trotzdem, bald kommt die neue Ernte, da muss ich mich voll auf die Technik verlassen können. Alles andere wäre …«

»Entschuldigen Sie mich bitte ganz kurz, hier gibt es gerade einen Notfall«, sagte Franziska ruhig in das Telefon.

Es war eine ernste Situation für Niklas, das war ihr klar, aber er musste doch gesehen haben, dass sie jemanden am Apparat hatte. Dieser Jemand war für sie wichtig. Es handelte sich um den Chef eines kleinen Reiseveranstalters, der sich auf Urlaub mit Inhalt spezialisiert hatte – Sportreisen, Trips in Klöster, in denen man lernen konnte, einen Küchengarten anzulegen oder zu meditieren, Touren mit kulturellem Mehrwert. Genau der richtige Partner für ihre Coaching-Idee. Und Niklas stolperte einfach so in ihr Büro und redete, als wäre sie in einer Minute mit absoluter Sicherheit stocktaub. Kein Wort des Bedauerns, kein Anzeichen, dass er bemerkt hätte, wie er gerade mitten in ein Gespräch geplatzt war. Er sprach einfach immer weiter.

»Denkst du bitte dran, dass wir heute bei Marianne zum Kaffee eingeladen sind?«

Sie war für eine Sekunde sprachlos. »Wir?«, fragte sie dann und hoffte, dass ihr Ton den Rest ausdrückte. Niklas hatte die Verabredung ausgemacht, und sie hatte gesagt, sie komme natürlich gern mit, wenn sie es zeitlich hinkriege.

»Na ja, ich kann froh sein, wenn ich dann schon die nötigen Teile beisammenhabe und einbauen kann. Ich schaff's auf keinen Fall.« Er schnaufte. »Sag einen schönen Gruß von mir. Bis später.« Weg war er.

Franziska hielt ihn nicht auf. Wozu auch? Es war für beide völlig unmöglich, diese Situation jetzt in Ruhe zu besprechen. Also atmete sie nur einmal tief durch und wandte sich dann wieder an ihren Gesprächspartner: »So, da bin ich wieder. Entschuldigen Sie bitte, dass ich Sie habe warten lassen, aber das war wirklich ein echter Notfall.«

Franziska und der Reiseveranstalter hatten trotz der erschwerten Bedingungen ein gutes Telefonat, an dessen Ende er ihr versprach, die ganze Sache durchzurechnen, wie er sich ausdrückte, und ihr dann ein konkretes Angebot zu unterbreiten. Das hob ihre Laune beträchtlich. Gleichzeitig wusste sie, dass ein Haufen Arbeit auf sie zukommen könnte, wenn sie mit diesem Mann kooperierte. Einerseits freute sie sich darauf, denn die Bandbreite der Fragestellungen, die Klienten während eines Urlaubs in Angriff nehmen würden, war riesig. Andererseits war ihr bewusst, dass sie Grundlegendes ändern, Strukturen schaffen musste, wenn sie nicht gnadenlos untergehen wollte. Schon jetzt hatte der Stress sie manches Mal so im Griff, dass sie eher Unterstützung brauchte, als auch noch Niklas zur Seite springen zu können. Sie pustete eine Strähne aus ihrer Stirn und musste schmunzeln. Zwei Selbstständige waren wohl ein bisschen viel. Aber als Coach war sie nicht nur damit vertraut, Menschen bei Entscheidungsfindungen zu helfen, auch Struktur, Ordnung und Organisation waren ihre Themen. Wieder lächelte sie. Wie hieß es noch so schön? Der Schuster läuft immer mit den schlechtesten Schuhen herum. Von wegen, sie wusste theoretisch, wie man einen Haufen Herausforderungen erledigte, ohne sich aufzureiben, dann würde sie das auch in der Praxis hinkriegen.

Als Erstes nahm sie sich Holgers Akte vor. Holger war Makler. Sie hatte ihn in der Bahn auf ihrem Weg nach Rügen kennengelernt, als sie das erste Mal auf die Insel gefahren war. Er war sehr speziell, um es vorsichtig auszudrücken. Inzwischen verband sie eine lockere Freundschaft, doch am Anfang hatte sie nicht gewusst, was sie von ihm halten sollte. Er war verheiratet, was er aber zu verbergen versuchte, indem er seinen Ehering nicht trug. Auf den ersten Blick schien er der typische Mann zu sein, der die Bequemlichkeit einer Ehefrau, die den Haushalt machte, ihn bekochte, sich um Wäsche und Geschenke für die Verwandtschaft kümmerte, zu schätzen wusste, eine heiße Affäre nebenbei jedoch ebenfalls nicht verachtete. Sie gehörte eben dazu, machte einen erfolgreichen Mann erst aus, und solange seine Frau nichts davon mitbekam, verletzte er sie damit ja auch nicht. Das war es wohl ungefähr, das Typen wie er fest im Repertoire hatten. In Holgers Fall täuschte der erste Eindruck. Seine Frau war psychisch angeschlagen, um nicht zu sagen, sie war krank. Sie bot ihm alles andere als ein bequemes Leben. Holger hatte Franziska, nachdem sie sich eine Weile kannten, erzählt, dass seine Frau hin und wieder durchdrehte, aus heiterem Himmel Anfälle bekam, in denen sie drohte, sich selbst zu verletzen. Er musste auf sie aufpassen und obendrein den Haushalt führen. Das war alles andere als komfortabel. Sich von ihr zu trennen, war für ihn dennoch keine Option, und zu Franziskas Erstaunen flirtete er zwar gerne, betrog seine Frau aber nicht. Er stand zu ihr. »In guten wie in schlechten Zeiten, so heißt das doch«, pflegte er zu sagen. Für ihn war das keine leere Floskel, er hatte sich sehr genau überlegt, wozu er da auf dem Standesamt Ja gesagt hatte.

Sein beruflicher Traum war es, als Makler ausschließlich Objekte der Oberklasse zu vermitteln, möglichst an Schauspieler, Filmproduzenten, Models. Er hoffte darauf, dass Rügen eines Tages ein zweites Sylt werden würde. Und dann war er zur Stelle und konnte an dem vermeintlichen Glanz der Prominenz teilhaben. Bis es so weit war, musste er nicht selten mit abgewirtschafteten Plattenbauten und stark renovierungsbedürftigen Einfamilienhäusern, weit weg von den schicken Seebädern in verschlafenen Nestern gelegen, sein Geld verdienen. Da er bei Weitem nicht der einzige Makler auf Rügen war, musste er sich ziemlich strecken. Es lief nicht alles tippi-toppi, wie er es ausdrücken würde. Und es lief schon gar nicht von allein. Aber Holger war kein Marketing-Profi, wenn er mit seiner stets fröhlichen Art auch durchaus gut zum Verkäufer taugte. Genau wie Franziska war seine Firma eine Einmannshow. Von Buchhaltung bis Werbung musste er sich alles aneignen und neben der Haupttätigkeit erledigen. Bisher hatte er sich nicht großartig um Corporate Design oder Identity und all die anderen Dinge gekümmert, die zu einer anständigen Außenwirkung gehörten. Als Franziska beschlossen hatte, sich auf der Insel niederzulassen, hatte er sich für sie nach passenden Wohnungen umgesehen. Als Gegenleistung hatten sie eine kostenfreie Basisberatung vereinbart. Bei der Sanierung der Villa hatte Holger zum Teil die Rolle des Bauleiters übernommen. Er hatte sich darum gekümmert, dass die unterschiedlichen Gewerke zeitlich abgestimmt arbeiteten, hatte Niklas und ihr überhaupt erst einmal Handwerker vermittelt, die zuverlässig und bezahlbar waren. Franziska wusste, dass er vom Dachdecker und Fliesenleger, vom Maler und Sanitärfachmann Provision bekam, war aber trotzdem auf seinen Vorschlag eingegangen, ihm als Entlohnung ein umfassenderes Coaching zukommen zu lassen. Es war bei der ersten Rundum-Beratung nicht zu übersehen gewesen, dass er große Lücken in rechtlichen, gerade in steuerrechtlichen Fragen hatte. Auch mit der Organisation und Terminplanung sah es finster aus. Diese Defizite konnten ihm eines Tages böse auf die Füße fallen. Weil Franziska ihn im Lauf der letzten anderthalb Jahre schätzen gelernt hatte und für seine Hilfe sehr dankbar war, hatte sie also zugesagt.

Ein Klopfen riss sie aus ihren Gedanken. Sie mussten sich endlich um eine Klingel für die Villa kümmern.

»Jemand zu Hause?« Das war doch Theklas Stimme. Franziska runzelte die Stirn. Hatte sie einen Termin vergessen?

»Ja, ich komme!«, rief sie und lief die Treppe hinunter.

Thekla trug ein weites Leinenkleid in knalligem Türkis, dazu farblich passende Ohrringe in Tropfenform und einen ebenfalls türkisfarbenen breiten Armreif. Ihre kurzen grauen Haare klebten feucht auf ihrer Stirn. Neben ihr stand ihre Enkelin Ronja in einer Armeehose mit passendem Tanktop, beides in Tarnfarben, sodass das Mädchen neben der bunten Thekla fast unsichtbar war.

»Moin, Ziska, ich hoffe, wir stören nicht.«

»Nein, nein. Schön, euch zu sehen.« Sie herzte Thekla. »Hallo, Ronja. Na, alles klar?«

»Hallo. Ja, geht so.« Die Kleine blickte gleich wieder nach unten und scharrte mit einem Fuß über die Veranda, als wollte sie einen Fleck entfernen. Ihre Neurodermitis schien wieder schlimmer geworden zu sein. Wahrscheinlich senkte sie deshalb den Kopf. Sie schämte sich.

»Die junge Dame möchte sich den Bunker am Kap Arkona ansehen.« Thekla verdrehte demonstrativ die Augen. »Keine Ahnung, was an Militäranlagen so schön ist.«

»Aber in der Schule soll ich Geschichtsunterricht mögen, oder was?«, maulte Ronja.

»Das ist etwas ganz anderes«, sagte Thekla bestimmt. »In der Schule lernst du etwas, erfährst Hintergründe. In so einem ollen Bunker geht es doch nur um die Gänsehaut, den Nervenkitzel, weil man sich vorstellt, dass da mal Soldaten stationiert waren oder was weiß ich.«

»Stimmt doch gar nicht. Da lernt man auch was«, widersprach Ronja. »Das ist ja wohl die jüngste Geschichte, von der ich da was zu sehen kriege. Außerdem ist im Arkona-Bunker eine Ausstellung über die gesamte Geschichte vom Kap. Ich denke, ich soll hier jetzt für immer leben oder zumindest, bis ich achtzehn bin«, sprudelte sie weiter, ohne den Blick zu heben. »Dann will ich auch was über diese bescheuerte Insel wissen.«

Franziska lächelte. So bescheuert war die Insel dann wohl doch nicht, wenn Ronja sich dafür zu interessieren begann. »Finde ich gut«, sagte sie. »Außerdem hast du recht, die Ausstellung im Arkona-Bunker soll wirklich sehr spannend sein. Die startet in der Slawen-Zeit und reicht tatsächlich bis in die Gegenwart. Wollte ich mir auch schon längst mal angucken.«

»Komm doch mit!« Ronja sah sie an, und da war sogar ein zartes Lächeln auf ihrem Gesicht zu erkennen.

»Das würde ich gern, aber leider muss ich arbeiten.« Franziska bedauerte wirklich, sich den beiden nicht anschließen zu können.

»Ich wäre bei dem Wetter auch lieber schwimmen gegangen«, brummte Ronja.

»Ach, Schätzchen, ich fühle mich heute einfach nicht«, erklärte Thekla sanft. »Nachher kriege ich eine Herzattacke, und du kannst sehen, wie du die dicke alte Frau aus dem Wasser kriegst.« Sie zwinkerte ihrer Enkelin zu.

»Ich hätte auch gut alleine gehen können. Bin ja kein Baby mehr.«

»Die Strömungen sind nicht ohne, selbst für gute Schwimmer«, wandte Franziska ein. »Es ist schon richtig, mindestens zu zweit ins Wasser zu gehen.« Sie wusste, dass Rosa, Ronjas Mutter, überängstlich war. In diesem Fall war es nicht verkehrt, vorsichtig zu sein, doch sie konnte auch gut nachvollziehen, dass Ronja nicht in Watte gepackt werden wollte. »Warum, glaubst du, ziehen die Fischer ihre Boote mithilfe einer Winde auf den Strand?«, fragte sie, um das Mädchen davon zu überzeugen, dass sie nicht einfach nur zu den Erwachsenen hielt, sondern ihre Warnung auch wirklich begründen konnte.

»Ja, ist ja gut. Ich geh schon nicht allein ins Wasser. Das einzig Coole, wenn man schon auf so ’ner doofen Insel wohnt«, murmelte sie.

»Wir wollen dich auch nicht aufhalten.« Thekla hatte offenbar entschieden, das Thema jetzt abzuschließen. Sie tupfte sich mit einem Taschentuch den Schweiß von der Stirn. »Ganz schön drückend heute«, sagte sie und keuchte. »Die Kühle in dem Bunker ist das Einzige, worauf ich mich freue.« Sie schien kurz den Faden verloren zu haben, dann fiel ihr wieder ein, was sie sagen wollte. »Ich würde für den Herbst gerne eines eurer Gästezimmer mieten. Der süße junge Kerl, der meinen Yoga-Kurs leitet, bietet dann Kraftatmen an.« Ronja stöhnte genervt. »Keine Ahnung, was das ist, aber der Gruppenleiter ist ein Sahneschnittchen. Um den einmal in der Woche zu sehen, würde ich sogar Schlüsselanhänger häkeln.«

Franziska musste lachen. »Ich schreibe mir den Termin gerne auf. Leider kann ich dir noch nichts versprechen. Wir haben für den Herbst ganz bewusst noch keine Reservierungen angenommen, weil wir eventuell Erntehelfer in den Zimmern unterbringen wollen.« Und mehr zu sich selbst fügte sie hinzu: »Wird höchste Zeit, dass ich das mit Niklas kläre.«

»In dem Raum in Bergen, in dem wir uns momentan verbiegen und dehnen, bis der Arzt kommt, atmet es sich angeblich nicht so gut. Geatmet wird hier oben am Kap«, erklärte Thekla vergnügt. »Da wäre eins eurer Zimmer natürlich ideal.«

»Ach, Vitt wäre auch nicht gerade schlecht«, wandte Franziska ein und grinste breit. »Heinrich hat bestimmt noch eine Schlafcouch für dich.«

»Bloß nicht!« Ronja sah erschrocken aus. »Dann haust bald die ganze Mischpoke unter einem Dach.«

Franziska und Thekla sahen Ronja überrascht an. Wo hatte sie diesen Ausdruck her?

Thekla lachte. »Da sind wir ausnahmsweise mal einer Meinung. Dieses Gerede von Mehrgenerationenhäusern geht mir gehörig auf die Nerven. Kennst du einen Fall, wo das richtig gut funktioniert?«

»Nicht so direkt«, gab Franziska zu und musste sofort an Klaas denken, der eine WG gründen wollte und mit ihr bereits die Regeln dafür aufgestellt hatte. Verdammt, ihm war sie noch einen Termin schuldig. »Andrea Schuster hat mir aber von einigen Beispielen erzählt, bei denen das prima klappt.«

»Die Altenpflegerin, die auch manchmal an deiner Sprechstunde teilnimmt?« Thekla war so laut geworden, dass Ronja kurz aufblickte. »Für die läuft's doch schon gut, wenn die Alten nicht abgeschoben werden und sich die Beteiligten solcher Wohngruppen nicht an die Gurgel gehen.«

»Ich schreibe mir den Termin auf, und wenn ein Zimmer frei ist, trage ich dich ein«, versprach Franziska.

»Sehr schön, danke.«

»Können wir jetzt?« Ronja seufzte, als läge die Last der ganzen Welt auf ihren schmalen, nach vorn fallenden Schultern.

»Lässt sich wohl nicht vermeiden«, gab Thekla zurück. »Also, Ziska, mach's gut.« Ihr fiel noch etwas ein. »Was hältst du davon, nachher zusammen einen Kaffee trinken zu gehen? Nach der Besichtigung brauche ich bestimmt eine Belohnung.« Sie grinste. »Das wäre ein echter Lichtblick.«

»Sonst immer gern, Thekla, das weißt du. Aber heute geht gar nichts. Ich habe echt so viel zu tun.«

Thekla sah sie lange an. »Lass einfach mal die letzten beiden Wörter weg, dann passt's immer noch ganz gut.«

»Bitte?« Franziska stand komplett auf der Leitung.

»Von deinem letzten Satz«, meinte Thekla und sah ihr in die Augen. »Ich habe echt so viel zu tun«, imitierte sie Franziska. »Lass die beiden letzten Wörter weg. Tschüss, meine Liebe.«

Wie, einfach die beiden letzten Wörter weglassen? Solche Rätsel konnte Franziska gerade gebrauchen. Sie zog die Stirn kraus und sah den beiden nach. Dann sprach sie den Satz in Gedanken aus: Ich habe echt so viel. Punkt. Ihr Blick fiel auf die Sanddornfelder, an denen die kleinen Früchte bald Farbe bekommen würden, sie dachte an Niklas, an Jürgen und an das Telefonat, das sie am Vormittag geführt hatte. Kluge Frau, diese Thekla, dachte sie.

Entdeckungen

»Dinge, leicht wie Luft, sind für die Eifersucht Beweis, so stark wie Bibelsprüche.«

William Shakespeare

Franziska war spät dran. Und natürlich war ausgerechnet an diesem Tag kein Durchkommen auf den Straßen. Außerdem war es heiß und beinahe windstill, ein Zustand, den sie auf Rügen eher selten erlebte. Ihr leichtes Sommerkleid klebte an ihrem Rücken. Sie sah wieder und wieder auf die Uhr, obwohl sie natürlich wusste, wie spät es war. Maren ist eine erwachsene Frau, sagte sie sich, die wird nicht gleich in Panik ausbrechen, wenn sie niemand am Bahnsteig in Empfang nimmt. Sie wird eben warten. Im Schritttempo tuckerte sie an dem kilometerlangen Kraft-durch-Freude-Bau vorbei, der Stück für Stück ein neues Gesicht bekam. Wo nach Adolf Hitlers Vorstellung einst zwanzigtausend Menschen Urlaub machen sollten, entstanden heute Luxuswohnungen. Bodentiefe Fenster und Balkone lockerten den Anblick ein wenig auf. Trotzdem blieb der Kasten von außen, was er schon immer gewesen war, eine Festung aus Stahlbeton, die zu dem feinen langen Strand dahinter so gar nicht passen wollte. Dass der Architekt dieser größenwahnsinnigen Geschmacksentgleisung für seinen Entwurf ausgezeichnet worden war und zu allem Überfluss auch noch Klotz geheißen hatte, war besser als Realsatire. In nicht allzu ferner Zukunft sollte die Promenade von Binz bis hierher führen und die Ferienwohnungen direkt mit dem beliebten Seebad verbinden. Franziska fand es gut, dass der Schandfleck sich ganz langsam zu einem vorzeigbaren Teil der Insel mauserte. Solange man die Geschichte nicht vollkommen vergaß, sondern immer ein Museum und Erinnerungszentrum darin beließ, war es für sie in Ordnung. Sie musste an Ronja denken. Es war wichtig, wenn junge Leute alle Facetten ihrer Heimat kennenlernten, selbst wenn diese einer düsteren Vergangenheit angehörten. Und nicht nur die. Auch die Alten und die Urlauber sollten nicht nur am Strand herumliegen, fand sie. Oder die Straßen verstopfen. Sie trommelte auf das Lenkrad und ließ ihren Blick in die andere Richtung schweifen. Dort ragte der Adlerhorst seine hölzerne Plattform in den wolkenlosen Himmel. Den Baumwipfelpfad kannte Franziska selbst noch nicht. Ein gutes Ziel, wenn man jemanden zu Gast hatte. Ob auch ein Kletterpark etwas für Maren war? Auf jeden Fall wäre sie dort gezwungen, sich völlig auf sich selbst und ihre Umgebung zu konzentrieren. Die perfekte Ablenkung von ihrer verkorksten Ehe, dem Jobverlust und allen anderen Sorgen. Sie würde es ihr vorschlagen. Allein würde Maren bestimmt nichts besichtigen oder unternehmen. Sie wollte reden, dafür war sie hier. Nur hatte Franziska dummerweise nicht die Zeit, sich jeden Tag mit ihrer Freundin zu befassen. Ach was, das würde sich schon alles finden. Leichter als ein Parkplatz, so viel stand fest. Am Bahnhof war nichts zu kriegen. Nicht einmal gegenüber auf der Parkfläche eines Kaufhauses hatte sie eine Chance. Vom Wagen aus hatte Franziska einen Regionalexpress am Bahnsteig gesehen. Bestimmt der aus Stralsund, mit dem Maren gekommen war. Sie fuhr weiter, vorbei an einem kleinen Einkaufszentrum mit Supermarkt und Blumenladen. Warum stellte sie ihr Auto nicht einfach da ab? Sie würde nicht lange stehen bleiben, niemandem würde auffallen, dass sie in keinen der Läden ging. Zu spät, sie hatte die Einfahrt verpasst. Bei der nächsten Möglichkeit riss sie das Steuer herum und erntete ein kurzes Hupkonzert ihres Hintermannes, der abrupt bremsen musste. Sie hob entschuldigend eine Hand und fuhr den Wagen in eine Lücke. Perfekt. Ein Discounter, eine Bäckerei und ein Schnäppchenmarkt. Bestimmt parkten hier einige, die zum Bahnhof wollten.

Franziska warf sich ihre Handtasche über die Schulter, schloss die Tür ab und blieb wie angewurzelt stehen. Irgendetwas an dem Bild, das sie gerade gesehen hatte, stimmte nicht. Sie drehte sich noch einmal um und ließ ihren Blick über die Fronten der Geschäfte gleiten. Vor der Bäckerei standen zwei Tische mit Sonnenschirmen. An einem saß ein Mann, der mit seinem Handy beschäftigt war, an dem anderen ein älteres Pärchen. Interessant war, was dahinter Franziskas Aufmerksamkeit auf sich gezogen hatte – lange blonde Haare, ein hübsches sommersprossiges Gesicht, blendend weiße Zähne. Die Sommersprossen konnte Franziska aus dieser Entfernung natürlich nicht sehen, aber sie wusste, dass sie da waren. Kimberly. Sie hatte keinen Urlaub und keinen freien Tag. Was machte sie hier mitten am Vormittag? Franziska überlegte, ob sie zu ihr hinübergehen sollte. Blödsinn, sie war hier, um ihre Freundin vom Bahnhof abzuholen, und das würde sie jetzt schleunigst tun. Sie war schließlich nicht Kimberlys Chef. Der saß ihr genau gegenüber! Der einzelne Herr mit dem Mobiltelefon hatte sich erhoben und gab den Blick auf das große Fenster frei. Kein Zweifel, hinter der Scheibe saß Niklas. Mr Frischluftfanatiker saß drinnen, bei strahlendem Sonnenschein und hochsommerlichen Temperaturen. Franziska fröstelte trotz der Wärme. Kein Wunder, dass sie Niklas nirgends hatte finden können, um sich zu verabschieden. Da saß er in entspannter Körperhaltung, soweit sie das aus der Ferne beurteilen konnte, und trank seelenruhig Kaffee mit seiner Mitarbeiterin. Dabei stöhnte er doch immer, dass er überhaupt nicht mehr aus seinem Büro oder der Produktionshalle herauskomme. Sie schluckte. In dem Moment warf Kimberly den Kopf zurück und lachte. Auch Niklas lachte. Wie lange hatte sie ihn nicht mehr so locker und fröhlich gesehen? Sie zwang sich, die beiden nicht länger zu beobachten, und ging langsam zur Straße. Ohne nach links oder rechts zu schauen, lief sie geradewegs in den Kreisel. Autos hupten. Sie erschrak und sprang von der Fahrbahn. Er hat nicht vergessen, dass du zum Bahnhof musst, hämmerte es in ihrem Schädel, deshalb sitzt er sicherheitshalber drinnen.

Franziska drückte Maren fest an sich. Sie brachte kein Wort heraus. Der Verdacht, dass sie und ihre Freundin gerade ein ähnliches Schicksal teilten, zumindest was ihre Männer anging, schnürte ihr die Kehle zu.

»Nun ist es aber wieder gut.« Maren lachte leise. »Ich bin immerhin gesund. Glaube ich wenigstens. Und noch bin ich auch verheiratet. Es hätte also schlimmer kommen können.«

Sie gingen über den Vorplatz mit seinen Rasenflächen, die sich wie Wellen links und rechts vor dem Gebäude schlängelten.

»Komm, wir bringen dein Gepäck ins Auto und trinken irgendwo etwas. Oder hast du Hunger?«

»Nein, ich habe schon die ganze Fahrt über gefuttert. Aber ein Kaffee wäre toll.«

Als sie Koffer und Reisetasche ins Auto stopften, sah Franziska verstohlen zur Bäckerei hinüber. Der Platz am Fenster war leer. Trotzdem verspürte sie nicht die geringste Lust, dort einzukehren. Sie bummelten den Weg herunter, der direkt zum Meer führte, überquerten die Proraer Straße und erreichten wenig später die Strandpromenade. Sofort verschluckte sie ein buntes und vor allem lautes Treiben. Ein junges Paar hatte seine Tochter an den Händen, die noch sehr ungelenk auf ihren pummeligen Beinchen unterwegs war. Sie ließen sie ein paar Schritte probieren und hoben sie dann hoch in die Luft, was die Kleine jedes Mal mit fröhlichem Quietschen quittierte. Hier joggte jemand Slalom zwischen den Urlaubern hindurch, dort sauste einer auf einem Skateboard durch die Menge. Alte Herrschaften gingen mit ihren Rollatoren spazieren und beanspruchten die gesamte Breite der Promenade für sich, da sie in einem Grüppchen nebeneinander unterwegs waren und nicht im Traum daran dachten, einen Gänsemarsch zu formieren. Von Weitem hörte man das Krakeelen und Planschen, das Lachen und Rufen der Wasserratten und Sonnenanbeter, die einen Platz am Strand ergattert hatten.

Franziska und Maren ließen sich auf der Terrasse eines italienischen Restaurants unter einem dunkelroten Marktschirm nieder. Hin und wieder wehte eine salzige Brise zu ihnen herüber, die das Aroma von Kokosnuss, Limone und einem Hauch Fisch mitbrachte.

»Danke, dass ich kommen durfte. Es tut jetzt schon gut, aus der Stadt raus zu sein.« Maren sah sie kurz an und blickte dann über die flanierenden Menschen.

»Ach was, ist doch wohl klar, dass du hier jederzeit willkommen bist.« Franziska betrachtete ihre Freundin von der Seite. Marens Augenringe ließen auf viele Nächte schließen, in denen sie mit Richard gestritten, in Ruhe diskutiert und beratschlagt und alleine geweint hatte. Sie sah wirklich erbarmungswürdig aus und konnte ein paar freie Tage oder Wochen gut gebrauchen.

Maren atmete tief durch und wandte sich Franziska zu. »Meinen nächsten Rügenbesuch hatte ich mir echt anders vorgestellt. Ich dachte, ich komme mit Felix her oder mit meinen beiden Männern, um Familienurlaub zu machen. Familie …« Sie schnaufte, und ihre Augen glänzten verräterisch, aber sie behielt die Fassung.

»Ich habe mal gelesen, eine Beziehung sei eben nicht wie ein warmes Bad, in das man gemütlich hineinsteigt und dann einfach nur genießt«, sagte Franziska leise. »Okay, dass man etwas dafür tun muss, sehe ich ja ein. Geschenkt. Aber davon, dass man darin Eisfüße kriegt, war nicht die Rede, oder?« Na toll! Sie sollte ihre Freundin aufbauen, und stattdessen war sie nicht mehr weit davon entfernt, ihr eigenes Leid zu klagen.

»Kriegen kann«, korrigierte Maren, die den Anflug von Selbstmitleid offenbar nicht wahrgenommen hatte. »Glücklicherweise ist es kein Naturgesetz, dass jede Beziehung irgendwann scheitert.« Ihren Optimismus hatte sie also noch nicht verloren. Franziska griff spontan über den Tisch und drückte Marens Hand.

»Die Sache mit ihrem Mann scheint Maren ziemlich mitzunehmen. Sie sieht richtig elend aus.« Niklas warf sein Shirt in den Wäschekorb.

»Dass dir das auffällt!«, sagte Franziska frostig.

Er drehte sich um. Zu ihrer Überraschung beschwerte er sich nicht über ihren zickigen Ton, sondern kam auf sie zu. »Tut mir leid, dass ich neulich einfach losgequatscht habe, als du telefoniert hast. Daher weht doch der Wind, oder?« Er lächelte. Sie spürte einen Kloß im Hals. »Ich bin nicht so ein ungehobelter Klotz, wie du vielleicht denkst. Ich habe sofort gemerkt, dass du sauer warst. Zu Recht«, fügte er schnell hinzu, ehe sie ihn darauf hinweisen konnte. »Du weißt doch, wie das ist. Eine Zeit hält das Kühlhaus noch die Temperatur, aber eben nicht wahnsinnig lange. Schon gar nicht bei dieser Hitze. Wenn ich nicht sofort etwas unternommen hätte, wäre unser gesamter Restbestand aufgetaut und hätte verarbeitet werden müssen.« Er schlüpfte in die Boxershorts, die ihm als Pyjama dienten. »Das wäre eine Katastrophe gewesen.« Er grinste schief. »Na ja, zumindest sehr, sehr ärgerlich. Ich bin heilfroh, dass ich das verhindern konnte.«

»Dafür musste ich mich opfern und zu deiner Verabredung mit Marianne gehen.« Sie zog ein Gesicht, und er musste lachen. Eigentlich hätte sie sich freuen können. Niklas war entspannt und nicht so gereizt wie in der letzten Zeit. Sie ahnte, was der Grund dafür war, und der freute sie ganz und gar nicht.

»Hast du nicht gesagt, es war nicht so schlimm?« Er nahm ihre Hand und zog sie zu sich. »Sei ehrlich, du bist nicht nur meinetwegen nach Rügen gezogen, sondern auch wegen unseres halben Bruders Jürgen. Du hast dich eigentlich gefreut, ihn endlich mal wiederzusehen.«

»Ja, stimmt schon«, gab sie zu und konnte sich ein Schmunzeln nicht verkneifen. Jürgen sagte ständig *eigentlich*, eine Angewohnheit, die er nicht loswurde, obwohl selbst Marianne ihn inzwischen damit aufzog. Marianne. Sie hatte sich in den letzten Monaten ziemlich verändert. Der Kaffeetisch war bereits fertig gedeckt gewesen, als Franziska eingetroffen war. Es gab Servietten, selbst gebackenen Kuchen, eigentlich eine kleine Attraktion, wie Jürgen bemerkt hatte. Marianne war anständig gekleidet gewesen, statt in ihren geliebten Jogginghosen oder Leggings in der Tür zu erscheinen. Und die schweren dunklen Vorhänge und dichten Gardinen waren aus dem Wohnzimmer verschwunden, sodass der Raum viel freundlicher wirkte. Franziska erinnerte sich, dass Marianne sogar eingeschritten war, als Jürgen über Niklas zu lästern begann.

»Lass mal«, hatte sie gesagt, »in so einer Lage geht das Geschäft nun mal vor. Da kann der Junge nicht gemütlich mit uns Kaffee trinken.« Ganz neue Töne. Normalerweise stand Marianne ganz vorne, wenn es darum ging, jemanden schlechtzumachen oder ein Haar in der Suppe zu finden.

»Apropos eigentlich ...« Franziska atmete tief ein. »Hast du neulich nicht gesagt, du siehst irgendwann noch aus wie ein Nacktmull, weil du überhaupt nicht mehr ans Tageslicht kommst?«

»Ist doch so, ich hocke nur noch im Büro. Wann bin ich denn das letzte Mal mit draußen beim Unkrautjäten gewesen?« Niklas war auf der Hut.

»Komisch, dass du dann heute nicht die Gelegenheit genutzt hast, in Binz draußen Kaffee zu trinken.« Wie clever war das denn? Sie hatte ihm keinen Vorwurf gemacht und Kimberly nicht einmal erwähnt. Trotzdem musste ihm jetzt klar sein, dass sie die beiden zusammen gesehen hatte.

»Es war einfach zu heiß. Außerdem fanden wir es nicht besonders attraktiv, direkt am Parkplatz zu sitzen und die Abgase einzuatmen.«

Er gab offen zu, dass er und Kimberly zusammen in Binz waren. Aber er unternahm nicht einmal den Versuch, etwas zu erklären. Stattdessen schlüpfte er unter das Laken, das im Sommer die Daunendecke ersetzte.

»Findest du nicht, wir haben etwas zu besprechen?« Sie stand unentschlossen am Bett.

»Wegen der Herbstbelegung für die Gästezimmer. Mist, hast recht, das müssen wir unbedingt klären. Morgen, okay? Ich bin todmüde.«

Wunderbar. Mit ihrer super cleveren Fragestrategie war sie ja unheimlich weit gekommen.

Marens erster Besuch auf Rügen war anlässlich Franziskas dreißigstem Geburtstag gewesen. Franziska war noch mit Krücken unterwegs gewesen, weil sie nicht lange vor ihrer Feier diesen dämlichen Unfall gehabt hatte. Warum hatte sie auch nach tagelangen heftigen Regenfällen einen Strandspaziergang unterhalb der Steilküste machen müssen? Sie erinnerte sich noch ganz genau an diesen Tag. Gerade war ihr die Idee gekommen, die *Sprechstunde Älterwerden* zu gründen. Genau genommen schwebte ihr damals noch ein Verein vor. Jedenfalls war sie ganz ausgefüllt von dem Einfall und hatte sich bewegen müssen, laufen, frische Luft atmen. Und sie musste sich von ihrer Sehnsucht nach Niklas ablenken. Von dem hatte sie sich getrennt, weil ihr Halbbruder Jürgen, mit dem sie den Vater gemeinsam hatte, es nicht ertragen konnte, wenn sie und sein Bruder Niklas, mit dem er die Mutter gemeinsam hatte, ein Paar wären. Wie dumm sie damals gewesen war. Sie hatte sich eingeredet, ihre Gefühle für Niklas würden verblassen und irgendwann ganz verschwinden wie Kreidezeichnungen auf Asphalt. Blut war dicker als Wasser, wie man so sagte, Verwandtschaft also mehr wert als eine Liebe. Echter Blödsinn. An diesem Tag am Strand hatte sie alle Vorsichtsmaßnahmen ignoriert. Trotz der Warnhinweise, die darauf aufmerksam machten, dass es verboten sei, sich nach extremen Wetterverhältnissen unterhalb der Steilküste aufzuhalten, war sie immer weiter nach Norden gestapft. Plötzlich war da dieses Grollen gewesen, ein Geräusch, wie sie zuvor nie eins gehört hatte. Sie würde es bis ans Ende ihres Lebens mit sich herumtragen. Zuerst hatte sie angenommen, auf der Ostsee sei eins dieser viel zu lauten Rennboote unterwegs, oder das Gewitter, das am Morgen getobt hatte, komme noch einmal zurück. Als das Donnern schon ohrenbetäubend war, begriff sie, dass es nicht vom Wasser, sondern vom Land kam, also hinter ihr war. Sie drehte sich um und sah Kreide- und Geröllawinen auf sich zukommen. Ausgerissene Bäume, die Wurzeln nach oben gestreckt, und Steine größer als ein Medizinball flogen durch die Luft, als wären sie federleicht. Ihre Wahrnehmung hatte auf eine merkwürdige Zeitlupenfunktion geschaltet. Das Ganze dauerte nur Sekunden, wie sie im Nachhinein wusste. Doch sie hatte jedes beängstigende Detail mit einer Schärfe gesehen und abgespeichert, als hätten ihre Sinne zwischendurch die Pausetaste gedrückt, um in Ruhe jede Kleinigkeit aufzunehmen.

Ihr dämliches Verhalten brachte ihr böse Verletzungen ein. Ein Bein hatte es besonders schwer erwischt, und auch der Sturz mit dem Kopf auf einen Stein hatte ihr noch lange einen üblen Brummschädel eingebracht. Trotzdem, sie hatte großes Glück gehabt. Das war ihr sehr bewusst, und sie würde es nie vergessen. Als sie aus einer kurzen Bewusstlosigkeit aufgewacht war, hatte sie sich auf einer höchstens einen Quadratmeter großen Sandfläche wiedergefunden, die wie sauber gefegt ausgesehen hatte, kein Baum, kein Stein, nichts. Nur einige Handbreit entfernt türmten sich dagegen Holzstücke, Lehmberge und Felsbrocken. Hätte sie irgendetwas davon mit der Wucht abbekommen, mit der es die an der Stelle weit über zwanzig Meter hohe Steilküste hinabgerauscht war, sie hätte ihren Dreißigsten nicht mehr feiern können.

Maren war ihrer Einladung zum Geburtstag gefolgt, hatte aber nicht lange bleiben können. Durch Franziskas körperliche Einschränkung hatten sie obendrein nicht allzu viel miteinander unternommen.

»Nächstes Mal zeige ich dir etwas von der Insel«, hatte Franziska ihr deswegen versprochen.

Versprechen musste man halten! Sie würde eben abends, wenn Maren im Bett war, noch ihre Arbeit erledigen. Das ging nicht jeden Tag, aber heute wollte sie sich erst einmal Zeit für ihre Freundin nehmen. Das Wetter war einfach zu schön, um es ungenutzt zu lassen. Die Luft hatte etwa vierundzwanzig Grad, und dazu wehte eine leichte Brise. Ab und an schob sich ein weißes Wölkchen vor die Sonne und verhinderte, dass man auf der Stelle verbrannte. Sie würden runter nach Vitt gehen. Falls sie Lust auf einen langen Spaziergang bekamen, konnten sie ihre Strandtasche und die Schuhe einfach bei Heinrich lassen. Oder sie machten es sich an dem winzigen, etwas südlich gelegenen Strand gemütlich, an dem man eigentlich immer allein war. Er hatte vielleicht keine Karibik-Qualität, war aber perfekt, wenn man in Ruhe quatschen wollte. Zum Mittag würden sie sich frischen Fisch schmecken lassen. Franziska packte lediglich eine große Flasche Wasser ein. Und eine Flasche Sekt. Heinrich hatte nur Weißwein im Angebot, aber er würde ihr bestimmt ein Plätzchen in seinem Kühlschrank überlassen. Sie wollte gerade sehen, wie weit Maren war, als ihr Telefon klingelte.

»Hallo, Zissi, meine Süße!«

»Papa!« Er musste einen eingebauten Sensor für ungünstige Momente haben.

»Ich wollte mal hören, wie es meiner Lieblingstochter geht. Von alleine meldest du dich ja nie.«

»Nein, nie. Armer alter Papa«, zog sie ihn auf.

»Sag mal! Alter Papa ... Der Wind bei euch da oben zerzaust dir wohl die Manieren.«

»Lustige Idee.« Sie musste lachen. »Und was zerzaust dir dein Erinnerungsvermögen, wenn es nicht das Alter ist?«

»Wieso?«

»Weil ich dich letzte Woche angerufen habe. Wie lange dauerte unser Gespräch noch? Eine Stunde?«

»Das ist länger her«, entgegnete er im Brustton der Überzeugung.

»Nein, es war ...«, sie musste kurz überlegen, »letzten Mittwoch. Egal, wie geht es denn meinem Lieblingspapa?«

»Gut, gut.« In einem Redeschwall, der äußerst schwer zu unterbrechen war, setzte Max sie über sämtliche Erkrankungen und Familienangelegenheiten seiner kompletten Nachbarschaft in Kenntnis. Pikante und sehr gerne auch hochdramatische Einzelheiten natürlich eingeschlossen und, wie sie vermutete, nicht zu knapp ausgeschmückt. Ihre Einwände, dass er ihr dieses oder jenes bereits erzählt habe, störten ihn nicht im Geringsten und hielten ihn schon gar nicht davon ab, die Geschichten noch farbenfroher zu wiederholen.

»Na, die Hauptsache, dir geht es gut«, warf sie ein, als er gerade die wirklich ernsten und äußerst blutigen Folgen eines Katzenbisses in der Hand seines Nachbarn geschildert hatte. »Ich will jetzt auch gleich los. Du weißt doch noch, dass Maren kommen wollte. Sie ist seit gestern hier, und wir wollen gleich runter nach Vitt bummeln.«

»Ach, wie nett. Ja, klar weiß ich das noch. Ich bin ja nicht senil. Du, warum ich anrufe … Ich habe in der *Abendzeitung* eine Stellenanzeige entdeckt, die wie für dich gemacht ist.« Franziska stutzte. »Du wolltest doch immer unterrichten.«

»Wolltest immer ist vielleicht ein bisschen übertrieben«, sagte sie langsam. »Ich habe mal darüber nachgedacht, Lehrerin zu werden. Aber ich wollte schon viel machen, was meist nicht lange anhielt. Du ziehst mich doch ständig damit auf, dass ich so unentschlossen bin.«

»Bist du ja auch. Trotzdem gibt es doch wohl Dinge, die du immer mochtest oder noch nie leiden konntest. Es passt zwar nicht zu dir, aber in mancher Hinsicht bist du ziemlich konstant.«

»Aha, sehr schön, das mal zu hören. Papa, ich muss jetzt wirklich …«

»Dein noch nicht ganz so alter Vater erinnert sich noch sehr gut daran, dass du erst Grundschullehrerin und dann Lehrerin am Gymnasium werden wolltest«, plauderte er ungestört weiter. Franziska seufzte. »Letzteres nur kurz, das gebe ich zu. Aber in deiner Anfangsphase als Coach hast du wieder davon geredet, dass es dir Freude machen würde zu unterrichten, Vorlesungen zu halten.«

Maren stand noch nicht auf der Matte. Vielleicht telefonierte sie mit Richard. Insofern entspannte sich Franziska ein wenig.

»Das stimmt«, räumte sie ein.

»Eben. Und da sucht so eine Bildungseinrichtung eine Referentin, die genau das lehren kann, was du machst, Methoden für Reflexion, Positionsbestimmung, Visions- und Wertefindung. Na ja, dieses Zeug eben.« Franziska kam aus dem Staunen nicht mehr heraus. Vermutlich hatte er die Anzeige vor der Nase, sonst würde er kaum solche Begriffe verwenden, auch wenn er sie von ihr schon häufig gehört hatte. »Wäre das nichts für dich? München ist eine so tolle Stadt, und du wärst schnell in Italien.« Pause. »Und in der Nähe deines alten Vaters.«

»Wenn der mal zu Hause ist«, warf sie lachend ein. »So reiselustig, wie ich dich kenne, würden wir uns auch nicht öfter sehen als jetzt. Oder hat sich das geändert?«

»Nein, ich fahre schon mal weg. Aber so extrem ist es auch wieder nicht«, brummte er.

»Bei mir hat sich übrigens auch nichts geändert, Papa. Ich bin noch immer mit Niklas zusammen, der hier eine Sanddornplantage betreibt«, erinnerte sie ihn.

»Das weiß ich doch.«

»Und du findest einen Arbeitsweg von über achthundert Kilometern nicht ein bisschen viel? Einfache Strecke«, ergänzte sie.

»Ich dachte ja nur. Der Job ist nicht fürs ganze Jahr, nur immer phasenweise«, erzählte er. »Wenn die deinen Namen lesen, der in jedem Managermagazin und Fachblatt steht, hättest du sofort eine Zusage.« Und leise fügte er hinzu: »Wär doch schön, dann hätten wir mehr Zeit füreinander. Hast ja recht, ich werde auch nicht jünger. Wer weiß, wie lange wir uns noch haben?«

»Ach Mensch, Papa. Dir gefällt es hier doch so gut. Warum kommst du uns nicht öfter besuchen? Ich kann auch mal wieder kommen«, sagte sie schnell. »Dafür brauche ich keinen Job in München.«

»War nur so eine Idee. Ich dachte, du hättest vielleicht Interesse daran«, meinte er kleinlaut. »Von dir brauchten die sicher nicht einmal ein Zeugnis oder irgendetwas.« Er konnte den Gedanken offenbar nicht ziehen lassen.

»Die Zeiten sind vorbei, als ich dauernd interviewt wurde und in der Presse war. So, und jetzt muss ich wirklich los. Ich melde mich, Papa, versprochen. Eventuell können Niklas und ich im Winter kommen.«

Nur ein paar Minuten nach dem Telefonat mit Max waren Franziska und Maren auf dem Weg nach Vitt. Auf den ersten Blick konnte man sie mit ihren Sommerkleidern, unter denen ihre Bikinis hervorblitzten, mit den Flip-Flops an den Füßen, den Sonnenbrillen und der Strandtasche wahrscheinlich für ganz normale Urlauberinnen halten. Einem guten Beobachter wäre allerdings schnell aufgefallen, wie schweigsam und ernst sie waren. Franziska hatte ein schlechtes Gewissen. Sie lud fremde Menschen ein, Lösungen für ihr Alter zu entwerfen, mit denen sie glücklich waren, während sie ihren Vater nicht einmal gefragt hatte, warum er plötzlich so düstere Gedanken hegte. Womöglich war er ausnahmsweise mal beim Arzt gewesen und hatte beunruhigende Nachrichten zu hören bekommen. Ihr ging das Gespräch einfach nicht aus dem Sinn, und Maren war auch keine Aufmunterung auf zwei Beinen. Im Gegenteil, sie trottete mit gesenktem Kopf neben ihr her.

»Da wären wir!« Franziska gab sich Mühe, ihre Stimme fröhlich klingen zu lassen.

»Hübsch«, erwiderte Maren. Das klang so begeistert, als wäre sie gerade barfuß in eine Nacktschnecke getreten.

»Moin, Heinrich!«, rief Franziska und steuerte auf die Fischbude zu. »Wir sagen nur schnell Hallo und deponieren unsere Sektflasche bei ihm«, erklärte sie Maren.

»Lohnt sich das?« Maren sah sie an, und ihre Augen blitzten ein wenig. »Die machen wir doch sowieso bald auf, oder? Können wir die nicht bis dahin im Meer kühlen? So machen die das in Abenteuerfilmen auch immer.« Da war sie wieder, Franziskas unternehmungslustige alte Freundin. Sie hatte schon immer Flausen im Kopf gehabt, verrückte Ideen, um etwas nur nicht so zu machen wie andere.

»Haben die nicht immer eine Schnur, mit der sie die Flasche anbinden können? Ich habe nichts dabei.«

»Vielleicht können wir die von ihm kriegen«, schlug Maren vor und deutete auf den Tresen, hinter dem Heinrich stand, die Wollmütze über der schwitzenden Stirn.

»Moin! Na, die Damen, wat kann ik denn für euch tun?«

»Heinrich, das ist Maren, meine Freundin aus Hamburg. Maren, das ist Heinrich.« Dann fiel es ihr ein. »Ach, was rede ich denn? Ihr kennt euch doch von meinem dreißigsten Geburtstag.«

Auf Heinrichs Stirn bildeten sich tiefe Falten. »Tscha, dat is' lang her«, sagte er gedehnt und musterte Maren, als würde er hoffen, da wäre irgendein auffälliges Muttermal oder sonst irgendetwas, das ihm einen Geistesblitz bescherte.

»Ich kann mich auch nicht erinnern«, sagte Maren und lächelte ihn an. »Hallo.« Sie streckte ihm die Hand über den Tresen entgegen.

Er strahlte sie an. »Scheun, dat wir uns noch mal kennenlernen. Aus Hamburg kommen Sie also. Da war ich schon. Büschen viel Beton da und Lärm, aber sonst ganz nett.«

Sie plauderten ein wenig, dann gab er ihnen ein Stück Schnur, und die beiden verzogen sich auf den schmalen Sandstreifen inmitten einer kleinen Kiesbucht, in der sie, wie Franziska es erwartet hatte, allein waren.

»So, du Abenteuerin, dann kümmere dich mal um die Kühlung«, forderte Franziska Maren auf.

»Kein Problem.« Maren schnappte sich die Buddel und wickelte den Perlonfaden geschickt um den Flaschenhals. Sie schob ihn unter dem Vierdrahtverschluss hindurch und zog ihn mehrfach durch den kleinen Silberring, sodass er auf keinen Fall abrutschen konnte. »Und ab damit ins Kühlfach!« Sie trat ans Wasser und sah plötzlich doch ein wenig ratlos aus.

»Vielleicht klemmen wir das Ende der Schnur unter den Stein da«, schlug Franziska vor und deutete auf einen Brocken, der von den Wellen umspült wurde. Marens Miene hellte sich auf, und sie nickte. Gemeinsam packten sie zu. Eine Strandkrabbe, die sich offenbar gestört fühlte, schoss zwischen den kleinen und größeren Kieseln hervor und rannte in Richtung von Marens großen Zehen. Die schrie auf, ließ den Brocken los und hüpfte rückwärts. Die Flasche in der Hand, strauchelte sie, ruderte mit den Armen und konnte sich im letzten Moment fangen. Nach einer Schrecksekunde prusteten sie beide los.

»Böser, böser Krebs!«, schimpfte Maren und fuchtelte mit dem Zeigefinger in der Luft herum. Das Tier verharrte bewegungslos. Die winzigen schwarzen Augen am vorderen Rand des gezackten Panzers sahen aus wie nach vorne gerichtete Scheinwerfer.

»Krabbe«, korrigierte Franziska prustend, »es ist eine Krabbe.« Die wollte ihr Glück anscheinend nicht länger herausfordern, lief seitlich trippelnd zurück in die Ostsee und verschwand.

Nachdem die Flasche zwischen ein paar kleineren Steinen, gesichert vor dem Hin und Her der Wellen, deponiert war, zogen Franziska und Maren ihre Kleider über die Köpfe, trugen Sonnenschutz auf und rieben einander gegenseitig die Rücken ein. Dann ließen sie sich auf ihre Handtücher fallen.

»Richard hat vorhin angerufen«, begann Maren. »Er sagt, es ist gut, dass ich hier bin. Die alte Leier, er braucht Abstand, so kann er sich besser über alles klar werden.«

»Es tut euch bestimmt gut.« Franziska sah ihre Freundin an und hoffte, dass sie recht hatte.

»Ich hatte schon länger so ein komisches Gefühl«, sagte Maren und seufzte. »Richard ist ein schlechter Lügner. Jeder hätte ihm sofort angemerkt, dass etwas nicht stimmte, als er plötzlich von Mehrarbeit und Überstunden geschwafelt hat. Und ich sowieso, ich kenne ihn in- und auswendig.« Sie lachte trocken auf. »Wenn wir irgendwo eingeladen sind, sage ich ihm, was er vom Büfett nehmen kann und was nicht. Ich weiß, was ihm schmeckt, also fragt er mich. Ich fahre mehrere Kilometer Umweg, nur um ihm seine Lieblingssorte Bier zu holen, die es bei uns im Supermarkt um die Ecke nicht gibt. Ich höre, wenn er nach Hause kommt. Ich meine, ich erkenne sein Auto, kann es von denen der Nachbarn unterscheiden. Es ist dieser typische Klang, weißt du? Weil er schon ein gutes Stück vor unserer Einfahrt Gas wegnimmt und den Wagen ausrollen lässt. Bedeutet das denn alles gar nichts?« Sie hatte sich in Rage geredet. »Er meint, es ist immer alles wichtiger als wir. Also wir beide, als Paar, meinte er. Ich würde mich um alles kümmern, nur nicht um uns. Das musst du dir vorstellen, er sagt, er empfindet mich nur noch als Familienmanagerin, die ihm Aufgaben gibt, ihn verplant, die alles organisiert. Als Frau, die sich auch mal hübsch für ihn macht, die sich verführen lässt oder noch besser, die ihn verführt, nimmt er mich nicht mehr wahr.«

»Aber wenn du eure Familie nicht so gut managen würdest, wenn du eure Termine nicht so im Griff hättest, fände er das auch nicht witzig.«

»Er hat ja nicht ganz unrecht«, wandte Maren ein. »Es hat sich bestimmt einiges eingeschlichen. Keine Ahnung, wie andere den Spagat hinkriegen, immer alles in Schuss zu haben, nichts zu vergessen, nichts schleifen zu lassen und trotzdem noch eine prickelnde Beziehung zu führen, in der man sich umgarnt und überrascht und … was weiß ich.«

»Den Spagat kriegt keiner hin, glaube ich.« Franziska dachte nach. »Ich meine, wer diese Anfangs-Kribbel-Situation für den Rest seines Lebens will, hat schon verloren. Unsere Hormone ändern sich, das Gefühl füreinander ändert sich. Das Prickeln macht einer Vertrautheit Platz, und das ist auch schön, vielleicht sogar noch schöner, oder?« Unsicher sah sie zu ihrer Freundin hinüber.

Diese zuckte mit den Schultern. »Vielleicht haben auch die Medien Schuld«, knurrte die.

»Wieso das?«

»Na ja, guck dir doch diese Superweiber an in ihren Glitzerroben. Angelina Jolie zum Beispiel. Die sieht top aus, ist erfolgreich, mit der Betonung auf reich, und adoptiert ein Kind nach dem anderen. Dabei suggeriert einem die Presse, dass sie für das gesamte Kindergarten-Kommando die beste Mutter der Welt ist. Otto Normalo-Mann erwartet das von seiner Frau dann eben auch.«

»Es stand aber ebenfalls in der Zeitung, dass sie und Brad Pitt sich getrennt haben. Der Normalo weiß also, dass bei denen auch nicht alles toll ist.«

»Hm«, machte Maren nur und wühlte ihre Zehen in den Sand.

»Außerdem ist es umgekehrt doch genauso, oder? Zum Beispiel Daryl aus *Walking Dead*. Wie heißt der Schauspieler noch?«

»Du guckst *Walking Dead?*« Maren starrte sie an.

»Ertappt!« Franziska lachte. »Wir sind irgendwann in einer Folge hängen geblieben. Seitdem sind wir süchtig.« Sie sortierte kurz ihre Gedanken. »Dieser Daryl hat jedenfalls was, unangepasst, männlich, lässt sich nichts gefallen, hat aber natürlich ein gutes Herz.« Sie zog die Nase kraus. »Aber so ein Typ in der Realität? Immer leicht schmuddelig und verschwitzt. Möchte nicht wissen, wie der riecht.«

»Alltagstauglich sind solche Kerle doch sowieso nicht«, stimmte Maren ihr zu. »Stell dir doch mal Johnny Depp beim Elternabend vor.«

»Genau. Oder Schweighöfer beim Staubsaugen.«

»Oder Richard Gere beim Geschirrspülen.« Maren seufzte übertrieben. »Ich schwöre dir, ich würde die Küche nie wieder verlassen.« Eine Weile hingen beide ihren Gedanken nach, dann sagte Maren: »Wenn ich noch mal vor dem Schritt stehen würde zu heiraten und mich für einen Nachnamen entscheiden müsste, würde ich jedenfalls immer wieder den des Ehemanns annehmen.«

Franziska runzelte die Stirn. »Wie kommst du denn jetzt darauf?«

»Na ja, wenn du den Namen deines Partners angenommen hast, kannst du nach der Scheidung selbst wählen, ob du wieder zu deinem Mädchennamen zurückgehst oder nicht. Nimmt er deinen Namen an, kann er damit auch nach der Scheidung herumlaufen, und du kannst nichts dagegen tun.« Sie lächelte traurig. »Solche Gedanken mache ich mir schon.« Dann schüttelte sie den Kopf. »Meinst du, der Sekt ist schon kalt?«

»Noch!« Franziska lachte. »Ich habe ihn zu Hause aus dem Kühlschrank genommen. So lange ist das noch nicht her.«

»Auf uns!« Maren stieß ihr Glas an das von Franziska. »Es geht doch nichts über Freundinnen. Da kommt kein Kerl dazwischen.«

»Genau. Darauf trinken wir«, stimmte Franziska zu.

Plötzlich kicherte Maren und musste eilig schlucken, um den Sekt nicht fontänenartig von sich zu geben. »Weißt du noch, unsere Überquerung des Gardasees?«

Franziska wusste sofort, was jetzt kam. »Nein, die habe ich komplett verdrängt«, sagte sie.

»Mann, waren wir da fit! Wie viele Kilometer waren das noch?«

»Sieben, glaube ich.« Franziska trank einen Schluck. »Wir waren aber auch echt lange unterwegs. Und niemand hat sich so oft an den Begleitbooten und an dieser komischen Insel festgehalten und ausgeruht wie wir.«

»War trotzdem eine coole Leistung.«

»Die ganze Reise war cool. Dass du mit mir und meiner Familie nach Italien gekommen bist, war das Größte. In dem Alter wäre ich sonst auf keinen Fall mehr mit meinen Eltern in den Urlaub gefahren.« Franziska lächelte versonnen.

»Ich dachte, das Größte war der Typ, den du kennengelernt hast. Wie hieß der noch, Paolo? Nee, warte mal …«

»Ich wusste, dass du nur auf eine Sache hinauswillst. Von wegen, waren wir fit, coole Leistung. Du wolltest mich lediglich an die mit Abstand peinlichste Sekunde meines ganzen Lebens erinnern.«

»Ich wollte dich damit aufziehen«, gluckste Maren vergnügt. »Anscheinend ist dir das noch immer unangenehm. Lustig!«

»Sehr witzig.« Franziska hatte die Szene sofort wieder vor Augen. »Franco hieß er. Mann, der sah so gut aus wie eine Statue von Leonardo da Vinci.«

»Eher wie ein Gigolo von Al Lowe.«

»Von wem?«

»Kenne ich von den Kids. Das ist so ein Typ, der Computerspiele programmiert. Seine Figur Larry ist ein Aufreißer, der jede Menge erotische Abenteuer zu bestehen hat.«

»Wahrscheinlich hast du recht.« Franziska seufzte verträumt. »Ich habe den jedenfalls angehimmelt.«

»Du warst jung, da war das okay«, urteilte Maren grinsend. Sie schwelgten beide stillvergnügt in ihren Erinnerungen. Dann wurde Marens Grinsen noch eine Spur breiter. »Dass ausgerechnet er da stehen musste, als du aus dem Wasser gestiegen bist!«

»Ich werde noch auf dem Sterbebett wissen, wie furchtbar es sich angefühlt hat«, brummte Franziska düster, musste aber längst schmunzeln. »Es war die erste Generation Sport-Bikinis mit herausnehmbaren Pads. Das Ding sah auch echt super aus, es hat meine Oberweite optisch mindestens verdoppelt.« Sie fingen beide an zu kichern.

»Ach was, verdreifacht«, meinte Maren.

»Jedenfalls solange die Pads da waren, wo sie hingehörten.«

»Waren sie aber nicht«, quietschte Maren. »Nicht, nachdem du dich Kilometer für Kilometer durch den rauen See gekämpft hast.«

»Nicht, nachdem ich mich immer wieder wie eine Robbe auf eine Sandbank auf dieses Rettungsplateau gezogen habe, würde ich eher sagen.«

Jetzt gab es kein Halten mehr. Sie riefen sich all ihre gemeinsamen komischen Erlebnisse ins Gedächtnis und konnten manches Mal vor Lachen kein Wort mehr herausbringen. Maren lästerte darüber, dass Franziska sich nie für etwas oder jemanden hatte entscheiden können.

»Weißt du noch, wie lange du hinter diesem Jens her warst?«

»Erinnere mich bitte nicht daran!«

»Wieso? Weil du ihm zum Valentinstag Pralinen vor die Haustür gelegt hast und seine Mutter dachte, die wären für sie?«

»Wer weiß, vielleicht habe ich damit den Haussegen gerettet. Man schickt Valentinsgrüße nun mal anonym«, verteidigte sie sich.

»Jedenfalls hast du den armen Kerl abserviert wie einen leer gefutterten Teller, als er sich endlich für dich interessiert hat«, stellte Maren fest.

»Na, und du? Hast dich immer zuerst bei den Eltern eingeschmeichelt, damit die dich schon mal nett finden.« Franziska hob bedeutungsvoll eine Augenbraue.

»Das ist 'ne super Taktik, werde ich Felix auch empfehlen, wenn der mal so weit ist. Also, bei Richard hat das doch bestens funktioniert.«

Franziska starrte sie an und schob demonstrativ die Sonnenbrille auf die Nasenspitze, um über den Rand zu sehen. »Du hast das noch immer so gemacht, als du schon weit über zwanzig warst? Ich dachte, das wäre pubertäres Ausprobieren oder so.«

»Never change a running system«, meinte Maren und zuckte mit den Schultern. »Und soo weit über zwanzig war ich nicht, als ich Richards Eltern angebaggert habe.«

Als sie zu Heinrich zum Essen gingen, war es bereits Nachmittag, und sie mussten nehmen, was die Pfanne noch hergab. Das störte sie keineswegs und konnte ihre gute Laune nicht dämpfen.

»'n Glas Wien is beter as 'n Hand vull Schohnagels«, kommentierte Heinrich schmunzelnd ihre vergnügte Stimmung.

»Sekt, lieber Heinrich, es war Sekt«, stellte Franziska richtig. Sie selbst hatte nur an einem Gläschen genippt. Sicher war sicher, wusste sie doch noch immer nicht, ob sie womöglich in anderen speziellen Umständen war. Außerdem hoffte sie, abends noch ein bisschen arbeiten zu können. Dafür brauchte sie einen klaren Kopf. Maren hatte bestimmt zwei Drittel der Flasche geleert.

»Aber Wein ist auch eine ziemlich gute Idee«, meinte Maren übermütig. »Wenn ich den Rest mit den Schohdingens auch nicht verstanden habe. Wir gönnen uns ein Gläschen zum Essen, oder?« Sie sah Franziska erwartungsvoll an.

»Nein, danke, ich lieber nicht. Ich brauche jetzt mal ein Wasser.«

»Du krichst ’n Wein vom Haus«, verkündete Heinrich und zwinkerte Maren verschwörerisch zu. »Aber ich übernehm nich’ die Verantwortung.«

»Hast du mit dem Tischler wegen des Verandageländers gesprochen?«, rief Franziska aus dem Bad. Sie hatte sich doch tatsächlich einen leichten Sonnenbrand eingefangen und rieb sich die Schulter ein, ehe sie zu Bett ging.

»Nein. Du?« Da war wieder dieser leicht gereizte Ton in Niklas’ Stimme. Sie ging ins Schlafzimmer, wo er mit dem gefühlt achtzigsten Entwurf des Sanddorn-Kochbuchs in den Kissen lag.

»Ich war heute mit Maren unterwegs, das weißt du doch«, sagte sie.

»Und ich habe gearbeitet. Stell dir vor, das tue ich sogar jetzt noch.« Er wedelte mit dem Manuskript.

»Nun sei doch nicht gleich so aggressiv.« Franziskas Laune war großartig gewesen, als sie nach Hause gekommen war. Voller Energie hatte sie es noch geschafft, einige Dinge am Computer zu erledigen und das Essen für den nächsten Tag vorzubereiten. In dieser Sekunde fühlte sie sich, als hätte sie einen Schlag in den Magen kassiert.

»Franziska, ich habe allmählich den Eindruck, du bist hier nur noch die Managerin.« Er legte die gehefteten Seiten auf den Nachttisch und sah sie ernst an. »Du gibst mir Aufgaben, verplanst mich, noch schlimmer, du kontrollierst mich wie einen kleinen Jungen, dem man nicht zutrauen kann, dass er etwas alleine hinkriegt.«

»Das stimmt doch gar nicht«, flüsterte sie beklommen.

»Doch, Franziska, leider ist es genau so. Versteh mich nicht falsch, ich weiß zu schätzen, wie viel du organisierst. Die Sanierung, meine Firma, deine Klienten, das ist ein Haufen Arbeit, und du hast echt viel im Griff.« Er seufzte tief. »Nur bleiben wir beide dabei irgendwie auf der Strecke, als Paar, meine ich. Findest du nicht?« Sie hätte gern etwas erwidert, doch dummerweise blockierte ein fetter Kloß in ihrem Hals Atmung und Stimmbänder. »Ich habe dich doch nicht ohne Grund nach Mönchgut geschleppt. Ich hatte gehofft, das könnte für uns beide ein Anfang sein, um uns mal wieder ganz bewusst um unsere Beziehung zu kümmern. Du bist eine tolle Managerin«, schloss er, »aber ich hätte auch gern die tolle Frau zurück.«

Auf diese Ansprache war sie nicht vorbereitet gewesen. Sie stülpte die Rüstung über und brachte die Lanze in Stellung. »Du bist drollig! Einer muss nun mal die Dinge in die Hand nehmen. Glaubst du, mir macht es Spaß, wenn alles Organisatorische an mir hängen bleibt?« Er verdrehte die Augen. Na schön, wenn ihn ihre Abwehrhaltung nicht beeindruckte, musste sie eben zur Attacke übergehen. »Mir erzählst du, du weißt nicht, wie du deine Arbeit schaffen sollst, du schuftest angeblich Tag und Nacht, und dann sehe ich dich in aller Ruhe mit Kimberly Kaffee trinken. Dafür hast du offenbar Zeit.« Das saß. Oder auch nicht.

»Entschuldige mal, wer war vorhin gerade stundenlang am Strand? Das warst du doch, oder nicht?« Er zerrte an dem Kissen in seinem Rücken und setzte sich aufrecht hin. »Und du jammerst mir die Ohren voll, dass dir alles über den Kopf wächst. Anscheinend gönnen wir uns beide ab und zu eine kleine Pause und beklagen uns trotzdem über Stress.« Er sah kurz nachdenklich aus, als wäre die Erkenntnis tatsächlich neu. »Das ist vielleicht ein Thema für ein Coaching. Vielleicht sollten wir wirklich daran arbeiten. Auf dem Gebiet bist du der Profi, Mrs Ichkenne-mich-aus. Kannst du mir auch den Unterschied zwischen uns beiden erklären? Warum soll das bei mir verwerflich sein, bei dir aber völlig okay? Als Laie würde ich sagen, da ist kein Unterschied.«

»Wie bitte?« Sie schnappte nach Luft. »Da ist sogar ein sehr großer! Maren ist meine Freundin. Kimberly sollte eigentlich nur deine Mitarbeiterin sein!« Ehe er etwas dazu sagen konnte, war es raus: »Hast du etwas mit ihr?«

»O nein, das glaube ich doch wohl nicht.« Er warf das Laken zur Seite, sprang aus dem Bett und kam auf sie zu. Dabei strahlte er so viel Ablehnung und Wut aus, dass sie instinktiv einen Schritt zur Seite machte, als er nur noch wenige Zentimeter von ihr entfernt war. Ohne sie zu beachten, trat er ans Fenster, öffnete es weit, kehrte zurück und schaltete das Licht aus.

»Nik, wir sollten das besprechen, finde ich«, brachte sie erstickt hervor und ging langsam zu ihrer Seite des Bettes. »Wenn wir jetzt auch schon an dem Punkt sind, dann …« Sie schlüpfte unter das Laken.

»Was meinst du mit auch schon? Und an welchem Punkt, bitte?«

»Na ja, das mit dem Organisieren und Verplanen, dass ich nur noch die Managerin bin, aber nicht mehr die Frau, genau das hat Richard auch …«

»Ich wusste es doch!«, rief er. »Das kann doch nicht wahr sein. Lauerst du jetzt darauf, ob unsere Beziehung womöglich dieselben Symptome zeigt wie die Ehe deiner Freundin Maren, ob wir uns auch demnächst trennen oder ich mit einer anderen aufkreuze? Beziehungen sind nicht standardisiert, Ziska.« Und mit etwas ruhigerer Stimme fuhr er fort: »Es gibt bestimmt Parallelen, aber es läuft nicht alles bei allen gleich.«

»Das ist mir klar, darum geht es auch gar nicht. Aber diese Parallelen sind schon sehr auffällig. Du sagst genau das, was Maren von Richard zu hören bekommen hat, und er hat etwas mit seiner Kollegin«, erklärte sie verzweifelt. »Ich will einfach nur wissen, woran ich bin.« Sie traute sich nicht, zu ihm hinüberzusehen. Von draußen fiel genug Licht herein, um seine Mimik einigermaßen erkennen zu können. Sie wollte wissen, was los war, aber sie hatte auch schreckliche Angst davor.

»Ja, stimmt schon«, sagte er leise. Franziska erstarrte. Nein, bitte nicht! Sie war also in derselben scheußlichen Situation wie Maren. Sie wurde betrogen und musste um ihre Beziehung kämpfen. Falls sie die Chance dazu bekam und das überhaupt wollte. »Du hast schon recht, dass wir mal ganz in Ruhe über uns reden sollten. In letzter Zeit hatten wir viel zu oft irgendwelche dummen Reibereien.« Er strich ihr eine Strähne aus dem Gesicht und ließ die Hand auf ihre Schulter sinken. Franziska gab einen Zischlaut von sich. »Oje, entschuldige, dein Sonnenbrand.« Er lachte leise und zog die Finger zurück. »Ich guck morgen mal in meinen Kalender, dann schicken wir Maren ins Kino oder so, machen uns einen gemütlichen Abend ohne Zeitlimit und quatschen ganz in Ruhe. Sonst kommst du auf noch mehr absurde Ideen. Einverstanden?« Er beugte sich zu ihr hinüber.

»Hm«, machte sie, mehr brachte sie nicht heraus, und gab ihm einen Gutenachtkuss.

Franziska bekam kein Auge zu. Niklas war nach wenigen Atemzügen eingeschlafen, sie konnte nicht. Er hatte ihr keine Antwort gegeben. Er hatte nicht geleugnet, etwas mit Kimberly zu haben. Jedenfalls nicht richtig. Sonst kommst du auf noch mehr absurde Ideen – das sollte wohl heißen, ihm eine Affäre mit seiner Mitarbeiterin zu unterstellen sei eine absurde Idee. Nur fand Franziska das, je länger sie darüber nachdachte, überhaupt nicht abwegig. Diese Kimberly aus Kalifornien war hübsch, um nicht zu sagen, sie sah umwerfend aus mit ihren Strahle-Augen, dem langen, fast metallisch glänzenden blonden Haar und diesem makellosen Gebiss. Von der ebenso makellosen Haut gar nicht zu reden. In Franziskas Kopf wurde Kimberly immer attraktiver, und das bei Weitem nicht nur äußerlich. Vermutlich waren das die sprichwörtlichen Gespenster der Nacht, die alles schlimmer machten, als es in der Realität war. Das kannte sie noch aus ihrer Kindheit. Manches Mal hatte sie schweißgebadet unter ihrer Bettdecke gekauert, nur eine winzige Öffnung zum Atmen hatte sie sich gestattet. Jedes Knacken im Haus klang, als wäre gerade ein Schloss aufgesprungen, jedes Knarzen, als wäre jemand auf dem Weg zum Kinderzimmer, zu ihr. Ganz deutlich hatte sie das Keuchen eines unfassbar bösen Eindringlings oder eines gruseligen Monsters hören können. Brach dann ein neuer Tag an, hätte sie sich über ihre Panik kaputtlachen können. Dann war ihr auf der Stelle klar gewesen, dass die Geräusche entweder nur in ihrer Einbildung existiert hatten oder dort wenigstens eine ganze Nummer größer geworden waren. So war es jetzt mit Sicherheit auch.

Ehe sie sich noch lange hin und her warf und Niklas womöglich weckte, der seinen Schlaf dringend brauchte, schlüpfte sie leise aus dem Bett. Auf Zehenspitzen schlich sie ins Dachgeschoss in ihr Arbeitszimmer. Sie knipste keine Lampe an, sondern startete lediglich ihren Computer. Der Monitor tauchte den kleinen Raum in bläuliches Licht. Sie strich sich eine Strähne hinter das Ohr und gähnte. Wie konnte man nur so müde sein und trotzdem keinen Schlaf finden? Sie schnaufte und klickte ziellos im Internet herum. Ein bisschen irische Musik würde sie möglicherweise beruhigen, dachte sie und rief die Seite der Spinnerei im County Wicklow auf. Augenblicklich versank sie in den Bildern dieser ebenso sanften wie wilden Landschaft.

Neugierig stöberte sie eine Weile in den Produkten, die im Online-Shop angeboten wurden. Immer wieder fiel ihr Blick auf das Wörtchen Kontakt. Sie könnte Conor eine Mail schicken, fragen, wie es ihm ging, ob er sich noch an sie erinnerte. Sie konnte es aber auch lassen. Wozu sollte das gut sein? Sie wechselte auf ein Nachrichtenportal. Darum, was da draußen in der Welt los war, hatte sie sich lange nicht mehr gekümmert. Von der Seite eines Hamburger Blattes wechselte sie zur *Abendzeitung*. Sie wollte sich doch mal die Anzeige ansehen, von der ihr Vater gesprochen hatte. Jetzt hatte sie die Zeit dafür. Wer wohl dahintersteckte?

Sie klickte auf die Rubrik Jobs und musste nicht lange suchen, ehe sie gefunden hatte, was sie interessierte. »Abgeschlossenes Studium, mehrjährige Erfahrung als Coach mit Schwerpunkt Business und Karriereplanung ... Keine Vollzeitstelle. Anwesenheit nur während der Vorlesungsphasen der Akademie ...« Das klang wirklich verlockend. Vor allem handelte es sich um ein renommiertes Institut, von dem Franziska schon viel gehört hatte. Die Bezahlung war ausgesprochen üppig. Es gab sogar eine Zulage für Bewerber, die nicht aus Bayern kamen, damit sie sich für die dreimal sechs Wochen im Jahr eine Bleibe suchen konnten, ohne dass sie dafür gleich die Hälfte des Honorars los waren. Da Max am Rand von München wohnte, könnte sie bei ihm unterkommen, und sie konnten sich das Wohngeld der Akademie teilen.

Franziska schüttelte den Kopf. Worüber dachte sie hier eigentlich nach? Das konnte nur die Übermüdung sein. Sie war ein Nordlicht. Was in aller Welt sollte sie in Bayern? Sechs Wochen mit Max in einer Zweizimmerwohnung, da war Mord und Totschlag vorprogrammiert. Und das Ganze auch noch dreimal im Jahr. Hätte sie während ihrer Auszeit nicht Niklas kennengelernt, hätte sie stattdessen am Ende der drei Monate eine solche Anzeige entdeckt, und hätte sie nichts anderes vorgehabt, als nach Hamburg in ihre Selbstständigkeit zurückzugehen, dann hätte sie sich auf diese Anzeige beworben. Hätte, hätte … so war es aber nicht. Sie rieb sich die Augen, klickte auf das kleine Kreuz, und die Seite der *Abendzeitung* verschwand in den Tiefen des Netzes. Automatisch landete sie wieder auf der Homepage der Spinnerei, die sie nicht geschlossen hatte.

Kontakt. Was sprach eigentlich dagegen, Conor eine Nachricht zu schicken? Sie wüsste wirklich gern, wie es ihm ging, ob er Familie hatte. In Zeitlupe lenkte sie den kleinen weißen Pfeil auf das Kontaktknöpfchen. Klick. Seine Adresse. Conor Berrymore, Anschrift, Telefonnummer. Ihr Herz klopfte. Sie schrieb nur drei Zeilen. Bloß nicht zu emotional und nicht zu persönlich. Was wusste sie schon, wer alles Zugriff auf den elektronischen Briefkasten hatte. Sie las den kurzen Text wieder und wieder und veränderte jedes Mal ein Wort. Nur kein falscher Unterton, nicht dass er am Ende etwas völlig falsch verstehen könnte. Noch einmal lesen. Ja, das war unverfänglich und klang genauso harmlos, wie es schließlich auch war. Sie führte den Pfeil auf das Senden-Knöpfchen. Sollte sie die Nachricht wirklich abschicken? Das Kreuz für Löschen war gleich darüber. Ihre Augen brannten, höchste Zeit, wieder ins Bett zu gehen. Sie klickte auf die linke Maustaste. Etwas flatterte in ihrem Bauch. Es war getan.

Flammendes Inferno

*»Man macht sich durch Eigenschaften, die man hat,
nie so lächerlich wie durch solche, die man zu haben vorgibt.«*

La Rochefoucauld

Der August ging ins Land. Es hatte sich eine eigenartige Routine in der Villa Sanddorn und bei Rügorange eingespielt. Gesa und Niklas waren mit der Einteilung der Erntehelfer in Mannschaften beschäftigt und mit der Vorbereitung aller anderen Aufgaben, die der Herbst bringen würde. Niklas und Franziska hatten ausgerechnet, dass es günstig war, die Arbeiter in den Gästezimmern unterzubringen. Die meisten hatten auch sonst nicht in Einzelzimmern gewohnt. Wenn sich immer zwei jeweils eine der geräumigen Unterkünfte teilten, war das durchaus zumutbar und außerdem kostengünstig. Praktisch war das Ganze obendrein, denn die fleißigen Helfer mussten nicht noch durch Regen, Sturm und Kälte weite Wege hinter sich bringen, wenn sie tagsüber schon auf dem Feld nass geworden waren. Aus ihren Erfahrungen vor inzwischen bald zwei Jahren wusste Franziska noch zu gut, wie anstrengend es war, von morgens bis zum späten Nachmittag Abschnitt für Abschnitt zwischen den Sträuchern zu ackern. Die Vorarbeiter schnitten die Äste von den Bäumen, deren Beeren reif waren. Die Mannschaft zerteilte Zweig um Zweig und warf die Stücke in Kisten. Nur selten konnte man sich eine Pause gönnen, wenn etwa alle Behälter gefüllt waren und der Trecker zu einer monströsen Anlage fahren musste, in der die Früchte schockgefrostet wurden. Nach dem ersten Tag hatte man Muskelkater und Blasen an den Händen, nach drei Tagen glaubte man, sich nicht mehr bewegen zu können. Irgendwann waren die Schmerzen fort, Hände, Füße und Rücken taub. Das war der Zeitpunkt, an dem auch der Energievorrat des Körpers derartig gesunken war, dass man nur noch die Ernte schaffte und am Abend nichts anderes wollte und konnte, als sich auszuruhen. So war es jedenfalls Franziska ergangen. Einige der Helfer, die jedes Jahr kamen, hatten eine deutlich bessere Kondition, weil sie im Sommer an einem anderen Ort erst Spargel stachen und dann Erdbeeren pflückten. Oder sie schufteten in ihrer Heimat auf dem Bau. Eins hatten sie alle gemeinsam: Sie waren froh, wenn sie möglichst lange schlafen konnten, anstatt eine halbe Stunde oder mehr über die Insel fahren zu müssen, und sie waren glücklich, wenn sie keinen sauer verdienten Euro für einen Bus ausgeben mussten.

Maren gehörte schon bald auf den Hof. Es war von Anfang an nicht ihre Welt, sich in dem Gästezimmer zu verkriechen. Sie musste etwas tun. Also half sie mal Gesa dabei, Präsentkörbe zusammenzustellen und reisefertig zu verpacken, dann wieder saugte sie in der Villa von oben bis unten Staub. Am Anfang hatte sie noch gefragt, inzwischen packte sie einfach mit an. Noch ehe die zwei Wochen um waren, die sie eigentlich hatte bleiben wollen, fragte Richard vorsichtig an, wann Maren nach Hause komme. Schließlich könne Felix nicht ewig bei den Großeltern bleiben.

»Zwei Wochen waren abgesprochen«, sagte sie wütend. »Wenigstens das wird er sich doch wohl merken können.« Dann lachte sie freudlos auf. »Ich habe es sogar in den Küchenkalender geschrieben. Wir haben in der Küche immer so ein ellenlanges Ding aus der Apotheke hängen. Jedes Jahr. Ich trage alle meine Termine ein und die von Felix. Glaubst du, dass Richard auch nur einmal notiert hat, wenn er etwas vorhatte? Nein!«

Nachdem sich ihr Zorn gelegt hatte, war Maren kurz davor gewesen, sofort ihren Koffer zu packen. Auf die drei Tage, die ihr eigentlich noch blieben, käme es auch nicht an, meinte sie.

Es war Niklas, der sie davon abhielt. »Tüünkrom! Du bleibst mal schön so lange hier, wie du geplant hattest. Meine Mutter würde sich bestimmt freuen, wenn ihr noch mal zusammen runter an den Strand geht.«

Zu Franziskas Überraschung hatte Marianne vor ein paar Tagen angerufen und sich beiläufig nach dem Besuch erkundigt.

»Hast du überhaupt Zeit für deine Freundin?«, hatte sie Franziska gefragt. »Ich kann mir nicht vorstellen, dass du dir ein Dauerbelustigungsprogramm erlauben kannst, hast doch viel zu viel zu tun.« Franziska hatte zugeben müssen, dass sie den Nagel damit auf den Kopf getroffen hatte.

»Maren ist erwachsen, die kann sich auch mal ganz gut alleine beschäftigen.«

»Dann hätte sie genauso gut nach Teneriffa fliegen können oder in den Schwarzwald fahren. Die ist doch bestimmt hier, weil sie auf Familienanschluss gehofft hat.« Ehe Franziska auch nur darüber nachdenken konnte, schlug Marianne vor, dass sie auch mal etwas mit Maren unternehmen könnte. »Baabe ist doch ganz hübsch. Du kannst sie zu mir bringen, und wir fahren zusammen mit dem Bus weiter. Da lernt sie wenigstens mal 'ne andere Ecke kennen.«

So hatten sie es gemacht. Am Abend war Maren völlig begeistert bei Franziska in der Küche aufgetaucht.

»Das war ein richtig schöner Tag«, erzählte sie, und ihre Wangen leuchteten. »Baabe gefällt mir total gut. Wir haben uns zuerst die Seebrücke von Sellin angesehen. Die ist ja hübsch«, schwärmte sie. »Dann ging es am Strand entlang nach Baabe.«

»Zu Fuß?«

»Dachtest du, am Strand haben zwei weiße Pferde auf uns gewartet?«

»Nein, ich bin nur platt, dass Marianne so weit gelaufen ist. Bewegung war sonst eigentlich nicht so ihre Lieblingsbeschäftigung.«

»Hast recht, war ein ordentliches Stück, aber sie hat es vorgeschlagen und auch nicht geklagt.« Maren erzählte, dass sie die Strandstraße entlanggebummelt seien. »Herrlich, die Bäume sind über der Straße so zusammengewachsen, dass du durch einen schattigen Tunnel läufst.« Die beiden hatten etwas getrunken, dann waren sie einmal durch den ganzen Ort bis zum Baaber Bollwerk, einem idyllischen Naturhafen, gewandert. »Warst du da mal?«, wollte sie wissen. »Da stehen jede Menge reetgedeckte Fischerhäuschen rum. Absolut traumhaft!« Sie setzte ihren Bericht fort und beschrieb die Überfahrt über die Bek, die den Selliner See mit der kleinen Bucht Baaber Having verband, um die sich die Halbinsel Mönchgut schmiegte. Nachdem der Fährmann sie mit einigen kräftigen Ruderschlägen auf die andere Seite gebracht hatte, waren die beiden Frauen eine stattliche Anzahl Stufen, in den Sand getrieben und mit Baumstämmen befestigt, hinaufgestiegen bis zur Moritzburg. »Da hatten wir uns ein deftiges Mittagessen aber verdient«, meinte Maren. »Marianne sagte, wir hätten großes Glück. Die Pächter würden da wohl ständig wechseln, sodass man nicht selten überraschend vor verschlossenen Türen steht. Von außen fand ich das Lokal erst gar nicht so doll, aber der Blick von da oben …« Maren konnte sich vor lauter Begeisterung gar nicht beruhigen. Nach dem Abstieg und dem erneuten Übersetzen waren sie zum Strand zurückgebummelt. »Du, deine Schwiegermutter ist gar nicht übel. Ich weiß nicht, was du gegen sie hast. Wir wollen uns noch mal treffen und dann den Westen der Insel erkunden.«

»Sie ist nicht meine Schwiegermutter, und ich habe auch nichts gegen sie. Na ja, wir hatten keinen ganz glücklichen Start. Immerhin hat sie Jürgen, als der noch ganz klein war, einfach alleine gelassen.«

»Moment, er hatte auch noch einen Vater«, wandte Maren ein.

»Stimmt. Nur braucht ein Kind eben beide Elternteile. In so jungen Jahren von der Mutter verlassen zu werden, ist schon ein Schock. Aber noch schlimmer finde ich, dass Marianne mit dem zweiten Kerl auch wieder ein Kind in die Welt gesetzt hat und dann von heute auf morgen meinte, die beiden könnten auch prima zusammen aufwachsen. Jürgen hatte eine neue Mutter, und er hatte eine Schwester.« Sie deutete mit beiden Händen auf sich. »Dass sie ihn aus seiner neuen Familie gerissen und Niklas von jetzt auf gleich einen großen Bruder zugemutet hat, das nehme ich ihr übel.«

»Weiß ich ja, kann ich auch verstehen«, lenkte Maren ein. Mit einem Mal veränderte sich ihr Gesichtsausdruck. »Wusstest du, dass sie höllisch wasserscheu ist?«

»Marianne? Das kann ich mir kaum vorstellen. Sie ist schwimmend aus der damaligen DDR geflohen. Habe ich dir das nicht erzählt?« Maren schüttelte den Kopf. »Ja, sie ist der einzige Mensch, der das je geschafft hat. Man hatte ihr und ihrem Freund Hiddensee als Urlaubsziel zugeteilt. Auf dem Zeltplatz wurde wohl gerade ein Gebäude renoviert. Marianne hat sich mitten in der Nacht eine Styroporplatte geschnappt, Pass und ein bisschen Geld im Brustbeutel umgehängt und ist los. Ihr Plan war, das Gellen-Fahrwasser zu erreichen, wo häufig dänische und schwedische Schiffe vorbeikamen. Sie hoffte, jemand würde sie sehen und aufnehmen.«

»Klingt so, als wäre ihr Plan nicht aufgegangen.«

»Nein. Die Strömung hat sie ziemlich vom Kurs abgebracht. Es war stockfinster, und dann noch die hohen Wellen.« Franziska bekam eine Gänsehaut wie damals, als Niklas ihr die Geschichte erzählt hatte. »Sie konnte sich zwar ab und zu ein bisschen auf dieser Styroporplatte ausruhen, aber trotzdem dachte sie schon, sie würde ertrinken.« Franziska machte eine Pause. »Doch irgendwann hat sie Land erreicht. Die Insel Møn nordöstlich von Falster«, beendete sie schließlich ihren Bericht.

»Dänemark?« Maren sah Franziska aus zusammengekniffenen Augen an, als würde die ihr gerade einen dicken Bären aufbinden.

Franziska nickte. »Ich habe doch gesagt, sie ist der einzige Mensch, dem so eine Flucht je geglückt ist.«

»Vielleicht war sie darum absolut nicht zu überzeugen, ins Wasser zu gehen«, überlegte Maren laut. »Ich meine, sie muss völlig fertig gewesen sein. Und wenn sie zwischendurch schon dachte, sie würde ertrinken, dann ist die Verknüpfung zum Baden in der Ostsee verständlicherweise keine sehr glückliche.«

Nachdem der erste Impuls vorüber war, hatte Maren beschlossen, Rügen nicht vorzeitig zu verlassen. Mehr noch, sie fand, Richard solle ruhig mal sehen, wie es sich als Familienmanager so lebte. Kurzerhand teilte sie ihm mit, dass sie länger bleibe. Bis wann, könne sie noch nicht sagen, denn sie brauche weiter Abstand, sei sich noch nicht über alles klar, und in der Villa Sanddorn schätze man ihren Fleiß.

»Du kannst Felix ja trotzdem bei meinen Eltern abholen«, meinte sie am Telefon. »Hast schon recht, er kann nicht ewig bei Oma und Opa bleiben.« Richard war ruhig geblieben, wie es eben seine Art war, aber es hatte schon eine Weile gedauert, bis er die neue Situation akzeptierte. »Ich musste meinen Dienst und die Abholzeiten von der Schule auch immer irgendwie koordinieren«, sagte Maren kühl. »Das war nichts anderes.« Damit hatte sie ihn erlegt. Ein Triumph war es nicht. Maren hatte

Angst, dass Richard seine Kollegespielin, wie Maren sie nannte, um Hilfe bitten und die sich womöglich prima mit Felix verstehen würde. Gleichzeitig hegte sie die Hoffnung, dass er die Dame um Hilfe bitten und damit verprellen könnte, weil sie möglicherweise überhaupt keine Lust darauf hatte, die Mutterersatzrolle zu übernehmen.

Zu dem gemütlichen Abend, den Niklas vorgeschlagen hatte und an dem Franziska und er ohne zeitliche Begrenzung ganz in Ruhe hatten reden wollen, war es nie gekommen. Es passte nie so recht in ihre Zeitpläne, und irgendwann erschien es ihr nicht mehr so wichtig, denn es gab keinen neuerlichen Anlass für Eifersucht.

Von Kimberly sah und hörte Franziska wenig. Einmal, es war Anfang August gewesen, hatte es auf einem der Felder gebrannt. Franziska kam vom Großeinkauf in Bergen zurück und sah schon von Weitem dichten grauen Rauch. Sie hatte Gas gegeben und war die Straße von Altenkirchen viel zu schnell entlanggebrettert. Selbst an der Tourismusinformation hatte sie das Tempo nicht nennenswert gedrosselt, obwohl sie natürlich wusste, dass sich dort fast immer Urlauber, darunter auch Kinder, tummelten, die von dem Moment an, wenn sie auf der Insel ankamen, keine Gefahr mehr zu kennen schienen. In Putgarten hielt sie mit quietschenden Reifen auf dem Hof der Villa und stürzte los. Ihr Herz krampfte sich zusammen, als sie die Flammen von den Sträuchern in den Himmel schlagen sah.

»Wie konnte das denn passieren?«, brachte sie keuchend hervor.

»Bei der Trockenheit der letzten Tage geht das fix«, antwortete Niklas düster. Sein Gesicht glühte vor Hitze und Aufregung, Schweiß stand ihm auf der Stirn und perlte von den Schläfen.

»Gott sei Dank war Kimberly rechtzeitig zur Stelle«, erklärte er und sah zu ihr hinüber.

Und da stand sie. Das Feuer ließ ihre Haare rot schimmern, als stünde sie selbst in Flammen. Auch ihre Haut war rosig und glänzte feucht. Sie wirkte wie die bescheidene Heldin, die unzähligen Menschen das Leben gerettet hatte und doch still am Rand blieb, um nur nicht zu viel Aufmerksamkeit abzubekommen.

»Gott sei Dank hat es nicht die Neuanpflanzung erwischt«, sagte Franziska.

Kimberly kam zu ihr herüber. »Die reichlich tragenden Sträucher wären auch nicht besser gewesen. Ich war so froh, dass es die alten Exemplare erwischt hat, die sowieso wegkommen.«

»Kann man wohl sagen.« Niklas trat neben sie, und Franziska fühlte sich überflüssig. Sie sah zu den Feuerwehrleuten hinüber, die das Feuer längst unter Kontrolle hatten und dabei waren, den Brand endgültig zu löschen.

»Die kräftigen Pflanzen, die voll im Saft stehen, wachsen ziemlich nah an der Villa. Nicht auszudenken, wenn die gebrannt hätten«, sagte Kimberly und warf Franziska einen mitleidigen Blick zu, als wäre soeben genau das passiert und Franziska wäre nun obdachlos. »So ein Glück, dass ich nicht genug von diesem wundervollen Sanddorn kriegen kann.« Sie lächelte. »Sonst wäre ich nicht nach Feierabend zwischen den Bäumen spazieren gegangen.«

»Ein Glück, dass dir nichts passiert ist. Bei den Böen heute hätten die Flammen schnell übergreifen und von allen Seiten gleichzeitig kommen können. Ich darf gar nicht darüber nachdenken.« Niklas wischte sich mit dem Handrücken über das Gesicht und atmete hörbar aus.

Die Hitze und der Rauch machten Franziska schwer zu schaffen. Sie spürte, wie ihr Übelkeit aus den Eingeweiden in den Hals kroch. Und die wurde noch schlimmer, als sie zusehen musste, wie Niklas Kimberly in den Arm nahm.

»Hey, ist ja alles gut gegangen. Gott sei Dank. Nein, dir sei Dank.«

In ihren Augen schimmerten Tränen. Sie sah zu ihm auf, das Gesicht nah an seinem. »Es ist nur die Erinnerung«, hauchte sie. »In California toben jedes Jahr wegen der Trockenheit Brände. Und es wird immer schlimmer. Freunden meiner Familie ist genau das zugestoßen«, erzählte sie leise. Franziska, die nur wenige Schritte entfernt stand, musste die Ohren spitzen, um sie zu verstehen. »Die Flammen haben sich rasend schnell ausgebreitet und kamen aus allen Richtungen. Meine Freunde waren mit den Bikes unterwegs und wurden eingekesselt.« Sie schluckte und machte eine Pause, als hätte sie Mühe, weiterzusprechen. Warum hatte Franziska nur den Eindruck, eine perfekt inszenierte Darbietung geboten zu bekommen? Da waren Florians Stage Kids deutlich überzeugender, dachte sie böse. »Sie sind alle in dem Feuer umgekommen«, schloss Kimberly gerade.

»O Mann, das ist ja furchtbar«, sagte Niklas mit rauer Stimme und drückte Kimberly noch fester an sich.

»Wenn ich hier nichts tun kann, dann lade ich mal die Einkäufe aus«, murmelte Franziska und ging.

Nach dem Auftritt im brennenden Sanddornfeld hatte Franziska Kimberly kaum zu Gesicht bekommen. Glücklicherweise war bei dem Vorfall kein Mensch verletzt worden, und die alten Sträucher wurden ohnehin irgendwann durch junge ersetzt. Glück im Unglück, wie man so schön sagte. Trotzdem, Franziska hatte seitdem das Gefühl, Unheil hinge über der Plantage und der Villa wie eine schwere Regenwolke, als wäre es nur eine Frage der Zeit, bis Blitz und Donner daraus hervorkamen und etwas Verheerendes anrichteten. Sie bemühte sich, diese alberne Angst beiseitezuschieben. Konzentrier dich auf den Moment, ermahnte sie sich wie so oft und fuhr den Computer hoch. Eine Faust schien sie in den Magen getroffen zu haben, als sie sich bei ihrer Online-Bank einloggte. Hundert Euro und ein paar Zerquetschte. Mist, ihr Konto war schon wieder geplündert. Schon vor Jahren hatte sie mehrere Konten angelegt. Eins war für den täglichen Bedarf gedacht. Sie buchte zu jedem Ersten eine feste Summe darauf, die einem gängigen Einkommen ihrer Berufsgruppe entsprach. Ein weiteres Konto war Steuerbeträgen vorbehalten. Sie kannte nicht wenige Kollegen, die glaubten, die fetten Geldeingänge gehörten komplett ihnen. Wenn das Finanzamt dann seinen nicht unerheblichen Anteil forderte, standen sie dumm da und wussten nicht, woher sie die Summen nehmen sollten. Das war ihr noch nie passiert. Obendrein fütterte sie ein Sparbuch mit dem, was über ihr Einkommen und die Steuerbeträge hinausging. Zu ihren besten Zeiten in Hamburg hatten sich darauf schnell Werte angesammelt, die sie selbst manchmal ganz schwindlig gemacht hatten. Dieses Polster hatte es ihr erlaubt, sich eine sündhaft teure Kaffeemaschine aus Italien einfliegen zu lassen, Urlaub in schicken Hotels zu machen und sich auch sonst das eine oder andere zu gönnen. Den größten Teil hatte sie jedoch gespart. Jetzt war dieses Sparbuch so gut wie leer. Franziska hatte mit ihrem Notgroschen Handwerker bezahlt und Material gekauft. Sie hatte den Wintergarten als Raum für ihre Sitzungen ausschließlich mit Vollholzmöbeln ausgestattet, die ganz ohne Chemie auskamen, wie man ihr versichert hatte, also auch keine schädlichen Stoffe ausgasen sollten. Nachdem die größten Brocken erledigt waren, hatte sie immer wieder eine Überweisung auf ihr Alltagskonto tätigen müssen, um die Einkäufe zu berappen. Da die Eingänge drastisch zurückgegangen waren, schwappte kaum noch eine größere Summe auf ihr Sparbuch. Es war wie mit der verdammten Dürre in Kalifornien, dachte sie bitter. Sie überschlug noch ausstehende Honorare und sah sich die Aufträge an, die sie in nächster Zeit abarbeiten würde. Verhungern mussten sie nicht, und Niklas hatte schließlich auch noch Einnahmen. So kränkend sie die Situation an den brennenden Sanddornsträuchern auch empfunden hatte, so dankbar war sie Kimberly doch, dass die zur Stelle gewesen war. Die Vernichtung großer Flächen hätte nicht nur einen immensen Ernteausfall zur Folge gehabt. Es dauerte schließlich auch einige Jahre, ehe neue Bäume überhaupt trugen.

Wie immer, wenn Franziska an ihrem Computer saß, rief sie mehrmals ihre Mails ab. Von Conor war nie eine dabei. Das konnte viele Gründe haben, sagte sie sich, unter anderem den, dass er kein Interesse daran hatte, wie es ihr heute ging. Nicht wichtig, redete sie sich ein und konnte doch nicht leugnen, wie enttäuscht sie war. Das Telefon riss sie aus ihren Gedanken.

»Hallöchen Popöchen«, schallte es vom anderen Ende.

»Holger«, sagte sie. »Wie schön, deine reizende Stimme zu hören. Geht's dir gut?«

»Na, lego, alles fit im Schritt«, gab er zurück. Er würde sich wohl nie ändern. Sie konnte ihm hundertmal sagen, dass seine Sprüche nervten, er hätte trotzdem gleich den nächsten auf Lager, außer, wenn es um das Geschäft ging. Dann schaltete er um. »Du, hör mal, du hattest mich wegen eines Hauses für diesen alten Seemann gefragt. Ich habe da vielleicht etwas. Du hast gesagt, Sassnitz würde ihm gefallen oder gern auch Neu Mukran. Wie man dahin ziehen kann, ist mir ein Rätsel, aber das muss er ja selber wissen.«

»Für mich wäre das auch nichts. Tja, was so ein alter Seebär ist, der braucht eben die Nähe der großen Pötte.«

»Ich hätte ihm auch sehr gerne einen Hafenschuppen oder ein Terminal angeboten, bloß war leider gerade nichts in dieser Art zu kriegen.«

»Sondern?«

»Ist ein älteres Dreifamilienhaus. Gut in Schuss und mit wenigen Handgriffen für deine Zwecke umzubauen.«

»Nicht meine Zwecke, Holger«, sagte sie, »Klaas' Zwecke. Ich bin noch geringfügig zu jung für eine Senioren-WG.«

»Jawollo, is' klärchen.« Nach dem Ausrutscher zum Privat-Holger fasste er sich sofort wieder und war glücklicherweise ganz der Makler. »Das Objekt liegt zwischen Fährhafen Mukran und Schmale Heide. Schön im Wald, nicht weit von den Feuersteinfeldern, wenn du die kennst. Nachteil: Du brauchst ein Auto oder ein süßes Pflegehäschen, das dich kutschiert. Und es gibt ganz in der Nähe eine Hochspannungsleitung. Aber mal ehrlich, so alt, wie die sind, die da einziehen wollen, macht so ein bisschen elektrisches Feld auch nichts mehr kaputt, oder?«

»Holger, du bist unmöglich.« Sie schnaufte. »Gibt es auch Vorteile?«

»Jede Menge. Ehrlich! Kein Sanierungsstau, es fehlt höchstens hier und da etwas Farbe. Die brauchen wirklich nur Wände versetzen zu lassen, vielleicht Treppenlifte installieren, fertig. Das ist jetzt kein Witz, man könnte sogar einen Fahrstuhl außen an das Gebäude setzen. Ich habe mich mal erkundigt, das ist gar nicht mal so billig.« Er wartete auf ihre Reaktion. Als sie nichts sagte, meinte er: »Kleiner Scherz. Ist gar nicht mal so teuer, ich war überrascht.«

»Quadratmeter Wohnfläche?« Franziska hatte einen Stift gezückt.

»Etwas mehr als dreihundert. Du hast gesagt, er stellt sich so zweihundert bis zweihundertfünfzig vor. Bei diesem Objekt könnte er entweder mehr Bewohner dazunehmen, was die Kosten für jeden einzelnen senken würde, oder es gibt mehr Zimmer für Pflegekräfte oder Gästezimmer für die Kinder, die ihre alten Herrschaften besuchen wollen.« Was er erzählte, klang gut, geradezu perfekt. Genug Platz, ein übersichtlicher, pflegeleicht gestalteter Garten und eine große, teilweise überdachte Terrasse. »Il Capitano müsste sich aber relativ schnell entscheiden. Ich habe da nämlich schon einen Interessenten, und die Verkäufer haben es ziemlich eilig, das Geld in die Finger zu kriegen.«

»Ach bitte, Holger, komm mir nicht auf diese Tour. So ein Haus kauft man nicht mal eben schnell.« Als sie beschlossen hatte, auf Rügen heimisch zu werden, und mit ihm zu potenziellen Objekten gefahren war, hatte er ihr das Gleiche eingeredet. Jedes Mal standen angeblich Interessenten Schlange, immer war es eine einmalige Gelegenheit, bei der man schnell zugreifen musste. Makler-Krankheit vermutlich.

»Im Dieter, ach nee, im Ernst«, er lachte, Franziska stöhnte, »dieses Mal ist das kein Verkaufsgequatsche. Ist wirklich so. Ich habe einen Investor, der würde gerne Ferienwohnungen daraus machen. Allerdings liegt sein Angebot deutlich unter dem, was sich die Verkäufer vorstellen. Wenn Il Capitano mit einem Gegenangebot um die Ecke kommt, das nur knapp drüber ist, kriegt er den Zuschlag.«

Sie hatten einen Besichtigungstermin für den nächsten Tag ausgemacht. Franziska telefonierte mit Klaas.

»Köönt Se mich afholn, Fru Ziska? Mien Klapperkoor is' hin. Wenn Se dat doon, denn wull ik mi dat woll ankieken.«

Gesagt, getan. Franziska bot Maren an, sie zu begleiten.

»Ist lieb, aber ich habe Gesa versprochen, dass ich helfe. Sie will noch sämtliche Bestellungen raushaben, ehe die Ernte losgeht.« War es also schon wieder so weit. »Niklas meinte, übermorgen reisen die ersten Arbeiter an. John und einer aus Mazedonien.« Sie legte nachdenklich die Stirn in Falten.

»Ziko«, half Franziska ihr.

»Ja, genau, so hieß der andere. Jedenfalls müssen die Betten noch bezogen werden, und ich will noch mal alles gründlich putzen. Dann ist es wenigstens sauber, wenn die Herren einziehen.« Sie schmunzelte vielsagend.

»Danke, Maren, du bist echt 'ne Wucht!«

»Erstens habe ich bei euch Kost und Logis frei, zweitens würde ich mich zu Tode langweilen, wenn ich nichts um die Ohren hätte, und drittens wäre das ja wohl noch schöner: Ihr beide strampelt euch ab, und ich lege die Füße hoch.«

»Bist ein Schatz!« Sie drückte ihrer Freundin einen Kuss auf die Wange. »Ich bin dann weg. Falls jemand fragt, ich denke, ich bin in anderthalb bis höchstens zwei Stunden zurück.«

Franziska musste zuerst nach Tilzow, ein Nest, das nur aus drei kurzen Straßen zu bestehen schien und im Nirgendwo südlich von Bergen lag. Während der Fahrt dachte sie an die beiden Männer, die ab übermorgen wieder zur Familie gehören würden. John war der Vorschneider ihrer Mannschaft gewesen, als sie selbst vor zwei Jahren bei der Ernte mitgeholfen hatte. Ein unfassbar fleißiger Mann, der wie alle Vorschneider morgens schon vor seinen Leuten draußen war. In dieser Zeit schaffte er es, Berge von mächtigen Ästen abzusägen, die schwer von Früchten waren. Genug Material, um sein Team zu beschäftigen, sobald es auch zur Arbeit erschien. John stammte aus dem Senegal, machte gerne Scherze über seine schwarze Haut und wollte irgendwann Präsident seines Heimatlandes werden, in dem vieles ziemlich schieflief, wie er ihr erzählt hatte. Franziska freute sich auf ihn. Ebenso auf Ziko aus Mazedonien. Er gehörte zur Volksgruppe der Roma und hatte sich in Franziskas erstem Jahr übel das Bein verletzt, weil er mit einer Schere abgerutscht war. Sie musste daran denken, wie sie ihn ins Krankenhaus gefahren hatte. Er war sofort aus dem Verkehr gezogen worden, hatte aber wie ein Löwe darum gekämpft, weiterarbeiten zu dürfen. Während der Wartezeiten in der Klinik hatte er ihr von seiner Heimat erzählt. Franziska war peinlich davon berührt, wie wenig sie von dem Land wusste. Immerhin war Mazedonien gar nicht so weit von der südöstlich gelegenen Hacke des italienischen Stiefels entfernt. John und Ziko gehörten zum Stamm der Erntehelfer. Sie waren auch letztes Jahr mit von der Partie gewesen, und es war schrecklich, sich im Winter irgendwann von ihnen zu verabschieden. Wie schnell die Zeit vergangen war. Nun würden sie sich alle bald wiedersehen. Und ebenso schnell würde erneut der Abschied da sein und Franziska sicher genauso schwerfallen wie im Jahr zuvor.

»Moin, Fru Ziska«, begrüßte Klaas sie förmlich wie jedes Mal. Und ebenfalls wie immer sah er so schneidig und elegant aus wie ein Offizier. Besser noch, wie ein Kapitän mit vier goldenen Streifen auf dem Schulterstück, was er schließlich auch lange Jahre gewesen war.

»Moin. Dann wollen wir uns den Bau mal ansehen, was?«

Sie fuhren nach Nordosten und dann zwischen Ostsee und Kleinem Jasmunder Bodden nordwärts. Direkt an der Landesstraße lag ein Parkplatz, den die Besucher der Feuersteinfelder nutzten. Von dort führte ein Sandweg mit Schlaglöchern ein kleines Stück in den Wald hinein. Klaas gab keinen Muckser von sich. Weder ließ er erkennen, ob er nervös war, noch war ihm anzumerken, was er von der rustikalen Zufahrt hielt. Franziska lenkte den Wagen auf den Hof und parkte neben Holgers Wagen.

»Der Makler ist schon da«, verkündete sie und deutete auf das Fahrzeug.

»He kennt de Tied, dat is' goot.«

»Moin, Ziska. Na, alles cool in Kabul?« Holger nahm sie kurz in den Arm.

»Könntest du mit Klaas bitte wie mit einem Erwachsenen sprechen?«, raunte sie ihm ins Ohr. Dann machte sie die Männer miteinander bekannt.

Das rote Backsteingebäude entlockte Franziska auf den ersten Blick keine Begeisterungsrufe. Sie gingen zunächst über den Hof und einmal um das Haus herum. Die Terrasse war eine echte Überraschung. Das Glasdach, das einen Teil der hellen Betonplatten überspannte, war offenbar erst kürzlich installiert worden. Selbst bei Regen konnte man dort bestimmt schön sitzen und in den Garten schauen. Der bestand zwar hauptsächlich aus Rasen, hatte aber durchaus auch ein paar Beete zu bieten, in denen Löwenmäulchen, Stockrosen und Hortensien blühten. Dominiert wurde die Rasenfläche von einem Kirschbaum. Daran war ein kleiner Kasten befestigt. Während Franziska noch darüber nachdachte, wozu der wohl gut sein sollte, sprang ein Eichhörnchen aus dem dichten Geäst, huschte ein Stück den Stamm hinab und kletterte geschickt auf das Holzbrett, das von dem Kästchen hervorstand. Aus der Entfernung war es nicht leicht zu erkennen, doch jetzt sah sie, dass hinter einer Scheibe Erdnüsse lagen. Das Eichhörnchen hob mit einem seiner zierlichen braunen Pfötchen den Deckel an, fischte eine Erdnuss heraus, ließ den Deckel zuklappen und machte sich daran, die Beute zu vertilgen.

»Einen Untermieter gibt es hier offenbar schon«, sagte sie lächelnd und deutete auf den kleinen pelzigen Gesellen, der sich von der Anwesenheit der Menschen kein bisschen stören ließ.

»Einen?« Holger lachte. »Als ich das letzte Mal hier war, haben sich drei um das Futter gestritten. Da war was los!« Er wandte sich an Klaas. »Langweilig wird es hier also nicht«, rief er etwas zu laut. »Sie können sich's gemütlich machen und die possierlichen Viecher stundenlang beobachten.«

Klaas sah ihn von der Seite an. »Jungkeerl, ik heff anners to doon.«

»Klaro.« Holger sah unsicher zu Franziska. »Kann ich mir denken, aber ab und zu darf man sich doch ein Päuschen gönnen. Tja, dann gehen wir mal rein, würde ich vorschlagen.«

Die Flure waren hell gefliest. Die Treppen und sämtliche Türen waren aus Holz und weiß gestrichen. In jeder Wohnung gab es große helle Zimmer.

»Die Fenster sind selbstverständlich alle dreifach verglast«, erklärte Holger und machte eins auf. »Dank der tollen Lage ist es sowieso ruhig. Aber jetzt achtet mal auf den Unterschied.« Er schloss und öffnete das Fenster zweimal. Das Zwitschern der Vögel, Motorenbrummen von der Landesstraße und das Geräusch von Reifen auf dem recht nah gelegenen Parkplatz war wie abgeschnitten. Im Keller war eine erst wenige Jahre alte Heizung untergebracht, dazu eine Waschküche, und es gab außerdem jede Menge Stellfläche.

Als der Rundgang beendet war, überreichte Holger Klaas das Exposé und zählte noch einmal alle Vorzüge auf, erwähnte aber auch die wenigen Renovierungsmaßnahmen, die auf den Käufer zukamen.

»Ik kööp dat Huus«, meinte Klaas schlicht.

Holger starrte ihn an. »Sie wollen nicht verhandeln?«

»Ik heff nich' seggt, dat ik dat för düsse Pries kööp. Ik segg blots: Ik kööp dat.«

Nicht zum ersten Mal war Franziska schwer von Klaas beeindruckt. Er wusste genau, was er wollte und was nicht. Ihm war klar, dass die kleine Schicksalsgemeinschaft, die einmal in das Haus im Wald einziehen sollte, noch nicht existierte, doch von den zahlreichen Kandidaten, die bereits Interesse bekundet hatten, würden sicher welche infrage kommen, verkündete er.

Franziskas Einwand, er solle wenigstens eine Nacht darüber schlafen, hatte er weggewischt. In seinem Alter habe man nicht mehr die Zeit, lange herumzueiern. Wenn man nicht flott seine Entscheidungen treffe, dann gar nicht mehr, dann übernehme das der liebe Gott für einen. Dem wolle er das aber erst zumuten, wenn er selbst nicht mehr dazu in der Lage sei. »Wat een sülvst kann, schall he vun uns Herrgott nich' verlangen«, hatte er gesagt, und damit war die Sache für ihn erledigt.

Klaas konnte es sich leisten, das Haus zu kaufen und von seinen zukünftigen Mitbewohnern Miete zu kassieren. Fragte sich nur, ob es nicht günstiger wäre, von vornherein eine Eigentümergesellschaft zu gründen. Außerdem war es nicht ganz unerheblich, ob seine Mitstreiter überhaupt einverstanden wären, weniger Mitspracherecht zu haben, weil es nur einen Eigentümer gab. So leicht die Entscheidung für das Haus gefallen war, so schwierig war es, sämtliche juristische Anforderungen zu erfüllen, Fallstricken aus dem Weg zu gehen und die für alle beste Lösung zu finden. Franziska und Holger arbeiteten dabei Hand in Hand. Diese Aufgabe mit all ihren Schwierigkeiten und Überraschungen hatte für sie absolute Priorität. So hätte Franziska beinahe vergessen, John und Ziko von der Bahn abzuholen, wie sie es versprochen hatte. Wie gut, dass es Gesa gab!

»Wenn du nachher zum Bahnhof fährst«, sagte sie mit bedeutungsvollem Blick, nachdem sie bei Franziska im Büro aufgetaucht war, »könntest du dann bitte ein paar Pakete Kaffee mitbringen? Frag mich nicht, wie ich das verpennen konnte. Ich werde anscheinend tüdelig.«

Franziska schloss kurz die Augen. »Klar, mach ich gerne. Danke, dass du mich erinnert hast. Wenn hier jemand tüdelig wird, dann bin ich das wohl. Ich hätte die zwei glatt am Bahnhof stehen lassen.«

»Hast eben andere Sorgen im Kopp«, entgegnete Gesa fröhlich.

»O Mist, ich wollte doch für den ersten Abend für alle etwas kochen. Das habe ich auch verschwitzt.« Franziska wurde heiß und kalt. Sie sah eilig auf die Uhr. Noch zwei Stunden bis zur Ankunft der Männer. Sie musste improvisieren, mit Fertigprodukten tricksen. Oder sie kaufte gleich alles vom Profi zubereitet ein. »Ich fahre eben zu Giovanni. Der soll mir eine Riesenlasagne und Antipasti mitgeben.« Sie sprang auf. »Während wir die Vorspeisen verputzen, wird die Lasagne im Ofen heiß. Perfekter Plan.« Gesa lehnte als unpassierbare Barriere in der Tür, die Arme vor der Brust verschränkt, den Rücken gegen eine Seite der Zarge gelehnt, die Füße an der anderen Seite. »Wenn du mich durchlassen würdest, könnte ich sogar noch alles schaffen.« Franziska baute sich vor ihr auf.

»Kein Problem.« Gesa trat lässig einen großen Schritt zur Seite. »Du könntest mich aber auch fragen, ob ich mich womöglich schon um das Essen gekümmert habe.« Ein sehr zufriedenes Grinsen erschien auf ihrem Gesicht.

»Hast du?«

»Ich bin nicht nur eine begnadete Malerin, eine unverzichtbare Mitarbeiterin, eine gute Freundin und überhaupt eine ziemlich coole Socke«, zählte sie in einem Ton auf, der nach leichter Erschöpfung klang, weil es überhaupt nötig war, all das zu erwähnen, »auch in der Küche bin ich ein Ass. Kannst Lea Wiener zu mir sagen oder Sarah Linster oder so.«

»Du bist besser als beide zusammen!« Franziska drückte ihr spontan einen Kuss auf die Wange.

»Nicht so stürmisch, nachher denke ich noch, du willst was von mir«, kokettierte Gesa.

»Machen wir es doch so: Ich sage dir einfach Bescheid, wenn ich mit den Männern durch bin, okay? Du bist eindeutig die Frau, mit der ich mal Plan B ausprobieren würde.«

»Kann ich total verstehen«, sagte Gesa und lachte.

»Bis es so weit ist, haben Knutschanfälle nichts zu bedeuten«, brachte Franziska die Abmachung zu Ende.

»Okay. Du hast noch gar nicht gefragt, was es heute Abend Schönes gibt.«

Franziska spielte das Spiel mit. »Was gibt es denn Schönes?«

»Ich habe ein leckeres Chili gekocht. Con Carne natürlich. Ist ordentlich Hack drin. Dazu gibt es Weißbrot und zum Nachtisch rote Grütze mit Vanillesoße. Selbst gekauft!«

»Klingt super. Ehrlich, Gesa, du nimmst mir eine riesige Last vom Herzen. Ich weiß gar nicht, wie ich dir danken soll.«

»Quatsch, ist schon in Ordnung.« Sie zögerte. »Antipasti und Lasagne vom Profi wären wahrscheinlich kulinarisch weiter oben, aber das kostet doch einen Haufen Kohle.«

»Apropos, Niklas hat dir hoffentlich das Geld für deine Auslagen gegeben?«

»Klar, hat er. Ich glaube, er war ganz froh, dass es ein eher sparsames Menü geworden ist.« Wieder machte sie eine Pause und wirkte ein wenig unsicher. »Ist keine leichte Phase momentan«, sagte sie dann. »Wirtschaftlich, meine ich. Hauptsache, die Ernte fällt nicht so schlecht aus, wie Niklas befürchtet. Die bescheuerte Fruchtfliege hat uns dieses Jahr ganz schön erwischt.« Sie schnaufte. Gemeinsam gingen sie die Treppen hinunter.

»Wie viel Tonnen waren es in der letzten Saison noch? Fünfundachtzig?« Franziska dachte nach.

»Nicht ganz.«

»Meinst du, wir kriegen dieses Jahr wenigstens so zweiundachtzig zusammen?« In ihrem ersten Jahr hätten sie beinahe die Neunzig-Tonnen-Marke geknackt, ein richtig gutes Ergebnis.

»Nie im Leben.« Gesa schüttelte ernst den Kopf. »Wenn du mich fragst, können wir uns schon freuen wie Rollmops, wenn es fünfundsiebzig Tonnen werden.«

Gesa verschwand über den Hof. Sie wollte noch die Kisten und vor allem die Scheren kontrollieren. »Nicht dass jemand mit einem stumpfen Ding unterwegs ist, sich die Hände ruiniert und trotzdem nichts schafft«, hatte sie gesagt.

»Was wirst du dir dieses Mal in dein Bein rammen, um nischt bis zum Ende durschalten zu müssen?«, neckte John den armen Ziko. Die beiden Saisonarbeiter waren pünktlich angekommen und hatten sich in ihrem gemeinsamen Zimmer eingerichtet. Jetzt saßen alle beisammen und hatten sich Gesas Chili schmecken lassen. Franziska liebte Johns Akzent. Außer Franzosen oder eben Senegalesen hörte sie nur noch Italiener lieber deutsch reden. Ziko setzte eine zerknirschte Miene auf. Jeder wusste, er eingeschlossen, dass Johns Frotzelei nicht einmal im Ansatz ernst gemeint war. Ebenso war jedem klar, dass der bedauernswerte Kerl sich das noch auf dem Sterbebett würde anhören müssen, sollte John die Gelegenheit haben, dann anwesend zu sein.

»Zur Not ich hupf auf ein Bein«, erklärte Ziko. Alle lachten. Die Augen der anwesenden Männer und auch die von Gesa hingen an Kimberly, die den Abend sichtlich genoss. Franziska gefiel es überhaupt nicht, dass sie so eifersüchtig auf Niklas' Mitarbeiterin war. Doch sie musste ehrlich zu sich sein, sie kochte vor Eifersucht. Nicht einmal so sehr wegen Niklas, es hatte in den letzten Wochen keinen Anlass mehr gegeben, an seiner Treue zu zweifeln. Genau genommen hatte es nie einen Anlass gegeben, ein harmloses Kaffeetrinken war jedenfalls kein handfester Grund, jemandem eine Szene zu machen. Nein, es wurmte sie einfach, dass sowohl John als auch Ziko ganz offensichtlich hin und weg von Kimberly waren. Das war blöd und albern, aber dummerweise nicht zu leugnen. Sie versuchte, ihren Ärger professionell anzugehen und zu analysieren, was ihr so missfiel. Vielleicht erwartete sie ein wenig Solidarität mit Mandy. Niklas hatte Kimberly als deren Nachfolgerin vorgestellt.

»Oh, Mandy ist nischt mehr ier.« Das war alles, was John dazu eingefallen war. Ziko hatte nur genickt.

Franziska sah in die Runde. Die beiden Männer, die treu jedes Jahr zur Sanddornernte nach Rügen kamen, mussten erzählen, wie es ihnen ergangen war. Gesa und Niklas berichteten ihrerseits, was bei Rügorange los war. Kimberly fremdelte keine Sekunde, sondern erzählte von ihrem Leben in Kalifornien, von ihrer Mutter, die der Liebe wegen in den Staaten hängen geblieben war, und von ihrem Vater, der Stromspeichersysteme produzierte. Franziska machte nur gelegentlich eine Bemerkung oder beantwortete kurz eine Frage, die ihr Coaching oder die Villa betraf. Darüber hinaus zog sie es vor, eine gute Gastgeberin zu sein, die die Teller und Gläser im Blick hatte, nachschenkte oder abräumte. Wenn Gesa schon gekocht hatte, wollte sie wenigstens im Service glänzen. So konnte sie in Ruhe beobachten, zuhören und das Wiedersehen mit den beiden Männern genießen.

»Ich will nicht hoffen, dass du dir irgendetwas in ein Bein oder sonstiges Körperteil rammst, mein lieber Ziko«, sagte Niklas gerade, als Franziska mit einer großen Schale Grütze und einem Krug Vanillesoße ins Wohnzimmer kam. Früher hatten solche Essen und die Besprechungen mit der Erntemannschaft immer im Konferenzraum stattgefunden. Doch jetzt, da Franziska und Niklas außer den Arbeitsräumen auch ihre Wohnung in einem Trakt der Villa Sanddorn untergebracht hatten, fanden sie es hier gemütlicher, auch wenn Niklas erst nicht sicher gewesen war, ob es klug sei, Beruf und Privatleben räumlich zu vermischen.

»Ach was«, hatte Franziska entgegnet, »John und Ziko sind längst Freunde. Und Gesa sowieso. Die Besprechungen sollen ruhig im Konferenzraum bleiben, aber den gemütlichen Teil lass uns doch zu Hause machen.«

Gute Entscheidung. Durch die großen Fenster hatten sie einen wunderbaren Blick auf den kleinen Garten, den sie hinter dem Haus angelegt hatten – ein kleines Beet mit feinem weißem Sand, Strandhafer, Muscheln und ein paar Findlingen, Töpfe mit Tomaten und Paprika, und auf der anderen Seite zur Straße hin bot ein üppiger Blüten-Hartriegel einen natürlichen Sichtschutz. Franziska hatte ihn für eine sündhaft hohe Summe gekauft. Dafür war er schon beim Einpflanzen stattlich gewesen und hatte sie gleich im ersten Sommer mit einer üppigen Blütenpracht erfreut.

Franziska stellte fest, dass ihre Gedanken abgeschweift waren. Ziko hatte etwas entgegnet, Gesa einen Spruch gebracht. Was Niklas jetzt sagte, drang hingegen wieder bis in ihr Bewusstsein vor.

»Du bist dieses Jahr Vorschneider, keine Widerrede. Dreimal darfst du raten, wer unter anderem in deiner Mannschaft ist.«

Kimberly strahlte Ziko an. »Ich kann es schon gar nicht mehr abwarten. Ich habe davon gehört, dass in Europa, auf Mallorca zum Beispiel, Mandeln noch mit der Hand geerntet werden. Das muss wirklich schwierig sein, du musst genau wissen, wo du gegen den Baum schlagen darfst, wie du zwischen seinen Ästen … wie sagt man?« Sie überlegte kurz. »Wie man die Äste schütteln darf. Von California kenne ich das nicht, wir hatten immer Rüttelmaschinen.« Die Männer hingen an ihren Lippen. Nicht ausschließlich wegen ihres Interesses an Mandeln, vermutete Franziska. »Darum freue ich mich so, bei der Sanddornernte dabei zu sein.« Sie warf Niklas einen Blick zu, als hätte er ihr Leben gerettet. Ein Privileg, das Franziska ganz allein für sich beanspruchte. Immerhin hatte er sie aus ihrer misslichen Lage befreit, nachdem sie damals beinahe von dem Abbruch der Steilküste erschlagen worden wäre.

»Pass gut auf sie auf, Ziko, ich brauche sie hinterher noch«, sagte Niklas und schob Franziska wortlos seine leere Dessertschale hin.

»Isch öre wohl nischt rischtisch!« John sah Niklas entgeistert an. »Er ist ein Greenorn.«

»Du örst genau rischtisch«, konterte Ziko. »Der Chef wird Grund haben, mir anzuvertrauen die Dame.« Zufrieden lehnte er sich zurück.

»Du hast gar nicht erzählt, dass Kimberly bei der Ernte mitarbeiten will.« Franziska trug die letzten Gläser in die Küche und hoffte, dass ihr Ton beiläufig klang.

»Habe ich nicht?« Niklas räumte das Geschirr in die Spülmaschine.

Franziska schüttelte den Kopf. »Geht das denn überhaupt?«, fragte sie, während sie die Reste des Essens im Kühlschrank verstaute. »Ich kann mich erinnern, dass Mandy immer tausend Dinge zu tun hatte, weil Gesa mit draußen auf dem Feld ist.«

»Mach dir mal keine Gedanken«, entgegnete er knapp, »ich kann mich an deutlich mehr Jahre erinnern. Ich weiß schon, was ich tue. Außerdem will sie morgens zur selben Zeit anfangen wie die Vorschneider und abends bei Bedarf noch ins Büro gehen.«

Sein Ton gefiel ihr gar nicht, aber sie hatte nach diesem ausgelassenen Abend keine Lust, die Stimmung zu verderben. »Klar, du bist der Boss und hast natürlich viel mehr Erfahrung. Ich bin nur überrascht.« Es war spät geworden, sie war müde. Sie wischte einmal über die Arbeitsfläche und die Armaturen, das musste reichen. »Hoffentlich mutet sie sich nicht zu viel zu. Ich hätte nach einem Tag auf dem Feld nichts mehr zustande gebracht. Und ich war froh über jede Minute, die ich morgens schlafen konnte.« Sie lachte leise.

»Ich erinnere mich gut«, gab er zurück und schmunzelte.

»Da hat sich Kimberly wirklich etwas vorgenommen. Hut ab.« Mehr sagte sie nicht dazu, obwohl ihr tausend Dinge durch den Kopf gingen.

Zwei Tage später war der legendäre Rügorange-Bafikasa-Tag, der letzte reguläre Arbeitstag vor Erntebeginn. Traditionell gab es mittags Backfisch und Kartoffelsalat für alle Mitarbeiter, was diesem Tag seinen Namen bescherte. Außerdem war direkt danach Feierabend, damit jeder genug Zeit hatte, sich noch einmal gründlich auszuruhen, ehe die anstrengendste Zeit des Jahres begann. Am Wochenende würden die restlichen Arbeiter anreisen. Allmählich machte sich die typische Spannung breit. Franziska deckte gerade die lange Tafel, die sie, auch das war Tradition, in der großen Produktionshalle zwischen riesigen Glasbehältern, in denen Likör und Schnaps reiften, und der beeindruckenden metallenen Saftpresse aufgebaut hatte.

»Moin! Dachte ich mir doch, dass ich dich hier finde.« Gesa kam auf sie zu. Sie trug eine Jeanslatzhose, die Franziska noch nicht kannte.

»Moin, Gesa! Steht dir gut, die Hose.«

»Danke. Ich hoffe, das hier gefällt dir noch besser.« Sie wedelte mit einer großen Mappe herum. »Ich war in den letzten Tagen fleißig und wollte dir die Bilder zeigen, die ich bis jetzt fertig habe. Wenn du noch welche haben willst«, setzte sie schnell hinzu. »Du musst keine nehmen. Ich hatte echt Lust zu malen.« Das klang, als müsste sie sich entschuldigen.

»Spinnst du? Ich freue mich. Na los, zeig doch mal! Bestimmt kann ich mich nicht entscheiden und will alle haben«, meinte Franziska.

»Duu? Dein zweiter Vorname ist doch Entscheidungsfreude.« Gesa lachte schallend. Sie schob eine Schale mit Sanddornbonbons beiseite, die immer für die Mitarbeiter auf dem Arbeitstresen bereitstanden, der die Produktionshalle dominierte.

»Ich weiß nicht, ob dir die gefallen.« Gesa legte die Mappe auf die massive Holzplatte und zögerte, das breite Gummiband zur Seite zu schieben und den Pappdeckel zu lüpfen. »Ist was anderes als Lugano.«

»Das will ich hoffen. Schließlich will ich Rügen und nicht Italien.« Franziska wedelte mit der Hand und bedeutete Gesa, sich nicht länger zu zieren. Das erste Bild zeigte ausgerechnet Vitt. Franziska stockte der Atem. Sie war auf viel Orange eingestellt gewesen, auf Sanddorn und vielleicht noch auf Strand und Meer. Was sie sah, haute sie beinahe um.

»Du sagst ja gar nichts.« Gesa sah sie von der Seite an.

»Nee, ich bin einfach nur platt.« Franziska fasste sich ein wenig, beugte sich hinunter und betrachtete das Werk aus der Nähe.

»Denkst du, das ist eine Fälschung?«

»Nein, ich dachte nur, du hättest vielleicht ein Foto verwendet, eine Vergrößerung, und das Ganze übermalt. Machen das nicht einige Künstler so?«

Gesa zuckte mit den Schultern. »Keine Ahnung.«

»Das ist unglaublich! Diese Reetdächer … total plastisch. Man kann jeden Halm sehen. Und dieses Licht …« Ihr fehlten die Worte. Fasziniert ließ sie ihren Blick über jedes noch so winzige Detail schweifen. Gesa hatte sich für die Perspektive vom Scheitel der Steilküste entschieden. Eine Stufe der Treppe, die in das Fischerdorf führte, war zu sehen. Im Vordergrund erblickte man die Häuschen, die dicht gedrängt standen, dazwischen Bäume mit prächtigen runden Kronen. Sogar das Wohnhaus von Fischer Heinrich mit seinem markanten Anbau war zu erkennen. Rechts im Bild leuchteten die verschiedenen Blau-

Töne der Ostsee. Kleine Schaumkronen verrieten, dass sie mal wieder kabbelig war, wie man so schön sagte, aufgewühlt. Im Hintergrund strahlte der Kreidefelsen, dessen Anblick Franziska wohl für den Rest ihres Lebens extrem berühren würde. Darüber reckte der Peilturm stolz seine gläserne Kuppel in den leicht bewölkten Himmel. Dieses Gemälde hatte die Präzision einer Fotografie, dabei aber die sanfte Handschrift der Künstlerin, die das Kap von Herzen liebte.

»Mann, Gesa, ich werde ganz emotional. Das ist einfach nur großartig.«

»Hat Niklas doch recht, wenn er dich als Stadtschluchze bezeichnet.« Gesa schmunzelte.

»Inselschluchze, wenn ich bitten darf. Im Ernst, du hast mich in der Hand. Ich zahle dir jeden Preis für dieses Bild.«

»Willst du nicht erst mal die anderen sehen?«

»Unbedingt. Aber das nehme ich auf jeden Fall. Wenn ich darf.«

»Logisch, du darfst gerne alle kaufen.« Ihr fiel etwas ein. »Dann aber bitte sofort, dann kann ich nämlich gleich kündigen und spare mir die Plackerei der nächsten Wochen.«

Franziska betrachtete das nächste Bild – Sanddornfeld im Herbst. »Sei ehrlich, dir wäre es ohne Rügorange ganz schnell langweilig.«

»Stimmt wahrscheinlich«, gab Gesa ohne Umschweife zu. »Trotzdem, wenn ich daran denke, was alles auf mich zukommt ...« Sie schob die Unterlippe vor und pustete sich in die Stirn. »Ich glaube, ich werde die nächsten beiden Tage nur zwischen Sofa, Kühlschrank und Toilette pendeln. Mann, dieses Mal wird's echt hart.«

»Wieso?« Franziska sah sie kurz an, widmete sich dann aber sofort wieder den Bildern. »Bestimmt nicht härter als sonst, oder?«

»Doch, für mich schon«, rief Gesa. »Ich muss nämlich Kimberlys Job mitmachen.« Franziska starrte sie an. »Hat sie mir gestern eröffnet. Nun guck nicht so, ich dachte ja auch, die Scholle wird in der Pfanne bekloppt. Vor allem ist ihr das voll früh eingefallen.« Sie zog die Schultern hoch und ließ sie wieder sinken. »In Amerika sind die bestimmt lockerer. Da wird nicht so lange im Voraus geplant. Was soll's, es ist, wie es ist. Wat mutt, dat mutt.«

»Sie hat …?« Franziska stockte. Das hatte sich aus Niklas' Mund aber ganz anders angehört. Sie wollte Kimberly nicht in die Pfanne hauen und Gesa auch nicht gegen sie aufbringen. Die beiden waren Kolleginnen, es war gut, wenn sie miteinander auskamen. »Hast du mit Niklas darüber gesprochen?«, fragte sie nur.

»Nee, warum sollte ich?« Gesa sah sie aus großen Augen an. »Vertraust du Kimberly nicht?«

»Ich weiß nicht. Nein, Quatsch, das ist es nicht«, sagte Franziska schnell. Themawechsel. »Wie weit seid ihr eigentlich mit dem Kochbuch?«

»Na super, die nächste Baustelle, die mir Sorgen macht. Jetzt weißt du, warum mir diese Erntesaison mehr bevorsteht als alle vorher.«

»So schlimm?«

»Wir sind so was von überfällig. Diese Verlagstypen fragen ständig nach. Das muss ich auch noch irgendwie hinkriegen«, sagte sie mehr zu sich selbst.

»Gesa, das ist unmöglich. Du kannst nicht als Joker von einer Mannschaft zur anderen springen, schneiden, den Trecker fahren, die Gefriermaschine bestücken, gleichzeitig das Büro im Griff haben und an einem Kochbuch arbeiten. Das muss ich dir eigentlich nicht sagen, das weißt du selbst.« Gesa setzte eine zerknirschte Miene auf. »Was ist denn an dem Buch noch zu tun?«, wollte Franziska wissen.

»Ein letztes Mal Korrektur lesen und sämtliche Rezepte kontrollieren, ob die Mengenangaben auch stimmen und so. Wenn die dann nicht noch ein Haar im Sanddornsaft finden, sollte es das gewesen sein.«

»Das übernehme ich«, erklärte Franziska.

»Ja, genau, weil du dich sonst so langweilen würdest.« Gesa schüttelte den Kopf.

»Du und Niklas habt das Ganze doch schon hundertmal gelesen. Und ihr wollt noch einen Fehler entdecken? Ein frischer Blick auf das Ganze ist nicht schlecht, denke ich.« Sie zwinkerte. »Außerdem kann ich mich damit fürs Einkaufen und Kochen revanchieren.«

Freitagabend, der Backfisch-Kartoffelsalat-Tag war geschafft. Florian hatte noch kurz vorbeigeschaut. Seine Stage Kids waren mal wieder für das große Abschlussfest als Showeinlage vorgesehen.

»Sie haben eine Sanddorn-Revue zusammengestellt«, hatte er verraten. »Während ihr auf den Feldern schuftet, werden meine Süßen unermüdlich proben. Ihr werdet euch wegschmeißen, so lustig wird das.«

Noch ein Wochenende, dann ging der Ernte-Wahnsinn los. Maren war mit Marianne unterwegs. Franziska kuschelte sich zu Niklas, der es sich auf dem Sofa bequem gemacht hatte.

»Dir geht es wieder besser, oder?« Er sah sie von der Seite an. »Du hast lange nicht mehr über Übelkeit geklagt.«

»Ja, es geht.« Vor allem war sie der Sache noch nicht auf den Grund gegangen, dachte sie beklommen und schob den Gedanken rasch beiseite.

»Das ist schön.« Er lächelte sie an und strich ihr liebevoll über den Arm. »Ich habe mir schon Sorgen gemacht.«

»Um mich? Brauchst du nicht. Du kennst doch das Sprichwort mit dem Unkraut.« Sie gab ihm einen Kuss. Niklas legte einen Arm um sie und zog sie fester an sich. Das Fenster war offen, das Geschrei der Möwen mischte sich mit dem leisen Pfeifen des Windes und dem Rauschen der Wellen, das man ab und zu hören konnte. »Hoffentlich ist das Wetter nächste Woche so«, meinte sie, »nicht zu heiß, trocken, leichter Wind.«

»Hm«, machte er. Ein paar Minuten lagen sie einfach nur beieinander. Franziska hatte ihren Kopf auf seine Brust gelegt. Wenn man solche Momente nur festhalten könnte, kam es ihr in den Sinn. Mehr brauchte sie nicht, um glücklich zu sein. Es fehlte nicht mehr viel, und sie würde einschlafen. Sie seufzte zufrieden. »Sag mal, meinst du, du könntest in den nächsten Wochen ab und zu bei mir im Büro nach dem Rechten sehen?«, fragte Niklas da. Augenblicklich war sie wieder hellwach. »Ich sehe das genau wie du. Kimberly wird ganz schön erledigt sein. Es wäre gut, wenn jemand anders das Telefon besetzen könnte oder Material nachbestellen. Was eben so anfällt.«

Das Telefon besetzen? Sollte das Büro nicht von neun bis sechzehn Uhr durchgängig zu erreichen sein? Wie sollte sie das machen? Sie könnte ihre Arbeit natürlich dort erledigen, überlegte sie.

»Ich denke, Gesa vertritt Kimberly zum Teil«, meinte sie schließlich.

»Wie bitte? Du weißt doch genau, dass Gesa überall und nirgends gebraucht wird. Sie ist Springer für die Mannschaften, falls jemand sehr langsam arbeitet oder wenn es die ersten Ausfälle gibt.«

»Ja, schon, aber …«

»Nur zur Not, Franziska. Keine Angst, ich werde dich schon nicht über Gebühr strapazieren.«

Sie rückte von ihm ab. »Ich habe doch gar nicht Nein gesagt«, verteidigte sie sich.

»Aber dein Ton hört sich schon wieder an, als wäre das zu viel verlangt. Es war bloß eine Frage.«

»Mein Ton?« Jetzt hatte sie aber langsam die Nase voll. »Nik, ich bin nur überrascht, weil Gesa …« Wieder ließ er ihr nicht die Chance, über das zu reden, was Gesa ihr gesagt hatte.

»… nicht fest in einem Ernteteam ist? Das heißt doch nicht, dass sie gemütlich im Büro sitzt und Kaffee schlürft. Ich dachte, das müsste ich dir nicht erklären. Außerdem hat sie auch noch die letzte Korrektur des Kochbuchs an der Backe. Aber keine Sorge, ich finde schon eine Lösung, ich belästige dich nicht weiter«, brummte er, schnappte sich die Fernbedienung und schaltete den Fernseher ein.

Franziska hatte das Gefühl, ihr Schädel würde im nächsten Moment zerspringen, solch ein Druck baute sich in ihr auf. Ihr schossen Tränen in die Augen, aber ihr Zorn übernahm die Oberhand.

»Jetzt ist der Bock fett«, flüsterte sie. Niklas sah sie überrascht an. Das war vermutlich nicht die Reaktion, die er von ihr gewohnt war. Sie sprang auf. »Niklas, es reicht.« Sie wurde nicht laut, aber ihre Stimme war so schneidend, dass sie selbst sie kaum erkannte. »Du wirst jetzt tatsächlich eine Lösung finden müssen. Gerade habe ich noch darüber nachgedacht, ob ich einfach während der Ernte mit meinem Kram in dein Büro ziehen soll, dann wäre ich als Ansprechpartnerin für deine Leute da und könnte meine Sachen trotzdem erledigen. Ich habe allerdings außerdem darüber nachgedacht, dass laut Gesas Aussage längst für einen Kimberly-Ersatz gesorgt ist.«

Jetzt runzelte er die Stirn. »Das müsste ich ja wohl wissen«, warf er ein, wirkte aber gehörig verunsichert. »Und wer soll das sein?«

»Das fragst du am besten deine großartige Kimberly«, fauchte sie. Nein, bloß nicht eifersüchtig klingen. Sie riss sich sofort wieder zusammen. »Oder Gesa. Vielleicht lässt du die im Gegensatz zu mir ausreden.« Sie drehte sich um und wollte schon gehen. Dann blieb sie stehen und wandte sich noch einmal zu ihm um. »Ist schon interessant«, begann sie und atmete tief ein, »wenn ich mich um alles kümmere, bin ich die doofe Managerin, die plant und organisiert, statt herumzuschmusen. Schreie ich nicht bei jeder Bitte Hurra, ehe du sie nur ausgesprochen hast, tust du so, als würde ich dich nie unterstützen, als ließe ich mich, wenn überhaupt, erst stundenlang bitten.«

»So habe ich das nicht gemeint«, lenkte er ein.

»Ich meine das jetzt aber so: Ich werde mich aus dieser Ernte heraushalten und nicht hier und da mal einspringen, wie ich es letztes Jahr gemacht habe, übrigens ohne dass du mich darum bitten musstest. Ich habe nämlich selber mehr als genug zu tun. Und um euer Kochbuch kümmere ich mich sowieso schon.«

Es tat ihm leid, das war nicht zu übersehen. Ehe sie doch noch anfing zu heulen, rauschte sie hinaus, marschierte in ihr Büro und schloss die Tür geräuschvoll hinter sich.

Da saß sie nun, starrte ins Leere wie eine Untote, während ihre Gedanken äußerst lebendig waren. Sie schnappte sich den Ordner mit dem Manuskript, den Gesa ihr gerne überlassen hatte, und legte ihn vor sich auf den Schreibtisch. Gut möglich, dass Niklas kam, um sich zu entschuldigen. Dann hätte sie seine Arbeit vor der Nase. Er kam nicht. Irgendwann hätte es auch ziemlich albern ausgesehen, wenn er doch noch aufgetaucht wäre und sie vor den Unterlagen hätte sitzen sehen. Ohne Licht. Im Dunkeln.

Franziska hatte keinen Schimmer, seit wann sie schon hier saß. Die Sonne war inzwischen untergegangen, der Fernseher im Wohnzimmer lief noch immer. Sie rieb sich die Augen und entschied, ins Bett zu gehen. Vorher noch schnell ein Blick auf ihre Mails, damit sie nicht das Gefühl hatte, gar nichts geschafft zu haben. Für mehr reichte die Konzentration sowieso nicht. Sie hoffte inständig, dass der elektronische Briefkasten irgendeine erfreuliche Nachricht für sie bereithielt. Wenigstens etwas, das sie in ihrer deprimierten Verfassung aufheitern konnte. Vielleicht hatte sich der Mann gemeldet, der sie von einem Freund empfohlen bekommen hatte. Das wäre seit Langem der erste dicke Fisch. Er war Manager bei einem großen Autokonzern, hatte etwas über sie in der einschlägigen Presse gelesen und sich daran erinnert, als ihm kürzlich ein Freund von ihm und ehemaliger Klient von ihr von seinen Erfahrungen mit ihr vorgeschwärmt hatte. Es war nun schon drei Tage her, dass sie ihm ein Angebot geschickt hatte. Auf einen konkreten Kooperationsvorschlag des Spezialreiseanbieters, mit dem sie nur zu gerne ins Geschäft kommen würde, wartete sie ebenfalls. Es war Freitag, und sie hatte am frühen Nachmittag zum letzten Mal ihre Post abgerufen. Sehr unwahrscheinlich, dass am späten Freitagnachmittag noch viel passiert war. Die meisten waren bestimmt längst im Wochenende, waren mit ihren Frauen im Kino oder saßen gemütlich beisammen und ließen es sich einfach gut gehen.

Sie seufzte schwer. Alle Konten abrufen. Franziska überflog die Absender und sog hörbar die Luft ein. Sie musste sich zwingen, weiterzuatmen. Conor Berrymore. Er hatte geantwortet. Sie starrte so lange auf seinen Namen, bis die Buchstaben vor ihren Augen verschwammen. Wie es ihm wohl ging? Ob er Familie hatte? Ob er sich über ihre Nachricht gefreut hatte? Ihr Herz klopfte, ihr ganzer Körper kribbelte. Wenn du seine Nachricht nicht liest, sondern nur auf den nackten Bildschirm glotzt, wirst du die Antworten nie bekommen, sagte sie sich und musste schmunzeln. Das tat gut. Ein Klick. Seine Zeilen erschienen auf dem Monitor. Nicht gerade ein Roman. Und ihre Fragen blieben auch offen. Trotzdem grinste sie plötzlich wie das berühmte Honigkuchenpferd.

»Schicksal! Komme wahrscheinlich für einen Gig nach Hamburg. Conor«

Franziska las seine Worte immer wieder, bis sie sie auswendig kannte. Gut, das war keine große Herausforderung. Hamburg. Natürlich, er konnte ja gar nicht wissen, dass sie nicht mehr in der Stadt wohnte. Für einen Gig. Das hörte sich an, als würde er noch immer Musik machen. Womöglich sogar professionell. Kaum vorstellbar, wenn er eine Firma leitete. Obwohl, Energie hatte er gehabt. Jede Menge davon. Sie traute ihm durchaus zu, dass er als Geschäftsmann erfolgreich war, sich um die Weiden, die Schafe und die Spinnerei kümmerte, und sich gleichzeitig als Künstler einen Namen machte. Mindestens ebenso erfolgreich, das verstand sich von selbst. Mist, sie hatte den Rechner schon heruntergefahren. Kurz überlegte sie, ob sie ihn noch einmal einschalten und nach einem Musiker Conor Berrymore suchen sollte. Aber wahrscheinlich trat er sowieso unter einem Künstlernamen auf. Ein Firmenchef und Musiker, der auf internationale Tournee geht, das war bewundernswert. Und sie, was war sie? Ihr schwoll schon die Brust vor Stolz, dass sie Klienten mit unterschiedlichen Fragestellungen beriet, einige davon ehrenamtlich. Sie stieß bereits an ihre Grenzen, wenn sie ihre Aktivitäten bei Rügorange mit den eigenen unter einen Hut bringen musste. Sie dachte an Gesa. Die hatte mal eben nach Feierabend wahre Kunstwerke geschaffen. Die Freude, die eben noch für einen Moment ihren Kummer hatte überdecken können, war dahin. Franziska ließ die Schultern hängen und wollte ins Bett gehen. Sie war mit einem Schlag so müde, dass sie glaubte, sich nicht länger auf den Beinen halten zu können.

»Sich zu bedauern hat noch niemanden weitergebracht.« War das nicht einer ihrer Lieblingssätze, den sie den Jammerlappen unter ihren Klienten gern gleich während der ersten Sitzung an den Kopf warf? Dann kam meistens: »Nehmen Sie Ihr Schicksal in die Hand! Auch wenn Sie nicht alle Ziele erreichen, werden Sie sich besser fühlen.« Erst danach wurde sie für gewöhnlich etwas sanfter und erklärte, dass der erste Schritt schon getan sei, indem der Betreffende sich für ein Coaching bei ihr entschieden hatte. Für sie selbst war der erste Schritt dann wohl, sich ihre eigenen guten Ratschläge ins Gedächtnis zu rufen. Schicksal in die Hand nehmen! Sie schaltete den Computer wieder ein. Münchener Abendzeitung. Stellenanzeigen. Sie schrieb eine Bewerbung und fügte die erforderlichen Unterlagen hinzu. So! Es war fast zwei Uhr, als sie vollkommen ausgelaugt, aber irgendwie auch voller neuer Zuversicht ins Bett ging. Der Fernseher lief noch immer. Vermutlich war Niklas schon lange davor eingeschlafen.

Lauschangriff

»Ich habe keine besondere Begabung,
sondern bin nur leidenschaftlich neugierig.«

Albert Einstein

»Ich freue mich so, dass wir einen Ausflug zu dritt machen.« Maren wirkte in den letzten Tagen deutlich gelassener. Ihr Kummer war nicht verflogen, aber sie hatte einen Weg gefunden, damit umzugehen. Vor allem hatte sie wieder Zuversicht, dass Richard und sie ihre Ehe noch retten konnten, dass sie einen Neustart wagen würden. Noch gab es von ihrem Mann zwar keine eindeutige und vor allem verbindliche Ankündigung, sich von seiner Kollegespielin zu trennen, wie Maren sie noch immer nannte, seine Andeutungen ließen jedoch hoffen. »Ich weiß noch nicht genau, wann ich abreise, aber es wird langsam Zeit«, verkündete sie. »Deshalb finde ich es besonders toll, dass wir drei Frauen jetzt mal miteinander losziehen.«

Franziska saß am Steuer, Marianne und Maren hockten auf der Rückbank. Sie musste schmunzeln. So kannte sie Niklas' Mutter gar nicht. Sie alberte mit Maren herum, die ebenfalls ungewohnt hibbelig und überdreht war. Wie zwei kleine Mädchen beim Schulausflug. Es war eine gute Entscheidung, diesen Samstag mit den beiden zu verbringen und nach Ummanz zu fahren. Erst zweimal war sie auf der kleinen Insel gewesen, die an Rügens Westküste lag. Es war ein hübsches Fleckchen, ein kleines Idyll, das sich durch seine Verbindung zu Rügen zwar eher wie eine Halbinsel anfühlte wie etwa Mönchgut oder Zudar ganz im Süden, aber irgendwie eine ganz eigene kleine Welt bildete. Maren hatte sich das Ziel ausgesucht.

»Marianne und ich wollen noch mal zusammen los«, hatte sie Franziska erzählt, als sie morgens aus dem Bad kam. »Sie meinte, ich sollte mir unbedingt noch etwas von der Insel ansehen, ehe ich wieder nach Hause fahre. Wollte ich dir gestern schon sagen, aber da habe ich dich nicht erwischt.« Sie machte eine Pause. »Du willst das letzte Wochenende vor der Ernte bestimmt mit Niklas verbringen, nehme ich an.« Das klang wie eine Frage. »Es wäre natürlich richtig schön, wenn wir auch noch ein bisschen Zeit zusammen hätten, aber ich würde das total verstehen. Sicher willst du ihn noch mal verwöhnen, ehe die Plackerei losgeht, etwas für ihn kochen.«

»Es ist noch Backfisch und Kartoffelsalat von gestern übrig. Jede Menge.« Franziska hatte gar nicht darüber nachgedacht. Der Gedanke, der Villa für einige Stunden den Rücken zu kehren, war einfach zu verlockend. »Ich würde gerne mitfahren, wenn ihr zwei mich dabeihaben wollt. Ich biete mich als Chauffeurin an, sonst sitzt ihr doch den halben Tag nur im Bus.« Sie hatte gestutzt. »Gibt es überhaupt eine Verbindung?«

»Marianne sagt, wir müssen erst nach Bergen fahren. Von da fährt ein Bus nach Ummanz.« Dann war sie Franziska unvermittelt um den Hals gefallen, eine eher untypische Verhaltensweise für die meist lässige oder sachliche Maren. »Echt, du kommst mit? Ich freue mich ja so!«

»Hoffentlich freut sich Marianne auch«, hatte Franziska erwidert.

»Klar.« Maren hatte den Kopf schief gelegt. »Ist vielleicht gar nicht übel für euch zwei, wenn ihr mal etwas miteinander unternehmt. Das kommt nicht oft vor, habe ich recht?«

»Nicht oft ist geprahlt. Im Grunde sehe ich sie nur, wenn ich mit Nik oder Jürgen zu ihr fahre oder wenn sie herkommt.«

»Dann wird es Zeit«, hatte Maren resolut verkündet.

Nun waren sie also auf dem Weg. Sie hatten zu viert gefrühstückt, und Franziska hatte Niklas gesagt, dass sie den ganzen Tag unterwegs sein werde. Sie war sicher, dass es Marianne nicht entgangen war, wie wortkarg sie beide gewesen waren.

Das Frauen-Trio war fröhlich aufgebrochen. Über Altenkirchen und Wiek führte ihr Weg zunächst zur Wittower Fähre. Dann mussten sie das Inselchen, das ihr Ziel war, zum Teil umrunden, denn es gab nur die eine Brücke von Mursewiek auf die andere Seite nach Waase.

»Tretboote«, rief Maren mitten auf der Brücke. Sie hing zwischen den beiden Vordersitzen, um den besten Blick zu haben, und schrie Franziska ins Ohr.

»Ich weiß nicht, ob man die mit Hörsturz benutzen darf.« Franziska verzog demonstrativ das Gesicht.

»Entschuldigung! Mann, ich bin nicht mehr Tretboot gefahren, seit ich …«, sie überlegte, »… seit ich acht war oder so. Wollen wir? Ach, bitte!«

Franziska warf einen raschen Blick auf die blau-weißen Bötchen, die auf dem Wasser schaukelten, ehe sie auf den Parkplatz des Lokals fuhr, das offenbar den Verleih anbot.

»Ich bin nur eure Chauffeurin«, sagte sie lachend und hob die Hände. »Es ist euer Ausflug. Und mehr als zwei ausgewachsene Frauen passen nun mal nicht rauf auf die Dinger.« Sie stiegen aus.

»Was?« Maren lief sofort einige Schritte in Richtung Ufer. »Doch, damit kann man auch zu dritt fahren«, behauptete sie, nachdem sie sich einige Exemplare angesehen hatte. »Zwei strampeln, eine hat Pause und kann sich hinten ausstrecken.«

»Von wegen unser Ausflug und Chauffeurin. Ist doch Stuss«, schimpfte Marianne. »Es ist unser aller Ausflug, und wir freuen uns, dass du dabei bist, nicht nur, weil du uns fährst. Stimmt's, Maren?«

»Klar!«

»So! Was diese Dinger da angeht ...« Sie deutete auf die Boote. »Da bringen mich keine zehn Pferde drauf. Dreht ihr mal ruhig eine Runde. Ich setze mich da drüben auf der Terrasse schön in den Schatten und gucke euch zu.«

»Nö, alle oder keiner«, meinte Maren wenig überzeugend.

»Wir sind doch keine siamesischen Drillinge«, polterte Marianne. »Kommt nicht infrage, dass wir zwangsweise jede Minute zusammenglucken. Macht ihr man. Ich amüsiere mich schon.« Sie warf Franziska einen durchdringenden Blick zu. »Kann mir vorstellen, dass du im Lauf des Tages auch mal 'n büschen deine Ruhe willst, was?«

»Mal sehen.« Worauf wollte sie hinaus?

»Hoffentlich ruht sich Niklas aus und arbeitet nicht den ganzen Tag im Büro«, sagte Marianne unvermittelt. »Der wird auch nicht jünger und muss mit seinen Kräften ein bisschen haushalten.« Wieder dieser Blick. Also hatte Franziska sich nicht getäuscht. Niklas' Mutter hatte beim gemeinsamen Frühstück sofort spitzgekriegt, dass Spannungen in der Luft lagen. Kunststück, sie kannte ihren Sohn und inzwischen auch Franziska ganz gut.

»Also wenn es dir wirklich nichts ausmacht«, setzte Maren an.

»Meine Güte, ihr Stadtmenschen seid aber auch kompliziert. Jetzt haut endlich ab!« Damit ließ Marianne die beiden stehen und steuerte die Terrasse des Lokals an.

Franziska und Maren zahlten den Preis für eine Dreiviertelstunde.

»Bloß nicht länger!« Maren lachte. »Danach habe ich sowieso Gummibeine, nehme ich an.«

Von einem kleinen Steg aus stieg zuerst Maren auf das Tretboot, das sofort bedrohlich zu wackeln begann wie ein bockiges Pony, das nicht geritten werden wollte. Als Maren saß, wagte auch Franziska den Schritt. Sie ließ sich in die Plastiksitzschale gleiten.

»Ganz schön hart«, kommentierte sie.

»Stimmt, bequem ist anders.« Maren ruckelte hin und her.

»Hör auf, sonst kentern wir noch, ehe wir losgemacht haben.« Franziska kicherte.

Die Dame von der Vermietung fand das nicht lustig. Ohne eine Miene zu verziehen, fragte sie im Ton eines Feldwebels: »Kommen Sie zurecht oder nicht?«

»Wir kommen zurecht«, antworteten sie beide gleichzeitig und kicherten schon wieder.

»Wir sind versichert, aber wenn Sie grob fahrlässig mit dem Fahrzeug umgehen, haften Sie selbst. Also keine Sperenzchen.«

»Trampel, was das Zeug hält«, murmelte Maren zwischen den Zähnen. »Die bringt es noch fertig und lässt uns wieder aussteigen.«

Franziska kurbelte das Lenkrad bis zum Anschlag. »Hart Steuerbord«, rief sie und dirigierte ihren Zwei-Frau-Kahn von der Brücke weg, auf der sie von Rügen gekommen waren, in Richtung Kubitzer Bodden. Wasser spritzte von allen Seiten gleichzeitig. Man konnte förmlich hören, wie es schäumte und toste, als die Antriebswelle durch das Wasser pflügte. Das Rauschen und hohle Glucksen übertönte sogar die Schimpftirade, mit der der Feldwebel sie verabschiedete.

»Ach, ist das schön«, sagte Maren und seufzte genießerisch, als sie sich die ersten Hundert Meter vom Ufer entfernt hatten. Sie wandte sich Franziska zu. »Es kommt mir vor, als wäre es ewig her, dass ich hier angekommen bin. Hätte nie gedacht, dass ich mich je wieder so wohlfühlen könnte. Danke, Ziska, das war die beste Idee, die du je hattest!«

»*Du* wolltest doch unbedingt Tretboot fahren«, sagte diese grinsend, obwohl sie natürlich genau wusste, was ihre Freundin meinte.

»Dass du mich eingeladen hast, nach Rügen zu kommen«, beharrte Maren ernst. »Ich konnte mir nicht vorstellen, dass ich mich so gut erholen würde.«

»Ich kann mir nicht vorstellen, dass du dich wirklich erholt hast. Du hast doch jeden Tag etwas zu tun gehabt – Kisten packen mit Gesa, Staubsaugen, Betten beziehen in den Gästezimmern. Klingt echt nach einem Traumurlaub.« Sie lächelten vor sich hin, während sie mitten in den Bodden hineinstrampelten. »Au ja, wir fahren bis Heuwiese und zurück«, schlug Franziska vor. Im nächsten Moment war sie nicht mehr so überzeugt von ihrem Einfall. »Vielleicht hätten wir dann doch für mehr als eine Dreiviertelstunde mieten sollen. Ach egal, zur Not zahlen wir eben nach.«

»Kannst du das Ganze mal bitte für eine Nicht-Insulanerin übersetzen?«

»Das platte Stück dahinten, das ist Heuwiese.« Sie deutete in die Richtung. »Aus Sand, der angeschwemmt wurde, hat sich eine Insel gebildet. Außer Vögeln wohnt da niemand.« Da Maren nicht gerade begeistert aussah, fügte sie hinzu: »Ich habe gehört, dass da immer mehr Kormorane brüten. Normalerweise bauen die ihre Nester auf Bäumen, nur gibt es auf Heuwiese keine. Darum sollen die Viecher dort richtig hohe Nester auf den Boden bauen. Würde ich gerne mal sehen.« Sie musste blinzeln, da ihre Augen tränten. Das Wasser reflektierte die Sonne so stark, dass man trotz Sonnenbrille nicht lange hinschauen konnte.

»Was ist Heuwiese denn bitte für ein Inselname?« Maren schüttelte den Kopf. »Ich finde Ummanz schon lustig.«

»Vor ein paar Hundert Jahren haben die Leute die Fläche wohl genutzt, um sich dort Viehfutter zu holen. Daher der

Name.« Maren sagte nichts dazu, hörte aber plötzlich auf zu trampeln.

»Das gibt es doch nicht«, rief Franziska.

»Meine Güte, ich werde doch wohl eine kleine Pause machen dürfen. Bis zu deiner Heu-Insel ist es sowieso zu weit. Erinnere dich an unsere Seeüberquerung. Das sah auch nicht so schlimm aus, war dann aber höllisch.«

»Das sah sogar richtig weit aus«, widersprach Franziska und stellte das Treten ebenfalls ein. »Aber das meine ich gar nicht.« Sie beschirmte ihre Augen mit der Hand. »Dahinten … das ist doch …« Lange blonde Haare, die in der Sonne mit dem Wasser um die Wette reflektierten, blendend weiße Zähne. »Kimberly!«

»Echt? Wo?« Maren blickte angestrengt in dieselbe Richtung. »Kann sein«, meinte sie zögernd.

»Ganz sicher!« Franziska trat in die Pedale, als müsste sie eine Regatta gewinnen. »Los, Vollgas! Wir müssen näher ran.«

»Könntest du mal kurz aufhören, damit ich meine Füße auf die Dinger kriege?« Maren deutete nach unten. Franziska verlangsamte ihre Bewegung. Als Marens Pedale auch wieder besetzt waren, zog sie das Tempo sofort an. »Sag mal, was ist denn los mit dir? Ich hätte nicht gedacht, dass du Wert darauf legst, Kimberly zu begrüßen. Dass du es so eilig hast …« Wieder schüttelte sie den Kopf, bemühte sich aber tapfer, Franziskas Geschwindigkeit zu halten.

»Ich will sie überhaupt nicht begrüßen«, stellte die richtig und kam allmählich aus der Puste. Sie musste laut sprechen, weil das Wasser unter ihrem Boot bereits schäumte und kleine Wellen erzeugte, die gegen den Rumpf schlugen. »Ich will nur wissen, mit wem sie unterwegs ist.«

»Mann, bist du neugierig!« Maren schnitt eine Grimasse, und Franziska riss das Steuer herum. »Und was wird das jetzt?«

»Das Tretboot dahinten. Familie mit Hund«, zischte Franziska im Ton einer Hollywood-Geheimagentin. »Perfekter Sichtschutz.«

»Ist klar«, murmelte Maren und sah sie skeptisch an.

»Ich habe keine Lust auf Small Talk mit Kimberly. Da geht es sowieso nur um die Firma. Jetzt ist Wochenende.« Sie sah Maren kurz an. Dann erschien ein Grinsen auf ihrem Gesicht. »Hast recht, ich bin wirklich neugierig. Das ist ein Mann da neben ihr. Ich möchte zu gerne wissen, ob ich den kenne. Vielleicht ein Lieferant oder Gastronom«, überlegte sie laut.

»Senegalese John ist es sicher nicht«, meinte Maren. »Der würde sich in dem weißen Tretboot perfekt abheben.«

»Langsam einen Gang zurück«, kommandierte Franziska und gab das Tempo vor.

»Nichts lieber als das. Ich dachte, wir treten, bis wir weit genug vom Ufer entfernt sind, und lassen uns dann faul auf den Wellen schaukeln. Hätte ich geahnt, dass du den neuen Boddenrekord aufstellen willst, hätte ich von Anfang an meinen Mund gehalten.« Maren zog die Stirn kraus. »Hast du heute schon etwas getrunken?«, fragte sie besorgt. Dann legte sie Franziska eine Hand an die Stirn. Ihr Schiffchen lag inzwischen ganz ruhig. Es plätscherte und gluckste gemütlich, ansonsten herrschte Ruhe, von den Stimmen der Familie, die damit beschäftigt war, ihren Hund zu beruhigen, einmal abgesehen.

»Mir geht's gut«, flüsterte Franziska. »Ich versuche nur, hinter dem Mann zu bleiben. Also optisch, von Kimberly aus gesehen. Kapiert?« Der Mann im Nachbarboot war kräftig gebaut. Sie duckte sich, schob ihren Oberkörper nach links, dann wieder ein Stück rechts herüber, je nachdem, wie ihr persönlicher Sichtschutz sich gerade bewegte. »Keine Lust, dass sie mich sieht.«

»Verstehe«, sagte Maren, »total geheime Mission!«

»Genau!« Franziska kniff die Augen zusammen. »Den kenne ich. Wo habe ich den bloß schon gesehen?« Der Mann neben Kimberly trug ein Leinenhemd. Er hatte braune Haare mit grauen Strähnen und schien seine Begleiterin unentwegt anzulächeln. »Abgang!«, ordnete sie an, schlug das Steuer ein und trat wieder in die Pedale.

Nach einem passablen Anlegemanöver kletterten sie aus ihrem Tretboot, klatschten sich gegenseitig ab, um zu feiern, dass sie nicht in Seenot geraten waren, und gingen schließlich zur Sonnenterrasse hinüber, wo Marianne bei ihrem zweiten Glas Mineralwasser saß.

»Mehr als zwei schwarze Kaffee kriege ich nicht runter«, erklärte sie und schüttelte sich. »Aber wenn ich jetzt schon Cappuccino und zuckrige Getränke zu mir nehme, habe ich nachher kein Kalorienkontingent mehr für ein Stück Kuchen übrig.«

Franziska machte runde Augen und wollte etwas sagen. Seit wann achtete Marianne denn auf so etwas?

Doch Maren war schneller: »Nicht wundern, wenn sie unverständliches Zeug brabbelt«, meinte sie, an Marianne gewandt. »Franziska hatte auf dem Bodden eine Erscheinung. Seitdem redet sie wirr.« Marianne zog fragend die Augenbrauen hoch.

»Hör nicht auf sie. Ich habe jemanden gesehen und überlege seitdem, woher ich den kenne«, stellte Franziska richtig.

»Laut. Sie überlegt laut, und zwar pausenlos.«

Marianne sah von einer zur anderen. »Wollen wir dann?«

Sie beschlossen, die Insel mit dem Auto zu umrunden und dort zu halten, wo es ihnen gefiel. Die Landschaft bezauberte Franziska – weite Felder, auf denen sich Gräser sanft im Wind wiegten, Alleen, dann wieder Waldstücke, und überall die Nähe des Wassers. Sie sahen einen Seeadler kreisen, und auf einigen Weiden standen cognacfarbene Pferdchen mit zotteligen, fast weißen Mähnen.

»Guckt mal, Ponys!«, hatte Maren Franziska bei der ersten Sichtung verzückt ins Ohr geflötet. »Felix wäre begeistert.«

»Habt ihr Städter denn von nichts 'ne Ahnung, was nicht mit dem Smartphone zu bedienen ist?«, ereiferte sich Marianne. In ihren Augen blitzte es amüsiert. »Die Ponys sind Pferde. Haflinger, um genau zu sein. Ich sag das nur für den Fall, dass du mal mit deinem Sohn hier bist. Nicht dass du ihm dann so'n Stuss erzählst.«

»Das sind Haflinger?« Maren zuckte mit den Schultern. »Wieder was gelernt. Hätte ich eine Tochter, wüsste ich das bestimmt. Felix findet so ziemlich alles niedlich, was vier Beine hat. Er interessiert sich nicht speziell für Gäule.«

Franziska musste rechts ranfahren, um eine Kutsche vorbeizulassen. Sie wurde ebenfalls von Haflingern gezogen. Auf dem Bock saßen zwei Männer mit roten Westen, schwarzen Hosen, Pausbäckchen und weißen Rauschebärten.

»Die werden hier auf der Insel gezüchtet«, erklärte Marianne und deutete ausgerechnet in dem Moment auf die Kutsche, als die beiden Herren gleichzeitig die Hand zum Gruß hoben.

»Ach, deswegen sehen die sich so ähnlich!« Maren prustete los, und auch Franziska musste lachen.

»Die Pferde, ihr albernen Hühner, die Pferde werden hier gezüchtet.« Marianne seufzte demonstrativ, musste aber auch lachen. »Gott, nee, stellt euch das vor. Noch mehr von den Weihnachtsmännern kann doch keiner verkraften.«

»Wieso, sahen doch sehr nett aus«, meinte Maren. »Wenn Richard bei seiner Kollegespielin bleibt, bestelle ich mir vielleicht so einen.«

In Suhrendorf machten sie halt. Vom Ufer aus hatte man einen guten Blick auf den Gellen, eine Landzunge aus feinem Sand, die den südlichsten Zipfel der Insel Hiddensee bildete. Sie unternahmen einen ausgedehnten Spaziergang durch einen Kiefernwald bis zum Deich und im großen Bogen wieder zurück. Anschließend sahen sie den Surfern zu, die den Schaproder Bodden bevölkerten. Ihre bunten Segel blähten sich im Wind. Kites segelten durch die Luft, wölbten sich wie Torbögen und zogen die Menschen, die sie an Schnüren hielten, mit sich wie Spielzeug. Zum Schluss landeten die drei Frauen beinahe wieder dort, wo sie ihren Ausflug begonnen hatten, nämlich nur wenige Schritte von dem Tretbootverleih entfernt. Sie kehrten in einem Café ein, das in einer alten Scheune untergebracht war. Der Wind hatte aufgefrischt, und man konnte eine leichte Strickjacke gebrauchen.

»Irgendwie fühlt es sich schon richtig nach Herbst an«, bemerkte Franziska. »Auch das Licht ist schon ganz anders als im Sommer.« Sie ließ ihren Blick über einen kleinen Leuchtturm schweifen, der nicht weit entfernt an einem Bootssteg stand.

»Übermorgen ist September«, stellte Marianne sachlich fest.

»Ach du lieber Gott!«, rief Maren beim Blick in die Getränkekarte theatralisch. »Die haben hier Unmengen von Kaffeesorten.« Sie warf Marianne einen vielsagenden Blick zu. »Franziska kann sich hier nie und nimmer entscheiden.« Schon lästerten die beiden wieder über Franziskas Schwäche, eine Wahl zu treffen, und ihre Schwäche für Kaffee.

»Ihr seid ja so witzig«, gab Franziska gespielt beleidigt zurück und blätterte in der Karte. »Ich hab's!«, rief sie in der nächsten Sekunde.

Die beiden starrten sie an. »Schon?«, fragten sie gedehnt wie aus einem Mund.

»Ich weiß, woher ich den Typ kenne.«

»Ach so!« Maren winkte ab. Auch Marianne schien sich nicht dafür zu interessieren.

»Das ist ein Konkurrent von Niklas. Kimberly hat den auf der Tourismusmesse kennengelernt.« Jetzt sahen die beiden sie aufmerksam an.

»In Berlin?« Marianne runzelte die Stirn. »Und jetzt ist er hier? Bist du sicher?«

Franziska nickte. »Absolut. Ihm gehört eine Firma in Sachsen-Anhalt, die Sanddorn anbaut und daraus zum Teil auch eigene Produkte herstellt, genau wie Niklas.«

»Hm, was hat Niklas' Mitarbeiterin denn mit der Konkurrenz zu schaffen?« Das war wieder ganz die alte Marianne, skeptisch, abweisend und finster. Allerdings stellte sich Franziska dieselbe Frage.

»Was machst du denn hier? Ich dachte, das Firmengelände ist am heiligen Wochenende tabu, Todeszone sozusagen.« Franziska hatte Marianne nach Hause gefahren. Nachdem sie und Maren zurück in Putgarten waren, hatte sich ihre Freundin in ihr Zimmer zurückgezogen. Franziska hatte ihr Handy im Auto vergessen. Als sie es gerade holen wollte, spazierte ihr Gesa entgegen.

»Ich bringe dir dein Bild. Dachte mir, du kommst heute oder morgen vielleicht dazu, es aufzuhängen. Die anderen, die du für die Gästezimmer oder die Firmenräume haben möchtest, kannst du dir in Ruhe zusammen mit Niklas angucken, wenn die Ernte geschafft ist. Wolltest du doch, oder?«

»Ja, sehr gerne. Wie ich schon sagte, ich hätte gerne ganz viele Bilder von dir an den Wänden. Du wirst noch einiges malen müssen.« Sie lachte. Gesa trug an diesem Tag ein Tuch um den Kopf, das bunt und gefleckt aussah, als hätte sie daran ihre Pinsel abgewischt. Sehr passend.

»Also, ich habe die anderen Rügen-Motive auch dabei«, sagte sie zaghaft. »Wenn du Bock hast, kannst du die auch probeweise aufhängen. Dann seht ihr gleich, ob's passt.«

»Das ist eine gute Idee!« Franziska strahlte. »Du, aber wenn du die anderweitig verkaufen kannst, sag bitte Bescheid. Dann bekommst du die natürlich sofort wieder.« Sie lachte. »Oder wir machen dir ein besseres Angebot.« Die beiden gingen in die Villa. »Bin wieder da«, rief Franziska. Das hatte sie auch schon getan, ehe sie noch einmal zum Auto gelaufen war. Die Reaktion war dieselbe – Stille. Vermutlich war Niklas bei seinem Sanddorn. »Magst du einen Kaffee oder etwas anderes?«

»Nein, danke, ich haue gleich wieder ab. Mein Sofa ruft nach mir.« Sie zwinkerte Franziska zu. Dann legte sie ihre Mappe ab und machte sich daran, die Bilder auszupacken. »Ist ja Quatsch. Ich lass die am besten hier drin. In nächster Zeit brauche ich die Mappe sowieso nicht, und du wirst bestimmt eine Weile brauchen, ehe du dich für einen Rahmen entschieden hast.« Franziska wusste, dass das eine liebevolle Frotzelei war. Dummerweise steckte ein großes Korn Wahrheit darin. Es war gut, wenn die Kunstwerke geschützt waren.

»Hast recht. So, und nun zum Geschäftlichen. Hast du dir überlegt, was du für die Ansicht von Vitt haben möchtest?«

»Ach Mensch, Ziska …«

»O nein, Gesa, du wirst dich nicht drücken. Du musst das lernen. Du musst wissen, welche Preise du für deine Bilder verlangen willst, und sie souverän nennen.«

»Ist ja gut, Frau Coachette.« Sie kratzte sich am Kopf. »Das ist Leinen«, sagte sie und deutete auf das große Gemälde von Vitt. »Die anderen Sachen habe ich zum größten Teil auf gutem Papier gemacht, das ist natürlich günstiger.« Franziska verschränkte demonstrativ die Arme vor der Brust und schnaufte. »Leinen ist teuer«, erklärte Gesa eifrig. »Das wären schon mal fünfunddreißig Euro Materialwert. Plus Farbe …« Sie schien eine komplizierte mathematische Gleichung im Kopf lösen zu müssen.

»Meine liebe Gesa, welchen Teil von souverän hast du nicht verstanden?«

»Was, wieso?« Sie stand komplett auf der Leitung.

»Du musst dem Käufer deinen Preis souverän präsentieren. Das Material spielt doch keine Rolle. Deine Arbeitszeit und dein Talent müssen bezahlt werden.« Franziska verzog das Gesicht. »Ich bin ja sehr schlau«, brummte sie. »Gerade versaue ich mir so richtig das Geschäft.«

»Tja, selbst schuld«, trumpfte Gesa auf. »Okay, dann sage ich ... hundert Euro?« Sie war wieder in sich zusammengefallen. Die beiden letzten Wörter waren nur noch ein Flüstern.

Franziska schüttelte den Kopf. »Nein, das wäre unanständig. Das ist viel mehr wert.«

Es ging noch ein paarmal hin und her. Gesa wollte im Grunde gar kein Geld von Franziska nehmen, und die wollte auf keinen Fall die Bescheidenheit der Künstlerin ausnutzen. Schließlich einigten sie sich darauf, es bei hundert Euro für das erste Bild zu belassen. Dafür würden sie die übrigen fertigen Motive, Niklas' Einverständnis vorausgesetzt, in dem kleinen Verkaufsraum ausstellen, der an die Produktionshalle grenzte. Der wurde jeden Tag von zahlreichen Touristen bevölkert. Franziska war ganz sicher, dass es nicht lange dauern würde, ehe die Wände wieder leer waren.

»Und beim nächsten Schwung schreibst du gleich feste Preise dran, die dann schon höher sein dürfen.«

»Deal!« Gesa schüttelte Franziska die Hand. »Ja, damit kann ich leben. Ich hätte echt ein schlechtes Gewissen, wenn ich euch das letzte Hemd ausziehen würde.« Franziska wollte gerade Einspruch erheben, denn zwischen der sehr moderaten ausgehandelten Summe und dem Umstand, jemandem das letzte Hemd auszuziehen, lag ein himmelweiter Unterschied, doch Gesa sprudelte los: »Ich könnte Niklas einen Teil der Erlöse abgeben«, schlug sie strahlend vor. »Eine Provision. Als Miete für die Wände sozusagen, dafür, dass meine Werke in seinem Laden hängen dürfen.«

»Na, hör mal! Ihr kennt euch schon ewig und seid doch viel mehr als Chef und Mitarbeiterin. Ihr seid Freunde. Niklas wird auf keinen Fall etwas von dir nehmen, das kann ich mir nicht vorstellen.«

»Genau, wir sind Freunde«, stellte Gesa fest und stemmte die Hände in die Hüften. »Ich verdiene bei ihm ein anständiges Gehalt. Falls ich mit den Bildern ein paar Euronen extra machen würde, wäre das cool. Aber ich brauche das nicht. Niklas dagegen kämpft momentan ums Überleben. Was wäre ich denn für eine Freundin …?«

»Was sagst du da?«, fiel Franziska ihr ins Wort. Sie ließ sich auf die Sofalehne sinken.

Gesa sah sie lange an. »Sag bloß nicht, er hat dir nichts erzählt.« Sie schüttelte den Kopf, ging ein paar Schritte hin und her und setzte sich dann in einen Sessel. »Wir verlieren einen Stammkunden nach dem anderen. Zuletzt haben uns die Gut & gerne-Höfe die Kooperation gekündigt. Es ist wie verhext. Wenn ich an so ’nen Scheiß glauben würde, dann würde ich sagen, ein Fluch liegt auf Rügorange. Erst das Feuer, dann der Rückzug einiger langjähriger Partner und jetzt auch noch der Mist mit dem Saft.« Sie raufte sich die Haare, ihr Tuch rutschte ihr in den Nacken. Franziska kniff die Augen zusammen und blickte sie fragend an. »Davon weißt du also auch nichts. Mann, was ist denn bei euch los?« Franziska ersparte sich die Antwort und schüttelte nur leicht den Kopf. Sie bemühte sich, ruhig zu atmen, und spürte, wie die altvertraute Übelkeit in ihr hochstieg. »Angeblich ist unser Sanddornnektar verunreinigt ausgeliefert worden. Die Charge der letzten Abfüllung.« Franziska schluckte und konzentrierte sich noch stärker auf ihren Atem. Ein und aus. Bloß nicht durchdrehen, bloß nicht heulen, dann würde sie auf der Stelle anfangen zu würgen. »Ich kann mir überhaupt nicht erklären, wie das passiert sein soll. Da muss man doch langsam an Voodoo oder so ’n Zeug glauben!«

Franziska hatte plötzlich ein Bild vor Augen. Zwei Menschen in einem Tretboot, eine Frau mit langem blondem Haar und ein Mann. »Ich habe Kimberly heute gesehen, mit einem Konkurrenten von Niklas, den sie in Berlin kennengelernt hat. Auch komisch, oder?« Sie sah Gesa unsicher an.

»Wieso? Was hat Kimberly denn damit zu tun?« Gesas Miene wurde abweisend. »Du hast sie neulich schon verdächtigt, unehrlich zu sein.« Franziska war überrascht. »Ja, als ich dir sagte, dass ich ihren Job zum Teil mitmachen soll, weil sie bei der Ernte hilft. Da warst du nicht sicher, ob das wirklich mit Niklas abgesprochen war.«

»War es auch nicht. Niklas und ich hatten gestern einen ordentlichen Krach, weil er mich gebeten hat, für Kimberly einzuspringen.«

»Aha.« Damit hatte Gesa offenbar nicht gerechnet.

»Ich sagte ihm, dass du das meiner Meinung nach übernehmen willst, woraufhin er mir einen Vortrag darüber gehalten hat, was du während der Ernte alles zu tun hast.«

»Komisch. Wahrscheinlich ein Missverständnis, oder die beiden hatten sich noch nicht endgültig abgestimmt.«

»Zwei Tage, bevor es darauf ankommt.« Franziska legte den Kopf schief.

»Was weiß ich, jedenfalls kannst du Kimberly nicht für alles verantwortlich machen, was hier gerade schräg läuft.«

»Das will ich auch gar nicht. Ich finde es nur komisch …« Franziska wusste nicht weiter. Selbst mit viel Fantasie gelang es ihr ja selbst nicht, einen Zusammenhang zwischen verunreinigtem Saft, wegbleibenden Stammkunden und Kimberlys Treffen mit dem Konkurrenten zu erkennen.

»Du bist ja schon zurück.« Niklas hängte seinen Hausschlüssel an das Brett, das er aus einem Stück Treibholz und mehreren Haken dafür gemacht hatte.

»Ja, schon eine ganze Weile. Gesa war vorhin hier und hat Bilder gebracht. Ich wollte gerade in den Schuppen gehen. In meinen Kartons müssten noch ganz einfache Wechselrahmen sein.«

»Hattest du nicht gesagt, Gesa macht richtige Kunstwerke?« Er kam auf sie zu. Franziska hasste diese Stimmung, die zwischen ihnen herrschte. Nachdem sie gestern diese hässliche Szene beendet hatte, indem sie in ihr Büro gegangen war, hatten sie kein Wort mehr miteinander gewechselt. Das Frühstück nicht eingerechnet, bei dem sie nicht alleine gewesen waren.

»Ich finde schon, ja«, sagte sie.

»Dann solltest du dem Bild auch einen tollen Rahmen gönnen, nicht so einen ollen aus einem verstaubten Umzugskarton.«

»Das will ich auch, aber ein hochwertiger Rahmen ist teuer.« Sie sah ihn an. Sollte sie ihn auf seine Probleme ansprechen? Lieber noch nicht, sie brauchte Zeit. Die Tatsache, dass er sich ihr nicht anvertraute, dass er nichts von der Nektar-Katastrophe erzählt hatte, tat weh. Das Risiko war zu groß, dass sie ihm Vorwürfe machen und sich im Ton vergreifen würde. »Gesa hat einige Bilder hiergelassen. Ich hatte ihr vorgeschlagen, die drüben im Laden aufzuhängen. Nur wenn du einverstanden bist, natürlich«, setzte sie schnell hinzu. »Die Rügen-Motive passen doch super zu deinen Produkten. Ich dachte, ihr habt beide etwas davon. Du hast klasse Bilder an der Wand, sie hat die Chance, dass jemand ihre Sachen kauft.«

»Ja, klar, gute Idee. Zeig doch mal!«

Sie gingen ins Wohnzimmer. Niklas' Blick war der eines Hundes, den man schon oft verjagt hatte und der sich nun langsam wieder anpirschte. Wahrscheinlich war ihre Miene ähnlich zerknirscht.

»Ich fasse es nicht, die sind ja wirklich gut!« Seit er zur Tür hereingekommen war, sprach er leiser als üblich. Es war, als wollte er um keinen Preis auffallen oder überhaupt wahrgenommen werden. Bloß keinen Fehler machen. Franziska hielt es genauso. Doch beim Anblick von Gesas Kunstwerken hatte er seine Zurückhaltung ganz offensichtlich vergessen. »Das von Vitt willst du in den Wintergarten hängen?« Sie nickte. »Im Wohnzimmer würde sich das aber auch gut machen.«

Franziska sah sich um und schlug dann vor: »Oder wir überlegen uns ein Motiv, das wir gerne hätten. Das Kap aus nördlicherer Perspektive vielleicht, sodass man die beiden Leuchttürme sieht.«

Er nickte. »Stimmt, das wäre auch nicht schlecht. Auf jeden Fall werde ich mir Gesa mal vorknöpfen. Kann doch wohl nicht wahr sein, dass sie mir ihr Talent so lange vorenthalten hat.«

Franziska räumte die Malereien wieder weg. Eine Stille breitete sich aus, die ihr die Luft abzuschnüren schien.

»Wo warst du eigentlich?«, fragte sie.

Im gleichen Moment hatte Niklas angesetzt: »Soll ich mal nach Rahmen gucken?« Sie lachten zaghaft. »Für den Laden sind einfache Wechselrahmen okay, hast recht. Wenn du willst, hänge ich gleich welche auf.«

»Klar, gerne.«

»Und dann muss ich unbedingt was essen. Ich habe Hunger!« Er machte große Augen wie ein Raubtier beim Anblick der Beute.

»Hast du dir keinen Backfisch in den Ofen geschoben?«

»Nö, ich habe gewartet. Dachte, wir könnten zusammen essen. Oder hast du schon …?«, sagte er schnell.

»Ich habe ein Stück Kuchen gegessen.« Franziska merkte, wie sie sich ganz allmählich entspannte. Die Normalität tat gut. »Vorschlag: Ich packe den Fisch in den Ofen und decke den Tisch, und du kümmerst dich um die Bilder.«

»Perfekt!« Er strahlte sie an, als hätte sie gerade die beste Idee des Jahres gehabt, und gab ihr einen zarten Kuss auf die Wange.

»Gesas Bilder machen sich super im Laden«, schwärmte Niklas und schob sich eine Gabel voll Kartoffelsalat in den Mund. »Ist richtig schön, dass sie da hängen dürfen. Du hast noch gar nicht von eurem Ausflug erzählt. War es nett?«

Sie nickte. »Ja, wir hatten viel Spaß. Maren und ich sind Tretboot gefahren. Später haben wir alle drei einen langen Spaziergang gemacht, den Surfern ein bisschen zugeguckt und Kaffee getrunken«, zählte sie auf. Sollte sie erwähnen, dass sie Kimberly gesehen hatte? Lieber nicht. Es war nicht wichtig. »Ummanz ist wirklich hübsch, total ruhig. Es fühlte sich richtig nach Urlaub an, dort zu sein, dabei ist es nur einen Katzensprung von hier entfernt.«

»Tja, wir leben eben in der schönsten Ecke der Welt.« Sie lächelte nur.

»Und du, was hast du gemacht?«, wollte sie schließlich wissen.

»Ich war bei Heinrich unten. Du hattest doch gesagt, er wollte etwas mit mir besprechen. Wenn die Ernte erst losgeht, komme ich nicht mehr dazu, dachte ich mir. Also bin ich runter.«

»Und?«

»Ist eine ganz schöne Idee, das mit dem Fischen mit Gästen.« Er legte sein Besteck auf den leeren Teller und drückte das Kreuz einmal durch. »Ich hätte schon Lust, mit ihm morgens in aller Frühe rauszufahren. Mal sehen, vielleicht im Winter.« Er gähnte.

»Ich kann mir nicht vorstellen, dass jemand Geld dafür zahlt, im Dunkeln aufzustehen und mehrere Stunden auf einem feuchten Kahn zu frieren. Das ist wohl eher ein Angebot für den Sommer«, gab sie zu bedenken und räumte den Tisch ab.

»Stimmt auch wieder. Kann ich mir ja noch überlegen. Jetzt kommt der Herbst. Ist also noch lange hin, bis das aktuell wird.« Er stand auf. »Fauler Fernsehabend?«, fragte er und sah sie flehend an.

»Ich mache nur schnell das Blech sauber, dann komme ich.«

Niklas trat zu ihr. »Danke für das Abendessen und das Saubermachen.«

Sie sahen sich eine Sekunde in die Augen. »Gern geschehen«, sagte sie leise. »Weißt du, ich glaube, Heinrichs Idee könnte funktionieren. Ihr versteht euch gut, und ich bin sicher, dass es dir gut gefallen würde, in der Morgendämmerung auf dem Wasser.«

»Muss ich mir aber auch leisten können«, gab er finster zurück.

»Du klingst ja, als würdest du ums wirtschaftliche Überleben kämpfen.« Seine Miene versteinerte. »Vielleicht fällt die Ernte gar nicht so schlecht aus, wie du befürchtest.« Sie bemühte sich um einen sanften, freundlichen Ton.

»Das wissen wir ja bald«, entgegnete er knapp.

»Ich finde es wichtig, dass du auch mal etwas für dich machst. Du kannst doch nicht vierundzwanzig Stunden für die Firma da sein, du musst auch mal etwas aus reinem Vergnügen machen«, ermunterte sie ihn. »Öfter als einmal im Monat wird Heinrich sicher ohnehin nicht mit Gästen rausfahren wollen.«

»Das ist ja alles schön und gut, Ziska, aber wie schon gesagt, ich muss mir das leisten können, finanziell und zeitlich.« Er ging zur Tür. »Ich kann nicht auch noch meine Zeit mit Dingen vertrödeln, die nichts einbringen.«

»Auch noch?« Nicht aufregen, bloß nicht schon wieder streiten. »Meinst du, ich vertrödle meine Zeit?«, wollte sie ruhig von ihm wissen.

»Entschuldige, nein, das war nicht so gemeint, wie es sich angehört hat.« Das klang verdächtig nach einem Aber. Sie ließ ihn nicht aus den Augen. »Wir haben das doch schon mehrfach besprochen. Ich finde deinen ehrenamtlichen Einsatz grundsätzlich gut. Nur wenn du lukrative Aufträge ablehnst, um überwiegend Menschen in schwierigen Lebenssituationen zu beraten, die sich ein Coaching bei dir nie leisten könnten, ist das auf Dauer ein bisschen problematisch.« Es war mehr als offensichtlich, dass auch er jedes Wort mit Bedacht wählte, um nur nicht den nächsten Krach vom Zaun zu brechen.

Franziska atmete tief ein. »Du hast recht, wir haben das schon mehr als einmal besprochen. Und ich habe dir erklärt, dass ich überhaupt keine lukrativen Aufträge ablehne. Im Gegenteil, ich habe kürzlich ein Angebot verschickt und werde den Klienten mit Kusshand annehmen, falls er sich für das Coaching entscheidet. Leider sind solche Anfragen noch selten. Aber ich hoffe, dass ich mit diesem Reiseveranstalter ins Geschäft komme.« Sie sah ihn an und versuchte ein Lächeln. »Ich war 'ne ganze Weile raus aus der Szene. Es dauert seine Zeit, ehe die Werbung greift und es wieder richtig losgeht. Aber das wird es, da bin ich sicher.«

»Hoffentlich.« Auch er brachte ein Lächeln zustande. Aber sie konnte es damit nicht gut sein lassen, sie musste wissen, warum er ihr nichts von seinen Schwierigkeiten erzählt hatte.

»Du machst dir nicht nur wegen der Ernte Sorgen, oder?« Sehr gut. Jetzt konnte er ihr von ganz allein erzählen, was los war.

»Nein. Ich habe einen ziemlich guten Kunden verloren.« Er hob kurz die Hände. »Das kann passieren. Er hat einen Lieferanten gefunden, der ihm bessere Konditionen anbietet. Das ist nicht anders als mit mir und Rasmussen. Ich beziehe den Weingeist jetzt auch woanders, obwohl wir viele Jahre ordentlich zusammengearbeitet haben. Warum sollen meine Kunden anders handeln?«

»Klar, das ist verständlich«, sagte sie vorsichtig, »aber so viele Lieferanten gibt es doch gar nicht. Hat dir der Kunde wenigstens gesagt, wer dich ausgestochen hat?« Sie hielt den Atem an.

Was, wenn es der Mann aus Sachsen-Anhalt war, der lustig mit Kimberly über den Bodden gestrampelt war?

»Nein, aber das macht auch keiner, Ziska.« Er blickte zu Boden. »Ich habe jetzt echt keine Lust mehr, über die Firma zu reden, okay?«

»Hm«, machte sie und sah ihn nachdenklich an.

Er grinste schief. »Spuck's aus, bevor du dran erstickst, aber dann will ich Feierabend haben.«

»Gesa hat da vorhin so etwas von verunreinigtem Nektar erwähnt. Warum hast du mir denn nichts davon gesagt?«

»Weil du doch sowieso nur Klaas und seine Alten-WG im Kopf hast oder Maren und ihre verkorkste Ehe. Tut mir leid, wenn ich das so sage, Ziska, aber in letzter Zeit hatte ich nicht gerade das Gefühl, dass du dich noch besonders für meine Firma interessierst.«

»Das ist nicht wahr«, verteidigte sie sich. »Ich habe Gesa den letzten Korrekturdurchgang des Manuskripts abgenommen, damit ihr das pünktlich abgeben könnt.«

»Das hat doch nichts mit Rügorange zu tun, das machst du doch für Gesa, weil sie deine Freundin ist.«

»Stimmt, ist sie.« Franziska spürte Wut in sich aufsteigen. Ruhig bleiben, ermahnte sie sich. »Aber das ist doch kein persönlicher Gefallen. Natürlich hat das etwas mit Rügorange zu tun. Sehr viel sogar. Und übrigens«, sagte sie traurig, »wollte ich dir gestern anbieten, mich mit meiner Arbeit während der Erntezeit in dein Büro zu setzen. Ich war einfach nur überrascht, dass Gesa mir sagt, sie solle Kimberlys Job zum Teil übernehmen, und dann zählst du mich aus, weil ich dir das einfach nur so wiedergebe, wie ich es gehört habe. Das war nicht fair, Nik.«

»Entschuldigung«, entgegnete er halbherzig. »Aber du hast mich neulich verdächtigt, etwas mit Kimberly zu haben. Ganz ehrlich, das klang gestern verdammt nach Eifersucht.«

»Blödsinn!«, fauchte sie. Wunden Punkt getroffen. »Das ist es nicht«, schob sie beschwichtigend hinterher. »Ich geb's ja zu, ich war eifersüchtig, als ich euch im Café in Binz gesehen habe. Verstehst du das denn nicht? Du erzählst mir, dass du kaum aus dem Büro kommst, und dann sitzt du da mit diesem Supermodel.« Sie verdrehte übertrieben die Augen und hoffte, ihn zum Lachen zu bringen. Mit Erfolg.

»So schön ist sie nun auch nicht.«

»Na, ich finde schon.« Franziska überlegte fieberhaft, wie sie Niklas von ihrem Verdacht erzählen sollte, ohne dass die Stimmung wieder im Eimer wäre. Welcher Verdacht überhaupt? Glaubte sie etwa, Kimberly würde im Tretboot auf dem Bodden Geheimnisse und Interna von Rügorange an die Konkurrenz ausplaudern? »Das ist es!«

Niklas machte runde Augen. »Ähm, das ist was?«

»Flipp jetzt bitte nicht aus, aber ich glaube, ich habe Kimberly heute in flagranti erwischt.«

»Mit mir nicht, das wüsste ich.« Er grinste dreckig.

»Doch nicht dabei. Ich habe sie mit diesem Mann gesehen, diesem Sanddornproduzenten aus Sachsen-Anhalt, den sie auf der ITB in Berlin kennengelernt hat. Mal angenommen, der spannt dir deine Stammkunden aus, weil er von ihr mit Informationen versorgt wird, mit Preisen. Das kann doch sein, oder?«

»Du spinnst doch«, sagte er.

»Wieso? Wenn sie ihm steckt, welche Staffeln und Zahlungsziele wer bei dir bekommt, dann kann der Typ das ganz gezielt unterbieten, um erst mal einen Fuß in die Tür zu bekommen.«

»Franziska, das ist jetzt echt eine Nummer zu dick. Kimberly ist eine tolle Mitarbeiterin. Und das wäre sie auch, wenn sie wie eine Mischung aus Sophia Wollersheim nach ihrer letzten OP und Marge Simpson aussehen würde. Sie ist nämlich fachlich top und obendrein noch sehr fleißig.« Seine Wangenknochen mahlten. »Willst du gleich noch behaupten, sie habe auch den Nektar verunreinigt, damit ich, ihr Arbeitgeber, in noch größere Schwierigkeiten gerate?« Er war immer lauter geworden. Jetzt funkelte er sie an. »Vielleicht warst du das ja, um es ihr in die Schuhe schieben zu können.« Sie schnappte nach Luft. »Ich finde, es ist das Letzte, jemanden in die Pfanne hauen zu wollen, nur weil man nicht weiß, wohin mit seiner Eifersucht.« Niklas ging zur Küchentür. »Ich gehe jetzt irgendwo ein Bier trinken. Ich habe nämlich überhaupt keine Lust, mir den ganzen Abend solchen Mist anzuhören.«

Franziska stand wie angewurzelt neben dem Ofen. Als sie die Haustür schlagen hörte, zuckte sie zusammen.

Minutenlang rührte sie sich nicht vom Fleck, sondern starrte nur auf die Fliesen in der Küche, bis ihr mit einem Mal so übel wurde, dass sie ins Badezimmer rennen musste. Sie schaffte es gerade noch, die Toilette zu erreichen, und erbrach sich heftig. Vom Würgen ganz erschöpft und mit feuchten Augen hockte sie auf dem Rand der Badewanne und zermarterte sich das Hirn. An welcher Stelle hätten sie den neuerlichen Streit noch verhindern können? Hätte sie es doch gut sein lassen sollen? Aber sie waren doch ein Paar! Wenn er wirklich in Schwierigkeiten steckte – und Gesa neigte nicht zu Übertreibungen –, mussten sie doch darüber sprechen. Im Geist ging sie alles noch einmal durch und fragte sich, was sie falsch gemacht hatte. Dabei bemerkte sie, wie müde sie dieser Gedanken war. Viel zu oft gingen sie ihr in letzter Zeit im Kopf umher. Der nächste Gedanke galt ihr selbst. Diese wiederkehrende Übelkeit war nicht normal. Das ging jetzt schon einige Wochen so. Mindestens genauso lange war ihre Periode ausgeblieben. Wie lange wollte sie eigentlich noch ihre Augen vor dem verschließen, was offensichtlich war? Sie wünschte, sie könnte sich einreden, dass diese Reibereien mit Niklas und die Übelkeit zusammenhingen, dass ihr das Ganze auf den Magen geschlagen war. So oder so, das musste aufhören, beides.

Franziska rappelte sich auf und ging in ihr Arbeitszimmer. Sie wollte einen Weg finden, sich mit Niklas zu vertragen, und zwar dauerhaft. Gleichzeitig würde sie sich um ihr eigenes Wohlbefinden kümmern, Dinge in Angriff nehmen, die ihr guttaten, und zur Not einen Plan B entwickeln, in dem Niklas keine Rolle mehr spielte. Sie schluckte. Immer wieder sah sie Kimberly vor sich. Sprach man nicht von blondem Gift? Seit sie aufgetaucht war, gab es immer mehr Probleme. Plötzlich erschien es ihr, als könnte es nur eine Erklärung für Niklas' Verhalten geben, für seine Reizbarkeit und sein fehlendes Vertrauen ihr gegenüber. Seine Gefühle hatten sich geändert. Er wollte Kimberly, nicht mehr sie. Sie seufzte tief. Trichterte sie ihren Klienten nicht immer ein, sie sollten mit ihrem Chef sprechen, ehe sie sich eine Erklärung für dessen Verhalten zusammenreimten und irgendwann felsenfest davon überzeugt waren? Das Gleiche galt doch wohl auch für Beziehungen.

Sie saß vor ihrem Computer und blickte durch den Bildschirm hindurch. Sie musste Conor noch antworten, wusste nur nicht so recht, was sie schreiben sollte. Für ausführliche Berichte über das, was sie tat, war sie nicht in Stimmung. Er hatte schließlich auch nicht danach gefragt. Also informierte sie ihn nur kurz und freundlich, dass sie nicht mehr in Hamburg wohne, und fragte ihn, wann er denn in der Stadt sei. Senden. Und nun? Auf einen faulen Fernsehabend allein hatte sie keine Lust. Am besten ging sie ins Bett. Das würde ihren gereizten Innereien gut bekommen. Ehe sie den Rechner ausschaltete, fiel ihr etwas ein. Sie gab Sanddorn und Sachsen-Anhalt in die Suchmaschine ein. Sofort wurde sie fündig und klickte sich durch die Seite von Niklas' Konkurrenten, der mit Kimberly Tretboot gefahren war.

Es gab eine Rubrik, unter der wissenschaftliche Studien aufgeführt und deren Ergebnisse zusammengefasst waren.

»Eine Vitaminbombe voller essenzieller Mikronährstoffe«, stand da. Darüber prangte das Bild eines Lebensmittellabors. Kimberlys Handschrift, schoss es ihr durch den Kopf. Sofort hörte sie Gesa und Niklas im Wechsel: »Du kannst nicht alles auf Kimberly schieben, was hier schräg läuft.« – »Sie ist fachlich top und obendrein noch sehr fleißig. Es ist das Letzte, jemanden in die Pfanne hauen zu wollen, weil man nicht weiß, wohin mit seiner Eifersucht.«

Okay, sie war eifersüchtig. Mehr noch, sie hatte große Angst, Niklas an diese Westküsten-Schönheit zu verlieren. Aber sie konnte sehr gut zwischen Emotionen und Indizien unterscheiden. Sie klickte weiter auf Neuigkeiten. Zu sehen war ein Tisch voller Produkte. Nichts Spektakuläres.

»Auf in die Zukunft!« stand fett darunter. Sie überflog den Text und stutzte. Noch einmal von vorn, das konnte doch gar nicht sein. Sie las Wort für Wort und merkte, wie ihr Herz immer schneller schlug und ihr beinahe die Luft wegblieb. Ach nee! Na, das war ja interessant …

Vertrauen

»Glaube ist Liebe zum Unsichtbaren,
Vertrauen aufs Unmögliche, Unwahrscheinliche.«

Johann Wolfgang von Goethe

Franziska schreckte aus dem Schlaf hoch. Was war das für ein Geräusch gewesen? Ihre Augen gewöhnten sich langsam an die Dunkelheit. Sie blinzelte und sah auf ihren Wecker. Halb drei. Niklas war nicht da. Sofort war sie hellwach. In der Nähe gab es keine Kneipe, in der er um diese Zeit noch sitzen konnte. Falls er auf der Insel überhaupt ein Lokal fand, das so lange geöffnet war, dann möglicherweise in Bergen oder vielleicht in Binz. Das bedeutete, er musste mit dem Auto unterwegs sein. Sie hatte nicht darauf geachtet, als er so überstürzt abgehauen war. Bier trinken und Autofahren, das passte nun wirklich nicht zusammen.

Ohne darüber nachzudenken, schlüpfte sie in ihre Jeans und einen leichten Pullover, schnappte sich ihren Schlüssel und sprang die Stufen vor der Veranda mit einem Satz hinunter. Es war kalt, ein kräftiger Wind peitschte über die Felder. Bestimmt hatte ein Zweig sie geweckt, der gegen das Fenster geschlagen hatte, oder das Heulen des Windes. Der Firmenwagen war nicht da. Sie stieg in ihr Auto, drehte den Schlüssel in der Zündung und schaltete die Heizung ein. Der Motor brummte leise. Und jetzt? Wohin sollte sie fahren? Motor wieder aus. Sie ließ die Hände in den Schoß sinken. Ziemlich blöder Einfall, blindlings durch die Nacht zu düsen. Rügen war groß! Ohne einen Anhaltspunkt hatte sie keine Chance, ihn zu finden. Kneipe war ein mehr als mickriger Hinweis.

Sie wollte schon wieder aussteigen und zurück in ihr warmes Bett schlüpfen, da hatte sie doch eine Idee, wo sie suchen konnte. Sie startete den Wagen erneut, fuhr durch Altenkirchen und bog links ab nach Juliusruh. Von dort war es nicht mehr weit nach Breege und in die Dorfstraße. Sie hielt vor einem rot geklinkerten Einfamilienhaus. Von dem orangefarbenen Kleintransporter keine Spur, aber in der Einliegerwohnung unter dem Dach brannte Licht. Es war nicht das bläuliche Flackern eines Fernsehers. Dort oben wohnte Kimberly, und sie war wach. Hatte sie Besuch?

Franziska stieg aus und lief in den kleinen Weg, der gleich links vom Haus lag. Aber auch dort war kein Firmenwagen zu sehen. Nachdem sie die letzten Häuser hinter sich gelassen hatte, ging das asphaltierte Gässchen in einen Feldweg über. Da waren nur noch Bäume und Äcker. Sie stolperte. Es hatte keinen Zweck, weiterzugehen. Falls Niklas wirklich hier war, würde er sein Auto kaum verstecken. Und wenn doch, dann bestimmt nicht hier. Sie drehte um und setzte behutsam einen Fuß vor den anderen, bis sie wieder festeren Boden unter den Sohlen hatte. Ganz kurz dachte sie darüber nach, bei Kimberly zu klingeln. Wenn Niklas da war, gab es wenigstens klare Verhältnisse. Dummerweise gelang es ihr nicht, sich irgendwie vorzustellen, hocherhobenen Hauptes aus der Szene zu verschwinden. Sie würde gedemütigt und verletzt sein und auf keinen Fall eine gute Figur machen. Was hatte Kimberly noch gesagt, als sie im Hotel in Berlin einer Frau den frisch gepressten Orangensaft stibitzt hatte? »Jeder muss sehen, wo er bleibt. Wenn man nicht kämpft und verteidigt, was einem gehört, hat man es nicht verdient.«

Franziska mochte nicht darüber nachdenken, was diese kaltschnäuzige Person ihr an den Kopf werfen könnte, wenn sie sie mit Niklas ertappen würde. Und wenn Niklas nicht dort war, wäre die Situation auch total peinlich. Nein, sie konnte nur verlieren. Sie würde sich auf den Heimweg machen. Als sie gerade einen letzten Blick zu der Dachwohnung warf, ging im Treppenhaus Licht an. Wenige Augenblicke später öffnete sich die Haustür – Gesa. Franziska rutschte automatisch tiefer in den Sitz wie eine Polizistin bei der Observation. Sieh mal an! Sie erinnerte sich daran, wie vehement Gesa Kimberly verteidigt hatte. Plötzlich keimte der Gedanke in ihr auf, Kimberly sei womöglich gar nicht an Männern interessiert. Was, wenn sie und Gesa nicht einfach nur befreundet waren? Gesa hatte das Schloss vom Zaun gelöst, stieg nun auf ihr Fahrrad und zeichnete einen hellen Streifen in die Nacht, als sie davonfuhr. Franziska fühlte sich erleichtert, aber nicht lange. Wie oft hatte sie sich mit Gesa schon getroffen? Einfach nur so, ohne dass es mehr bedeutet hatte. Das konnte bei ihr und Kimberly genauso sein. Sie waren Kolleginnen, vielleicht hatten sie sich inzwischen sogar angefreundet. Das Gefühl der Erleichterung wich einer Leere. Sie saß allein in ihrem kleinen Auto in der Finsternis. Oben in der Wohnung ging nun auch das Licht aus. Franziska fühlte sich schrecklich einsam.

»Moin, Zissi, ich wollte mal hören, ob du heute eigentlich Zeit hast.« Jürgen. Sie hatte ihren Bruder zuletzt bei Marianne gesehen. Es war lange her, dass sie in Ruhe miteinander geredet, geschweige denn zu zweit etwas unternommen hatten.

»Tja, eigentlich schon«, gab sie zögernd zurück.

»O Mann, ich kann mir das aber auch nicht abgewöhnen.« Er lachte kurz.

Franziska verstand nicht. »Was denn abgewöhnen?«

»Na, das mit dem eigentlich.«

»Ach so.« Jetzt musste sie auch lachen. »Ausnahmsweise habe ich dich nicht damit aufgezogen. Ich habe nämlich wirklich nur eigentlich Zeit, weil dein lieber Bruder gestern Nacht oder besser gesagt heute früh ziemlich betrunken nach Hause gekommen ist. Florian hat ihn gebracht. Gott sei Dank! Ich darf gar nicht dran denken, wenn er noch gefahren wäre.«

»Mein feiner Herr Bruder war mit Florian saufen? Ich denke, ab morgen wird geerntet. Jammert er nicht immer rum, dass er sich vorher unbedingt noch ausruhen muss? Hätte er das letzte freie Wochenende nicht eigentlich mit dir verbringen sollen?«

»Eigentlich«, sagte sie mürrisch, »aber uneigentlich hat er es nicht getan.«

»Und was hat das jetzt damit zu tun, ob du für mich Zeit hast oder nicht?«

»Na ja, ich dachte, wenn er irgendwann wach wird, kann er vielleicht eine Tasse Brühe vertragen. Ich kann mir nicht vorstellen, dass er mehr zu sich nehmen wird«, sagte sie mehr zu sich selbst.

»Wer saufen kann, kann sich eigentlich auch Brühe machen«, stellte Jürgen fest. Der Punkt ging an ihn.

»Hast du denn etwas Bestimmtes vor? Ich habe nämlich nicht besonders viel geschlafen. Ein Blumentopf ist mit mir heute nicht zu gewinnen, fürchte ich.« Sie überlegte, ob sie ihn auf einen anderen Tag vertrösten sollte. Wenn sie es recht bedachte, hatte sie keine Lust, ihn zu sehen. Sie hatte keine Lust, überhaupt jemanden zu sehen.

»Im Schinkelturm ist eine Ausstellung einer Malerin, von der ich mal gelesen habe. Rosi Salbano oder so ähnlich. Ich kann mir den Namen nie merken.« Er kicherte. »Aber die Gemälde sind eigentlich toll. Und wenn die schon auf Rügen ausstellt, könnten wir zusammen hingehen, dachte ich.«

»Richtig gute Bilder kannst du auch hier im Sanddorn-Shop sehen«, erzählte sie. »Weißt du was, wenn du Lust hast, komm her, dann zeige ich dir die Ausstellung von Gesa Johannsen.«

»Ist das nicht Niklas' Mitarbeiterin?«

»Ist sie. Du wirst staunen. Von mir aus können wir dann gerne zum Schinkelturm gehen. Aber sei bitte nicht böse, wenn ich nicht so lange wegbleiben will.« Sie hörte ihn Luft holen. Er wollte protestieren, das war klar. »Irgendwie bin ich momentan nicht so fit. Habe mir wohl den Magen verdorben.«

»Ach Mensch, das tut mir leid.« Gerade hatte er bestimmt noch über Niklas schimpfen wollen, den sie mal ruhig zu Hause versauern lassen sollte, doch jetzt war er voller Sorge.

»Ist nicht dramatisch«, beruhigte sie ihn. »Ich wollte es nur gleich sagen, damit du nicht enttäuscht bist, wenn ich mich früh verabschiede.«

Jürgen war von Gesas Bildern schwer beeindruckt.

»Eigentlich brauchen wir die Malereien von dieser Salbano gar nicht mehr anzugucken«, meinte er. »Die sind bestimmt nicht besser.«

Sie spazierten trotzdem zusammen den Weg entlang, der zu den beiden Leuchttürmen führte.

»Sag mal, hat deine Mutter jemanden kennengelernt?«, wollte Franziska wissen.

»Wie kommst du denn darauf?«

»Na ja, sie achtet plötzlich auf ihre Figur und hat schon ein bisschen abgenommen. Außerdem wirkt sie irgendwie gelöster, positiver. Findest du nicht?«

»Doch, ja, stimmt eigentlich«, gab er nachdenklich zurück. »Ist mir auch aufgefallen.« Ein paar Sekunden gingen sie schweigend nebeneinanderher. »Meinst du wirklich, dass ein Mann der Grund ist?«

»Keine Ahnung.« Sie zuckte mit den Schultern. »Du kennst sie besser.«

»Aber du bist eine Frau.«

»Das ist wahr.« Sie lächelte. »Das heißt allerdings nicht, dass ich mich mit meinen Geschlechtsgenossinnen automatisch auskenne.« Sie musste schon wieder an Kimberly denken. Und an Gesa.

Die Ausstellung im Untergeschoss des viereckigen Turms, der schon lange nicht mehr dafür zuständig war, den Schiffen auf der Ostsee den Weg zu weisen, war hübsch, aber übersichtlich, auch wenn Franziska und Jürgen vor einigen Bildern etwas länger standen und darüber debattierten, ob die Farbe des Meeres so kitschig sein durfte oder ob die Künstlerin Rügen wohl oft besucht hatte, um ihre Motive zu finden, die zum Teil wirklich originell waren. Da gab es etwa eine Klöntür, deren obere Hälfte geöffnet war. Der Betrachter konnte in eine Diele sehen, in der ein Spiegel hing und darin Hinterkopf und Rücken einer alten Frau. Ein anderes Bild zeigte im Vordergrund einen aufrecht auf einem Felsen stehenden Hühnergott mit einem kreisrunden Loch, und im Hintergrund waren verschwommen Wellen zu erkennen, die auf einen Strand schlugen.

»Eine faszinierende Kombination«, fand Franziska. »Der Stein strahlt totale Ruhe aus, und erst auf den zweiten Blick sieht man, dass hinter ihm das Meer tobt.«

Nach einer knappen Stunde hatten sie jedes Detail auf jedem Gemälde eingehend betrachtet. Anschließend gingen sie noch ein Stück an der Steilküste spazieren. Schilder warnten davor, zu nah an die Abbruchkante zu treten.

»Wenn ich daran denke, dass du vor zwei Jahren da unten beinahe gestorben wärst«, sagte Jürgen mit belegter Stimme.

»Nun übertreib mal nicht.« Sie hakte sich bei ihm unter. »Es hätte mehr passieren können, das stimmt, aber meine Verletzungen waren nicht so schlimm.«

»Ich übertreibe überhaupt nicht«, ereiferte er sich. »Du hättest tot sein können. Du musst solches Glück gehabt haben. Niklas hat gesagt, dass du auf einem winzigen Fleckchen Sand gelegen hast, um dich herum entwurzelte Bäume und riesige Felsbrocken.«

»Das habe ich dir erzählt. Euch, ich habe euch das erzählt. Dort bin ich wieder zu mir gekommen, aber dann bin ich ja doch noch einige Meter aus eigener Kraft gehumpelt, ehe Niklas mich aufgelesen hat.« Sofort waren die Erinnerungen wieder da, die Verzweiflung, die Angst und die Kälte. Es hatte damals in Strömen zu regnen begonnen, als sie, an beiden Beinen und einem Arm verletzt, auf Hilfe gehofft hatte. »Als er mich gefunden hat, saß ich auf einem kleinen Haufen aus Geröll.«

»Weiß ich doch.« Er tätschelte ihre Hand. »Ich werde den Schreck nie vergessen, als ich meinen Anrufbeantworter abgehört habe. Du hast dich so schwach angehört, so hilflos.«

»Das war ich auch.« Sie blieben stehen und sahen in die Tiefe.

»Es war so schlimm, dass ich dich nicht retten konnte. Ich meine, ich bin Rettungssanitäter und kümmere mich um eine blöde Kuh, die schon zum dritten Mal einen Suizidversuch macht, der eigentlich keiner ist. Und meine Schwester braucht wirklich Hilfe, aber ich bin nicht da.«

»Au, du zerdrückst meine Finger!« Sie lachte.

»Entschuldigung«, sagte er erschrocken und ließ sofort los.

»Die blöde Kuh war ich, Jürgen. Ich bin da unten herumgelaufen, obwohl es vorher stark geregnet hatte und obwohl es genug Schilder gibt, die davor warnen, sich nach Unwettern unterhalb der Steilküste aufzuhalten. Die Frau, um die du dich gekümmert hast, brauchte auch Hilfe. Kein Mensch schluckt zum Spaß Tabletten.«

»Nee, weiß ich ja.« Sie hingen ihren Gedanken nach. »Ich werde Niklas immer dankbar dafür sein, dass er so schnell bei dir war«, sagte Jürgen mit einem tiefen Seufzer. »Ich darf gar nicht daran denken, was gewesen wäre, wenn du die Nacht allein da draußen hättest verbringen müssen, ohne Trinkwasser, ohne eine trockene Decke.«

»Er war Gott sei Dank schnell da.« Wie schön es dort unten jetzt aussah. Ein glatt gewaschener Baumstamm lag noch inmitten größerer und unzähliger kleiner Steine, und die Wellen rollten friedlich auf den Kies. »Lass uns umdrehen«, schlug sie vor.

»Kommt es eigentlich oft vor, dass Niklas sich volllaufen lässt?« Er sah sie prüfend von der Seite an.

Sie schüttelte den Kopf. »Nein, eigentlich gar nicht.« Sie stupste ihn in die Seite.

Er ging nicht darauf ein. »Hattet ihr denn Stress? Ich meine, warum tut der so was?«

»Ach Jürgen, mach dir bitte keine Sorgen. Du weißt doch, wie das ist. Florian und er sind gute Freunde. Es kann schon mal passieren, dass die einen Männerabend machen und abstürzen.«

»Anscheinend ist ja nur mein feiner Bruder abgestürzt. Ich glaube kaum, dass Flori ihn gefahren hätte, wenn er selbst einen zu viel intus gehabt hätte.«

»Das glaube ich auch nicht«, sagte sie leise. Sie wollte nicht länger darüber reden, schon gar nicht mit Jürgen, der keine Gelegenheit ausließ, Niklas schlechtzumachen. Also kam sie noch einmal auf Gesas Bilder zu sprechen und auf die der erfolgreichen Künstlerin. »Du, ich würde gern noch kurz bei Heinrich vorbeischauen. Du bist nicht böse, wenn ich dich jetzt allein lasse und über Vitt nach Hause gehe?«

Franziska hatte geflunkert, sie wollte nicht zu Fischer Heinrich, sie wollte einfach nur in Ruhe ihren Gedanken nachhängen können. Sie lief an der Steilküste entlang, bis sie die Treppe erreichte, die zum Strand hinunterführte, die letzte, die überhaupt noch zugänglich war. Auch hier wies ein Schild ausdrücklich darauf hin, dass man sie auf eigene Gefahr benutzte. Es war lange trocken gewesen, und so hatte sie dieses Mal nichts zu befürchten. Als sie den kleinen Ort erreichte, wählte sie einen Schleichweg hinter den Häusern entlang, denn sie wollte ja auch Heinrich nicht sehen. Er würde sie nicht bedrängen, sondern sie in Ruhe lassen, wenn sie nicht reden wollte, das wusste sie, aber dennoch. Hätte sie eine Tarnkappe zur Hand, sie würde liebend gern darunter verschwinden. Den Blick starr auf die eigenen Füße gerichtet, stieg sie die Stufen hinauf, die zum Vitter Weg führten, dem direkten Weg nach Putgarten. Als sie kurz aufsah, erhob sich die strahlend weiße Kapelle direkt vor ihr. Die Chancen standen sehr gut, dort um diese Uhrzeit allein zu sein, also ging sie hinein. Von wegen allein. Pustekuchen. Im Gang zwischen den hölzernen Bänken stand ein Mann. Im ersten Moment dachte sie, sie hätte eine Erscheinung, denn die Gestalt, die sie vor sich hatte, trug eine cremefarbene bodenlange Kutte mit Kapuze.

»Oh, äh, Entschuldigung«, stammelte sie irritiert und bedauerte einmal mehr, dass Tarnkappen noch nicht erfunden waren.

»Wofür denn?«, fragte der Mann, der leider doch keine Einbildung oder dergleichen war. Er trug eine Glatze und eine Brille mit schwarzem Rahmen. Seine Augen blitzten amüsiert. Ihm war ihre Verwirrung offenbar nicht entgangen.

»Ich wollte nicht stören«, sagte Franziska leise und machte Anstalten zu gehen.

»Wen, mich?« Jetzt lachte er herzlich. »Dies ist das Haus Gottes, ich wohne nicht mehr darin als jeder andere. Ihnen steht es nicht weniger offen als jedem anderen.«

Franziska konnte ihren Blick nicht von ihm abwenden. War der echt, oder war das ein Schauspieler in Kostümierung? Vielleicht versteckte Kamera. Der Typ sah aus wie einer, der politisches Kabarett machte, oder wie ein Physiklehrer. Er konnte alles Mögliche sein, nur sicher kein Mönch. Überhaupt, was hatte, bitte, ein Mönch in der Vitter Uferkapelle zu tun?

»Fragen Sie ruhig!« Seine Augen blickten jetzt ernst, doch um seine Lippen lag weiterhin ein Lächeln. Er wirkte mit einem Schlag sanfter.

»Bitte?«

»Was möchten Sie wissen? Was ein Mönch in einer evangelischen Kirche zu suchen hat? Oder was mein Gewand bedeutet? Ich kann förmlich sehen, wie Sie sich gerade Ihr Hirn zermartern. Fragen Sie mich, was immer Sie wollen.«

»Nein, da täuschen Sie sich, ich möchte nichts wissen«, stotterte sie. Dann erst wurde ihr bewusst, dass sie ihn noch immer anstarrte, als wäre er soeben durch das Kirchendach geschwebt und vor ihr gelandet. »Entschuldigung, ich gehe besser wieder.«

»Entschuldigen Sie sich immer so viel?« Sie wusste nicht, was sie dazu sagen sollte. »Finde ich sympathisch.« Jetzt strahlte er über das ganze Gesicht. »Die meisten Menschen halten es nicht mehr für nötig, um Verzeihung zu bitten. Sie erwarten es immer nur von anderen. Der andere soll zuerst die Hand reichen, dann sind sie auch bereit, einen Schritt nach vorn zu machen.« Mit hoher Stimme tönte er: »Ich? Mich entschuldigen? Wie käme ich dazu. Nicht bevor er es nicht als Erster tut.« Wieder dieses fröhliche Lachen. Er machte einen Schritt auf sie zu. »Jetzt ist es wohl an mir, um Vergebung zu bitten«, sagte er sanft. »Sie sind sicher in diese hübsche kleine Kapelle gekommen, um Einkehr zu halten, nicht um sich von einem geschwätzigen Mann mit Kutte das Ohr blutig sabbeln zu lassen.«

Franziska prustete los. In dieser Sekunde war sie sicher, einem Kamerateam in die Falle gegangen zu sein, das diesen Clown als Lockvogel losgeschickt hatte. »Ich bin ziemlich oft hier. Ich wohne nicht weit entfernt«, erklärte sie. »Für heute verschwinde ich lieber mal wieder.«

»Ich wollte Sie nicht in eine komische Situation bringen.« Er setzte eine Miene auf, als würde er das tatsächlich bedauern.

»Das bezweifle ich.« Franziska warf ihm einen bedeutungsvollen Blick zu und machte kehrt.

»Du Kleingläubiger, warum hast du gezweifelt?«, sagte er ganz ruhig hinter ihr. Sie blieb stehen und wandte sich ihm wieder zu. »Kennen Sie die Geschichte vom sinkenden Petrus?«

»Sie meinen das Bild«, gab sie zurück und deutete auf das bereits leicht verblichene Gemälde über dem Altar.

»In diesem Fall ist es nicht wie bei der Henne und dem Ei, hier wissen wir sehr gut, was zuerst da war – die Geschichte in der Bibel. Sie war die Inspiration für das Bild.« Er drehte sich um und betrachtete die düstere Szene, die Jesus mit Petrus auf dem Wasser stehend zeigte. Links im Bild kämpfte ein Segelboot gegen den Sturm, darin weitere Jünger. »Halten Sie mich bitte nicht für überheblich. Wenn Sie hier leben und oft in der Kapelle sind, wissen Sie wahrscheinlich alles über dieses großartige Werk.« Er sah sie wieder an.

»Nein, ich kenne nur den Titel«, gab sie zu. »Haben Sie einen besonderen Bezug dazu?«

»Ich schreibe ein Buch über Philipp Otto Runge. Von ihm ist das Original, das leider nicht vollendet wurde. Gott, unser Vater, hat Runge zu sich geholt, ehe der den letzten Pinselstrich setzen konnte.«

»Dann ist das hier eine Kopie?« Franziska betrachtete das Altargemälde und trat näher heran.

»So ist es. Eine sehr gute, wenn Sie meine Meinung hören wollen. Der Stralsunder Maler Erich Kliefert hat sie geschaffen.« Sie standen jetzt nah beieinander, dem Altarraum mit der fischförmigen Schale, in der die Opferkerzen flackerten, zugewandt. Der geheimnisvolle Mann roch angenehm nach Seife. Franziska spürte, wie sie in seiner Gegenwart ganz ruhig wurde.

»Würden Sie mir die Geschichte erzählen?« Sie deutete auf das Motiv.

»Jesus hat sich von seinen Jüngern bei Sturm und schwerer See getrennt, um alleine zu beten. Als sie ihn wiedersahen, spazierte er gerade über die Wellen auf sie zu.« Er lachte. »Sie können sich vorstellen, was die für einen Riesenschreck bekommen haben. Seine Anhänger hielten ihn für einen Geist, und sie wollten ihm nicht glauben, dass er es leibhaftig war. Petrus bat gewissermaßen um ein Wunder. Er wollte, dass Jesus ihn über das Wasser zu sich rief. Das hat der gemacht, und Petrus konnte auch wirklich über die Wellen gehen. Bloß dass ihm unterwegs klar wurde, dass das ja eigentlich gar nicht möglich war. Er zweifelte an dem Wunder. Da fing er an zu sinken und schrie um Hilfe. Und Jesus sprach die berühmten Worte: ›Du Kleingläubiger, warum hast du gezweifelt?‹ Ziemlich fies, oder?« Er sah sie an. »Die Jungs hatten die Hosen doch schon gestrichen voll. Ach nee, die hatten ja gar keine Hosen an. Jedenfalls hatten sie Angst. Und Jesus bringt so eine Nummer. Dass sich überhaupt einer getraut hat, einen Fuß auf die Wasseroberfläche zu setzen, ist schon eine starke Leistung, finden Sie nicht?«

»Na ja, das Ganze ist ja wohl ein Gleichnis. Das kann man bestimmt nicht eins zu eins auslegen«, meinte sie unsicher. Wenn der Kerl wirklich ein Geistlicher war, musste er sich ja wohl am besten mit der Bibel und ihrer Deutung auskennen.

Er nickte. »Stimmt.« Angenehmes Schweigen breitete sich aus. Vor Franziskas Augen verschwammen die züngelnden Flammen mit den düsteren Wogen, die Petrus zu verschlingen drohten. »Ich lebe in einem Kloster im Harz in einer Bruderschaft«, erzählte er. »Unser Leitmotiv ist der Glaube, der nicht zweifelt.«

Sie dachte nach, dann sah sie ihn an. »Ist das überhaupt möglich? Das klingt für mich … ich weiß nicht … übermenschlich.«

»Sie haben recht, früher oder später zweifeln wir alle.« Er legte den Kopf leicht schief. Auf der glatten Haut seiner Glatze reflektierten die Kerzenlichter. »Andererseits ist der Glaube auch wieder gar nicht so schwer. Er ist doch nichts anderes als die Liebe zu Gott.« Er verschränkte die Arme vor der Brust und schob die Hände in die Ärmel seines Gewandes. »Und Liebe ohne Vertrauen?« Plötzlich sah er ihr direkt in die Augen. »Das ist wie ein Fluss ohne Wasser. Völlig sinnlos.«

Franziska hatte gar nicht bemerkt, dass sich der Himmel zugezogen hatte. Er war pechschwarz, und in der Ferne war ein erstes Grollen zu hören. Sie ging den Vitter Weg entlang und fragte sich, ob sie die Begegnung mit dem Mitglied einer Bruderschaft nur geträumt hatte. In der Kapelle war kein Licht gewesen außer den Flammen der Opferkerzen, und doch kam es ihr jetzt so vor, als wäre es strahlend hell gewesen. Unmöglich bei einem so finsteren Himmel. Die Kapelle hatte einige verhältnismäßig große Fenster, und so hätte die Dunkelheit von draußen nach drinnen kriechen müssen. Sie lächelte versonnen. Welch ein eigenartiges Erlebnis. Für einen Moment verspürte sie den Drang, zurückzugehen, um sich zu versichern, dass es den Mann wirklich gab. Unsinn, vermutlich war auch er inzwischen gegangen. Außerdem war doch genau das die Lektion gewesen, die er ihr mitgegeben hatte: nicht zweifeln und nachsehen, sondern glauben und vertrauen. Wie er sie angesehen hatte, als er von der Liebe gesprochen hatte. Als ob er bis in ihr Herz hätte blicken können.

Ein Blitz zuckte über den Himmel, kurz darauf polterte Donner. Franziska beschleunigte ihre Schritte nicht. Sie hatte keine Angst. Sie genoss den Anblick der Sanddornsträucher, deren schlanke Blätter und leuchtende Beeren sich geradezu prahlerisch vor der Schwärze des Himmels abhoben. Wie ein Bild von Gesa, dachte sie und musste lächeln. Sanddornfeld in Gewitterstimmung. Sie würde Gesa den Tipp geben, sich an dem Motiv zu versuchen. Die Blitze schossen bald in schneller Folge zur Erde oder waagerecht über den Horizont. Krachender Donner folgte in der nächsten Sekunde. Sturm war aufgekommen und riss an Bäumen und an am Nachmittag vergessenen Sonnenschirmen.

Franziska bog ab und ging über die Einfahrt. Sie wollte ins Haus gehen, doch ein Impuls hielt sie davon ab. Statt Schutz in den sicheren vier Wänden zu suchen, ging sie quer über den Hof, um nach dem Rechten zu sehen. Zwei Blitze kurz hintereinander waren so grell, dass sie die Augen zukneifen musste. War da nicht jemand gewesen? Ihr war, als wäre kurz eine Gestalt aus der Dunkelheit gerissen worden, von den Kräften der Natur wie von Bühnenscheinwerfern angestrahlt. Gut möglich, dass Niklas sich versichern wollte, ob alle Fenster in der Produktionshalle geschlossen waren und der Marktschirm nicht davonfliegen konnte. Nein, Niklas hatte definitiv keine langen blonden Haare. Instinktiv lief Franziska ein paar Schritte und drückte sich an die raue Backsteinwand der Halle. Es war Sonntagnachmittag. Was hatte Kimberly hier zu suchen? So fleißig war auch das California-Girl nicht, dass sie, bevor sie ab morgen rund anderthalb Stunden früher als gewöhnlich mit ihrer Arbeit beginnen und dann in Zikos Ernteteam schuften würde, noch ein paar Überstunden absolvierte. Der Gedanke, sie könnte bei Niklas gewesen sein oder jetzt gerade zu ihm wollen, schmeckte sauer.

Vorsichtig lief Franziska in die Richtung, in der sie Kimberly vermutete. Durch das Fauchen des Windes und das Getöse des Donners war es unmöglich, Schritte zu hören. Sie lugte um die

Ecke des Anbaus und sah gerade noch, wie Kimberly in ihr Auto einstieg. Hastig zog sie sich wieder zurück und atmete auf. Weder wollte Kimberly zur Villa, noch war Niklas bei ihr. Nur was in aller Welt hatte sie hier getan? Das Motorengeräusch wurde vollständig von dem tobenden Gewitter verschluckt, aber Franziska sah, wie das Auto langsam vom Hof rollte. Sie blickte sich um. Wieder zuckte ein Blitz vom Himmel, als wollte er die ganze Welt erschlagen. In seinem grellen Licht leuchtete die weiß gestrichene Stahltür auf, durch die man von hinten in die Halle gelangte. Sie wurde häufig offen gelassen, wenn zum Beispiel ein Mitarbeiter aus der Produktion noch etwas fertig machen wollte und Niklas und Gesa, die auch sämtliche Schlüssel besaß, schon gegangen waren. Jeder wusste das. Franziska hatte Niklas mal darauf angesprochen, dass sie diese Praxis für ziemlich riskant hielt.

»Sollte jemand einsteigen und etwas klauen oder randalieren, zahlt die Versicherung keinen Cent, wenn die Tür hinten offen war«, hatte sie zu bedenken gegeben.

»Du machst dir immer zu viel Sorgen, Ziska«, hatte er erwidert und sie geküsst. »Erstens müssten die Versicherungsheinis erst mal wissen, dass wir Tag der offenen Tür hatten.« Dabei hatte er frech gegrinst. »Zweitens steigt kein Mensch in eine Sanddornproduktionshalle ein, die am Arsch der Welt liegt.«

Es sei denn, er will dem Sanddornproduzenten Böses, dachte Franziska jetzt. Sie legte die Hand auf die Klinke. In dem Moment blitzte es, der Himmel, der Hof, das gesamte Gelände waren taghell, und gleichzeitig krachte es ohrenbetäubend. Sie riss ihre Hand zurück und schrie auf. Es musste ganz in der Nähe eingeschlagen haben. Ihr Herz klopfte. Nun würde sie doch am liebsten ins Haus laufen und sich verkriechen. Aber vorher musste sie wissen, was Kimberly hier gemacht hatte. Die Tür war tatsächlich offen. Sie schlüpfte schnell ins Innere. Ein paar

Sekunden stand sie nur da und wartete, bis ihr Atem wieder ruhiger wurde. Was suchte sie? Wie wollte sie herauskriegen, was Kimberly hier getrieben hatte? Sie sah sich unschlüssig um und ging ein paar Schritte. Ihr wurde mulmig. Es war dunkel in der Halle. Nur wenn die Blitze zuckten, konnte sie gut sehen und sich orientieren. Sie ging an den gläsernen Ballons vorbei, in denen Gesas neue Kreation ruhte, ein Orangen-Sanddorn-Likör. Alles sah aus wie immer. Es gab keinen Hinweis darauf, dass etwas nicht stimmte. Auch am großen Entsafter war nichts Auffälliges, und das Gleiche galt für den riesigen Kocher, in dem Marmelade und Gelee gemacht wurden.

Der Himmel draußen leuchtete auf, und Franziska wollte ihre Inspektion schon beenden, da wurde ihre Aufmerksamkeit auf ein Stück Papier gelenkt, das auf dem Boden lag. Sie wartete ab, bis sie wieder etwas mehr sehen konnte, und steuerte die Stelle an, bückte sich und hob den Schnipsel auf. Dabei konnte sie erkennen, dass weißes Pulver auf dem Linoleumboden verstreut war. Das war merkwürdig, denn am Freitagabend kamen immer Waltraud und Horst Jakobsen, ein älteres Ehepaar, das sich mit dem Putzen der Firmenräume seine Rente aufbesserte. Die hatten mit Sicherheit einmal komplett durchgewischt.

Verunreinigter Nektar! Der Gedanke schoss wie einer der Blitze in ihr Hirn. Vielleicht war das weiße Zeug auf dem Boden Gift. Das ergab keinen Sinn. Mal angenommen, Kimberly war hier drin gewesen und hatte mit giftigem Pulver hantiert, um erneut Produkte zu verunreinigen, was hätte sie davon? Welche Erklärung konnte es geben, dass jemand seinem eigenen Arbeitgeber schaden wollte? Auf Anhieb fielen Franziska einige Anlässe ein, nur hatte es zwischen Niklas und Kimberly keine Auseinandersetzung gegeben, nichts, was sie gegen ihn aufgebracht haben könnte.

Allmählich wurden die Abstände zwischen dem Aufflackern der Blitze länger, das Donnergrollen wurde leiser. Franziska stand da, den Schnipsel in der Hand. Sie sah Kimberly vor sich, wie sie in Berlin mit Produzent Lehmann geplaudert und gelacht hatte. Sie sah die beiden einträchtig nebeneinander im Tretboot. Die kannten sich schon! Natürlich, das war die Erklärung. Die hatten sich nicht auf der Tourismusmesse zum ersten Mal getroffen. Er hatte sie vermutlich sogar bei Niklas eingeschleust. Genau, so ergab das alles einen Sinn. Kimberly war eine Werksspionin, die noch dazu Produkte manipulierte, um Lehmanns Konkurrenten in die Knie zu zwingen und vom Markt verschwinden zu lassen.

Als Franziska sich diese vermeintliche Erkenntnis noch einmal durch den Kopf gehen ließ, erschien sie ihr schon nicht mehr so realistisch. Es ging hier nicht um einen milliardenschweren Autokonzern oder um einen international agierenden Handel mit seltenen Erden. Da wäre vermutlich jedes Agentenszenario denkbar und plausibel. Aber eine Sanddornplantage auf Rügen? Unentschlossen betrachtete sie den Schnipsel in ihrer Hand. Viel war bei der Dunkelheit nicht zu erkennen. Nur die Form verriet ihr, dass es sich um die Ecke einer Tüte oder eines Sackes aus festem Papier handeln musste. Wahrscheinlich hatte irgendein Rohstoff nachgefüllt werden müssen, und derjenige hatte einen Beutel aufgerissen und die Ecke versehentlich fallen lassen. Gut möglich, dass es ein schwerer Sack gewesen war, der gekippt war. Das würde auch das Pulver auf dem Linoleum erklären.

Franziska fiel auf, dass es draußen sehr viel ruhiger geworden war. Auch der Wind hatte sich gelegt. Sogar die dunklen Wolken waren offenbar weitergezogen, denn es drang wieder mehr Licht durch die Fenster herein. Sie bückte sich und schob mit einem Finger das weiße Zeug auf dem Boden zu einem kleinen Haufen zusammen. Die abgerissene Ecke diente ihr als Transportgefäß. Sie nahm damit etwas von dem Pulver auf. Als sie sich aufrichtete, fiel ihr Blick auf den Behälter, vor dem sie die ganze Zeit gestanden hatte.

Sanddornbärchen vegan stand auf dem Schild. In dem Bottich lagerte die Masse für die Gummibärchen, die mit Agar-Agar statt mit Gelatine hergestellt wurden.

Kein Gift, dachte Franziska. Sie war überzeugt, dass sie wusste, was sie da gerade sichergestellt hatte.

Sie hörte Niklas in der Küche mit Geschirr klappern.

»Da bist du ja. Hab mir schon Sorgen gemacht«, sagte er, als sie eintrat.

»Ich war mit Jürgen im Schinkelturm. Da gab es eine Bilderausstellung.« Sie nahm eine kleine, mit goldenen Monden und Sternen bedruckte Cellophantüte aus dem Schrank. Letztes Jahr zu Weihnachten hatte sie einen ganzen Stapel davon gekauft, weil sie Plätzchen hatte backen wollen, doch dann war keine Zeit dafür gewesen. Sie ließ das Beweismaterial hineingleiten. Niklas achtete gar nicht auf sie. Er war blass, seine langsamen Bewegungen verrieten, dass er noch ziemlich zu leiden hatte. »Wie geht es dir?«, fragte sie.

»Hm«, brummte er, »nicht so doll.«

»Hast du etwas gegessen?«

»Nö, wollte mir gerade eine Brühe machen, aber ich finde die nicht.« Er sah sie kurz an. Franziska fühlte sich mindestens so elend, wie er aussah. Er trug eine zerknitterte Leinenhose und ein T-Shirt, die blonden Haare standen strubbelig vom Kopf ab, die Schultern hingen.

»Ich mach dir eine«, sagte sie.

»Danke. Kann ich so lange aufs Sofa gehen?« Wie ein kleiner Junge stand er vor ihr, der einen ganzen Kasten Schaumküsse leer genascht und nun Bauchschmerzen hatte.

»Klar. Einen Zwieback dazu?«

»Hm, ist vielleicht nicht schlecht.« Er schlurfte davon.

Wenige Minuten später folgte sie ihm ins Wohnzimmer. Auf dem Tablett hatte sie zwei Becher mit Brühe und einen Teller voller Zwieback. Sie müsste Hunger haben, nur wagte sie auch nicht, mehr zu sich zu nehmen, so flau fühlte sie sich.

»Hier, bitte. Hoffentlich behältst du das bei dir.«

»Danke.« Schweigend hockten sie nebeneinander, die heißen Becher in den Händen, und pusteten konzentriert auf die dampfende Flüssigkeit.

Irgendwann hielt Franziska es nicht mehr aus. »Nik, ich weiß nicht mehr weiter«, flüsterte sie. Er sah sie kurz an, beschäftigte sich aber sofort wieder mit seinem Becher. »Ich wollte dich gestern nicht so in Rage versetzen, dass du dich selber abschießt. Morgen fängt die Ernte an, heute ist dein letzter freier Tag für längere Zeit. Ich weiß doch, wie wichtig es ist, dass du noch Kräfte sammelst.« Warum sagte er denn nichts? Im Grunde war sie sich keiner Schuld bewusst, hatte aber trotzdem das Gefühl, sich entschuldigen zu müssen. Der Mann aus der Uferkapelle fiel ihr wieder ein. »Es tut mir wirklich leid, dass wir gestern schon wieder gestritten haben. Bitte entschuldige!«

»Ist momentan alles ein bisschen schwierig, was?« Er sah ihr in die Augen, als würde er nach einer Lösung suchen. Oder überlegte er gerade, ob sie doch die richtige Partnerin für ihn war und er das mit Kimberly lieber lassen sollte? Oder womöglich umgekehrt? Sie schob den Gedanken beiseite.

»Kann man wohl sagen.« Sie nahm einen Schluck Brühe, um Zeit zu gewinnen. »Das ist mein Ernst«, fuhr sie dann fort, »ich weiß wirklich nicht mehr weiter. In letzter Zeit habe ich extrem darauf geachtet, Dinge ruhig anzusprechen, die mich verletzt oder irritiert haben. Trotzdem sind wir so oft aneinandergeraten wie nie. Wir konnten doch sonst immer über alles reden, Nik.

Warum geht das nicht mehr? Warum wird immer ein Streit daraus? Was mache ich denn falsch?« Ihre Stimme versagte.

»Ich weiß es auch nicht, Ziska.« Er zuckte mit den Schultern. »Keine Ahnung, ehrlich.«

Sie biss in einen Zwieback und kaute ewig auf dem trockenen Zeug herum. Bloß nicht schlucken, im Hals steckte schon ein so großer Kloß, das konnte nicht gut gehen. Damals, als die Geröllmassen von der Steilküste abgebrochen waren und sie beinahe erwischt hätten, da hatte sie vorher einen Hühnergott gefunden und sich etwas gewünscht. Sie hatte die Bitte gen Himmel geschickt, ihre Gefühle für Niklas mögen mit der Zeit vergehen, damit es ihr nicht so schwerfiel, sich von ihm fernzuhalten, wie sie es ihrem Bruder versprochen hatte. Jürgen war der festen Überzeugung, dass Niklas es mit keiner Frau dieser Welt ernst meinte. Er hatte sie geradezu angefleht, ihm den Laufpass zu geben, damit sie nicht verletzt wurde. Und dann hatte er ihr diese Geschichte von dem Mädchen erzählt, das er sehr gemocht hatte. Angeblich habe Niklas das genau gewusst und sich ganz gezielt an sie herangemacht, um sie dann fallen zu lassen wie die berühmte heiße Kartoffel. Das Mädchen war tot. Von der Klippe gestürzt, weil Niklas sie erst gebeten hatte, zur Silvesterfeier an den Strand zu kommen, und dann vor ihren Augen mit einer anderen geflirtet hatte. Das war jedenfalls Jürgens Version der Geschehnisse. Niklas hatte Franziska später erklärt, er habe nicht nur das Mädchen, sondern auch seinen Bruder bekniet, zu der Feier zu kommen. Er wollte die beiden verkuppeln, nur war Jürgen damals gar nicht erst erschienen. Erst als Franziska nach ihrem Unfall im Krankenhaus lag, hatte Jürgen zugegeben, dass der Tod des Mädchens allem Anschein nach kein Selbstmord gewesen war. Das jedoch hatte Niklas bis dahin fest geglaubt. Es hatte sein Gewissen über Jahre belastet, weil Jürgen ihn absichtlich in dem Glauben gelassen und ihm schlimmste Vorwürfe gemacht hatte. Sie seufzte tief. Womöglich hatte Jürgen doch recht, und Niklas war nicht für eine lange Beziehung geschaffen. Vielleicht hatte der Hühnergott sie damals aber auch falsch verstanden und nicht ihre Gefühle für Niklas langsam einschlafen lassen, sondern Niklas' Gefühle für sie.

Der Erntebeginn raste über sie hinweg wie ein Tornado. Trotz aller akribischen Vorbereitungen drohte ein Chaos auszubrechen. Ein Helfer kam erst gar nicht, hatte sich aber auch nicht abgemeldet, ein anderer erklärte nach den ersten zwei Stunden, er habe sich das anders vorgestellt und nicht gewusst, dass er sich bücken müsse. Das lasse sein Rücken leider nicht zu. Bandscheibenvorfall. Weg war er. Zwei der neuen pneumatischen Scheren, die Niklas für viel Geld angeschafft hatte, gaben am Morgen des zweiten Tages ihren Geist auf. Es war einfach der Wurm drin. Und das, obwohl Gesa ihr dunkelgrünes Glückstuch, das mit orange leuchtenden Sanddornzweigen bedruckt war, gar nicht mehr ablegte. Franziska brachte es nicht übers Herz, sich aus allem herauszuhalten. Sie sauste mit den defekten Scheren zu dem Händler nach Rostock. Es kostete sie den ganzen Tag, weil der Mann erst behauptete, für einen solchen Dauereinsatz seien die Werkzeuge nicht gemacht. Als sie ihn daran erinnerte, dass er die Rechnung an eine Sanddornplantage geschrieben habe und seinen Kunden darauf hätte hinweisen müssen, dass die Scheren nur für einen Dekoschnitt pro Woche taugten, protestierte er. Dic Ware sei super, die halte einiges aus. Es müsse sich definitiv um einen Herstellungsfehler handeln.

»Lassen Sie die man hier, ich schicke die ein«, erklärte er.

»Guter Plan. Und bis Ersatz vom Hersteller da ist, geben Sie mir zwei neue Scheren mit.« Franziska stand mit verschränkten Armen vor ihm. Sie würde diesen Laden ganz sicher nicht ohne pneumatische Scheren verlassen. Keine Chance.

»Nee, gute Frau. Is' ja nich' mein Fehler, ne? Wenn ich Ihnen neue mitgebe, dann sind die hinterher nich' mehr neu. Sie können neue kaufen«, schlug er vor.

So ging es hin und her, bis er schließlich vollkommen genervt klein beigab, die defekten Scheren tauschte und mehrmals betonte, dass er eben sehen müsse, wie er sich mit dem Hersteller einigen werde.

»Is' Kundendienst. So bin ich, auch wenn ich am Ende draufzahle.«

Maren hatte Stellung im Sekretariat von Rügorange bezogen, in dem normalerweise Kimberly sitzen sollte. Die kam bereits am dritten Tag nicht mehr früher, sondern gerade eben zur Abfahrt mit den Treckern auf die weiter draußen liegenden Felder. Dass Maren einsprang, war Franziskas Idee gewesen.

»Sag mal, könntest du dir vorstellen, im Büro zu sitzen, Telefonate anzunehmen und vielleicht sogar ein bisschen Papierkram zu erledigen?«, hatte sie gefragt.

»Klar, wenn mir jemand zeigt, was ich machen kann.«

»Das macht Gesa bestimmt gerne, die würdest du nämlich ordentlich entlasten. Ich dachte mir, wenn Niklas dir ein Zeugnis dafür schreibt, hilft dir das vielleicht bei deinen Bewerbungen.«

»Eine klassische Win-win-Situation.« Maren strahlte. »Ist doch kein Wunder, dass du als Coach so viel Kohle verdienst.«

»Verdient hast«, korrigierte Franziska leise. »Auf diese Idee zu kommen, ist nun nicht gerade eine Leistung. Und ich werde natürlich auch mit Niklas reden. Du bekommst selbstverständlich etwas für deine Hilfe. Außer dem Zeugnis, meine ich.«

Sie hatte mit Niklas geredet, obwohl es ihr sehr schwergefallen war. Sie gingen beide höflich distanziert miteinander um. Franziska wusste, welche Anstrengung und Anspannung die

Ernte bedeutete. Darum vermied sie es, ein persönliches Thema anzusprechen. Sie ging früh an die Arbeit und kaufte ein, wenn den Helfer-Teams etwas fehlte. Außerdem bereitete sie eine große Portion gefüllte Paprika zu. Sobald sich der Feierabend abzeichnete, schob sie zwei in den Ofen und kochte Reis dazu. So stand das Essen auf dem Tisch, wenn Niklas zur Tür hereinkam.

Mit John und Ziko wechselte sie kaum ein Wort. Für mehr als eine kurze Begrüßung oder einen Bonsai-Lagebericht der Situation draußen auf den Feldern war keine Zeit. So verging ein Tag nach dem anderen, und Franziska tröstete sich damit, dass auch diese Ernte irgendwann vorbei sein würde. Nur einmal wurde die hektische Routine unterbrochen.

»Moin, Franzi!«, hörte sie hinter sich jemanden rufen, als sie gerade die Stufen zur Veranda hinaufhastete. Selbst wenn sie die Stimme nicht sofort erkannt hätte, gab es doch nur einen, der sie Franzi nannte – Florian.

»Moin! Das ist ja eine Überraschung. Sag nicht, du willst uns deine Stage Kids zur Feldarbeit überlassen.«

»Gute Idee! Warum bin ich nicht schon selbst darauf gekommen?« Er wackelte auf sie zu, verneigte sich leicht und hauchte ihr einen Kuss auf den Handrücken. »Wie läuft's denn?«

Sie verzog zerknirscht das Gesicht. »Nicht gut. Sie kommen nicht mal auf vier Tonnen am Tag.«

»Wie der Riese befürchtet hat«, meinte Florian nachdenklich.

»Ich möchte mir nicht vorstellen, dass die Ernte wirklich richtig in die Hose gehen könnte«, sagte sie mehr zu sich selbst.

»Tja, dann gute Nacht, Marie. Oder?«

Sie sah ihn eindringlich an. »Hat er mit dir über seine wirtschaftlichen Probleme gesprochen, oder hat er letzten Samstag schweigend ein Bier nach dem anderen gekippt und sich die Lichter ausgeschossen?«

Florian hob die Hand und wedelte damit in der Luft. »War ziemlich übel neulich. Ich habe mir alle Mühe gegeben, leise zu sein, als ich ihn nach Hause geschafft habe. Aber du bist wohl doch wach geworden.« Sein Blick hätte selbst die schockgefrorenen Beeren auf der Stelle aufgetaut.

»Nicht schlimm, ich konnte sowieso nicht schlafen.«

Er winkte sie zu sich heran, und sie beugte sich zu ihm hinunter. »Was ist bei euch los?«, wollte er unverblümt wissen.

Franziska ließ sich auf die unterste Stufe sinken. »Wenn ich das nur wüsste, Florian. Irgendwie läuft es nicht mehr rund. Ich kann tun und sagen, was ich will, es ist immer falsch. Hat er dir etwas gesagt? Ich weiß, du bist sein Freund und würdest nie etwas ausplaudern, das er dir im Vertrauen erzählt hat. Aber du bist auch mein Freund, und ich weiß nicht mehr weiter.«

»So schlimm?« Er legte ihr einen Arm um die Schultern und streichelte über ihre Wange. »Es ist das bescheuerte Geld«, sagte er, als sie nur nickte. »Ihm wird die Luft knapp. Die Kunden hauen ihm ab, und er weiß nicht, woran es liegt. Ist aber auch komisch, findest du nicht?«

»Doch, allerdings.« Sollte sie ihm von ihrem Verdacht erzählen? Lieber nicht, wahrscheinlich gehörte er auch schon zum Kimberly-Fanclub.

»Dann der Mist mit dem Nektar, den die Leute reklamiert haben. Das schafft nicht gerade Vertrauen. Ehrlich, Franzi, ich habe mir auch schon mein geniales Hirn zermartert. Ohne Erfolg. Niklas macht doch nichts anders als vor ein paar Jahren, und da lief es gut.«

»Jetzt hat er mich«, sagte sie traurig und ließ die Schultern hängen.

»Stimmt, wahrscheinlich steigt ihm das zu Kopf. Oder er beschäftigt sich zu viel mit dir statt mit dem Geschäft.« Er legte ihr eine Hand unter das Kinn und zwang sie, ihm in die Augen zu sehen. »Könnte ich gut verstehen.« Sie musste lächeln. »Der lange Lulatsch kann froh sein, dass er dich hat, Prinzessin. Der Hase liegt irgendwo anders im Pfeffer. Nur wo? Ich würde einiges darum geben, das herauszufinden.«

Franziska lag in ihrem Bett und starrte in Richtung Zimmerdecke. Die erste Septemberwoche ging zu Ende. Bisher hatten die fleißigen Arbeiter draußen bei den Sträuchern Glück gehabt, es war trocken und mild.

»Bonne chance«, hatte John gesagt und fröhlich mit den Augen gerollt, was in seinem schwarzen Gesicht herrlich aussah. »Das müssen wir genießen, solange es dauert. Es wird noch ganz anders kommen.« Da hatte er zweifellos recht.

Wann auch immer Franziska auf der Insel unterwegs war, um etwas zu besorgen, nahm sie deutlich wahr, dass nicht nur bei Rügorange Erntezeit war. Auf vielen Feldern standen nur noch die Reste abgemähter Halme, und auf den Straßen ging es im Schritttempo hinter Treckern her. Die Tage waren spürbar kürzer geworden, und abends kühlte es ab. Nicht mehr lange, dann würden die Temperaturen nachts immer unter zehn Grad fallen. In den Geschäften stapelten sich Bohnen, Kürbisse und Kohl. Jedes Jahr wieder empfand Franziska diese Mischung aus Melancholie, weil der Sommer vorbei war, und freudiger Dankbarkeit dafür, dass die Natur so großzügig hergab, was Bäume und Äcker zu bieten hatten, als etwas Besonderes. Sie verspürte die Lust, Gemüse und Obst einzukochen, Marmelade herzustellen, Saft in Flaschen zu füllen. Vielleicht ein Urinstinkt. Nicht zum ersten Mal dachte sie, dass ihr Job so weit von allem Natürlichen entfernt war. Automatisch wanderten ihre Gedanken nach Irland. Conor schrieb jetzt beinahe täglich eine Mail. Er ließ sie wissen, dass noch nicht feststand, wann er in Hamburg spielen werde, aber er gebe ihr gern Bescheid. Außerdem wollte er wissen, wo sie jetzt wohnte, ob das weit weg war, und was sie so trieb. Er fragte nicht nach Familie, nach Mann oder Kindern. Und er verriet von sich nichts, was in diese Richtung ging.

Franziska drehte sich auf die Seite. Sie war erledigt, konnte aber trotzdem nicht schlafen. Zu viel ging in ihrem Kopf herum. Zum Beispiel, was Florian gesagt hatte. Er würde einiges dafür geben, herauszufinden, wo bei ihr und Niklas der Hase im Pfeffer lag. Da hatten sie etwas gemeinsam. Genau genommen würde Florian gern herauskriegen, was bei Niklas nicht stimmte, warum sein Geschäft nicht mehr lief. Das hatte er gesagt. Sie rollte sich auf die andere Seite. Ihr war klar, dass er Niklas niemals verpfeifen würde, sollte der ein Techtelmechtel mit seiner Westküsten-Schönheit zugegeben haben. Aber er würde Franziska diesbezüglich auch nicht in Sicherheit wiegen, falls er es besser wusste. Sie war sich seiner ehrlichen und tiefen Zuneigung gewiss und deshalb auch davon überzeugt, dass er zumindest eine Andeutung gemacht hätte. Ein beruhigender Gedanke. Ganz und gar nicht beruhigend war, dass bei Rügorange irgendetwas gewaltig aus dem Ruder lief. Sie war sich ganz sicher, dass es etwas mit Kimberly zu tun hatte. Dummerweise war sie anscheinend die Einzige, und ihre Überzeugung nutzte herzlich wenig, solange sie keine Beweise hatte. Sie spürte, wie ihr Puls beschleunigte. Die Schlüssel für die Halle und für sämtliche Räume baumelten als dickes Bund an einem Haken in Niklas' Büro. Sie würde sich Beweise holen. Jetzt.

Niklas schlief tief und fest. Er würde es nicht bemerken, wenn sie aus dem Bett schlüpfte und nach drüben in das Firmengebäude ging, in dem Kimberly ihr Büro hatte. Du willst nicht ernsthaft schnüffeln, stellte sie sich selbst zur Rede. Für einen Moment lag sie wieder unbeweglich da und starrte in die Dunkelheit. Was sollte man darauf antworten? Dann wusste sie es. Sie schlug die Decke zurück und stand auf. Ihr wurde kurz schwindlig, und sie blieb stehen, bis sich der Nebel verzog. Bis zu dem Stuhl, auf dem ihre Kleider von gestern lagen, war es nur ein Schritt. Manchmal war es gut, nicht zu ordentlich zu sein. Die Schranktür hätte Niklas mit Sicherheit gehört. Sie warf noch einen letzten Blick auf den Mann, den sie so mochte. Jedenfalls meistens. Während sie auf Zehenspitzen hinausschlich, gab sie sich die Antwort auf ihre eigene Frage: Nicht schnüffeln, Klarheit gewinnen und Beweise sammeln, das war ihr Plan. Alles andere wäre pure Feigheit.

Sie schlotterte, als sie die Treppe von der Veranda der Villa hinunter und quer über den Hof lief. In der einen Hand hielt sie eine Taschenlampe, die Finger der anderen schlossen sich fest um den Schlüsselbund. Während sie auf den Haupteingang zusteuerte, suchte sie den passenden Schlüssel heraus. Plötzlich rannte etwas ganz nahe vor ihr und verschwand in die Dunkelheit. Sie erschrak und machte einen Schritt zurück. Dann leuchtete sie in die Richtung, in die das Geschöpf verschwunden war. Eine Katze. Sie atmete auf und blickte zum Gebäude. War in der Halle Licht an? Nein, Unsinn, das konnte nicht sein. Andererseits … Sie sah schon Gespenster. Wahrscheinlich gab es drinnen eine Notbeleuchtung, die immer eingeschaltet war. Sie hatte einfach nie darauf geachtet. Die Neonröhren produzierten jedenfalls einen grellen bläulichen Schein, der nicht zu übersehen gewesen wäre.

Franziska drehte den Schlüssel leise im Schloss. Dann schlich sie langsam und auf Zehenspitzen den Gang entlang, der zu Kimberlys Büro führte. Warum strengte sie sich eigentlich so an, bloß keinen Mucks von sich zu geben? Sie brauchte doch gar nicht leise zu sein, es war schließlich keiner da. Sie musste schmunzeln. Am liebsten hätte sie in diesem Augenblick laut gesungen wie das Kind, das allein im Wald ist und sich Mut macht. Aber sie war kein Kind mehr, und sie musste sich auch nicht extra Mut machen. Die erste, die zweite, die dritte Tür. Direkt hinter der Hexenküche, in der vor allem Gesa, aber natürlich auch Niklas und manchmal sie selbst neue Sanddornkreationen ausprobierten, lag Kimberlys Büro. Es dauerte eine Weile, ehe sie den passenden Schlüssel gefunden hatte. Sie schloss die Tür schnell wieder hinter sich und schaltete erst dann das Licht an. Kimberlys Schreibtisch war leer bis auf den Computerbildschirm, die Tastatur, ein Telefon, zwei Stifte und einen Notizblock. Kein Haftzettelchen, das sie an irgendetwas erinnern sollte, keine auf ein Stück Papier gekritzelten Telefonnummern, keine Korrespondenz. Nichts. Franziska schob die Tür eines Aktenschranks auf. Alle Ordner waren fein säuberlich beschriftet und Rücken neben Rücken ausgerichtet. Sie wusste, dass Niklas und Gesa und natürlich Frau Both, die zweimal im Monat kam und sich um die Steuerangelegenheiten kümmerte, jederzeit Zugriff auf diese Akten haben mussten. Das wusste Kimberly auch. Hier würde sie ganz sicher nichts verstecken, das sie verraten könnte. Unter dem Schreibtisch stand ein Schubladencontainer auf Rollen. Franziska sog hörbar die Luft ein und warf einen schnellen Blick zur Tür. Sie war allein, natürlich. Wer sollte schon um diese Uhrzeit hier sein?

»Dann wollen wir doch mal sehen«, murmelte sie und zog an dem ersten Griff. Mist, abgeschlossen. »Die wird den Schlüssel dafür doch wohl nicht mit nach Hause nehmen«, flüsterte Franziska. »Der ist bestimmt hier irgendwo.« In dem Moment öffnete jemand die Tür. Sie schrie auf. Eine große Gestalt zeichnete sich im Türrahmen ab, die ebenfalls einen markerschütternden Schrei ausstieß – Gesa. Franziska atmete tief aus und fasste sich an die Brust. »Gott, hast du mich erschreckt! Was machst du denn hier mitten in der Nacht?«, fragte sie fassungslos.

»Die berühmten drei M. Monatlicher Mädels-Mist.« Gesa zuckte mit den Schultern und kam näher. Sie hatte den Schock offenbar schnell überwunden. »Keine Ahnung, warum, aber da kriege ich nie ein Auge zu. Ich dachte, ehe ich mich von einer Seite auf die andere schmeiße, kann ich auch herkommen und etwas Sinnvolles mit der Zeit anfangen.«

Das war also der schwache Lichtschein, den Franziska gesehen hatte. Doch keine Gespenster, sondern die Beleuchtung aus Gesas Büro, das am Ende eines Gangs auf der anderen Seite lag.

Die stemmte die Hände in die Hüften und baute sich jetzt vor Franziska auf. »Und nun erklärst du mir mal, was du hier treibst.«

»Ich konnte auch nicht schlafen«, sagte Franziska und lächelte.

»Was hast du, bitte schön, in Kimberlys Büro zu suchen?« Das klang nicht, als wäre Gesa auf Franziskas Seite. Ganz im Gegenteil.

»Ich habe dir doch erzählt, dass ich Kimberly mit dem Konkurrenten aus Sachsen-Anhalt gesehen habe. Lehmann heißt der«, setzte sie vorsichtig an. »Gesa, was ist, wenn Kimberly den mit Informationen über Niklas' Preise und Konditionen versorgt?«

Gesa runzelte die Stirn. »Warum sollte sie?« Sie klang noch immer sehr abweisend.

»Damit der Rügorange unterbieten kann. Das würde erklären, warum Niklas selbst langjährige Stammkunden in Scharen weglaufen.«

»Ich wiederhole: Warum sollte sie das tun? Ich meine, was hätte sie davon? Kimberly ist doch nicht blöd, die sägt doch nicht an dem Ast, auf dem sie sitzt.«

»Keine Ahnung! Genau deswegen bin ich hier. Ich hoffe, ich finde einen Hinweis, irgendetwas, das erklärt, warum sie Niklas schaden will.« Ihre Freundin stand nach wie vor feindselig vor ihr. Nun verschränkte sie auch noch die Arme wie ein unüberwindbarer Fels. »Gesa, ich habe auf die Website von diesem Lehmann geguckt.« Sie sah ihr in die Augen. »Der kündigt unter der Rubrik Neuigkeiten die Eröffnung eines Cafés mit Probierstübchen an. Und weißt du, welche Köstlichkeiten er in Aussicht stellt? Sanddorn-Birnen-Marmelade, köstlichen Sanddorn-Orangen-Likör, eine Torte, deren Boden mit Sanddorngelee bestrichen und darum besonders saftig wird«, zählte sie auf. Gesas Mund öffnete sich, doch sie brachte kein Wort heraus. »Zufall?«

»Im Leben nicht«, entgegnete Gesa finster. »Da wird doch die Scholle in der Pfanne bekloppt!«

»Diese blöden Schubladen sind abgeschlossen«, erklärte Franziska. »Ich bin mir ziemlich sicher, dass wir darin etwas finden würden.«

»Kein Problem!« Gesa verließ wortlos das Büro. Kurz darauf war sie wieder da, eine Büroklammer zwischen Daumen und Zeigefinger, die sie hochhielt. »Damit kriegen wir die auf«, verkündete sie. »Ich habe meinen Schlüssel schon hundertmal verlegt.« Sie machte sich an dem Container zu schaffen. Nur kurz, dann zog sie mit triumphierendem Lächeln die erste Schublade auf. »Schreiten Sie zur Tat, Miss Marold!«

»Danke, Gesa«, sagte Franziska ernst. »Danke, dass du mir hilfst.«

»Kannst Mr Stringer zu mir sagen.« Sie grinste breit, dann verging auch ihr das Scherzen. »Mann, die ist so nett. Ich habe Kimberly neulich besucht. Wir haben uns schon öfter getroffen. Sie wirkt immer so offen, so ehrlich.« Gesa hockte auf einer Ecke des Schreibtisches. »Leider steht sie nicht auf Frauen«, erzählte sie. »Ich dachte schon, da geht was, und habe mich sogar getraut, das Thema anzusprechen. Sie ist total locker damit umgegangen. Hat gesagt, das ist nicht so ihr Ding, aber sie habe in Kalifornien einige Gay-Freunde. ›Ich kann dich wirklich gut leiden, Gesa, nur eben nicht so, wie du es dir vielleicht wünschst. Sorry.‹ Das hat sie gesagt.« Sie machte dicke Backen. Dann meinte sie: »Wie kann sie Niklas und seiner Firma schaden wollen, wenn sie mich wirklich mag? Ich meine, ihr muss doch klar sein, dass sie auch meinen Arbeitsplatz gefährdet.« Franziska wühlte sich durch Briefumschläge, aktuelle Aufträge und eine Unterschriftenmappe. Danach bemühte sie sich, den Inhalt jedes Schubfachs so zu hinterlassen, als hätte sie ihn nie berührt. »Vielleicht ist alles ganz anders«, sagte Gesa plötzlich. »Vielleicht hat dieser Lehmann sie hereingelegt. Irgendwie.«

»Dann würde ich mich in aller Form bei Kimberly entschuldigen«, versprach Franziska. »Ich will sie nicht um jeden Preis in die Pfanne hauen, Gesa, ich will einen Hinweis auf irgendetwas, das erklärt, warum es mit Rügorange so plötzlich und heftig bergab geht.«

»Das wäre gut«, stimmte sie zu.

Franziska fischte aus der unteren Schublade einen Schnellhefter, der unter einem Stapel Vordrucken für Saison-Arbeitsverträge gelegen hatte. Sie öffnete den Pappdeckel und überflog die Zeilen.

»Sieh mal einer an!«, sagte sie gedehnt und nahm sich die nächste Kopie vor.

»Hast du was gefunden?« Gesa sprang auf und kam zu ihr.

»Glaube schon. Oder gehört dieser Schriftverkehr in dieses Büro?« Sie reichte ihr die ersten Blätter.

Gesa brauchte nicht lange, um zu verstehen. »Is' ja ein dickes Ding!« Sie ließ die Papiere sinken und starrte Franziska an. »Du hattest recht. Alles Kopien von Schreiben, in denen Niklas seinen Stammkunden ganz spezielle Konditionen anbietet.« Gemeinsam studierten sie die restlichen Unterlagen. »Hier ist sogar eine Lieferantenliste mit Niklas' handschriftlichen Anmerkungen über mündliche Absprachen!« Gesa bekam rote Wangen vor Aufregung.

»Die ist topaktuell«, stellte Franziska fest. »Rasmussen ist schon durch Erkel ersetzt, der jetzt den Weingeist liefert. Was hat sie bloß davon?«, fragte sie sich leise.

»Kohle?« Gesa legte den Kopf schief. »In Krimis ist immer eine Beziehung oder Geld das Motiv. Ha!«, schrie sie im nächsten Moment. »Beziehung. Vielleicht hat Kimberly was mit diesem Lehmann. Kann doch sein.«

»Ausgeschlossen ist es nicht, kann ich mir aber nicht vorstellen. Der ist doch wohl ein bisschen zu alt für sie.«

»Wer weiß, womöglich hat sie einen Vaterkomplex«, meinte Gesa schmunzelnd. »Dieses Luder, das hätte ich ihr echt nicht zugetraut.«

»Wir haben noch immer keinen stichhaltigen Beweis«, gab Franziska zu bedenken. »Dass in ihrem Container Kopien vertraulicher Informationen liegen, reicht nicht. Dafür hat die im Handumdrehen eine Erklärung, die sie auch noch gut aussehen lässt, das schwöre ich dir«, sagte sie wütend. »Wir brauchen mehr, aber ich habe alles durchgeguckt. Mehr ist da nicht.«

»Dann schauen wir doch mal da rein«, schlug Gesa vor und deutete auf den Bildschirm. Die beiden wechselten bedeutungsvolle Blicke.

»Mr Stringer, Sie sind 'ne Wucht!«

»Besten Dank, Miss Marold.« Franziska bückte sich, um den Computer einzuschalten. »Stop!«, rief Gesa. Franziska erstarrte. »Du darfst keine Fingerabdrücke hinterlassen. Nimm lieber ein Taschentuch oder so was.«

»Du bist witzig. Du erschreckst mich fast zu Tode, um mich jetzt an Fingerabdrücke zu erinnern, obwohl ich schon den gesamten Container ohne Handschuhe oder Taschentuch auf links gedreht habe.« Sie schüttelte den Kopf und drückte den Knopf. Rauschen, Flackern, der Bildschirm wurde hell. Nach wenigen Sekunden erschien die Maske mit der Passwortabfrage. Franziska sah Gesa prüfend an. »Kennst du ihr Passwort?«

Gesa schob die Unterlippe vor. »Nö, keine Ahnung.«

»Mist. Hm, mal nachdenken. Irgendetwas mit Mandeln vielleicht.«

»Genau, kalifornische Mandeln! Oder eine Abkürzung, kaliMa.«

»Nein. Eventuell Berlin oder so. Sie war doch so begeistert von unserer Hauptstadt.« Franziska seufzte. »Auch nicht. Wie viele Versuche haben wir, ehe das System uns sperrt?«, fragte sie ängstlich.

»Unbegrenzt.« Gesa grinste kess. »Weißt du etwa nicht, dass der Chef aus Sicherheitsgründen ständig sein Passwort ändert und es mindestens genauso oft vergisst oder verdreht?«

»Wenigstens etwas.« Sie grübelten, probierten aus, dachten neu nach.

»Ich könnte mir vorstellen, dass sie ihr geliebtes Kalifornien genommen hat«, überlegte Franziska laut.

»Das hast du doch schon ziemlich am Anfang versucht. Vielleicht kommt noch eine Zahl dazu. Man soll doch Sonderzeichen und Ziffern nehmen.«

»Stimmt. Ihr Geburtstag?« Sie tippte *Kalifornien 20.11.*

»Skorpion«, kommentierte Gesa, »das passt. Die ist genauso hinterhältig und giftig.«

»Mist, im Film hätten die Guten schon längst die richtige Kombination gehabt. In der Realität kommt man nie drauf.« Franziska pustete sich eine Strähne aus der Stirn und sah zu Gesa hinauf, die neben ihr auf dem Schreibtisch hockte.

»Aufgeben ist keine Option. Nur die Mission zählt!«

»Die Mission endet böse, wenn Niklas wach wird, merkt, dass ich nicht da bin, und nach mir sucht. Wenn der uns erwischt, kriegen wir beide die Kündigung.«

»Du hast gut reden, du bist ja gar nicht bei ihm angestellt.« Gesa fing einen vielsagenden Blick von Franziska auf. »Ach, so meinst du das«, sagte sie kleinlaut. »Los, drei Versuche noch«, schlug sie vor. »Vielleicht das Geburtsjahr.«

»Okay. *Kalifornien 1990.* Auch nicht.«

»Die ist ja jünger als ich. Wusste ich gar nicht.« Gesa seufzte. »Mach mal ein Und-Zeichen dazwischen.«

»Ja, und California statt Kalifornien.« Franziska tippte. »Bingo!«

»Echt?« Gesa schmiss sich fast auf die Tastatur. »Genial, wir sind drin.«

Franziska klickte sich durch verschiedene Dokumente. »Sieh dir das an! Angebote einer Werbeagentur über die Erstellung von Flyern, zwei Roll-ups, einer Anzeigenkampagne und obendrauf noch eines neuen Firmenlogos. Alles zusammen zum Sonderpreis von sechsundzwanzigtausend Euro.«

»Ein echtes Schnäppchen!« Gesa fuhr sich durch die Haare. »Will Niklas denn schon wieder neues Werbematerial haben? Und dann noch eine Anzeigenkampagne!« Sie schnaubte verächtlich. »Das wäre das erste Mal, dass wir die von einem Externen gestalten lassen.«

»Ohne Niklas' Unterschrift kann sie einen solchen Auftrag nicht vergeben«, meinte Franziska nachdenklich. »Auch wenn sie über noch so große Überredungskünste verfügt, da spielt er nicht mit. Nicht jetzt in dieser schwierigen Lage.« Sie rieb sich die Augen. »Das war es. Ich glaube, ich habe jeden Ordner und jedes Dokument durchgesehen.«

»Was ist mit ihren Mails?«

»Das können wir nicht machen, Gesa. Da ist bestimmt auch etwas Privates dabei, das geht uns nun echt nichts an.«

»Spinnst du? Das ist gerade unsere Chance. Außerdem müssen wir ja nichts lesen, was von ihrer Familie oder von Freunden aus der Heimat kommt. Falls allerdings Lehmann als Absender auftaucht, würde ich schon gerne einen Blick auf die Nachricht werfen.«

Franziska zögerte noch eine Sekunde, dann klickte sie auf das kleine Kuvert, und Kimberlys elektronischer Briefkasten öffnete sich.

»Da!«, schrien beide gleichzeitig. Tatsächlich, eine Mail von Lehmann. Kein Betreff. Franziskas Herz schlug schneller.

»Mach schon!«, forderte Gesa ungeduldig. Franziska klickte die Nachricht an.

Hi, Kimberly,
gute Arbeit so weit. Freue mich schon auf unsere weitere Kooperation. Gehaltsvorstellung passt.
Beste Grüße,
Georg

Franziska konnte ihren Blick nicht von den Zeilen wenden, brachte aber kein Wort heraus.

Ganz anders Gesa. »Das ist ein Knaller! Ziska, wir haben den Beweis, den wir brauchen. Wir haben es geschafft!« Sie hielt Franziska die Handfläche hin, damit die zum Zeichen des gemeinsamen Triumphs dagegen klatschen konnte. Trotzdem, nach uneingeschränkter Freude sah auch Gesas Miene nicht aus. Sie ließ die Hand wieder sinken. »Und mit der hätte ich um ein Haar etwas angefangen«, meinte sie deprimiert. »Wenn sie gewollt hätte.«

»Du bist nicht die Einzige, die sie mit ihrer sonnigen Art getäuscht hat. Niklas ist total begeistert von ihr, John und Ziko genauso. Und ich fand sie am Anfang ja auch richtig nett.«

»Da haben wir es wieder: Nett ist die kleine Schwester von Scheiße!« Gesa seufzte. »In diesem Fall sogar die große Schwester, wenn du mich fragst.«

»Zeit, wieder ins Bett zu gehen«, sagte Franziska. »Wir müssen die Mail nur noch irgendwie sichern.«

»Leite sie doch an dich weiter«, schlug Gesa vor.

Franziska schüttelte den Kopf. »Geht nicht, dann weiß sie sofort, dass jemand an ihrem Rechner war.«

»Wieso das denn?«

»Weil ein kleiner gelber Pfeil neben der Nachricht auftaucht, wenn sie an jemanden weitergeschickt wurde.«

Gesa legte die Stirn in Falten. »Ach ja, stimmt. Also ausdrucken«, verkündete sie und sprang auch schon auf. »Ich schmeiße schnell den Drucker an. Gib mir und ihm zwei Minuten, dann kannst du den Auftrag geben.« Sie verschwand. Franziska hörte ihre Schritte auf dem Linoleum, dann das Öffnen des Technikraums, in dem das Büro-Monster stand, wie alle sagten. Wer drucken, kopieren, scannen oder faxen wollte, musste in das fensterlose Kabuff gehen, in dem außerdem der Sicherungskasten seinen Platz hatte und Büro- und Verpackungsmaterial bis unter die Decke gestapelt lagerte.

Es dauerte lange, ehe Franziska in den frühen Morgenstunden noch ein wenig Schlaf fand. Sie und Gesa hatten beschlossen, Niklas gleich am nächsten Tag von ihrer Entdeckung zu berichten. Er würde nicht gerade begeistert sein, dass sie gemeinsam nachts in Kimberlys Büro eingedrungen waren und sogar ihr Passwort geknackt hatten. Sie ging nicht davon aus, dass er an den Zufall glaubte, der die beiden Frauen gleichzeitig mitten in der Nacht zusammengebracht hatte. Egal, das alles spielte keine Rolle. Wichtig war, dass er endlich wusste, wer ihn auf welche Weise torpedierte. Darüber würde er letzten Endes doch erleichtert sein, dachte sie und sah zu ihm hinüber. Selbst während er schlief, sah er angespannt aus. Sobald er die gesamte Tragweite erkannte, würde er ihr und Gesa dankbar sein. Dann konnte endlich alles wieder gut werden.

»Verdammter Mist!« Das war Niklas' Stimme. Franziska hatte Mühe, zu sich zu kommen. »Wir haben verschlafen.« Sie öffnete die Augen und sah gerade noch, wie er, Hose und Pullover unter dem Arm, aus der Tür stürzte. »Das fehlt mir gerade noch«, fluchte er. Aus dem Bad hörte sie ihn rufen: »Hast du den Wecker nicht gestellt?« Warum sollte sie? Sie musste schließlich nicht um halb acht mit den Vorschneidern den Plan für den Tag besprechen. Das sagte sie natürlich nicht, sondern sprang aus dem Bett, schlüpfte in die Sachen, die sie während der nächtlichen Ermittlung getragen hatte, und lief in die Küche.

»Ich mache schnell Frühstück«, rief sie der geschlossenen Badezimmertür zu.

»Haft du mal auf fie Uhr geguckt?«, fragte Niklas gereizt, die Zahnbürste offenkundig im Mund. »Tfu fpät!«

»Ich mach dir was fertig und bring's dann rüber.« Blöder Mist, Gesa würde schon warten. Sie hatten verabredet, sich um kurz nach sieben zu treffen. Normalerweise war Niklas um diese Zeit für ein paar Minuten im Büro, um eventuell anfallende eilige Aufgaben zu verteilen und als Erster vor Ort zu sein, ehe die Vorschneider und ihre Teams eintrafen. »Wir wollten dir eigentlich etwas zeigen«, setzte sie an, als er aus dem Bad kam.

»Wer ist wir?« Er schnappte sich den Hausschlüssel.

»Gesa und ich. Es ist wichtig.«

»Jetzt ist nur wichtig, dass ich bei meinen Leuten erscheine.« Er gab ihr einen flüchtigen Kuss auf die Wange und rannte los. Franziska überlegte, ob sie ihm nachlaufen und wenigstens Gesa erklären sollte, was passiert war. Nein, das würde die gleich wissen, sobald Niklas auftauchte. Besser, sie schmierte ihm ein paar Brote und kochte eine Kanne Kaffee.

Den Vormittag verbrachte Franziska fast durchgehend am Fenster. Zwar erledigte sie auch Schreibarbeiten und beantwortete Anfragen, doch immer wieder sprang sie auf und blickte angestrengt zur Halle hinüber, ob Gesa zufällig allein unterwegs war und sie sie kurz sprechen konnte. Eine halbe Stunde, ehe es Zeit für die Mittagspause der Erntehelfer war, hielt sie es nicht länger aus. Sie lief rüber und wechselte ein paar Worte mit Maren.

»Du, stell dir vor, ich habe mich als Mitarbeiterin Outbound B2B bei einem Verlagsservice beworben. Die wollen mich kennenlernen«, erzählte diese aufgeregt.

»Ist das denn das Richtige für dich?« Franziska war skeptisch. Maren war gut im Umgang mit Menschen, aber ob Verkauf ihr liegen würde?

»So ganz genau weiß ich gar nicht, was das ist.« Maren lachte. »Das hat auf jeden Fall etwas mit Kundenberatung zu tun und Verkauf von Bestsellern. Stand in der Anzeige«, fügte sie hinzu. »Der Job ist auf zwei Jahre befristet, aber das wäre doch schon mal ein Anfang.«

»Warum nicht?« Franziska lächelte sie an. »Ein Gespräch verpflichtet dich zu nichts.« Sie sah aus dem Fenster. Der erste Trecker tuckerte den Weg zum Hof entlang. Schon von Weitem leuchtete ein knallgelbes Tuch in einem Haarschopf – Gesa. »Ich muss los, wir sehen uns später.«

»Mann, Mann, Mann, verpennt!« Gesa war vom Trecker gesprungen und kam ihr entgegen. »Ausgerechnet heute. Dann wollen wir mal!«

Der Druck auf Franziskas Brust, der sie bereits den ganzen Vormittag begleitete, verstärkte sich. Niklas war noch nicht zu sehen, aber sie hatte das Gefühl, es wäre kein guter Zeitpunkt, ihm die nächtliche Entdeckung zu präsentieren. Sie sollten die Aussprache verschieben, statt sie zwischen Tür und Angel zu beginnen. Niklas kam zu Fuß, an seiner Seite John. Die beiden waren in eine Diskussion vertieft.

»Chef?«, rief Gesa, ehe Franziska es verhindern konnte.

»Bonjour, Franziska. Du siehst blendend aus.« John strahlte sie an.

»Du bist der charmanteste Lügner, den ich kenne«, entgegnete sie. »Ich habe zu wenig geschlafen, und das sieht man mir auch an. Trotzdem danke für das nette Kompliment.«

»Nein, nein, das meine isch nischt. Isch sehe schon deine Schlafringe.«

»Augenringe«, korrigierte Gesa ungeduldig. »Können wir jetzt, Franziska? Chef, wir müssten etwas mit dir besprechen.«

»Du leuschtest. Mehr als sonst«, sagte John unbeirrbar.

»Tatsächlich? Ich fühle mich gerade gar nicht wie eine Leuchte. Entschuldige uns bitte, John, wir haben wirklich etwas zu besprechen.« John winkte und ging zu den Tischen und Bänken, wo die anderen sich bereits über Kaffee und belegte Brote hermachten.

Niklas hob abwehrend die Hände. »Muss das jetzt sein? Ich will schnell nachholen, was heute Morgen liegen geblieben ist. Mails kontrollieren und so.«

»Nee, Chef, erst musst du mit uns reden.«

Er verdrehte genervt die Augen. »Nur wenn es um Leben und Tod geht.«

Franziska wurde immer mulmiger. »Ach was, wir können auch später …« Weiter kam sie nicht.

»Nix können wir. Was sagt ein weiblicher Starcoach immer? Bekämpfen Sie Ihre Prokastration!«

»Prokrastination«, erklärte Franziska seufzend, »Aufschieberitis heißt Prokrastination.«

»Könnt ihr eure Fachsimpelei bitte alleine fortsetzen? Ich habe nämlich zu tun.« Niklas wollte an ihnen vorbei zu seinem alten Büro gehen, das sich im vorderen Bereich der Produktionshalle befand. Er nutzte es neben seinem Büro in der Villa für Mitarbeitergespräche oder Besuche von Kunden.

»Wir wissen, warum uns die Kunden reihenweise abhauen. Wir haben einen Spitzel in der Firma«, platzte Gesa heraus.

Niklas erstarrte mitten in der Bewegung, ehe er sich in Zeitlupe umdrehte. »Was?« Er kniff die Augen zusammen, seine Wangenknochen traten hervor. Das war nicht gut, fand Franziska.

»Vielleicht sollten wir das in Ruhe drinnen besprechen«, schlug sie vor.

»Miss Marold, zeigen Sie ihm die Beweise«, forderte Gesa sie auf, kaum dass sie die Bürotür hinter ihnen schloss.

»Gesa, bitte!« Franziska warf ihr einen warnenden Blick zu. Dann wandte sie sich an Niklas. Puh, wie fing sie am besten an? »Es wäre hilfreich, wenn du dir bis zum Ende anhören würdest, was wir zu sagen haben«, bat sie ihn. »Ehe du dich aufregst oder uns Vorwürfe machst«, ergänzte sie.

»Okay, ich höre.« Er nahm hinter seinem Schreibtisch Platz, Gesa hockte sich auf die Armlehne eines Besucherstuhls, Franziska blieb stehen.

»Wir, also du und ich, haben ja schon mehrfach über Kimberly gesprochen.« Seine Miene fror augenblicklich ein. »Außerdem haben Gesa und ich uns Gedanken darüber gemacht, aus welchem Grund plötzlich langjährige Kunden abwandern. Die Qualität deiner Produkte ist nicht gesunken, es hat keine nennenswerten Preiserhöhungen gegeben.« Franziska suchte verzweifelt nach den richtigen Worten.

Da sprang Gesa in die Bresche. »Das Feuer auf einem der Felder, der verunreinigte Nektar. Chef, ich war schon so kurz davor, an Voodoo zu glauben.« Sie hielt Daumen und Zeigefinger aneinander, sodass kaum ein Blatt Papier dazwischengepasst hätte.

»Wollt ihr mir mit eurem Geschwafel etwa erzählen, Kimberly ist für alles verantwortlich?« Er sah böse von einer zur anderen. »Ja, klar, sie fängt hier an zu arbeiten, und kein halbes Jahr später ist sie als Feuerteufel auf dem Gelände unterwegs und vergrault die Kundschaft. Habe ich noch etwas vergessen? Ach ja, selbstverständlich manipuliert sie auch noch unsere Produkte. Ist ja total logisch!« Sein Ton war purer Sarkasmus. Er war laut geworden.

»Hätte ich auch nie gedacht, Chef, aber wir haben Beweise. Los, Ziska, zeig es ihm!«

Franziska griff langsam zu ihrer Gesäßtasche. »Du hattest zugestimmt, dir erst mal alles anzuhören«, erinnerte sie ihn zaghaft. »Es geht hier nicht um Eifersucht, Nik, oder darum, jemanden in die Pfanne zu hauen. Gesa und ich haben uns einfach nur Sorgen gemacht. Dann gab es mehrere Anzeichen dafür, dass Kimberly ein falsches Spiel spielt.« Sie hatte den gefalteten Bogen in der Hand. »Jetzt kannst du von mir aus ausflippen und uns beschimpfen. Ich sage es lieber gleich: Wir waren gestern Nacht in Kimberlys Büro und haben das hier gefunden.« Sie reichte ihm den Ausdruck.

»Ihr habt ihr nachspioniert? Ich fasse es einfach nicht.« Seine blauen Augen waren so eisig, dass Franziska schauderte. Vor ein paar Stunden noch hatte sie nicht daran gezweifelt, dass er ihr und Gesa dankbar wäre. Jetzt war sie sich nicht mehr sicher.

»Anders ging es nicht, Chef, ehrlich!« Gesa zog sich ihr Tuch aus den Haaren und raufte sich den strubbeligen Schopf. »Mann, wir wollen doch nur, dass Rügorange nicht gegen die Wand donnert.«

Endlich nahm Niklas Franziska das Papier aus der Hand, faltete es auseinander und las. Franziska hörte ihn schwer atmen, seine Wangen verloren plötzlich die Farbe.

»Es tut mir wirklich leid«, flüsterte sie.

In dem Moment klopfte es an der Tür, und Kimberly trat ein.

»Niki?«, flötete sie. Niki! Franziska wurde übel. Sie griff nach der Rückenlehne eines Stuhls. »O sorry, ich wusste nicht, dass du Besuch hast.« Kimberly sah lächelnd in die Runde. »Okay, wir können auch später ...«

Niklas stand auf. »Nein, bleib ruhig hier. Wir reden gerade über dich.«

»Über mich oder von mir?« Sie lachte. »Das ist ein Unterschied in der deutschen Sprache, habe ich gelernt.«

Er kam um seinen Schreibtisch herum und reichte ihr den Ausdruck der E-Mail. »Möchtest du etwas dazu sagen?«

Sie brauchte die Zeilen nicht zu lesen, sie kannte den Inhalt auch so. Franziska und Gesa beobachteten sie angespannt. Wie würde sie wohl reagieren? In Tränen ausbrechen und um Verzeihung betteln, Lehmann die Schuld in die Schuhe schieben und sich als armes Opfer darstellen? Das konnte Franziska sich gut vorstellen. Andererseits war Kimberly im Tierkreis Skorpion geboren. Man sagte Frauen dieses Zeichens nach, sie seien schwer zu durchschauen, man wisse nie, worum es ihnen wirklich gehe und was sie in der nächsten Sekunde täten. Kimberly zeigte keinerlei Reaktion. Sie gab ihm das Papier zurück, ihr berühmtes Lächeln auf den Lippen.

»Was soll ich dazu sagen? Dass ich mich wundere, wieso du meine Mails ausdruckst?« Sie sah ihm in die Augen, ohne eine Miene zu verziehen.

»Das ist eine ernste Sache.« Niklas' Ton war so sanft wie Franziska gegenüber lange nicht mehr. Sie schluckte. »Lehmann ist ein Konkurrent, und er bedankt sich hier für deine bisherige Arbeit.«

»Ja, und?« Sie war nicht tatsächlich so naiv. Nie im Leben. »Oh, jetzt verstehe ich!«, rief sie, warf den Kopf in den Nacken und lachte. Gesa sah zu Franziska hinüber und zog eine Augenbraue hoch. »Wir haben uns in Berlin kennengelernt, Georg und ich. Er ist nett«, erzählte Kimberly fröhlich. »Als er hörte, dass ich aus California komme, war er ganz aus dem Häuschen. Er plant eine Reise durch den Sun State. L.A., San Francisco, Death Valley und natürlich die Nationalparks. Ich habe ihm angeboten, ihm etwas zusammenzustellen, Unterkünfte, Sehenswürdigkeiten. So etwas eben.« Das war gelogen, so sicher wie das Amen in der Kirche. Franziska wagte kaum, Niklas anzusehen. Seine Wangenknochen waren in Bewegung. Na wunderbar, er glaubte dieser Super-Blondine. »Die Liste mit den Hotels und Bed-and-Breakfasts habe ich ihm schon geschickt. Dafür bedankt er sich. Nun braucht er noch Restauranttipps und Sehenswürdigkeiten. Das ist die Kooperation, auf die er sich freut.« Wieder lachte sie vollkommen unbefangen. »So ist Georg, er hat einen lustigen förmlichen Ton, selbst wenn es um seinen Urlaub geht.« Sie sah zu Gesa und Franziska hinüber. »War das alles?«, fragte sie, und Franziska konnte die Provokation darin nur zu deutlich hören.

»Nix da!«, fauchte Gesa. »Du willst uns doch wohl nicht weismachen, Lehmann bezahlt dich für deine Reiseleiter-Dienstleistungen. Gehaltsvorstellung passt«, zitierte sie. »Das ist wirklich ein sehr lustiger Ton.«

Ein böses Funkeln trat in Kimberlys Augen, bevor sie sich wieder süß lächelnd an Niklas wandte. »Ich habe für eine Freundin aus California bei Lehmann angefragt, ob er sich vorstellen könnte, sie zu beschäftigen. Sie ist richtig gut im Marketing. Er kann in dieser Hinsicht Support gebrauchen und hat mich gefragt. Aber ich habe ja schon den besten Chef der Welt«, säuselte sie. Franziska spürte ihren Mageninhalt aufsteigen. Ruhig atmen, verordnete sie sich. »Also habe ich ihm meine Freundin vermittelt, die sowieso gerne mal ein Jahr in Europe arbeiten will. Ich hatte ihn neulich gefragt, ob ihre Idee von einem Gehalt in seinem Unternehmen passen könnte.«

Eine Weile war es ganz still. Franziska überlegte fieberhaft, was sie sagen konnte, um Kimberly doch noch bloßzustellen. Aber dummerweise wollte ihr nichts einfallen, was überzeugender war als Blondies Geschichte.

»Es tut mir sehr leid«, stotterte Niklas peinlich berührt.

»O nein, ist okay«, rief Kimberly und machte eine wegwerfende Handbewegung, als wollte sie sagen, es sei nur eine Lappalie. »Du darfst Zis nicht böse sein, Niki«, fuhr sie in zuckersüßem Ton fort. »Deine Freundin macht sich Sorgen um dein Geschäft. Sie fände es nicht gut, wenn ich einen zweiten Job in der gleichen Branche hätte. Bei deiner Konkurrenz! Die liebe Zis vertraut Gesa.« Sie blickte kurz zu Boden, um dann einen bühnenreifen Augenaufschlag hinzulegen. »Das sollte sie vielleicht besser nicht tun. Ich glaube nämlich, dass Gesa wirklich etwas zu verbergen hat. Etwas, das schlimmer ist als ein Nebenjob.«

»Wie bitte? Na, jetzt wird's interessant.« Gesa verschränkte die Arme vor der Brust.

»Ich denke, es ist das Beste, du sagst es ihm selber. Das bist du ihm schuldig nach so vielen Jahren, die ihr zusammenarbeitet.«

Niklas schlug mit der flachen Hand auf den Tisch. Die Frauen zuckten zusammen. Offenbar wusste er nicht mehr, wohin mit der Anspannung.

»Verdammt noch mal, ich habe keine Zeit für diesen Mist!« Er atmete einmal durch. »Was hat Gesa zu verbergen? Ich will das jetzt wissen.«

Kimberly sah Gesa noch einmal auffordernd an.

»Ja, Kimberly, was habe ich zu verbergen? Ich würde das auch gern wissen«, sagte Gesa selbstbewusst.

»Okay, wenn du es so willst.« Kimberly wandte sich Niklas zu. »Ich habe Gesa an dem Tank mit dem Nektar gesehen. Sie hat etwas aus einer kleinen braunen Flasche eingefüllt. So eine, wie man sie in der Apotheke bekommt.«

Gesa schnappte nach Luft, ihre Wangen glühten.

»Warum sollte sie das tun?«, fauchte Franziska und hoffte, dass der böse Blick, mit dem sie Kimberly bedachte, diese auf der Stelle zur Strecke bringen würde.

»Sie ist in mich verliebt, aber ich habe nun mal kein Interesse an Frauen«, erklärte Kimberly lässig und sah Niklas dabei so tief in die Augen, dass es schon unverschämt war.

»Ich glaube, ich stehe gerade auf der Leitung«, stotterte der.

»Weil ich sie abgewiesen habe, macht sie dumme Dinge und behauptet, ich sei dafür verantwortlich.«

»Du böse Hexe!«, schrie Gesa sie an und sprang auf. Franziska befürchtete kurz, sie würde Kimberly ins Gesicht schlagen. Dann verlor Gesa vollends die Fassung. »Ich habe einen besseren Geschmack, da kannst du sicher sein«, brachte sie gerade noch hervor, ehe sie aus dem Büro stürzte.

»Ruf Lehmann an, Nik!«, bat Franziska mit belegter Stimme. »Frag ihn nach seinen angeblichen Reiseplänen. Dann weißt du, wer hier etwas zu verbergen hat.«

Er sah sie sehr lange an. »Das muss aufhören, Franziska«, sagte er schließlich leise. »Jetzt spannst du auch noch Gesa vor deinen Karren.« Er schüttelte traurig den Kopf. Und zu Kimberly gewandt: »Sieh zu, dass du noch etwas zu essen bekommst. Die Pause ist gleich vorbei, du verhungerst, wenn du ohne eine Stärkung wieder aufs Feld musst.« Er ließ Franziska einfach stehen und ging mit Kimberly davon.

»Du darfst ihr nicht böse sein. Sie ist deine … Freundin«, hörte Franziska Kimberly sagen. »Es ist ihr Job, auf dich und deine Angelegenheiten aufzupassen. Okay, es war nicht in Ordnung, in meinen Sachen zu schnüffeln, aber wenn sie diese Mail schon entdeckt und falsch verstanden hat, musste sie dich warnen.«

Franziska blickte den beiden nach. Mit einem Schlag wurde es dunkel um sie. Sie schaffte es gerade noch, sich auf einen Stuhl sinken zu lassen.

Fallensteller

»Der Gedanke ist das Saatkorn der Tat.«

Ralph Waldo Emerson

Seit dem Vorfall hatten Franziska und Niklas kein Wort mehr miteinander gesprochen. Nur einmal hatte sie versucht, mit ihm zu reden.

»Ich will nichts davon hören«, zischte er sie wütend an. Damit war das Thema für ihn erledigt. Auch Gesa war gesprächig wie eine Strandkrabbe.

»Am liebsten würde ich mich krankmelden. Ich hasse es, Niklas und diesem Miststück jeden Tag unter die Augen zu treten. Ich schäme mich so.«

»Dafür hast du keinen Grund. Wenn sich einer schämen sollte, dann Kimberly«, erklärte Franziska aus tiefstem Herzen und verstand Gesa doch zu gut.

Es musste einen Weg geben, dieser hinterhältigen Schlange eine Falle zu stellen. Unglücklicherweise fühlte sich Franziskas Kopf an wie ein Behälter für Wattebäusche. Schon die einfachsten Tätigkeiten waren eine Herausforderung, weil ihre Konzentrationsfähigkeit komplett abhandengekommen war. Ein Lichtblick war die elektronische Post aus Irland.

Mal schrieb Conor: »Denke gerade an Dich!« Dann wieder erzählte er ihr von einem Lamm, das auf dem Weg von einer Weide zur anderen verloren gegangen war. Es musste durch irgendetwas erschreckt worden sein, vermutete er, denn sonst würde sich kein Jungtier von der Mutter und der gesamten Herde trennen. Jedenfalls benachrichtigten ihn die Inhaber eines kleinen Cottages, sie hätten vor der Hütte ihres Schäferhundes ein Lamm gesichtet. Conor hatte ein Foto angehängt, das Schäfchen und Hund einträchtig nebeneinander zeigte.

Um endlich die letzten Handgriffe in der Villa abschließen zu können, hatte Franziska einen Termin mit Holger gemacht.

»Moin! Alles roger in Kambodscha?«, begrüßte er sie.

»Jaja, alles gut«, gab sie zurück und legte sofort die Liste der noch offenen Arbeiten auf den Tisch. »Der Handlauf an der Verandatreppe fehlt noch immer«, erinnerte sie ihn seufzend. »Die Fußleisten in Niklas' Büro müssen gemacht werden, damit wir endlich die Möbel an ihre Plätze rücken können, und in meinem Büro schließt das Fenster noch immer nicht richtig.«

»Das ist schlecht, Herr Specht.« Holger biss sich auf die Unterlippe.

»Ja, sehr schlecht sogar. Ich weiß, das ist im Grunde nicht deine Angelegenheit, aber du hast einfach den besseren Draht zu den Jungs. Die Handwerker haben alle einen guten Job gemacht, wir sind froh, dass du sie uns vermittelt hast«, erklärte sie müde. »Nur ist es so schrecklich lästig, wegen der letzten Kleinigkeiten monatelang hinter ihnen herzulaufen. Wenn du sie noch mal ansprichst, stehen sie bestimmt gleich auf der Matte.« Sie bemühte sich um ein Lächeln.

»Alles klärchen, her mit der Liste! Ich nehme das in die Hand.«

»Super, ich danke dir, Holger.«

»Ist der Shop drüben eigentlich gerade geöffnet? Meine Frau liebt eure Sanddornbärchen. Mir sind die ja ein bisschen zu sauer, aber sauer macht bekanntlich lustig. Das kann sie gebrauchen.«

Franziska sah auf die Uhr. »Nein, momentan ist der Shop geschlossen.« Er zog ein Gesicht. »Aber ich habe natürlich einen Schlüssel.« Sie bedeutete ihm, ihr zu folgen. »Wie geht es deiner Frau denn jetzt?«

»Ganz gut, seit sie den Arzt gewechselt hat. Ich achte drauf, dass sie ihre Tabletten nimmt, das funktioniert ganz ordentlich. Der Doc hat sie scheinbar gut eingestellt. Keine schlimmen Attacken mehr, kein totaler Depri. Trotzdem hängt sie nicht herum wie ein Schluck Wasser, wie es bei dem Präparat davor der Fall war.«

»Klingt gut. Das freut mich wirklich für euch.« Sie schloss die Tür auf. Holger betrat hinter ihr den kleinen Laden.

»Ja, holla, die Waldfee, die Bilder sind neu!«

»Schön, oder? Die hat Gesa gemalt.« Holger sah sie erstaunt an. »Gesa Johannsen, Niklas' Mitarbeiterin.«

»*Die* Gesa? Ich bin platt. Die sind nicht schön, die sind superoberaffengeil.«

»Von mir aus auch das.«

»Heute früh hatte ich gerade eine Besichtigung in einer Ferienwohnung. Ganz was Schickes, Erstbezug, Dachterrasse.« Er formte mit Daumen und Zeigefinger einen Ring. »Tippi-toppi, kann ich dir sagen. Aber eben leer, nackig. Da dachte ich alter Schlaufuchs bei mir, so ein Objekt würde noch besser wirken, wenn ein paar edle maritime Gemälde an den Wänden hängen würden. Tatsache, das ging mir gerade erst vor ein paar Stunden durch meinen Schädel.« Er sah sie an. »Meinst du, die Gesa würde mir einige Bilder zur Verfügung stellen? Ich meine, sie könnte den Preis ja gleich dranschreiben, oder sie tackert eine Visitenkarte an, sodass Wohnungs- oder Hauskäufer mit ihr Kontakt aufnehmen könnten. Ha, noch besser!«, rief er. »Ein Bild ist im Kaufpreis gleich enthalten. Das kalkuliere ich vorher natürlich mit ein.« Er sah sich eins von Gesas Werken nach dem anderen an. »Die passen doch superduper in Ferienwohnungen.«

»Gesa ist jetzt im Erntestress, aber ich sage ihr, dass sie sich mit dir in Verbindung setzen soll.« Franziska drückte ihm zwei Beutel saure Bärchen in die Hand. »Mit schönem Gruß an deine Frau. Geht aufs Haus!«

»Oh, schankedön! Ich hatte auf einen Rabatt gehofft. Alle Nizza- und Pudelgerichte zum halben Preis. So was in der Art.« Er lachte.

»Lass gut sein, Holger.« Sie schloss hinter ihnen ab. »Wie weit bist du eigentlich mit Klaas Christensen? Ich habe ihn länger nicht gesehen.«

»Wir haben telefoniert. Alles wunderbärchen. Der Kaufpreis geht klar, ich schicke schon Handwerker rein.«

»Tatsächlich?« Sie begleitete ihn zu seinem Auto.

»Der Mann fackelt nicht lange, er will so schnell wie möglich einziehen. Hat's mit einem Mal richtig eilig.« Holger verdrehte die Augen.

»Sieh an. Bei unserem letzten Treffen hatte ich das Gefühl, dass er sich mit einem Herrn und einer Dame so weit einig war, dass sie sozusagen mit ihrer WG starten können. Dass es jetzt aber so schnell geht … Na, ich werde ihm mal einen Besuch abstatten.«

»Alles klar. Na, bis dannimanski!«

Kaum war Holgers Wagen vom Hof gerollt und Franziska wieder im Haus, klingelte das Telefon.

»Hallo, Zissi, hier ist Jürgen. Wollte mal hören, wie es dir eigentlich geht.«

»Ganz gut, danke, Bruderherz. Viel zu tun. Und du, was treibst du so? Wie weit bist du mit deiner Urlaubsplanung? Du wolltest doch im Winter verreisen, oder?«

»Ja, wollte ich eigentlich. Ich hatte mir erst die Karibik ausgesucht, aber da gibt es so viele fiese Krankheiten. Im Moment denke ich eher an Kalifornien.« Super, davon wollte Franziska gerade gar nichts hören. »Kommt nicht eigentlich Niklas' Neue daher?« Erst Sprüche-Holger und jetzt auch noch Halbbruder Jürgen mit dem Eigentlich-Tick. Sie musste sich sehr zusammenreißen, um nicht ungerecht gereizt zu reagieren.

»Niklas' neue Mitarbeiterin«, stellte sie richtig. »Eine andere Neue hat er nämlich nicht. Hoffe ich«, rutschte ihr dummerweise noch heraus.

»Wieso sagst du das, Zissi? Hast du irgendwelche Hinweise, dass er dir nicht treu ist?«

»Nein, ich habe das nur gesagt, weil es sich so komisch anhörte. Niklas' Neue«, sagte sie grimmig.

»Zissi, du weißt, dass ich früher eigentlich nicht gerade viel von Niklas gehalten habe. Seit er dir ein bisschen das Leben gerettet hat und wir uns ausgesprochen haben, schätze ich ihn. Also etwas.«

»Ach, Jürgen. Wie kann man jemanden etwas schätzen, und wie kann man jemandem ein bisschen das Leben retten?« Sie schmunzelte.

»Ich bin eben nicht so ein Wort-Akrobat.«

Sie lachte. »Kann man so sagen. Dafür hast du andere Stärken.«

»Genau, ich bin zum Beispiel ein Schwestern-Versteher«, sagte er stolz. »Mensch, Zissi, ich habe doch neulich schon gemerkt, dass bei euch etwas nicht stimmt. Wenn Niklas sich am Wochenende vor Erntebeginn die Kante gibt, muss was passiert sein.«

»Mach dir keine Gedanken. Manchmal läuft ein Motor eben nicht rund, sondern stottert ein bisschen. Das gibt sich wieder.«

»Er hat aber nicht gesoffen, weil du ihn mit einer anderen erwischt und ihm die Hölle heißgemacht hast, oder?«

»Um Himmels willen, nein! Er hat finanzielle Sorgen, und ich hatte zwischenzeitlich den Eindruck, er könnte mit seiner Mitarbeiterin anbändeln, mit der aus Kalifornien.« Jetzt war es raus. Sie hoffte, er ließe sie nun in Ruhe.

»So was habe ich mir eigentlich gedacht! Mein feiner Herr Bruder kann nicht treu sein, war er noch nie! Und obendrein noch Geld. Als ob du und Max ihm nicht schon genug gegeben hättet.«

»Genau genommen haben wir es ihm nicht gegeben, sondern sind im Grundbuch mit der Summe eingetragen. Wir haben eine Sicherheit, Jürgen, und außerdem wollte ich es so. Du weißt genau, dass ich mein Geld sonst in eine Eigentumswohnung gesteckt hätte. Ich habe es nun mal vorgezogen, in meine gemeinsame Zukunft mit Niklas zu investieren.«

»Gott sei Dank seid ihr eingetragen«, schimpfte er, ohne weiter auf das einzugehen, was sie gesagt hatte. »Das war kein Zufall, dass er dir den ollen Kasten gezeigt hat, ehe du die Wohnung gekauft hattest.«

»Ich hatte den Vertrag schon unterschrieben. Niklas hat mir die Villa erst gezeigt, als es im Grunde schon zu spät war«, stellte sie richtig.

»Villa!« Er schnaubte verächtlich. »Eine Bruchbude war das, ein Euro-Grab.«

»Jürgen, bitte!«

»Nein, Zissi, bei aller Rücksichtnahme muss ich dir das jetzt sagen: Ich bin nicht überrascht, dass es Niklas jetzt nur noch ums Geld geht und er schon wieder nach anderen Röcken guckt.« Sie sog scharf die Luft ein und wollte protestieren. »Ist doch so. Am Anfang fand er alles ganz toll, was du vorhattest, und jetzt zählt nur noch, was aufs Konto kommt. Habe ich etwa nicht recht? Am Anfang war er charmant zu dir«, sprach er weiter, ohne ihr die Gelegenheit für eine Erwiderung zu geben,

»aber das ist vorbei, stimmt's? Ich kenne ihn doch, und zwar deutlich länger als du. Du bist ihm schon langweilig geworden, und so benimmt er sich auch.«

»Jürgen, das reicht!«, fauchte sie.

»Entschuldigung. O Mann, Zissi, so deutlich wollte ich eigentlich auch wieder nicht werden.«

»Das ist nicht das Problem, sondern dass du ihn falsch einschätzt. Könnt ihr beide denn nie wie erwachsene Menschen miteinander umgehen und einander zumindest respektieren, wenn ihr euch schon nicht besonders leiden könnt?«

»Das versuche ich ja.« Er seufzte. »In eure gemeinsame Zukunft investieren«, sagte er dann finster. »Ihr seid doch nicht einmal verheiratet, und dazu wirst du ihn auch nicht kriegen.« Wieder ein tiefer Seufzer. Franziska schluckte. Sie hatte keine Ahnung, was sie sagen sollte. »Ich kann es eben nicht aushalten, wenn er meiner kleinen Schwester das Herz bricht und sie ausnutzt.«

»Mit deiner kleinen Schwester ist es auch nicht immer einfach«, sagte sie leise. »Und er nutzt mich nicht aus. Wolltest du sonst noch etwas? Ich habe nämlich wirklich eine Menge zu tun.«

»Warum ich eigentlich anrufe, Marianne macht jetzt Nordic Walking. Meinst du, die hat echt einen Kerl?«

Es hatte zu regnen begonnen. Dabei war es ungewöhnlich windstill. Die Tropfen fielen senkrecht, beinahe wie Fäden aus Wasser, die zwischen Himmel und Erde gespannt waren.

Franziska saß in ihrem Büro und schrieb eine Nachricht an den Manager, dem sie ein Coaching-Angebot geschickt hatte. Es klinge alles sehr gut, hatte er sie wissen lassen, und ihre Preise würden ihm fair erscheinen. Vor allem die Idee, die Beratung nicht auf einen langen Zeitraum zu verteilen und sich einmal wöchentlich zu treffen, sondern das Ganze intensiv im Urlaub abzuwickeln, reize ihn sehr. Er habe allerdings noch ein paar Fragen. Sein Schreiben machte ihr Hoffnung. Sie gab sich Mühe mit ihrer Antwort und drückte sich selbst die Daumen, den Fisch an Land ziehen zu können. An der Angel zappelte er schon mal.

Sobald sie nach draußen sah, überkam sie jedoch ein schlechtes Gewissen. Gut, sie hatte den Erntehelfern auch an diesem Tag Kekse, Salzgebäck und Partywürstchen gebracht, damit sie sich in der Pause stärken konnten. Und an manchem Morgen hatte sie ein Blech Kuchen gebacken und es auf den großen Tisch gestellt, der in der Halle inzwischen für die fleißigen Arbeiter bereitstand. Draußen war es jetzt meist schon zu frisch zum Sitzen, vor allem, wenn man vorher auf dem Feld ordentlich ins Schwitzen gekommen war. Sie tat, was sie konnte. Nein, genau das tat sie eben nicht. Sie könnte sich eine der pneumatischen Scheren schnappen und Zweige schneiden. Sie wusste, dass es in zwei Teams Ausfälle wegen echter Erkrankungen oder akuter Unlust gab. Gesa war wie in jedem Jahr überall und nirgends. Bevor es morgens losging und auch in ihren Pausen wurde sie meist von Maren im Büro festgehalten, weil die von nichts eine Ahnung und daher ständig tausend Fragen hatte, und dennoch hielt sie tapfer die Stellung.

Franziska wusste genau, wie es sich anfühlte, wenn der Regen einem aus den Haaren ins Gesicht lief, in den Ausschnitt und in die Ärmel. Sie kannte das Gefühl, wenn selbst die beste Funktionsbekleidung nachgab oder vom Schweiß von innen feucht wurde, wenn jeder einzelne Knochen im Leib schmerzte und gegen die eintönige Belastung protestierte, die dem Körper Stunde um Stunde zugemutet wurde. Mehr als einmal war sie kurz davor gewesen, am Morgen einfach da zu sein, wenn es losging, und in der Truppe zu helfen, die es am meisten brauchen konnte. Doch wer erledigte dann ihre Arbeit? Wer unterstützte Maren und Gesa, fuhr los, wenn etwas gebraucht wurde? Wenn sie ganz ehrlich war, hatte sie Bedenken, dass sie keinen Tag draußen beim Sanddornschneiden durchhalten würde. Seit wie vielen Wochen ging das jetzt schon so, dass sie sich schlapp fühlte und elend? Es würde ihr gerade noch fehlen, auf dem Feld zusammenzuklappen und den anderen nur noch zusätzliche Arbeit zu bereiten. Sie erinnerte sich nur zu gut daran, als damals bei ihrer ersten Ernte Ziko mit der Schere abgerutscht war und sich diese tief in den Oberschenkel gerammt hatte. Sie hatte ihn ins Krankenhaus begleitet und war einige Stunden ausgefallen. Ihre kleine Mannschaft unter Johns Leitung hatte ohne sie beide auskommen müssen. Nein, sie würde es nicht riskieren, selbst diejenige zu sein, die einen Trupp aufhielt. Schon gar nicht würde sie Kimberly die Gelegenheit geben, sich besorgt zu zeigen und sich um sie zu bemühen. Grimmig dachte sie an Berlin. Da hatte sie spätabends sogar noch Niklas angerufen, um ihm brühwarm zu erzählen, dass es ihr, Franziska, nicht gut ging. Diese böse Hexe! Gesa hatte es genau auf den Punkt gebracht. Es war doch nur ein Vorwand gewesen, um noch mit Niklas zu plaudern, ihm zu erzählen, wie erfolgreich sie auf der Messe gewesen war.

Um ihre schlechte Laune zu bekämpfen, warf Franziska einen Blick in ihren elektronischen Briefkasten. Ihr Herz machte einen Freudenhüpfer. Post von Conor!

> Nächsten Samstag spiele ich in Hamburg im Kerker. Ich komme am Freitag an und kann nicht lange bleiben. Bis Dienstag höchstens. Bist Du in der Stadt? Ich würde mich so sehr freuen.
> Dein Conor

Dein Conor. Das war das erste Mal, dass er das unter seine Zeilen geschrieben hatte. Sobald sie seine englischen Worte las, hörte sie seine Stimme mit dem typischen irischen Akzent, als hätte er gerade mit ihr gesprochen. Ihr schlechtes Gewissen wuchs. Statt im Schietwetter zu helfen, saß sie im Trockenen und genoss das Kribbeln, das der Brief eines anderen Mannes auslöste. Immerhin besser als die ständige Übelkeit, sagte sie sich. Nächsten Samstag. Sollte sie hinfahren? Es waren bummelig dreihundertfünfzig Kilometer von Putgarten. Machbar also. Jürgen hatte verdammt recht, sie war nicht mit Niklas verheiratet. Und selbst wenn, sie war noch immer ein freier Mensch. Wenn sie am Wochenende zu einem Konzert nach Hamburg fahren und erst im Morgengrauen zurückkommen wollte, dann konnte sie das tun. Worum ging es hier? Hand aufs Herz! Es ging nicht um irgendein Konzert, es ging darum, Conor wiederzusehen. Sie müsste es Niklas sagen, alles andere wäre nicht fair. Ach was, es war sowieso eine verrückte Idee. Siebenhundert Kilometer hin und zurück, nur um ihn auf der Bühne zu erleben und vielleicht hinterher noch ein paar Worte zu reden. Sie blickte trübsinnig in den Regen und holte tief Luft. Wie gerne würde sie Conor sehen! Was waren schon dreihundertfünfzig Kilometer im Gegensatz zu zweitausend, die normalerweise zwischen ihnen lagen? Sie hatte doch sowieso überlegt, mal wieder in ihrer Hamburger Wohnung nach dem Rechten zu sehen und zu ihrem alten Hausarzt zu gehen. Das ließe sich bestens mit einem Treffen verbinden. Es war wirklich zum Aus-der-Haut-Fahren! Einerseits würde sie am liebsten sofort eine Zusage schreiben, andererseits plagte sie das schlechte Gewissen. Ausgerechnet jetzt wegzufahren wäre eine weitere Belastung für Niklas und damit auch für ihre Beziehung. Und würde sie damit nicht Kimberly das Feld überlassen, die hundertprozentig keine Chance verstreichen ließe, sich Niklas noch mehr an den Hals zu werfen? Franziska beschloss, eine Antwort an Conor zu vertagen.

Als sie am Abend die Haustür hörte, ging es Franziska sehr viel besser. Sie hatte mit Klaas telefoniert, der sich hundertmal entschuldigte, sie nicht informiert zu haben.

»Ik will nich' mehr töven, ik will da rin!«, hatte er in seiner unerschütterlichen Art erklärt. Er habe keine Zeit zu verlieren, und an einigen Räumen im Erdgeschoss sei schließlich nicht viel zu machen. Auch ihr Einwand, dass es schrecklich laut und dreckig werden würde, wenn die Handwerker in dem oberen Stockwerk Wände versetzten und einen Lift installierten, brachte ihn nicht von seinem Kurs ab. Aus einem für sie unersichtlichen Grund hatte er sich fest vorgenommen, spätestens im Oktober in sein neues Haus, seine Senioren-WG, einzuziehen.

Franziska hatte an diesem Tag außerdem Angebote verschickt, eine bescheidene Rechnung an einen Rügener Hotelier geschrieben, der akut von einer Insolvenz bedroht war und sich bei ihr Hilfe geholt hatte, und sogar ihre Steuerunterlagen auf den aktuellen Stand gebracht. Irgendwie war es ihr gelungen, sich auf ihre Arbeit zu konzentrieren und richtig viel zu schaffen. Ein sehr gutes Gefühl! Gerade noch rechtzeitig hatte sie den Ofen vorgeheizt. Sie lief hinunter in die Küche und schob Pizza auf die Bleche.

»Wie war der Tag?«, fragte sie Niklas, der hereinkam und lediglich ein kaum hörbares »'n Abend« über die Lippen brachte. »Sind alle Sträucher gleichermaßen befallen, oder gibt es Bereiche mit höherem Ertrag?« Sie beschloss, dass dieses alberne Schweigen ein Ende haben müsse. Sie würde sich ab sofort wie ein erwachsener Mensch verhalten. Die gedrückte Stimmung war ja nicht länger auszuhalten. Außerdem hatte sie kein Interesse daran, dass Niklas sich zu Hause unwohl fühlte und sich von Kimberly trösten und ablenken ließ.

»Die Viecher sind überall«, gab er zurück. »Wenn wir siebzig Tonnen zusammenkriegen, können wir schon froh sein.«

»O Mann, das ist echt wenig.« In guten Jahren holten sie zwanzig Tonnen mehr von den Büschen. Niklas warf ihr einen Blick zu, als läge ihm ein bissiger Kommentar auf der Zunge, doch er schluckte ihn hinunter. Franziska hätte ihn gern aufgemuntert, hätte liebend gern gesagt, dass sie schon klarkommen würden, doch auch sie verkniff es sich. Sie war nicht überzeugt davon, dass sie überhaupt noch etwas gemeinsam auf die Reihe kriegen könnten. »Die Pizza braucht noch zehn Minuten«, informierte sie ihn stattdessen. »Ich habe heute Morgen Würstchen rübergebracht. Hast du eine Ahnung, ob die alle gegessen wurden oder ob noch welche übrig sind?«

Er zuckte mit den Schultern. »Weiß nicht.« Dann steckte er seine Nase in die Post der letzten Tage, die er noch nicht einmal aufgemacht hatte.

»Es ist ein so komisches drückendes Wetter, finde ich. Wenn noch welche da sind und niemand sie in den Kühlschrank gepackt hat, haben die morgen vermutlich einen Stich. Das wäre schade.«

»Ich weiß es nicht, Ziska, darum kann ich mich nicht auch noch kümmern.«

Sie atmete tief durch. »Nein, sollst du ja auch nicht«, gab sie freundlich zurück. »Ich lauf mal schnell rüber und sehe nach. Dauert ja sowieso noch etwas mit der Pizza.«

Hatte sie sich's doch gedacht. In beiden Schüsseln lagen noch ein paar arme Würstchen, deren Haut schon ganz schrumpelig wurde. Sie schnappte sich die Schalen. Ansonsten sah alles ordentlich aus. Sie löschte das Licht. In dem Moment hörte sie eine Tür klappen. Das war merkwürdig, es war doch niemand mehr da.

»Gesa?«, rief sie und ging zum Fenster hinüber. Klang so, als wäre das die Hintertür gewesen. Sie sah gerade noch Kimberly um die Ecke verschwinden, eine bunte Mappe unter dem Arm. »Was hast du jetzt wieder ausgeheckt, du hinterhältiges Biest?«, flüsterte sie. Die Tür zum Kabuff, in dem das Büro-Monster hauste, war nur angelehnt. Das war ungewöhnlich. Sie wollte gerade nachsehen, als sie jemanden kommen hörte. In wenigen Schritten war sie bei dem Entsafter und ging dahinter in Deckung, die Schüsseln mit den angetrockneten Würstchen an sich gepresst. Kimberly. Sie hatte anscheinend etwas vergessen. Franziska sah sie in den Gang verschwinden, in dem Gesa ihr Büro hatte. Was hatte sie da zu suchen? Franziska wäre ihr liebend gern nachgegangen. Nur was dann? Blondie hatte mit Sicherheit sofort wieder eine gute Ausrede parat. Franziska bemühte sich, keinen Laut von sich zu geben, und rührte sich nicht. Lange brauchte sie nicht in ihrem Versteck auszuharren. Kimberly kam zurück. Franziska spähte zwischen den Schläuchen und dem metallenen Leib der Maschine hindurch und sah sie eilig durch die Halle gehen. Die knallbunte Mappe fehlte. Franziska war sich sicher, dass Kimberly sie noch bei sich gehabt hatte, als sie zurückgekommen war. Und jetzt wusste sie auch, woher sie das Ding kannte. Es hatte auf Gesas Schreibtisch gelegen. Nachdem die Tür erneut klappte, traute sie sich aus der Deckung. Einer Eingebung folgend, ging sie ins Kabuff. Das Büro-Monster war ausgeschaltet, aber noch warm. Kimberly hatte irgendwelche Unterlagen von Gesa kopiert und aus Versehen die Mappe mitgenommen. Wahrscheinlich war ihr das an ihrem Auto aufgefallen, und sie hatte zurücklaufen und das Ding an seinen Platz legen müssen, damit Gesa nichts merkte. Was hatte sie sich jetzt schon wieder unter den Nagel gerissen? Noch viel interessanter war die Frage, wie man ihr einen Strick daraus drehen konnte.

Die Pizza war ein wenig dunkel geraten, aber glücklicherweise noch essbar. Niklas hatte das Piepen des Ofens stoisch ignoriert und gewartet, bis Franziska zurück war. Nach dem Essen verkündete er, dass er wenigstens einmal die Nachrichten sehen wolle.

»Ich kriege ja schon gar nichts mehr mit außer Sanddorn«, murmelte er und verzog sich ins Wohnzimmer.

»Ich komme auch gleich.« Franziska bemühte sich um einen gelassenen Ton. »Ich muss nur noch schnell ein Telefonat erledigen.« Sie lief hinauf in ihr Büro und schloss die Tür hinter sich. Mit fahrigen Bewegungen wählte sie Gesas Nummer. »Ich habe Kimberly gesehen. Eben gerade«, sprudelte sie los, ehe Gesa mehr als ein Moin herausbringen konnte. »Die hat irgendetwas aus deinem Büro genommen und kopiert. Ganz sicher.«

»Und was?«

»Auf deinem Schreibtisch liegt doch seit einer Weile diese poppig bunte Mappe. Weißt du?«

»Klar. Hatte sie die etwa in den Händen?« Gesa klang jetzt auch angespannt.

»Ja, genau. Was ist denn darin?«

»Rezepte«, gab Gesa knapp zurück.

»Da haben wir es!«, rief Franziska empört. »Sie hat die bestimmt kopiert, damit Lehmann all die angekündigten Spezialitäten überhaupt zubereiten kann.« Da Gesa überraschenderweise nichts sagte, ergänzte sie: »Auf Lehmanns Homepage ist die Eröffnung des Cafés mit Sanddorn-Salon zur Verkostung neuer Produkte für das Erntefest Ende September angekündigt, wenn ich nicht irre.« Nebenbei fuhr sie ihren Computer hoch, um sich des Termins zu vergewissern. »Der gute Mann muss jetzt langsam in die Vorbereitungen gehen. Gesa, das ist die weitere Kooperation mit Kimberly, auf die er sich gefreut hat.«

Wieder blieb es am anderen Ende still. Plötzlich lachte Gesa so laut los, dass Franziska erschrocken das Telefon von ihrem Ohr riss. »Was ist daran witzig?«

»Alles!«, prustete Gesa. »Ich nehme mir an dem Tag frei. Dieses Erntefest will ich erleben.«

»Ich verstehe überhaupt nichts mehr.« Franziska ließ sich auf ihren Stuhl sinken.

»In der Mappe habe ich Ideen gesammelt«, erklärte Gesa und rang noch immer nach Luft. »Das sind handgeschriebene Entwürfe, die ich noch ordentlich verfeinern musste, weil sie entweder nicht funktioniert oder einfach nicht geschmeckt haben.« Sie kicherte schon wieder. »Ich wollte die schon lange mal entsorgen. Die mehrfach getesteten und für gut befundenen Rezepte habe ich alle auf meinem Rechner.« Sie lachte auf. »Wenn Lehmann nach den ollen Entwürfen produziert, läuft ihm die Creme von der Torte, und der Likör schmeckt wie Knüppel auf den Kopp.«

Jetzt musste auch Franziska schmunzeln. Ganz so komisch wie Gesa fand sie die Geschichte allerdings nicht. »Wenn Blondie ihm die Unterlagen heute oder morgen zukommen lässt, probiert Lehmann mit Sicherheit in Ruhe aus, ehe er etwas seinen Kunden anbietet oder womöglich gleich eine große Menge herstellt. Er wird nicht mehr ganz so begeistert von unserem amerikanischen Gift sein, aber das ist auch schon alles.«

»Hast recht.« Gesa seufzte. »Richtig üble Konsequenzen hat das für die blöde Hexe nicht. Du musst es Niklas sagen«, schlug sie unvermittelt vor. »Niklas soll seinen Konkurrenten warnen, er soll ihm sagen, dass Blondie ihm Mist geben wird. Jetzt gleich. Wenn es dann kommt, wie er angekündigt hat, wird dieser Lehmann dem Chef danken. Und dann glaubt der uns endlich.«

»Schön wär's.« Franziska spürte, wie sich ihr Magen bei der Vorstellung zusammenzog, Niklas noch einmal von Kimberlys

Falschheit überzeugen zu wollen. »Aber ich glaube nicht, dass er das tun wird. Wegen dieser angeblichen Urlaubsreise nach Kalifornien hat er ihn auch nicht angerufen.«

»Nicht?« Es klang nicht, als hätte Gesa ernsthaft damit gerechnet.

»Nein, ich glaube nicht, denn sonst hätte er etwas gesagt.« Ein paar Sekunden schwiegen beide.

»Kann man nicht so'n Zeug kaufen, mit dem man Fingerabdrücke sicherstellt?«, überlegte Gesa laut. »Dann könnten wir beweisen, dass Kimberly meine Mappe und jedes Rezept in der Hand hatte.«

»Woher sollen wir das kriegen? Glaubst du, das kann man so einfach über das Internet bestellen?«

»Eher nicht. Ach Mann, in jedem simplen Krimi fällt den Ermittlern etwas ein, und sie können den Bösewicht so richtig gepflegt in die Pfanne hauen. Warum gelingt uns das nicht?«

»Weil das hier kein simpler Krimi ist, sondern die Realität«, gab Franziska zurück.

»Versuch's, Ziska!«, beharrte Gesa. »Du musst Niklas dazu bringen, heute noch bei Lehmann anzurufen. Das ist die beste Chance, die wir überhaupt haben.«

Franziska betrat das Wohnzimmer. Sie fühlte sich, als stünde ihr eine Wurzelbehandlung ohne Betäubung bevor.

Niklas sah kurz auf. »Na, alles erledigt?«

»Hm«, machte sie. Die Nachrichten waren längst vorbei. Er schaltete sich durch die Programme, ohne sich länger auf etwas zu konzentrieren. »Könnten wir kurz etwas besprechen, oder passt's gerade nicht?«, fragte sie zaghaft.

»Es wird bis Anfang nächsten Monats nicht besser passen«, entgegnete er, lächelte matt und schaltete den Fernseher aus. »Was gibt's denn?« Die Stille lag bleischwer im Raum. Franziska überlegte fieberhaft, was sie sagen sollte, nur fiel ihr leider nichts einigermaßen Sinnvolles ein. Also die Wahrheit.

»Auf die Gefahr hin, dass du sauer wirst ... Ich wollte wissen, ob du diesen Lehmann aus Sachsen-Anhalt mal angerufen hast.« Wie befürchtet spannte sich Niklas' gesamter Körper von einer Sekunde auf die andere an.

»Habe ich.«

»Tatsächlich?« Sie sah ihn verblüfft an. »Und?«

»Und nichts, Franziska. Genau wie erwartet hat er Kimberlys Angaben bestätigt. Eine ziemlich peinliche Angelegenheit.« Sie hätte viel darum gegeben, Einzelheiten zu erfahren. Aber sie konnte schlecht danach fragen, was genau Herr Lehmann gesagt hatte. »Ich habe echt tagelang überlegt, ehe mir überhaupt eine plausible Geschichte eingefallen ist, weshalb ich bei ihm anrufe.« Er sah sie ernst an. Tagelang überlegt, schrillte es in Franziskas Kopf, das hieß, Kimberly hatte jede Menge Zeit gehabt, Lehmann vorzuwarnen. »Aber das musste ich ja wohl. Ich hätte es dir und Gesa gegenüber nicht fair gefunden, die Sache nicht zu überprüfen«, fuhr Niklas fort. »Ziska, ich hatte keine Ahnung, dass Gesa auf Frauen steht. Ist mir auch völlig wurscht. Wenn sie hier allerdings ein Drama abzieht, weil Kimberly nicht vom anderen Ufer ist, dann macht mich das echt sauer.«

»So ist es nicht, Nik, ehrlich. Weder ist Gesa die verschmähte Möchtegern-Liebhaberin, noch bin ich eifersüchtig. Kimberly lässt es nur so aussehen, damit du ihr nicht auf die Schliche kommst«, erklärte sie eindringlich, wusste jedoch im selben Moment, wie dämlich sich das anhörte. Und ehe er protestieren konnte und sie der Mut verließ, setzte sie hinzu: »Als ich eben kurz drüben war, habe ich sie schon wieder ertappt.« Niklas runzelte die Stirn. »Sie hat die Rezepte kopiert, die zu Weihnachten im Rügorange-Kochbuch erscheinen sollen. Lehmann wird in seinem neuen Café Spezialitäten anbieten, die du in dem Buch als Gesas und deine extra für den Verlag entwickelten Kreationen präsentierst. Du kannst das verhindern, indem du ihn jetzt gleich anrufst und ihm sagst, dass Kimberly ein falsches Spiel spielt.« Sie ließ ihn noch immer nicht zu Wort kommen. »Dieses Mal wird das überhaupt nicht peinlich, Lehmann wird dir sogar dankbar sein, denn die Rezepte sind noch nicht ausgegoren. Ich meine, die Versionen, die sie kopiert hat, sind nur erste Entwürfe. Damit ist Lehmann eine Bauchlandung so gut wie sicher.« Jetzt war es raus. Franziska hielt die Luft an.

»Ich bin erledigt und habe einen Haufen Mist an der Backe, Ziska. Ich würde mir von meiner Partnerin wünschen, dass sie mich unterstützt und mir zur Seite steht, statt sich komplett in eine Sache zu verrennen und mir damit gehörig zusätzlich auf die Nerven zu gehen. Du sagtest neulich, du weißt nicht mehr weiter.« Er sah mit einem Mal ganz traurig aus. »Ich auch nicht, Ziska. Ehrlich, ich auch nicht. Ich weiß manchmal nicht mal mehr, ob ich das alles noch so will. Was ich dir sagen kann, ist, dass ich noch immer an dir hänge. Irgendwie. Und ich fände es einfach nur super, wenn du das Thema Kimberly endlich begraben könntest. Lass uns bitte versuchen, friedlich miteinander umzugehen, bis der Erntestress vorbei ist. Vielleicht können wir dann ein paar Tage wegfahren, reden. Keine Ahnung. Aber ich fürchte, wenn wir jetzt versuchen, all unsere Schwierigkeiten zu klären, geht das nicht gut.«

Franziska hatte das Gefühl, der Boden unter ihren Füßen würde plötzlich schwanken wie ein Schiff. Er wollte nichts mehr über ihren Verdacht gegen Kimberly hören, er würde schon gar nicht bei Lehmann anrufen. Das konnte sie vergessen. Immerhin war er nicht wütend geworden, wobei aber seine offenkundige Enttäuschung noch viel mehr wehtat. Die unterschiedlichsten Emotionen stiegen in ihr auf, zerplatzten, um gleich darauf von neuen abgelöst zu werden. Er hing noch immer an ihr. Das war schön. Dummerweise hing er nur noch irgendwie an ihr. Dass er gleichzeitig infrage stellte, ob diese Beziehung noch das Richtige für ihn war, fühlte sich schrecklich an.

»Ist das ein Vorschlag?«, wollte er ruhig wissen. Ihr fiel auf, dass sie noch immer mitten im Wohnzimmer stand, durch ihn hindurchstarrte und kein Wort sagte.

Sie nickte langsam. »Einverstanden«, flüsterte sie.

Der Dienstag brachte kräftigen Sturm, der von der Ostsee über die Insel fegte. Die Regenwolken konnten ihm nicht standhalten. Es hatte sich zwar abgekühlt, aber dafür war es trocken. Eine gute Entwicklung für die tüchtigen Arbeiter auf dem Feld. Franziska war früh auf den Beinen. Als Niklas aufstand, hatte sie bereits Brötchen geholt, die ihren Duft in der Küche verströmten.

»Hm, frische Brötchen? Das ist aber lieb«, sagte er und gab ihr einen Kuss auf die Wange. Den ersten seit Langem.

»Irgendwie muss ich dich doch durch diese stressige Zeit kriegen«, gab sie zaghaft zurück.

»Das duftet hier aber nicht nur nach Backstube.« Er schnupperte. »Das riecht nach …«

»Kakao«, verriet sie. »Ich bringe gleich zwei große Pumpkannen und zwei Platten Butterkuchen rüber in die Halle.«

»Ist wirklich lieb von dir«, sagte er, während er das erste Brötchen aufschnitt. »Tut mir leid, dass ich gestern angedeutet habe, du würdest mich nicht unterstützen. Das tust du, sehr sogar. Ist nicht so, dass ich das nicht mitkriege. Leider hast du dich trotzdem in diese Sache verrannt.«

»Wollten wir nicht die Ernte abwarten und dann alles in Ruhe besprechen?«, erinnerte sie ihn. »Das ist wahrscheinlich wirklich die beste Idee. Du bist doch schon wieder auf dem Sprung.« Sie deutete zur Uhr.

»Hast recht.«

Innerhalb weniger Minuten hatte Niklas zwei Brötchen verschlungen und mindestens drei Tassen Kaffee hinuntergestürzt. Wie machte er das bloß? Sie biss gerade erst in die zweite Brötchenhälfte.

»Ich muss los«, sagte er noch kauend, sprang auch schon auf und tätschelte ihr im Vorbeigehen nur kurz den Arm.

»Ich komme mit.«

»Frühstücke du doch erst mal in Ruhe zu Ende«, rief er aus dem Flur.

Sie stand auf und schnappte sich den Kuchen. »Das kann ich nachher noch. Nimmst du bitte die Pumpkannen mit?«

»Okay.« Sie eilten über den Hof. Franziska senkte den Kopf und versuchte, das Gesicht aus dem Wind zu drehen. Ihre Haare wirbelten um sie herum, dass sie kaum noch etwas sehen konnte. Hallo, Herbst, dachte sie und war froh, hinter Niklas in die Halle schlüpfen zu können. Auf dem großen Tisch stellten sie den Proviant ab.

»Danke noch mal!« Niklas schenkte ihr ein Lächeln und verschwand in seinem Büro. Franziska lief, ohne zu zögern, den Gang zu Gesas Arbeitszimmer entlang. Hoffentlich war sie schon da. Sie klopfte und drückte im selben Moment die Klinke hinunter.

»Jo, immer herein!«, tönte es auch schon von drinnen.

Franziska schloss die Tür hinter sich. »Guten Morgen! Ich hab's ihm gesagt, er hat nicht angerufen«, platzte sie heraus.

»Schöner Schlamassel«, entgegnete Gesa matt. Dann blitzten ihre Augen. »Okay, dann kommt Plan B zum Einsatz.«

»Haben wir einen?« Franziska sah sie erstaunt an.

»Ich habe einen. Habe fast befürchtet, dass der Chef dieser Trine mehr vertraut als uns.« Sie stand auf und warf Franziska einen schrägen Seitenblick zu. »Dass er mir, seiner langjährigen und, wenn du mich fragst, auch besten Mitarbeiterin weniger glaubt als Blondie aus California, ist schon schlimm genug. Dass er nicht einmal auf dich hört, ist der Hammer. Ehrlich, ihr Heteros habt komische Beziehungen. Los, komm!«

»Wohin?«

»Raus! Kann gut sein, dass der Chef was will und in meinem Büro auftaucht. Ist mir zu heikel. Wenn der uns zusammen antrifft, sieht er gleich wieder rot.« Ein überzeugendes Argument. Sie liefen ein paar Schritte und stemmten sich gegen den Sturm.

»Pass auf dein Tuch auf!«, rief Franziska und musste lachen. »Eine kräftige Böe, und es hängt auf dem Dach.«

»Ich wünschte, das wäre momentan mein einziges Problem«, brüllte Gesa zurück. Zwischen Kühlhaus und Gewächshaus stapelten sich Holzkisten und Paletten. Daneben hatte jemand die Äste zu einem hohen Haufen geschichtet, die bereits schockgefrostet und in der Rüttelmaschine der Beeren beraubt worden waren. Einige dünne Zweige hatten sich gelöst und fegten über den Hof.

»Mann, der Wind geht durch bis auf die Knochen.« Franziska hielt die dünne Strickjacke, die sie sich schnell übergeworfen hatte, am Hals zu und fröstelte. »Dann lass deinen Plan B mal hören. Aber schnell, bitte, ehe ich erfroren bin.«

»Wir stellen ihr eine Falle.« Gesas Augen leuchteten. »Sie muss denken, ich hätte das ultimative Rezept für ein Sanddornelixier entwickelt, das schön macht und gesund und fit. So ein Zeug passend zu ihrer Werbestrategie, Marke: Langes Leben aus dem Labor.« Franziska nickte. Das hörte sich ziemlich gut an. »Wir sorgen dafür, dass sie es mitkriegt, während wir so tun, als sollte sie auf keinen Fall etwas davon erfahren. Wetten, die will das unbedingt für ihren Herrn Lehmann haben? Die denkt doch, damit macht sie Punkte ohne Ende.«

»Es muss unwiderstehlich für sie sein«, stimmte Franziska begeistert zu. Vor Aufregung wurde ihr gleich ein bisschen wärmer.

»Und dann warnen wir Lehmann!« Gesa grinste schadenfroh. »Anonym! Aber mit einem Hinweis auf Rügorange, damit der Typ auch weiß, wo er hübsch Danke sagen muss.« Franziska nickte langsam. Der Plan war gut. Noch besser wäre es, Kimberly so richtig in die Pfanne zu hauen. Vor Niklas' Augen. »Ich habe mir gestern schon ein paar Zutaten überlegt«, schrie Gesa gegen den Wind und sah sich immer wieder um, ob bloß niemand auftauchte, der sie belauschen könnte. »Ein bisschen Senf, ganz viel Zucker und eine ordentliche Portion Pflaumensaft.« Sie lachte schallend. »Ist bestimmt ein super Abführmittel.«

»Bäh, kannst du fies sein!« Franziska schmunzelte. »Mein Mitleid würde sich allerdings auch in Grenzen halten, das gebe ich zu. Schließlich spioniert Lehmann Niklas ganz gezielt aus und will ihn sogar kaputt machen.« Plötzlich hatte sie eine Idee. »Wir warnen den Typen nicht, Gesa«, erklärte sie.

»Sondern?«

»Mir ist gerade etwas viel Besseres eingefallen.«

Franziska hatte ihre zweite Brötchenhälfte an die Möwen verfüttert, die sich, das Gefieder ganz zerzaust, gegen den Sturm zu ihr auf die Terrasse kämpften. Anschließend hatte sie in der Küche Klarschiff gemacht und immer wieder zur Uhr gesehen.

Maren rief an. Sie sollte Versandaufkleber ausdrucken, kam mit dem Format aber nicht zurecht.

»Entweder ist es so winzig, dass man nix lesen kann, oder die Schrift ragt über den Aufkleber hinaus. Gesa hat mir erklärt, wie ich das einstelle, aber das ging alles so schnell«, jammerte sie.

»Bin gleich da.« Franziska hatte selbst schon oft genug einen Fehldruck produziert, aber immerhin wusste sie, welche Einstellung sie wo ändern musste. Sie zog sich ihre Windjacke an und kam ihrer Freundin zu Hilfe.

»Sonst alles gut bei euch?« Maren beobachtete Franziska kritisch.

»Was meinst du mit sonst?«

»Na ja, außer dem Ernte-Chaos. Echt, so hektisch habe ich mir das nicht vorgestellt.«

Franziska lächelte matt. »Keine Sorge, so geht es jedem, der das erste Mal hautnah dabei ist. Und bei euch? Hat Richard sich schon geäußert, was mit seiner Kollegespielin ist? Gibt er ihr den Laufpass?«

Maren seufzte schwer. »Wenn ich das nur wüsste. Er legt sich nicht fest. Manchmal denke ich, ich sollte Felix herholen und hierbleiben. Keine Angst, nicht bei euch«, sagte sie schnell, »sondern auf der Insel. Und dann glaube ich wieder, wir können das hinkriegen. Nur müssen wir allmählich mal wieder reden. So richtig, unter vier Augen und nicht am Telefon. Aber davor habe ich auch ein bisschen Schiss. Ich war so lange weg.« Sie zog eine Augenbraue hoch. »Ich habe echt Bedenken, dass wir uns fremd geworden sind.«

»Ist vielleicht gar nicht schlecht. Das bedeutet immerhin, dass ihr wirklich Abstand hattet. Wenn ihr euch mit einem ganz neuen Blick seht, erkennt ihr möglicherweise auch wieder die positiven Eigenschaften, die ihr mal sehr aneinander mochtet.«

»Das wäre schön.« Das Telefon klingelte. »Hätte mich auch gewundert, wenn wir noch länger hätten klönen können«, sagte Maren lachend und griff auch schon zum Hörer.

Franziska nickte, hob die Hand zum Gruß und sah schon wieder auf die Uhr. Kurz nach elf. Sie hielt es nicht länger aus und machte sich auf den Weg nach Vitt. Thekla hatte irgendwann erwähnt, dass Ronja mehr an die frische Luft müsse. Sie hocke viel zu viel vor diesem Computer, hatte sie geschimpft. Für ihren Schlachtplan gegen Kimberly, die Kobra, konnte Franziska jemanden brauchen, der sich mit technischen Dingen auskannte.

In dem kleinen Fischerort angekommen, lief sie direkt den schmalen Sandweg entlang, der zu Heinrichs Haus führte. Sie würde ihm auf dem Rückweg an der Räucherbude einen Besuch abstatten und gleich Fisch für das Abendessen mitnehmen. Jetzt wollte sie zu Ronja. Hoffentlich war die so früh schon aus der Schule zurück. Franziska war Anfang dreißig. Sie sollte zu Hause darauf warten, dass die eigene Tochter oder der Sohn von der Schule kam, dachte sie plötzlich. Wie kam sie denn jetzt auf so etwas? Sie schüttelte den Kopf und schob den Gedanken rasch beiseite.

Seit Rosa bei Fischer Heinrich und seinem Vater lebte, war das Haus mit seinem Reetdach und dem kleinen Vorgarten ein Schmuckstück. Das Salz, das von der nahen Ostsee immer wieder auf die Scheiben der Sprossenfensterchen getragen wurde, verschwand, kaum dass es zu sehen gewesen wäre. Spinnenweben, die die Halme des niedrigen Daches mit der Haustür verbanden, wurden regelmäßig entfernt. An die Stockrosen, die noch vor wenigen Wochen üppig geblüht hatten, erinnerten nur noch dicke abgeschnittene Stängel. Selbst der Möwenschiet, der üblicherweise das aus Natursteinen gelegte halbkreisförmige Podest direkt am Eingang mit schwarz-weißen Klecksen dekorierte, fehlte. Eine Klingel gab es noch immer nicht. Dafür hing nun eine alte Schiffsglocke neben der Tür. Eine schöne Idee. Vielleicht sollten sie für die Villa etwas Ähnliches finden, statt eine gewöhnliche Klingel zu installieren. Sie griff nach dem Tau mit dem dicken Knoten am Ende und läutete. Wenig später waren schwerfällige Schritte zu hören, dann öffnete Thekla ihr.

»Hallo! Na, das ist aber eine Überraschung. Ich wusste gar nicht, dass du schon wieder hier bist.« Franziska und die alte Dame umarmten einander.

»Komm rein, komm rein. Das ist vielleicht ungemütlich heute.« Thekla schloss schnell die Tür. »Ich hatte mich doch zu diesem Kurs angemeldet. Du erinnerst dich? Kraftatmen mit diesem süßen Trainer. Leider habt ihr ja kein Zimmer frei. Ich wollte ja eigentlich nicht mit meiner Tochter und meiner Enkelin länger unter einem Dach wohnen. Du weißt doch, dieses Generationen-Ding ist nicht so mein Fall.« Sie zog die Nase kraus. »Aber die Lage hier ist nun mal top, ich habe ein hübsches Zimmer, also was soll's.« Thekla ging voraus. »Sieh mal, wer hier ist!«, rief sie laut, als sie die gute Stube betraten. Heinrich III. saß in seinem Schaukelstuhl, ein dickes Kissen im Rücken.

»Moin, Heinrich«, begrüßte Franziska ihn und drückte seine linke Hand, ehe er sich die Mühe machte, diese millimeterweise anzuheben. Die rechte war seit seinem Schlaganfall verkrümmt und lag nur noch auf seinem Schoß. Das Blitzen in seinen hellblauen Augen signalisierte ihr, dass er sie erkannt hatte, obwohl sie ihm lange keinen Besuch mehr abgestattet hatte. »Na, wie geht's dir? Kümmern sich die Damen auch alle gut um dich?« Seine Mundwinkel zuckten ganz leicht. Ein gutes Zeichen. Sie lächelte ihn an und tätschelte seine Hand noch einmal, ehe sie zum Tisch hinüberging.

»Rosa ist bei Florian«, sagte Thekla bedeutungsvoll. »Darum leiste ich Heinrich III. heute mal Gesellschaft.«

»Aha. Engagiert sie sich tatsächlich in seinem Theaterprojekt?«

»Behauptet sie jedenfalls.« Thekla schmunzelte amüsiert. »Soll ich uns mal einen Tee machen?«

Franziska wollte schon dankend ablehnen. Aber warum eigentlich? »Gerne!«

»Na, Heinrich, 'n schöner Tee? Da sagst du auch nicht Nein, oder?« Thekla streichelte dem alten Herrn liebevoll über den Arm und verschwand kurz in die Küche.

Franziska spürte seine wasserblauen feuchten Augen auf sich gerichtet. »Wo bleibt bloß die Zeit, was, Heinrich?«, sagte sie.

»Nun kommt schon der Herbst. Na, ein paar schöne Tage kriegen wir vielleicht noch, dann kannst du noch ein bisschen draußen sitzen. Rosa ist oft mit dir draußen, nicht?«

Seine Mimik war sparsam. Wer ihn nicht kannte, mochte denken, er verzöge gar keine Miene, doch so war es nicht. Im Lauf der Zeit hatte Franziska gelernt, selbst die kleinsten Veränderungen wahrzunehmen und zu deuten. Sie musste an ihre täglichen Besuche bei ihm denken, als sein Sohn den Herzinfarkt gehabt hatte und er in der Kurzzeitpflege gewesen war. Am Anfang war es ihr schwergefallen, eine Unterhaltung mit einem Mann zu führen, der nicht antwortete. Seit seinem Schlaganfall sprach Heinrich III. kein einziges Wort. Manchmal summte er etwas, oder er seufzte, das war alles. Sie hatte sich damals daran gewöhnt, ihm Dinge zu erzählen, die sie auf dem Weg in die Pflegeeinrichtung gesehen hatte, oder sie las ihm aus der Zeitung vor. Allmählich hatte sie die Stunde bei ihm sogar genossen. Dieser alte Fischer besaß die Fähigkeit, Dankbarkeit, Wohlbefinden und Zuneigung ohne eine einzige Silbe auszudrücken. Bis heute wusste sie nicht, wie er das machte. Mehr noch, er war stets in der Lage, ihre Gemütsverfassung zu durchschauen, egal, was sie ihm auch erzählte. Ihm konnte sie nichts vormachen. Sie sah ihn an und stellte fest, dass sich sein Gesichtsausdruck gewandelt hatte. Vorhin hatte er noch ganz zufrieden gewirkt, doch jetzt blickte er sie voller Kummer an, und sie entdeckte eine Träne. Sie musste schlucken. Schon wieder schien er ihr direkt ins Herz zu sehen, wusste, wie düster es darin gerade war.

»Ist keine einfache Zeit im Moment, Heinrich. Aber das kommt alles wieder in Ordnung«, beruhigte sie ihn.

Thekla kam mit einem Tablett herein. Wenn sie von Tee sprach, meinte sie grundsätzlich, dass ein Tässchen Tee ein perfektes Alibi für einen großen Teller Kekse war.

»Angeblich kann Florian Rosa gut als Unterstützung in seiner Theatergruppe brauchen«, nahm Thekla den Faden wieder auf, als wäre sie gar nicht weg gewesen. »Aber ich kenne doch meine Tochter.« Sie stieß ein Lachen aus, das jeder Opernsängerin zur Ehre gereicht hätte. »Es geht ihr in erster Linie um diesen Florian.«

»Nein! Rosa und Florian?« Franziska war fassungslos.

»Warum denn nicht? Es kommt nicht nur auf die Größe an, lass dir das von einer erfahrenen Frau gesagt sein.«

Franziska musste lachen. »Sie ist unmöglich«, sagte sie, an Heinrich III. gewandt. Der hatte jetzt einen ganz sanften Gesichtsausdruck. Er war beruhigt.

»Der Tee muss noch ein bisschen abkühlen, dann kriegst du auch deine Portion«, versprach Thekla ihm. »Ein Keks geht schon mal, oder?« Sie führte eine Waffel mit Schokolade, Heinrichs Lieblingssorte, an seine Lippen, und sofort öffnete er den Mund. »Du hast Geschmack«, sagte sie und setzte sich wieder zu Franziska an den Tisch.

»Florian ist ein super Typ«, meinte Franziska. »Ich würde mich für Rosa freuen, wenn es mit ihm etwas werden würde. Ich war nur total überrascht.«

»Das war ich auch, das kannst du mir glauben. Ich dachte, meine Tochter hätte mit dem Kapitel Männer endgültig abgeschlossen. Ganz im Gegensatz zu ihrer Mutter«, ergänzte sie und wackelte mit den Augenbrauen.

»Thekla, sag mir bitte, dass es nicht der junge Holy-Shit-Atem-Yoga-Typ ist.«

Thekla warf lachend den Kopf zurück. Ihre langen Ohrringe klapperten hell. »Aber nein! Der ist nur zum Angucken.« Sie wurde ernst. »Es ist auch nicht so, wie es sich gerade anhörte«, begann sie und stopfte sich schnell ein Plätzchen in den Mund. Plötzlich blickte sie Franziska in die Augen. »Liebes, ich werde auch nicht jünger. Die Gelenke wollen schon lange nicht mehr so richtig. Ich weiß, ich müsste abspecken, aber das bringe ich nicht übers Herz. Stell dir mal vor, ich mache jetzt noch eine Diät und sterbe. Dann habe ich die letzten Wochen oder Monate meines Lebens schlecht gegessen!«

»Eine furchtbare Vorstellung«, pflichtete Franziska ihr schmunzelnd bei.

»Ja, oder? Ehe ich so viel runter habe, dass meine Knochen profitieren, dauert es nun einmal. Ich bin achtzig, Herzchen, das Risiko ist mir zu groß.«

»Wer ist es, und wozu ist er da, wenn nicht zum Angucken?« Franziska war gespannt.

»Das weißt du doch längst.«

»Heinrich!«, stellte Franziska fest. Sie zwinkerte dem alten Herrn zu. »Sie hat deinem Sohn den Kopf verdreht, wusste ich's doch.« Seine Mundwinkel zuckten.

»So, und jetzt kommt das Wozu.« Theklas Augen funkelten.

Franziska hob die Hände. »Schon gut, ich will es nicht genau wissen.«

»Solltest du aber. Ich träume schon ganz lange von einer Reise in die Arktis. Eisbären, Walrosse, Gletscher«, erzählte sie atemlos. »Aber nicht mit so einem Luxusdampfer, sondern mit einem Expeditionsschiff. Es gibt da eine Tour über Island, an Grönland hoch nach Spitzbergen. Die kaum berührte Natur und die gigantischen Eisberge würde ich zu gerne sehen.« Sie seufzte.

»Das hört sich wirklich toll an.«

»Und anstrengend.« Thekla schob sich zur Stärkung gleich noch einen Keks zwischen die Zähne. »Schließlich will ich alles mitmachen, auch Kajaktouren und so. Ich muss das bald tun, sonst wird es gar nichts mehr. Alleine wäre es nur halb so schön. Man will diese besonderen Eindrücke doch teilen!« Thekla erzählte, dass Fischer Heinrich vollkommen aus dem Häuschen gewesen sei, als sie ihre Traumreise erwähnt hatte. »Tja, und nun soll es im nächsten Jahr im Juni losgehen. Drück bloß die Daumen, dass ich dann noch lebe.«

»Ich drücke sowieso die Daumen, dass du noch mindestens zwanzig Jahre lebst. Aber sag mal, kann Heinrich im Juni denn überhaupt weg? Seine Fischbude läuft richtig gut, seit er die Terrasse angelegt und alles ein bisschen hübsch gemacht hat.«

»Seine Schwester Fine und ihr Mann könnten den Laden wohl schmeißen.« Thekla warf Franziska einen Blick zu, den diese nicht gleich deuten konnte. »Zur Not«, sagte sie. Wieder dieser Blick. »Im Sommer ist beim Sanddorn nicht viel zu tun, dachte ich.« Jetzt erschien ein breites Grinsen auf ihrem Gesicht.

»Daher weht der Wind! Deshalb hast du Heinrich auf Niklas angesetzt, von wegen Touristen-Ausflüge mit dem Kutter. Und Niklas könnte ja mal mitfahren …« Franziska schüttelte den Kopf. »Was bist du nur für eine raffinierte Person.«

Sie waren so in ihr Gespräch vertieft, dass Franziska beinahe vergessen hätte, warum sie überhaupt gekommen war. Als die Haustür aufgeschlossen wurde und Ronja hereinkam, fiel es ihr wieder ein.

»Hi«, grüßte diese in die Runde und ließ ihre ausgefranste Tasche im Camouflage-Look auf den Boden plumpsen. »Hier ist ja richtig was los«, stellte sie spöttisch fest, während sie zu Heinrich III. hinüberging. »Moin«, begrüßte sie ihn extra und beugte sich zu ihm hinunter. Seine Augen richteten sich auf sie, und man konnte förmlich sehen, wie ihm bei ihrem Anblick das Herz aufging. »War Oma auch nett zu dir, oder hat sie nur genervt?« Sie streichelte ihm die Wange, betrachtete seine Miene und stellte dann zufrieden fest: »Dann ist es ja gut.« Sie verstand seine wortlose Kommunikation also auch.

»Na, wie war die Schule?«, wollte Thekla wissen.

»Sommerferien waren besser«, gab Ronja zurück. »Gibt's auch was Anständiges zum Mittag?«, fragte sie und warf dem Keksteller einen vernichtenden Blick zu.

»Ich mach dir schnell den Eintopf von gestern warm«, schlug Thekla vor und erhob sich schwerfällig.

»Okay, bin so lange in meinem Zimmer.« Sie schnappte sich ihre Tasche.

»Ach, Ronja, hättest du ein paar Minuten für mich?« Franziska stand auch auf. »Ich brauchte Beratung von einer Computer-Fachfrau.«

»Na ja, 'ne Fachfrau bin ich nicht gerade«, meinte Ronja zögernd, »aber ich kenne mich schon ein bisschen aus. Worum geht's denn?«

»Ich glaube, dass einer der Handwerker ab und zu in meinen Sachen herumschnüffelt. Der hat demnächst wieder bei uns zu tun, da wollte ich ihm sozusagen elektronisch auf die Finger gucken. Geht so was?«

»Klar!« Ronja war sofort Feuer und Flamme. »Komm mit! Ich erklär's dir in meinem Zimmer.«

Franziska brauchte keine Viertelstunde von Vitt nach Hause. Streckenrekord. Sie hatte nicht einmal mehr daran gedacht, Fisch zu besorgen, sondern war den gesamten Weg gelaufen, den Zettel mit der von Ronja diktierten Einkaufsliste in der Hand. Super Idee, das Mädchen zu fragen. Erstens hatte sie noch mehr Ahnung von Computerprogrammen und dem nötigen Zubehör, als Franziska gehofft hatte. Zweitens war deutlich zu merken, wie stolz die Kleine war, in so einer brisanten Angelegenheit gefragt zu werden. Bei den Stage Kids hatte Ronja inzwischen guten Anschluss gefunden. Vor allem zwei Jungs mochte sie wohl ganz gern, wie sie erzählte. »Nix Ernstes, wir hängen nur zusammen ab. Die machen einfach coole Sachen.«

So wie sie es gesagt hatte, befürchtete Franziska, dass Rosa diese Sachen weniger cool finden würde. Aber es war gut, dass Ronja endlich auf Rügen Fuß fasste.

An der Villa angekommen, sprang Franziska sofort in ihr Auto und fuhr nach Bergen. Es war später Nachmittag, ehe sie zurück war. Ihr war flau im Magen. Kein Wunder, sie hatte außer dem halben Brötchen am Morgen und einem Keks bei Thekla noch nichts gegessen. Weil der Eintopf in der alten Fischerkate so herrlich geduftet hatte, brachte sie gleich eine große Menge Gemüse mit. Nun stand sie in der Küche und schnitt Kartoffeln, Möhren, Kohlrabi, Spitzkohl, Paprika und Zwiebeln in kleine Stücke. Viel lieber hätte sie sofort die Kimberly-Falle aufgebaut, doch das musste warten. Als sie das Bauchfleisch mundgerecht zerlegte, wurde ihr übel. Sie ging hinaus auf die Veranda und atmete langsam ein und aus, doch es half nicht. Nachdem sie das bisschen Mageninhalt auch noch losgeworden war, fühlte sie sich etwas besser, allerdings nur körperlich. Sie machte sich Sorgen. Das musste aufhören. Sie musste endlich Klarheit haben. Sie ahnte, was mit ihr nicht stimmte, nein, sie war beinahe sicher. Sämtliche Signale ihres Körpers sprachen eine deutliche Sprache. Trotzdem wollte sie es nicht wahrhaben. Nur hatte es auch keinen Sinn, die Augen zu verschließen. Kopf in den Sand war noch nie eine Erfolg versprechende Taktik gewesen.

Irgendwie überstand sie den Rest des Tages und schaffte es sogar, mit Niklas einen Teller Gemüsesuppe zu löffeln.

»Superlecker«, kommentierte er, »genau richtig bei dem Schietwetter.«

Wohl wahr, es hatte am frühen Abend wieder zu regnen begonnen. Zwar spät genug, sodass die Mannschaften es noch alle trocken von den Feldern geschafft hatten, aber so heftig, dass ihnen morgen nasse Füße sicher waren. Niklas ging an diesem

Abend erfreulich früh zu Bett. Er fürchtete, bei ihm sei eine Erkältung im Anmarsch.

»Der Körper regeneriert nur im Schlaf«, sagte er wie so oft, wenn Franziska mal wieder spät am Computer saß oder einer seiner Mitarbeiter sich nicht gut fühlte. »Ich hoffe, ich komme mit einem blauen Auge davon, wenn ich mich jetzt hinpacke.«

»Mach das, ist sicher das Beste«, stimmte Franziska ihm zu. »Ich bleibe auch nicht mehr lange auf. Ich will nur noch die Küche aufräumen und dann noch eine Mail schreiben.«

In der Küche war nicht viel zu tun. Als sie dort fertig war, schlich sie zum Schlafzimmer und lauschte. Sie brauchte die Tür nicht erst einen Spalt zu öffnen, Niklas' Schnarchen war bis auf den Flur zu hören. Gut so. Auf Zehenspitzen schlich sie wieder nach unten, zog sich die Jacke an, holte sich die Tüte mit ihrer Spionageausrüstung, die sie in der Speisekammer hinter den Kartoffeln versteckt hatte, und lief damit hinüber ins Firmengebäude. Im Regal im Kabuff montierte sie eine winzige Kamera und richtete sie auf das Büro-Monster aus. Ihr Herz schlug ihr bis zum Hals. Wenn Niklas auch nur eines der Überwachungsinstrumente finden sollte, war sie wieder Single, so viel stand fest. Genauso sicher war, dass es dieses Mal bewegte Bilder geben würde, wenn Kimberly etwas kopierte, was sie im Grunde nichts anging. Das war das Risiko wert.

Franziska überprüfte noch einmal, dass von der Mini-Kamera so wenig wie möglich zu sehen war. Dann lief sie zu Gesas Büro. Die Tür war offen, wie ausgemacht. Gesa schloss selten ab. Trotzdem hatte Franziska ihr sicherheitshalber eine Nachricht geschickt, in der sie auch gleich um die Zugangsdaten für ihren Computer gebeten hatte. Mit zitternden Fingern tippte sie das Passwort ein. Geschafft. Sie zog den Spickzettel hervor, den sie sich mit Ronjas Hilfe geschrieben hatte. Wie hieß dieses Programm noch gleich? Sie installierte die Software, die Ronja ihr empfohlen hatte. Kamera suchen. Es dauerte nicht lange, bis der Kontakt hergestellt war.

»Ja!« Franziska ballte die Faust. Sie sah auf Gesas Bildschirm ganz klar das Büro-Monster und die Eingangstür zum Kabuff. Der Ausschnitt war noch nicht ideal, aber das konnte man schnell ändern. Sie sauste zurück, richtete die Kamera neu aus und lief wieder in Gesas Büro. Perfekt! So konnte man das Gesicht der Person erkennen, die den kleinen Raum betrat, und das, was auf den Kopierer gelegt wurde. Noch einmal rannte sie zu dem engen Raum, kontrollierte, ob dem ahnungslos Eintretenden auch ja nichts ins Auge fiel, löschte schließlich das Licht und kehrte in Gesas Büro zurück. Dort installierte sie die zweite Kamera, die sie in dem Halter für Stifte, Schere, Brieföffner und Schmierpapier versteckte.

»Okay, wie ging das mit dem Bewegungssensor?« Franziska las abwechselnd die Anweisungen auf ihrem Spickzettel, die Bedienungsanleitung und die Hinweise zur Benutzung der Software. Sie schnaufte und strich sich eine Strähne hinter das Ohr, die ihr ständig vor die Augen fiel. Die ganze geheime Aktion dauerte länger, als sie gedacht hatte, doch am Ende war es geschafft. Dreimal testete sie, ob die Kamera auch wirklich durch eine Bewegung am Schreibtisch beziehungsweise schon an der Tür aus dem Ruhemodus geweckt wurde. So war es. Nicht nur das, gleichzeitig startete auch eine Aufnahme, ohne dass der Monitor ein Bild zeigte, das Kimberly gewarnt hätte.

»Wir kriegen dich«, sagte Franziska entschlossen, sah sich noch einmal gründlich in Gesas Büro um und konnte endlich zurück ins Haus und schlafen gehen.

»Ich habe ihre Arbeitshandschuhe versteckt«, flüsterte Gesa Franziska zu. Die beiden hatten sich früh verabredet. Sie wollten Kimberly sofort aufs Glatteis führen. »Sie muss hier gleich vorbeikommen, um sich aus dem Materiallager neue zu holen.« Kaum hatte Gesa ihren Satz beendet, hörten sie auch schon die helle Stimme.

»Keine Ahnung, wo die geblieben sind. Jemand muss sie genommen haben«, rief Kimberly. Ziko wies sie an, sich neue Handschuhe zu besorgen. »Bin schon unterwegs«, zwitscherte sie. Gesa und Franziska drehten ihre Rücken in die Richtung, aus der sich die Schritte näherten.

»Ziska, ich habe ein Rezept entwickelt, damit wird der Chef ein Vermögen machen«, rief Gesa ein bisschen zu laut, wie Franziska fand. Die Schritte wurden mit einem Schlag langsamer.

»Ach, echt? Was hast du dir denn Schönes ausgedacht, ein Elixier für ewige Jugend?« Franziska lachte. Hoffentlich klang das nicht zu gekünstelt. Sie war nun mal keine Schauspielerin.

»Genau so kann man es nennen. Ich bin genial, Ziska, ich tüftle schon seit Langem daran herum. Jetzt habe ich die Zutaten endlich so kombiniert, dass das Zeug auch noch schmeckt.«

»Mann, da wird Niklas sich freuen«, sagte Franziska. Keine Schritte waren mehr zu hören, schon länger nicht. Kimberly stand hinter der Ecke und lauschte.

»Bestimmt. Es liegt noch auf meinem Schreibtisch, aber ich will es ihm gleich morgen früh zeigen. Heute Abend habe ich einen Termin, da muss ich ausnahmsweise mal pünktlich Feierabend machen und direkt abhauen.« Gesa zwinkerte Franziska zu. Die presste die Lippen aufeinander, um nicht loszuprusten. Eine Weile schwiegen sie und warteten ab. Als Kimberly sich wieder in Bewegung setzte, sagte Gesa: »Ich glaube, mit dem neuen Produkt lässt sich richtig was anfangen. Der Chef soll das Rezept bloß gleich in den Tresor packen.« Wie von einer geheimen Regieanweisung gesteuert, drehten die beiden sich um und sahen Kimberly an, die den Gang entlangkam.

»Besser ist es«, stimmte Franziska Gesa zu. »Nicht dass es noch in falsche Hände gerät.«

»Oh, habt ihr gar nichts zu tun? Da seid ihr wohl die Einzigen auf der ganzen Plantage«, stichelte Kimberly und lächelte verbindlich. Während sie an den beiden vorbeiging, sah sie Franziska in die Augen und rief: »Ach, Niki, ich wollte dich was fragen.« Dabei ließ sie die Zeitung des Vortages auf den großen Tresen fallen, der diesen Teil der Halle dominierte.

»Kannst du Niki hier irgendwo sehen?«, fragte Gesa leise und schnitt eine Grimasse, als sie Niki sagte. Franziska schüttelte den Kopf und hob kurz die Schultern. Ihr Blick fiel automatisch auf die Zeitung. Neben einem Veranstaltungstipp für eine Open-Air-Filmvorführung an diesem Abend hatte jemand ein dickes Kreuz gemalt.

Von draußen war jetzt Niklas' Stimme zu hören. »Wo steckt Gesa bloß?«

»Hier, Chef! Komme!«, brüllte Gesa. »Auf in den Kampf«, sagte sie und knuffte Franziska verschwörerisch in den Arm, »und toi, toi, toi!«

Franziska lief den Rest des Tages wie Falschgeld herum. Ständig wartete sie auf eine Nachricht von Gesa, dass Kimberly sich an ihrem Schreibtisch zu schaffen gemacht hätte. Das war natürlich Unsinn. Sicher wartete die, bis alle Feierabend gemacht hatten. Franziska würde sich bis zum nächsten Tag gedulden müssen oder schon wieder nachts in der Firma herumschleichen, um sich anzusehen, ob und was die Kameras aufgezeichnet hatten. Obwohl sie einerseits aufgedreht war, fühlte sie sich andererseits schlapp. Überall in ihrem Körper zwickte und drückte es, und sie hatte Kopfschmerzen. Kurzerhand rief sie ihren alten Hamburger Arzt an. Wenn sie wolle, könne sie am Freitagvormittag in die Sprechstunde kommen, hieß es. Das war übermorgen, sie müsste also schon morgen fahren. Anschließend rief sie ihre Mails ab, und da war eine Nachricht von Conor.

> Hey, Zis, sehe ich Dich am Samstag bei meinem Auftritt? Ich lege Dir eine Eintrittskarte zurück.
> Du musst kommen, bitte!
> Dein Conor

Du willst fahren, um zum Arzt zu gehen, sagte sie sich, es hat nichts mit Conor zu tun. Es wäre nett, beides zu verbinden, aber er war nicht der Grund, redete sie sich ein. Sie würde die Sache mit Niklas besprechen, würde ihn fragen, ob es okay sei, ihn zwei Arbeitstage allein zu lassen. Im Grunde ja nur anderthalb. Es reichte, wenn sie am frühen Nachmittag losfuhr. Bis dahin konnte sie noch einspringen, wenn sie für Besorgungen oder eine kurze Bürovertretung gebraucht wurde. Dann bliebe ihr auch genug Zeit, um Niklas für das Wochenende etwas zu essen zu kochen, sodass er bis Sonntag versorgt war. Spätestens am Montag wäre sie zurück, überlegte sie, das müsste doch möglich sein. Sie ging gerade in die Küche, um schon mal den Eintopf warm zu machen, als sie den Schlüssel in der Haustür hörte. Niklas war früh dran. Ihr Puls beschleunigte. Hatte er etwas bemerkt, hatte er womöglich die Kamera im Kabuff entdeckt?

Er steckte den Kopf zur Tür herein. »Da bist du ja.« Das klang nicht wütend. Gott sei Dank. »Du, ich muss noch mal weg. Ich esse unterwegs etwas, es kann ziemlich spät werden.«

»Wo willst du denn hin?«

»Von wollen kann keine Rede sein.« Er kam näher. Sie kannte diesen Gesichtsausdruck. Entweder hatte er etwas ausgefressen, oder er verheimlichte ihr etwas. »Ich muss jemanden treffen.

Es ist wirklich wichtig und geht nur heute Abend«, sagte er, ohne ihr in die Augen zu sehen. »Tut mir echt leid. Ich hab's heute Morgen vergessen, dir zu sagen. Bis später. Brauchst nicht auf mich zu warten. Leg dich mal lieber hin, du siehst schon wieder ganz blass aus.« Er gab ihr einen Kuss und ging.

Flucht

»Wenn man flieht, läuft man dem Schicksal in die Arme.«

Lateinische Lebensweisheit

Franziskas Entscheidung stand fest. »Wie war dein Abend?«, fragte sie knapp, als Niklas zum Frühstück erschien.

»Anstrengend.« Er setzte sich und gähnte. Kein Wunder, er war erst mitten in der Nacht nach Hause gekommen. Sie hatte schnell kapiert, was los war.

»Ach, Niki, ich wollte dich was fragen«, hatte Kimberly geflötet und demonstrativ die Zeitung mit dem Hinweis auf den Kinoabend unter freiem Himmel auf dem Tresen platziert. Sie wollte sicher sein, dass Franziska eins und eins zusammenzählte, wenn Niklas mit einer fadenscheinigen Erklärung den Abend alleine verbrachte.

Der Plan dieser Schlange war aufgegangen. Hoffentlich ging Gesas und ihr Plan auch auf.

»Nik, ich fahre für ein paar Tage nach Hamburg«, sagte sie ohne Umschweife. »Ich war lange nicht mehr da und muss ein paar Dinge regeln.« Fragte er sich gerade, ob sie von seinem Ausflug mit Kimberly wusste?

»Und wann?«

»Heute. Tut mir echt leid. Ich hab's gestern vergessen, dir zu sagen.« Sie gab sich alle Mühe, weder beleidigt noch zickig zu klingen. Mit mäßigem Erfolg.

»Kann das sein, dass das eine Retourkutsche ist?« Er kaute gehetzt auf seinem Brot herum.

»Nein, ich muss einfach nur weg, das ist alles.« Tolle Formulierung. Sie wollte noch etwas sagen, etwas, das die Spannung ein wenig dämpfte. Zu spät.

»Ah, verstehe, wenn's kompliziert wird, haust du ab.«

»Quatsch. Ich will nur mal zu meinem alten Arzt gehen. Wir hatten darüber gesprochen.«

»Ich denke, du hast hier einen Arzt gefunden, den du gut findest.«

»Ja, der ist okay, aber Dr. Heymann kennt mich, seit ich auf der Welt bin. Und allmählich geht mir der Ärger mit meinem Magen wirklich auf die Nerven.«

»So plötzlich?« Er kannte sie gut genug, um zu wissen, dass das ein Vorwand war. »Ich dachte, wir hätten eine Abmachung. Wir wollten doch einen Burgfrieden halten, bis die Ernte vorbei ist.«

»Ich muss zum Arzt, Nik.«

»Ach, hör doch auf, du haust ab«, wiederholte er.

»Ich dachte auch, dass wir eine Abmachung haben«, fuhr Franziska ihn an. Jetzt war das Maß wirklich voll. Nett mit Kimberly ins Kino gehen und ihr dann noch Vorhaltungen machen, anstatt ihr zu zeigen, dass er sich um sie sorgte. »Leider habe ich nicht den Eindruck, dass du dich daran hältst. Und irgendwann ist auch meine Grenze erreicht«, sagte sie so ruhig, wie sie nur konnte. »Dass du mir vorgeworfen hast, ich würde es als Last empfinden, dir zu helfen, hat mich verletzt, Nik. Daran habe ich noch immer zu knabbern. Es wäre okay gewesen, wenn du dich entschuldigt hättest, aber das hast du nicht.« Sie spürte Tränen aufsteigen. »Wir kochen beide nur noch unsere eigenen Süppchen. Das ist doch keine Beziehung mehr! Ich war einverstanden, alles nach der Ernte zu besprechen. Ich hätte auch meinen Arztbesuch verschoben, um dich nicht im Stich zu lassen, obwohl ich allmählich wirklich Angst habe, dass mit mir etwas ganz und gar nicht in Ordnung ist.« Er wollte etwas sagen, einlenken, so zerknirscht, wie er sie jetzt ansah, doch sie ließ ihm keine Chance. »Da wusste ich aber auch noch nicht, dass du trotz der stressigen Zeit die Muße hast, mit Kimberly ins Kino zu gehen. Sehr romantisch, *Notting Hill* unter freiem Himmel, wahrscheinlich zusammen eng unter eine Decke gekuschelt.«

»Könntest du mir bitte erklären, wovon du redest?«, fragte er tonlos.

»Ich glaube nicht, dass das wirklich nötig ist.« Sie war wütend, so wütend wie lange nicht mehr. »Und dann noch dein Verhalten Gesa gegenüber. Das ist so unfair. Wenn du ernsthaft glaubst, sie würde dir oder deiner Firma absichtlich schaden, dann hast du gar keine Menschenkenntnis.« Sekundenlang starrten sie sich an. »Tut mir leid, Nik«, erklärte sie dann, »aber ich muss jetzt einfach mal an mich denken.«

Sie wollte gehen, raus hier, da sagte er: »Da sind wir uns ausnahmsweise mal einig. Ich habe keine Menschenkenntnis, sonst hätte ich schon früher kapiert, wie krankhaft eifersüchtig du bist. Ehrlich, Ziska, ich hätte dich für emanzipierter gehalten.«

Sie war mit einem Schlag ganz gefasst und drehte sich zu ihm um. »Du wirst mir das jetzt nicht glauben, ich sage es trotzdem: Mit Eifersucht hat das alles hier nur am Rande zu tun. Und bei wem deine mangelnde Menschenkenntnis dich so richtig in die Irre geführt hat, wirst du sehr bald wissen. Es fällt mir total schwer, ausgerechnet jetzt zu gehen. Ich habe ein schlechtes Gewissen, obwohl ich das nicht haben müsste. Und ich bedaure schon jetzt jeden Tag, an dem ich John und Ziko nicht sehen werde.« Franziska spürte ihre Knie weich werden. Trotzdem ging sie hocherhobenen Hauptes – und stieß in der Diele beinahe mit Maren zusammen.

»Ich wollte gerade rüber«, sagte Maren mit entschuldigender Miene. Im nächsten Moment kam Niklas aus der Küche, nuschelte eine Begrüßung, schnappte sich seine Jacke und stürzte aus der Haustür. »Ehrlich, Ziska, ich habe nicht gelauscht. Aber ihr wart auch nicht zu überhören.« Franziska brachte kein Wort heraus. Sie war vollauf damit beschäftigt, nicht auf der Stelle umzukippen. »Ach Mensch, das tut mir so leid.« Maren nahm sie einfach in den Arm und drückte sie an sich. »Ich doofe Nuss habe vor lauter eigenem Ehekummer gar nicht gemerkt, was bei euch los ist. Das heißt, ich dachte, das läge alles nur an eurem beruflichen und finanziellen Stress.« Die Wärme der Arme, die sie hielten, der sanfte Ton, plötzlich war das alles zu viel für Franziska. Ihre Beine gaben nach, und sie begann zu schluchzen. Maren fing sie auf. »Hey, hey, ist ja gut. Komm, setz dich erst mal hin.« Sie bugsierte sie behutsam in die Küche und auf einen Stuhl. »So, jetzt schlägst du wenigstens nicht der Länge nach hin.« Maren nahm sich einen Stuhl, zog ihn neben Franziska und ließ sich darauf nieder. »Das Büro muss heute mal warten.« Franziska hatte die Hände vors Gesicht geschlagen und weinte. Sie bekam ihren Körper einfach nicht unter Kontrolle und wollte es auch nicht mehr. Schon viel zu lange hatte sie sich beherrscht und versucht zu funktionieren. Maren reichte ihr ein Taschentuch. »Hier, ist unbenutzt«, sagte sie und lachte leise. »Ach Ziska, Mensch, nun erzähl mal!«

Irgendwann verebbte das Schluchzen. Franziska rang nach Luft und kämpfte das Würgen nieder, das dem Weinen gefolgt war. Sie wischte sich über die Augen und putzte die Nase, da summte ihr Handy.

»Du hast jetzt keine Zeit«, erklärte Maren resolut.

»Das ist vielleicht Gesa«, sagte Franziska mit dünner Stimme. »Könnte wichtig sein.« Sie las die Kurznachricht. »Rezept unangetastet. Sie war nicht da. Heute Abend nächste Chance.«

Noch immer darauf blickend, raunte sie: »Auch das noch.« Dann schüttete sie ihrer Freundin das Herz aus. Sie redete sich alles von der Seele, angefangen von Jürgens Meinung über Niklas und der alten Geschichte, in der sich Niklas angeblich an Jürgens Schwarm herangemacht hatte, bis hin zu den ständigen Missverständnissen, den finanziellen Nöten und natürlich Kimberly.

»Ihr bespitzelt sie mit Kameras?« Maren machte Kulleraugen. »Das ist hart.«

»Was sie abzieht, ist wesentlich härter, Maren.«

»Stimmt auch wieder. Puh, dass du je in finanziellen Schwierigkeiten stecken würdest, hätte ich nie gedacht. Aber das wird doch wieder, oder?«

»Ich gehe davon aus«, sagte sie matt. »Um ehrlich zu sein, ist das meine geringste Sorge.«

»Du musst mit Niklas reden, ganz in Ruhe und nicht erst nach der Ernte.«

»Vielleicht. Aber zuerst fahre ich nach Hamburg, und zwar noch heute«, sagte sie entschlossen. Und nach einer kurzen Pause fügte sie leise hinzu: »Maren, Conor ist in Hamburg.«

»Du spinnst!« Maren starrte sie an.

Franziska schüttelte den Kopf und brachte ein schwaches Lächeln zustande. »Wir haben seit ein paar Wochen wieder Kontakt. Er macht Musik und hat einen Auftritt in einer Kneipe auf dem Kiez.«

»Das fasse ich doch wohl nicht. Das ist aber nicht der Grund, warum du unbedingt einen Abstecher in deine alte Wohnung machen musst, oder? Franziska, du spielst mit dem Feuer! Conor ist … du warst verrückt nach ihm.«

»Daran brauchst du mich nicht zu erinnern.« Sie atmete tief durch und räusperte sich. »Maren, ich weiß im Moment einfach nicht, ob ich meine Beziehung zu Niklas wieder in Ordnung bringen kann, ob ich das überhaupt noch will. Vielleicht hätte ich vor Jahren mutiger sein und Conor und mir eine echte Chance geben sollen. Ich muss das rausfinden, Maren, und ich muss mich bei meinem alten Doc gründlich durchchecken lassen.«

Maren nickte langsam. »Ich komme mit dir«, erklärte sie dann bestimmt. »Du bist total durch den Wind. Ich lasse dich auf keinen Fall den Wagen fahren. Widerstand ist zwecklos. Für mich wird es sowieso höchste Zeit. Nächste Woche habe ich das Vorstellungsgespräch. Ich habe es blöderweise noch nicht geschafft, Niklas das zu sagen. Der verlässt sich doch auf mich.« Plötzlich strahlte sie. »Dann muss Kimberly eben wieder im Büro bleiben. Kann uns doch egal sein. Wir fahren heute Abend nach Hamburg.«

Franziska kopierte einige Dateien auf ihr Laptop, damit sie die Zeit in der Hansestadt nutzen konnte, um in Ruhe zu arbeiten. Außerdem informierte sie noch schnell ihre alte Klientin Frau Mischkowsky, die ihr das Versprechen abgenommen hatte, sich unbedingt zu melden, wann immer sie in Hamburg war. Frau Mischkowsky war nicht gerade begeistert gewesen, als Franziska ihr damals von ihren Umzugsplänen nach Rügen erzählt hatte. Diese Frau würde selbst nach einem jahrelangen Coaching nicht zufriedener sein. Im Grunde hatte Franziska es satt, deren Launen zu bearbeiten. Ein Psychiater wäre bestimmt der bessere Ansprechpartner. Aber Frau Mischkowsky zahlte gut und sehr zuverlässig. Wenn sie also am Freitag eine Sprechstunde mit Franziska wünschte, konnte sie die haben.

Wieder und wieder fragte Franziska sich, ob sie das wirklich tun sollte. Würde sie nicht eine rote Linie überschreiten, wenn sie ausgerechnet jetzt ihren Koffer packte? Mehrmals war sie kurz davor, alles abzublasen. Gleichzeitig bereitete sie aus dem, was der Kühlschrank noch hergab, einen Auflauf vor. Heute und morgen hatte Niklas noch den Eintopf. Am Wochenende konnte er sich dann den Auflauf in den Ofen schieben. Sie fand, damit zeigte sie ihren guten Willen. Noch mehr aber ging es ihr darum, dass es Niklas gut ging. Daran hatte sich nichts geändert. Und am späten Vormittag, noch ehe die Mannschaften zur Mittagspause auf den Hof zurückkehrten, brachte sie einen Berg Müsliriegel rüber. Gerade wollte sie zurück zur Villa gehen, als Marianne um die Ecke kam.

»Maren sagt, ihr könntet ein bisschen Hilfe gebrauchen«, erklärte sie schlicht.

»Hallo, Marianne. Hat Maren dich angerufen?«

»Was denkst du denn? Dass wir per Gedankenübertragung kommunizieren? Nee, wir verstehen uns ja ganz gut, aber so weit geht die Liebe noch nicht.«

»Du warst beim Friseur«, stellte Franziska fest. »Das steht dir gut. Du siehst viel jünger aus.«

Marianne sah zu Boden. »Danke«, nuschelte sie. Komplimente waren ihr nicht geheuer, vermutlich hatte sie lange keine mehr bekommen.

»Wirklich, du siehst richtig gut aus. Du hast auch abgenommen, oder?«

»Fünf Kilo sind's jetzt. Sieht man das?«

»Allerdings, sonst hätte ich nicht gefragt.«

»Zehn sollen noch weg, aber ich mache langsam«, erklärte Marianne beinahe schüchtern. »Das bekommt mir ganz gut, und das schaffe ich auch.«

»Das finde ich super, vor allem, wenn du dich damit wohlfühlst.«

»Ja, und nun ist gut mit Süßholzraspeln.« Da war wieder die herbe Marianne. »Maren fährt nach Hause. Kommt ein bisschen plötzlich.« Sie sah Franziska durchdringend an.

»Ja. Ich muss für ein paar Tage nach Hamburg. Oder auch länger, ich weiß noch nicht. Es bietet sich an, dass Maren gleich mitfährt.«

»Ich will mich von ihr verabschieden. Und dann sagst du mir, was ich hier tun kann, wenn du weg bist.«

»Ich weiß nicht, ich meine, eigentlich ist alles vorbereitet. Du könntest höchstens Niklas fragen, ob du morgen im Büro für Maren einspringen sollst«, schlug sie unsicher vor.

»Eure Zimmer sind alle belegt, richtig? Maren meinte, da wurde länger nicht geputzt.«

»Ja, ja, das wollte ich eigentlich noch …«

»Nee, nee, lass mal. Du hast andere Sachen zu tun. Hätte ich in der Schule aufgepasst, könnte ich auch so einen Coaching-Job haben.« Sie lachte bitter, aber in ihren Augen lag ein freundlicher Glanz. Das war ja mal ganz was Neues. Sonst schien es Franziska immer so, als würde Marianne nicht gerade viel von ihrer Arbeit halten. »Bereite du in Ruhe deine Reise vor. Maren sagte, du willst zum Arzt. Ist hoffentlich nichts Ernstes?«

»Ich weiß nicht. Um ehrlich zu sein, mache ich mir langsam Sorgen, weil ich jetzt schon länger mit Übelkeit zu kämpfen habe. Das kommt immer wie aus heiterem Himmel. Ich könnte gar nicht sagen, wodurch das ausgelöst wird.«

»Vielleicht bist du schwanger.«

»Quatsch«, sagte sie. »Nein, das kann nicht sein.« Natürlich konnte es sein, wenn sie es auch gern geleugnet hätte. Niklas und sie hatten in den letzten Monaten nicht gerade häufig miteinander geschlafen. Na und, einmal reichte ja wohl. Sie hatte ihre Periode schon länger nicht gehabt. Das war bei ihr zwar nichts Neues, wenn sie Stress hatte, aber dennoch war die Wahrscheinlichkeit, dass ihre Beschwerden eher vom Magen kamen, nicht gerade groß.

Marianne zuckte mit den Schultern. »Wäre doch möglich. Ihr seid schon 'ne ganze Weile zusammen und verhütet doch wohl nicht? Na, geht mich nichts an. Jedenfalls verabschiede ich mich jetzt mal von Maren und mache dann in den Zimmern Klarschiff. Und du pass auf dich auf! Bist ganz schön blass um die Nase.«

Irgendwann am Nachmittag kam Maren herüber und packte in Windeseile ihre Sachen zusammen. Marianne wechselte die Bettwäsche und zog in ihr frei gewordenes Zimmer.

»Ohne Auto ist es eine halbe Weltreise von Sassnitz hierher«, erklärte sie. »Na ja, eigentlich geht es, aber ich bin dann so abhängig. Wenn ich hier schlafe, bin ich flexibler und kann bleiben, solange Niklas mich braucht. Wer weiß«, meinte sie und grinste, »vielleicht will er ja mal mit seiner alten Mutter reden.«

Franziska lief in die Halle, um sich von Gesa zu verabschieden.

»Ich halte dich auf dem Laufenden«, versprach die. »Soll ich die Falle abbauen, falls Blondie heute wieder nicht darin zappelt?«

»Entscheide du das, Gesa«, gab Franziska zurück. »Vielleicht kannst du den Köder noch deutlicher auslegen. Melde dich auf jeden Fall.«

»Klar, mache ich.« Gesa drückte Franziska spontan an sich. »Pass auf dich auf! Ich hoffe ganz doll, dass du bald wieder ganz fit bist.«

»Wird schon, mach dir keine Sorgen.« Franziska lächelte. Sie ging vorbei an dem Entsafter und dem großen Tresen. Die Mannschaften würden vermutlich frühestens in einer Stunde zurück sein. Es war trocken und sogar ein bisschen sonnig. Das nutzten sie bestimmt aus, um lange draußen zu bleiben und so viele Sträucher wie möglich zu schneiden. Sie konnte sich also nicht von John, Ziko und den anderen verabschieden. Und auch nicht von Niklas. Völlig unmöglich, sie würde nicht fahren, ohne ihm Auf Wiedersehen gesagt zu haben. Sie war zwar nicht übertrieben abergläubisch, aber trotzdem. Ihre Großmutter Irmchen hatte immer gesagt: »Egal, wie doll du dich geärgert hast und wie viel Grund du hast, böse auf jemanden zu sein, man geht nie im Streit auseinander.«

Großmutter Irmchen war eine sehr kluge Frau, bloß wie sollte Franziska Niklas finden, ohne Stunden zu verlieren? Sie verließ gedankenversunken die Produktionshalle, blieb mit dem Schuh an der Türschwelle hängen und rempelte den Mann an, der im Begriff war, einzutreten – Niklas.

»Du hast es ja sehr eilig, hier wegzukommen«, sagte er. Sie sah ihn an, seine Mundwinkel zuckten, seine Augen lachten bereits. Sie konnte nicht anders, auch sie musste lachen. So hatten sie sich vor gut zwei Jahren kennengelernt. Es war ihr erster Tag ihrer beruflichen Auszeit bei Rügorange gewesen. Gesa hatte sie ein bisschen herumgeführt. Als Franziska gerade gehen wollte, tauchte der Chef auf – Niklas. Und sie hätte ihn fast über den Haufen gerannt.

»Ja, ich will los«, sagte sie und wurde wieder ernster. »Es wird sonst so spät.«

»Wann kommst du wieder?« Sein Blick fragte: Du kommst doch wieder?

»Ich weiß noch nicht. Am Montag wahrscheinlich. Du weißt, dass Marianne da ist und für Maren einspringt?«

»Ja, ich habe sie vorhin kurz gesehen, da hat sie mich vor vollendete Tatsachen gestellt.« Er verdrehte die Augen.

Franziska nickte. »Dann bin ich mal weg. Pass auf dich auf, okay?« Sie musste schlucken.

»Klar, kennst mich doch.«

»Genau deshalb habe ich das gesagt.«

»Fahr vorsichtig!« Er küsste sie zart auf die Wange. Als er sich wegdrehte, sah Franziska Tränen in seinen Augen schimmern.

Einmal tief durchatmen und jetzt nicht schwach werden. Es waren ja nur drei oder vier Tage. Sie checkte noch ein letztes Mal ihre elektronischen Nachrichten. Hatte sie es sich doch gedacht, die olle Mistkowsky, wie Franziska ihre Klientin im Stillen nannte, hatte sich sofort für Freitagnachmittag angekündigt. Na schön, so klingelte wenigstens die Kasse. Ehe sie ihren Computer ausschaltete, schrieb sie noch eine Mail an Conor. »Werde am Samstag da sein. Ich freue mich! Zis«

Es war schon dunkel, als Franziska Maren vor deren Haustür absetzte.

»Melde dich bei mir, sobald du beim Arzt warst«, forderte Maren zum wiederholten Mal. »Ich glaube ja, dass deine Übelkeit seelisch bedingt ist. Dir ist das alles auf den Magen geschlagen.«

»Sagtest du schon.« Franziska lächelte schwach.

»Weiß ich ja. Mann, vor lauter eigenen Sorgen habe ich gar nicht gemerkt, wie es um euch steht.«

»Auch das hast du schon erwähnt. Es ist okay, Maren, ich hätte es dir eher erzählen können. Es ist gut, so wie es ist, und ich bin sehr froh, dass ich den Stau und die fiese Unfallstelle nicht alleine überstehen musste.« Sie stiegen aus. Maren packte ihren Koffer und die Reisetasche und sah ängstlich zu dem Reihenhaus, in dem Licht brannte.

»Melde du dich auch, Maren! Ich will wissen, wie es mit Richard und dir weitergeht. Grüße deine Männer von mir, okay?« Sie nahm ihre Freundin in den Arm und drückte sie lange. »Und danke noch mal für alles. Du warst eine große Hilfe. Solltest du dich von Richard trennen, was ich nicht hoffe, und sollten die komischen Verlags-Outbound-Leute blöd genug sein, dich nicht einzustellen, hat Rügorange ganz sicher eine Stelle für dich.«

»Gut zu wissen.«

Franziska wartete nicht ab, bis Maren im Haus war oder Richard ihr öffnete. Sie fand den Moment zu intim, in dem sich die beiden nach dieser langen Zeit wiedersahen.

Es war ein seltsames Gefühl, wieder in ihrer alten Wohnung in Harvestehude zu sein. Muffig war es. Sie riss die Fenster auf. Eine Weile stand sie nur da und blickte in die Dunkelheit und zu der Häuserreihe auf der anderen Straßenseite. In vielen Wohnungen tauchten Fernsehgeräte die Räume in bläuliches Geflimmer. Sie mochte die alte Architektur. Jugendstil. Aber waren die Gebäude schon immer so nah gewesen? Sie kniff die Augen zusammen und sah aus dem dritten Stock konzentriert nach unten. Die Werderstraße war noch nie breiter gewesen. Wie albern, natürlich nicht. Selbst wenn sie an der Straße etwas gemacht hatten, würden die Häuser im selben Abstand stehen. Etwas war trotzdem anders. Die Bäume fehlten. Hier hatten doch überall hohe Bäume gestanden, Kastanien, wenn sie sich recht erinnerte. Deshalb hatte sie einen so direkten Blick auf die Wohnungen gegenüber. Wie viele Menschen hier auf engstem Raum lebten. Und wie laut es war. Klar, es gab noch deutlich lautere Ecken in der Stadt, aber dieses konstante Rauschen von Motoren, von über den Asphalt rollenden Reifen ging ihr jetzt schon auf die Nerven. Und dann diese Luft. Sie sehnte sich nach der leicht salzigen Brise, die in Putgarten allgegenwärtig war. Eine Möwe kreischte, und sie musste lächeln. Wenigstens etwas. Sie rief noch schnell zu Hause an. Freizeichen. Zweimal, dreimal, viermal, dann hörte sie ihre eigene Stimme. »Wir freuen uns über eure Nachricht nach dem Piep.«

Franziska räusperte sich. »Ich bin's. Wollte nur sagen, dass ich gut angekommen bin. Die Autobahn war total voll, eine Baustelle nach der anderen und dann noch ein schwerer Unfall mit mehreren Fahrzeugen. Ich gehe jetzt gleich schlafen. Hoffentlich habe ich dich nicht schon geweckt. Na gut, also … gute Nacht.« Sie legte auf. Halb zehn. Ob Niklas wirklich schon schlief? Konnte doch sein, dass er gar nicht zu Hause war. Was, wenn er die Gelegenheit nutzte und den Abend mit Kimberly verbrachte? Oder die Nacht. Sein Blick kam ihr in den Sinn, als sie sich verabschiedet hatten. Sie hatte plötzlich schreckliche Angst, ihn zu verlieren. Doch irgendetwas sagte ihr, dass auch er noch etwas für sie empfand. Er war nicht bei Kimberly, sagte sie sich und seufzte.

Unentschlossen stand sie in dem Wohnzimmer, das sie einmal so gemocht hatte – Parkettboden, hohe weiße Wände mit Stuck an der Decke. Sie fröstelte. Kein bisschen gemütlich, dachte sie und fühlte sich wie eine Fremde. Schließlich begab sie sich ins Bad, schlüpfte in ihren Pyjama und ging mit ihrem Laptop ins Bett. Keine Nachricht von Conor. Sie musste sich eingestehen, dass sie enttäuscht war. Dafür hatte sie Post von dem Spezialreiseanbieter, auf den sie so große Hoffnungen setzte. Ein Angebot. Ihr Herz klopfte vor Freude. Und was für eins! Schon in seinem nächsten Programm würde *Auszeit mit Einsicht – Coaching im Urlaub* zu finden sein. Die Konditionen waren sehr fair, er hätte mehr Prozente für sich verlangen können. Es würde finanziell wieder bergauf gehen! Am liebsten hätte sie Niklas angerufen. Sofort hatte sie Jürgens Stimme im Ohr, die sie warnte, dass der feine Herr Bruder nur noch an ihrem Geld interessiert sei. Blödsinn! Dummerweise verstand Jürgen es, sie schnell und nachhaltig zu verunsichern. Sie sah auf die Uhr. Es war sowieso zu spät, vermutlich hatte sie Niklas schon mit ihrem ersten Anruf geweckt. Sie konnte ihm die frohe Kunde auch mitteilen, wenn sie wieder nach Hause kam.

»Frau Marold, wie schön, Sie noch einmal zu sehen.« Franziska sah ihren alten Hausarzt fragend an. »Haben meine Damen Ihnen noch gar nicht gesagt, dass ich in Rente gehe?«

»Nein. Wie schade. Ich meine, ich gönne es Ihnen von Herzen, aber ich werde Sie vermissen.«

»Bitte, nehmen Sie Platz!« Er deutete auf den Stuhl, der seinem gegenüberstand, ließ sich hinter seinem Schreibtisch nieder und faltete die Hände. »Sie leben also noch auf der Insel?«

»Ja. Es ist ein wirklich schönes Fleckchen oben an der Nordspitze. Sie haben ja bald jede Menge Zeit. Kommen Sie mich besuchen, ich würde mich freuen.«

Er lachte. »Zeit … Sagt man nicht, Rentner sind die Menschen, die am wenigsten davon haben?« Er sah sie freundlich an. »Ich werde es mir überlegen. Meine Frau und ich wollen viel reisen. Warum nicht auch nach Rügen? Jetzt wollen wir aber erst einmal sehen, was wir für Sie tun können. Sie haben Beschwerden?«

»Kann man wohl sagen.« Sie schilderte ihm die Symptome.

»Seit wann haben Sie das?«

»Schwer zu sagen. Seit ein paar Monaten.«

Er zeigte kurz auf die Liege. »Dann machen Sie sich schon mal frei, bitte. Wovon leben Sie auf Rügen? Sind Sie noch immer als Coach tätig?«

Sie erzählte von der Villa Sanddorn, von der Plantage und ihren Anlaufschwierigkeiten, da sie sich so sehr um den Umbau gekümmert und Niklas geholfen hatte.

»Aber jetzt geht es wieder richtig los. Schließlich muss ich auch mal Geld verdienen und es nicht nur ausgeben.« Sie lachte.

»Klingt, als hätten Sie eine Menge Stress gehabt.« Behutsam tastete er ihren Bauch ab. »Tut das weh?« Sie schüttelte den Kopf. »Und hier?«

»Nein, nicht besonders.«

»Hm, und Kreislaufprobleme haben Sie auch ab und zu. Mehr als üblich? Einen niedrigen Blutdruck hatten Sie ja schon immer.«

»Ja, und ich ignoriere hartnäckig Ihren Rat, zum Frühstück schon einen Sekt zu trinken.«

»Schade.« Er zwinkerte ihr fröhlich zu. »Momentan ist das allerdings möglicherweise eine ganz gute Entscheidung.« Er sah sie an. »Kann es sein, dass Sie schwanger sind?«

Sie schnappte nach Luft. Sie hatte es geahnt, eigentlich schon gewusst. Von ihrem guten alten Arzt ausgesprochen, raubte es ihr dennoch den Atem. »Ich weiß nicht, ausgeschlossen ist es nicht, aber …«

»Das ist nicht mein Fachgebiet.« Er nahm eine Ultraschallsonde zur Hand und eine Plastikflasche. »Aber wenn die Übelkeit Sie schon ein paar Monate begleitet, sollte selbst ich etwas erkennen können. Achtung, es wird kalt.« Er drückte Gel auf ihren Leib, verteilte es mit der Sonde und schob diese dann ruhig über Franziskas Haut. Sie versuchte, in seinem konzentrierten Blick zu lesen. Hoffentlich bin ich schwanger, dachte sie und erschrak im nächsten Moment. Aber doch nicht ausgerechnet jetzt! Es kam ihr wie eine Ewigkeit vor, bis Dr. Heymann den Monitor zu ihr drehte und auf etwas zeigte.

»Ein Köpfchen, Arme, Beine.« Er tippte mit dem kleinen Finger auf die Stellen, dann sah er sie an und lächelte. »Da machen Sie mir aber ein hübsches Abschiedsgeschenk. Wir können zusätzlich einen Bluttest machen, wenn Sie wollen, aber ich glaube kaum, dass das da ein entzündeter Blinddarm ist.«

Franziska stand wie betäubt auf der Rothenbaumchaussee. Sie müsste am Völkerkundemuseum und an der Tennisanlage vorbei nach Hause gehen, doch sie schlug eine andere Richtung ein.

Es war unmöglich, einen klaren Gedanken zu fassen, also lief sie einfach geradeaus, bis sie sich am Alsterufer wiederfand. In dem erstbesten Café ließ sie sich auf einem geschützten Platz auf der Sonnenterrasse nieder.

»Was darf's sein?« Ein ebenso attraktiver wie gelangweilter Kellner stand ungeduldig vor ihr.

»Guten Tag!«, sagte sie und fand es völlig in Ordnung, dass sie zickig klang. »Zuerst dürfen es fünf Minuten sein, damit ich einen Blick in die Karte werfen kann.« Der Kellner zog missbilligend die Brauen hoch und ging ohne ein Wort. Franziska wusste nicht genau, ob sie auf der Stelle eine Szene machen, in Panik ausbrechen oder sich einfach nur freuen sollte. Meine Güte, die hatten hier vielleicht gesalzene Preise! Sie konnte nicht fassen, dass sie öfter hier gewesen war, als sie noch in Hamburg gelebt hatte. Egal, dachte sie gut gelaunt, es gab schließlich einen Grund zu feiern. Der Blick auf den Bootssteg war schön, die Luft war mild, das Wasser der Alster glitzerte. Sie würde jetzt mit sich selbst anstoßen. Die spontane Lust auf ein Glas Sekt schob sie beiseite. Alkohol war ab sofort tabu. Sie bestellte einen Kräutertee. Es war nicht zu übersehen, dass der Kellner von ihrer Wahl nicht sonderlich begeistert war.

»Möchten Sie auch etwas essen?«

»Nein, vielen Dank!«, gab sie zurück und strahlte ihn an. Als sie wieder allein war, schloss sie die Augen. Schwanger! Du wirst Mutter. Sie konnte es nicht glauben. Aber sie hatte es selbst gesehen. Die Ultraschallaufnahme steckte in ihrer Tasche. Sie widerstand dem Impuls, sie hervorzuholen. Das brauchte sie auch nicht, sie hatte das Bild in ihrem Kopf.

»Kräutertee.« Er stellte ihr einen Becher mit dampfendem Wasser und eine Schale mit einem Beutelchen hin. »Alles in Ordnung?«

»Ja, danke.« Franziska wischte sich hastig über die Wangen. Sie hatte gar nicht gemerkt, dass ihr die Tränen gelaufen waren. Sie müsste Niklas anrufen. Und Maren. Später. Mit einem Mal wurde sie ganz ruhig. Es wird schon alles gut werden, dachte sie. Ich werde meinen Weg machen. Mit Niklas oder mit Conor, mit jemandem, den ich erst kennenlernen werde oder eben allein. Nein, allein war sie nun nicht mehr.

»Herzlichen Glückwunsch!«, flüsterte sie und hob den Becher. Die andere Hand legte sie vorsichtig auf ihren Bauch. »Auf uns zwei!«

Frau Mischkowsky stand bereits vor dem Haus, in dem sich Franziskas Wohnung befand. Zehn Minuten zu früh.

»Da sind Sie ja endlich. Ich dachte schon, ich hätte vielleicht doch in Ihre alte Praxis kommen sollen. Oder Sie versetzen mich. Es kann ja so viel passieren«, sprudelte sie mit ihrer schrillen Stimme los, die Franziska Kopfschmerzen bereitete.

»Guten Tag, Frau Mischkowsky. Ich bin nicht endlich, sondern schon da, wir sind erst in zehn Minuten verabredet. Mein Arbeitszimmer ist keine Praxis, und ich würde meine Klienten selbst dann nicht versetzen, wenn ich gerade erfahren hätte, dass ich … dass mein Leben auf den Kopf gestellt wird.« Sie schloss auf und ließ die Haustür los, nachdem sie eingetreten war. Die olle Mistkowsky konnte ruhig mit dem Schädel dagegen donnern. Vielleicht war das bei ihr ja ganz heilsam. Die schnappte mehrmals hörbar nach Luft, sagte aber nichts. Gut so. »Bitte, nehmen Sie doch schon mal Platz«, sagte sie dann routiniert, als sie in der Wohnung waren. »Ich bin gleich bei Ihnen.« Sie ging für eine Minute in ihr Schlafzimmer und atmete durch. Am liebsten hätte sie sich jetzt bewegt oder jemanden angerufen, sich auf jeden Fall ganz auf die neue Situation eingestellt. Stattdessen musste sie sich auf die Probleme dieser

Ziege konzentrieren. Franziska schmunzelte. Der Blick auf den Kontoauszug konnte auch mal ein Trost sein. So, ran an den Feind. Sie ging zurück ins Wohnzimmer, nahm Frau Mischkowsky gegenüber Platz, blickte demonstrativ auf ihre Uhr und sagte freundlich-professionell: »So, liebe Frau Mischkowsky, Ihre Zeit läuft.«

Sichtlich irritiert suchte diese nach Worten. Ihre Augen huschten hin und her, während sie sich fahrig in das brüchige blondierte Haar griff. Die Furchen in der pergamentartigen Haut schienen Franziska noch tiefer geworden zu sein. Sie konnte sich gerade noch beherrschen, das zu erwähnen.

»Die Sache ist die«, begann die Mistkowsky endlich, »es gibt da einen neuen Mitarbeiter. Na ja, neu …« Sie lachte gekünstelt. »Jedenfalls ist er noch nicht lange bei mir. Trotzdem stellt er schon ziemliche Ansprüche.«

»Zum Beispiel?«

»Er hat von vornherein klargestellt, dass er keine Vollzeitbeschäftigung will. Außerdem verlangt er, dass er einen Nebenjob machen darf.«

»Aha. Ich nehme an, es handelt sich bei diesem Nebenjob um eine andere Branche, oder will er in einer anderen Tanzschule tätig werden?«

»Nein, nein, er macht irgendetwas mit Künstlern. Fragen Sie mich nicht. Ich weiß einfach nicht, wie ich das Problem lösen soll«, rief sie zu laut aus. »Können wir nicht eine von diesen tollen Mindmaps erstellen oder eine Plus-minus-Liste?«

»Wenn Sie glauben, dass sich damit alles so leicht lösen lässt, wofür brauchen Sie mich dann?«

»Na ja, ich meine, Sie müssen natürlich sagen, welche Technik in dieser Situation am besten geeignet ist. Und Sie müssen mir ja auch helfen, die Ergebnisse richtig zu deuten«, säuselte sie.

Franziska pustete sich eine Strähne aus dem Gesicht. Im Grunde wollte diese dämliche Person doch eine mundgerechte Handlungsanweisung, die sie dann doch nicht umsetzen würde.

»Ist es für Sie in Ordnung, dass er noch für einen anderen Arbeitgeber tätig wird?«, wollte Franziska ungeduldig wissen.

»Ach, im Grunde stört mich das nicht. So hat er immer etwas zu erzählen.« Sie lachte. Na, das war ja mal ein Argument.

»Ist die Stelle, die er bei Ihnen hat, denn in Teilzeit zu schaffen?«

»Er sagt, er kriegt das hin. Wenn nicht, löst er das schon irgendwie, sagt er.«

»So, sagt er das?« Franziska sah in das Pergamentgesicht und fragte sich, womit sie hier gerade ihre Zeit verschleuderte. So dringend war sie auf das Geld dieser hysterischen Frau auch wieder nicht angewiesen. »Ich würde Ihnen raten, jemanden einzustellen, der Ihre Konditionen akzeptiert. Sagten Sie nicht, es geht um Buchführung?« Frau Mischkowsky nickte. »Dann kann es doch nicht so schwer sein, jemanden zu finden. Ich nehme an, Ihr Neuer ist noch in der Probezeit. Tauschen Sie ihn aus!«

»Aber … aber ich habe seine Position in den letzten Monaten mehrfach neu besetzt, und ich will diesen Mann nicht verlieren«, stammelte sie aufgeregt.

»Dann setzen Sie ihm die Pistole auf die Brust. Ihre Firma ist kein Wunschkonzert. Es kann doch wohl nicht sein, dass immer Frauen zurückstecken müssen. Machen Sie ihm klar, dass er nicht nur an sich denken kann, er muss sich auch mit den Gegebenheiten und Ihren Ansprüchen abfinden.« Huch, was war denn mit ihr los? Sie unterdrückte ein Schmunzeln. Es war ohnehin unbedeutend, was sie der ollen Mistkowsky mit auf den Weg gab. Wenn sie es recht bedachte, war dies hier ihre letzte gemeinsame Coachingsitzung. Gute Entscheidung. Nun lächelte sie tatsächlich.

»Frau Marold, ich weiß gar nicht …« Das blondierte Knittergesicht geriet völlig aus der Fassung. »Sie haben doch sonst nie konkrete Tipps gegeben. Wollen Sie mir denn nicht den Weg zeigen, damit ich die Lösung selbst finde?«

»Hat das bisher denn jemals funktioniert?« Die Mistkowsky starrte sie mit offenem Mund an. »Eben!«, sagte Franziska.

Sie schloss die Tür hinter ihrer Klientin, lehnte sich dagegen und lauschte eine Weile auf das leiser werdende Klacken der hohen Absätze im Treppenhaus. Was sollte sie nun tun? Niklas war sicher noch nicht zu Hause. Aber er sollte der Erste sein, der es erfuhr, beschloss sie. Seit Langem hatte sie zum ersten Mal richtigen Appetit. Sie würde schön essen gehen und dann vielleicht noch etwas lesen. Ein ganz gemütlicher Abend ohne Arbeit. Die Mistkowsky war Arbeit genug gewesen. Es war Freitag, da begann für viele Menschen das Wochenende. Warum also nicht auch für sie? Sie hatte einen guten Grund, sich ein wenig zu verwöhnen. Als sie ihr Handy einschaltete, sah sie eine Nachricht von Gesa.

Falle zugeschnappt! Aufnahmen beider Kameras top :-D Sobald du wieder da bist, ist sie fällig.
Gruß und Kuss,
Gesa
PS: Wie geht's dir???

Franziska lachte laut auf. Noch ein Grund zum Feiern. In den letzten Monaten war es einfach nicht rund gelaufen. Sie hatte das deutliche Gefühl, dass sich das gerade änderte. Schnell eine Antwort an Gesa, dass es ihr bestens gehe, es sehr gut gewesen sei, ihrem alten Arzt einen Besuch abzustatten, und sie sich jetzt schon auf das dämliche Gesicht von Blondie freue. Dann ging sie zum Essen. Es war herbstlich grau und schon ziemlich kühl, doch das störte sie keineswegs. In einer Nebenstraße fand sie einen einfachen Italiener, bei dem es gab, was der Patrone morgens auf dem Markt frisch bekommen hatte. Es lief klassische Musik anstelle der verbreiteten Italo-Pop-Endlos-Schleifen.

Franziska holte ihr ledernes Notizbuch hervor. Wie könnte ihr Leben in einem Jahr aussehen? Ein Kribbeln schoss durch ihren Körper wie Lampenfieber, nur um ein Vielfaches stärker, als sie es von Vorträgen oder von Treffen mit neuen, besonders interessanten Klienten kannte. In einem Jahr war das Kind schon da. Sie ermahnte sich, ruhig zu bleiben, auch die Möglichkeit in Betracht zu ziehen, dass sie es verlieren könnte. Das passierte gar nicht so selten. Ein Szenario nach dem anderen erschien stichwortartig auf dem Kästchenpapier. Während sie ihre Minestrone löffelte, überflog sie die Zeilen. Es gab noch so viele Unbekannte. Zum Beispiel hatte sie mit Niklas noch nie konkret über Kinder gesprochen. Einmal hatte er angedeutet, dass er gerne eine große Familie hätte. Irgendwann einmal. Sie versuchte, sich seine Reaktion vorzustellen, doch es wollte ihr nicht gelingen. Eins aber war ihr bei allen offenen Fragen und Unsicherheiten klar: Sie wollte das Kind auf jeden Fall. Und noch etwas wusste sie auf einmal genau. Sie wollte nicht wieder zurück in ihren Berufsalltag. Zumindest nicht so, wie er in Hamburg einmal gewesen war und bald wieder sein würde, wenn sie sich darum bemühte. Am liebsten würde sie nur noch ihre ehrenamtliche Beratung fortführen und ihr Urlaubskonzept umsetzen.

Der Patrone, ein kleiner Mann mit dickem Bauch, schwarzen Augen und schütterem schwarzem Haar, brachte die Hauptspeise, Spaghetti mit Muscheln. Seine Kellnerschürze verbarg nur einen Teil der schwarzen Hose und sah verdächtig nach einem umfunktionierten Handtuch aus.

»Jetzt nixe mehr arbeite«, ordnete er an, während er den Teller vor sie stellte. »Jetzt du genieße, eh. Buon appetito!«

»Sie haben recht. Vielen Dank.«

Mit dem Genießen war es allerdings so eine Sache. Zwar war die Pasta hervorragend, aber Franziska konnte dennoch nicht abschalten. Sie rechnete aus, ob sie mit einem Klienten pro Quartal finanziell zurechtkam, wenn sie ansonsten die Ferienzimmer an Touristen ohne Coaching vermieteten. Dann bliebe ihr genug Zeit für eine weitere Betätigung, die naturverbundener war, bodenständig. Sie wollte unbedingt etwas mit ihren beiden Händen schaffen, nicht immer nur abstrakt Probleme mit dem Kopf lösen. Vielleicht könnte sie doch mehr auf der Plantage arbeiten. Den italienischen Kräuterlikör, den der Patrone ihr spendieren wollte, lehnte sie ab und machte sich auf den Heimweg. Und wenn sie ihren Schwerpunkt auf die Vermietung verlegte? Sie könnte für die Feriengäste einen Nutzgarten anlegen, Marmelade für sie kochen, mal ein Abendessen oder nachmittags Obstkuchen anbieten, wenn gerade Gemüse oder Früchte reif wären. Ein schöner Gedanke, aber dummerweise wären die Einnahmen mit nur einem Klienten pro Quartal überschaubar. Selbst wenn ihre Zimmer gut ausgelastet wären, käme sie damit allein nicht über die Runden. Ein Klient pro Monat sollte es schon sein, nur bliebe ihr dann wieder nicht genug Zeit zum Kochen und Backen. Mit ihrer *Sprechstunde Älterwerden* und den anderen unentgeltlichen Beratungen würde vermutlich wieder alles zu viel werden. Es war ein Teufelskreis. Na schön, gerade mit Kind war eine berufliche Veränderung momentan wohl keine so gute Idee. Die Kröte musste sie schlucken.

Zurück in der Wohnung, legte sie sich zurecht, was sie Niklas sagen sollte und wie sie es am besten formulierte. Schon zweimal hatte sie seine Nummer eingetippt, die Verbindung dann aber doch nicht hergestellt. Das war albern. Was sagte sie ihren Klienten immer? Tun Sie es gleich, oder Sie tun es gar nicht. Ihr Finger machte sich auf den Weg in Richtung Display, da kündigten Möwengeschrei und Meeresrauschen einen Anruf an – Niklas. Vor Schreck hätte sie das Handy beinahe fallen lassen.

»Hallo, Nik!«

»Moin, Ziska. Danke für deinen Anruf gestern. Ich lag tatsächlich schon im Bett. Ich habe noch nicht geschlafen, mochte meine müden Knochen aber auch nicht mehr aus den Federn schwingen.«

»Ist doch okay. Ich wollte ja auch nur Bescheid geben, dass ich angekommen bin.«

»Wie war es beim Arzt? Konnte er auf die Schnelle überhaupt etwas sagen?«

»Ja, das konnte er.« Raus damit, verkünde die gute Neuigkeit! Wobei es natürlich schöner wäre, sein Gesicht sehen zu können, wenn er es erfuhr. Sie dachte an all die Filme oder Werbespots, in denen Babyschuhe oder Strampelanzüge eine Rolle spielten und am Ende immer geweint wurde.

»Jetzt sag doch!«, bat Niklas sie. »Du bist doch nicht krank, oder?«

»Nein, nein«, antwortete sie schnell. »Er hat den Bauchraum abgetastet und einen Ultraschall gemacht. Kein Grund zur Sorge, sagt er.«

»Gott sei Dank!« Sie konnte den berühmten Stein regelrecht von seinem Herzen fallen hören und musste lächeln. »Du hast eben so eine Pause gemacht. Ich dachte schon … Jetzt bin ich echt erleichtert.« Er lachte. »Noch eine schlechte Nachricht hätte ich auch nicht gebrauchen können. Einer der Erntehelfer ist heute umgeknickt, Bänderriss im Sprunggelenk. Der fällt für den Rest der Zeit aus.«

»O Mann, dieses Jahr ist aber auch wirklich der Wurm drin«, sagte Franziska und hatte auf der Stelle wieder ein schlechtes Gewissen. Sie war etwa in der zwölften Woche, da könnte sie locker ein Team unterstützen, wenn sie sich nicht in Hamburg herumtreiben würde.

»Nicht der Wurm, sondern die Fruchtfliege«, entgegnete er bitter. »War ein Witz. Du hast schon recht, dieses Mal gibt es besonders viele Ausfälle. Und ausgerechnet John kämpft auch noch mit einer Erkältung«, erzählte er, ohne Luft zu holen. »Ich habe ihm ans Herz gelegt, am Wochenende ganz viel zu schlafen, heiße Zitrone zu trinken und Hühnerbrühe zu löffeln. Ich hoffe, am Montag geht es ihm besser.«

»Tut mir wirklich leid, dass ich gerade jetzt nicht da bin. Ich hätte ihn versorgen können.«

»Du hast doch selbst genug zu tun«, sagte er leise. »Es ist meine Firma und damit auch mein Problem. Ich muss lernen, das zu trennen.«

»Ein bisschen vielleicht«, gab sie ihm recht, »aber wenn man zusammenlebt, teilt man auch die Probleme und unterstützt sich gegenseitig. Das ist doch normal.«

»In einem gewissen Rahmen ist das so. Das finde ich auch. Nur kann ich nicht erwarten, dass Rügorange bei dir während der Ernte an erster Stelle steht und du gleichzeitig mit deinem Job die Einnahmeausfälle ausgleichst. Das funktioniert nicht. Habe ich schnell kapiert, oder?« Er lachte leise.

»Stimmt.«

»Dann kannst du ja jetzt zurückkommen.« Wieder das unsichere Lachen. »Nein, nein, war ein Scherz. Marianne bleibt für ein paar Tage hier. Sie betüdelt John, das kannst du dir nicht vorstellen. Hätte nicht gedacht, dass ich das mal sagen würde, aber sie ist eine große Hilfe.«

»Sie hat sich in letzter Zeit sehr verändert. Es ist toll, dass sie dir hilft.«

»Und du? Hast du morgen etwas Schönes vor? Immerhin bist du endlich mal wieder in einer Großstadt.«

»Es gibt da ein Konzert, da wollte ich hin«, sagte sie zögerlich. Sie hatte überhaupt keine Lust, ihm jetzt von Conor zu erzählen. Das konnte er nur in den falschen Hals kriegen. Ebenso wenig mochte sie ihm am Telefon sagen, was los war. Vielleicht wäre das für ihn momentan eine weitere schlechte Nachricht.

»Ja, mach das. Auf Rügen ist das Angebot in dieser Hinsicht ja doch eher übersichtlich. Na gut, Ziska, dann viel Spaß morgen. Mach keinen Blödsinn, okay? Und melde dich, wenn du weißt, wann du nach Hause kommst.«

»Klar, das mache ich. Gute Nacht.«

Vor dem Haus in der Talstraße, einer Nebenstraße der Reeperbahn, war schon eine Menge los. Wie gut, dass Conor ihr eine Karte reserviert hatte. Franziska trug eine graue Jeans, ein schwarzes T-Shirt mit etwas ausgeleiertem V-Ausschnitt und eine lange graue Strickjacke. Sie sah nicht gerade aus wie eine Rockerbraut, aber lässig genug für eine Musik-Kneipe, fand sie. Das Haus, in dessen Keller der Kerker untergebracht war, wie die Bar hieß, sah überraschend ansprechend aus – bogenförmige bodentiefe weiße Sprossenfenster in einer blaugrauen sauberen Fassade und schmiedeeiserne geschwungene Halterungen, an denen Kugellampen hingen, die warmes Licht auf den Eingang warfen.

Franziska hatte die U-Bahn bis St. Pauli genommen und war von dort die Reeperbahn entlanggegangen. Der Zugang zum Mojo Club gleich hinter den Tanzenden Türmen, einem gläsernen Hochhauskomplex, dessen Außenhülle wie abgeknickt erschien, war geöffnet. Natürlich, es war Samstag, auch hier gab es vermutlich Livemusik. Sie erinnerte sich noch, wie verblüfft sie war, als dieser berühmte Club wiedereröffnet hatte und sie von außen einen Blick hatte darauf werfen wollen. Sie war außerhalb der Öffnungszeiten dort gewesen und musste lange suchen, ehe sie begriff, dass zwei halbrunde Scheiben im Bürgersteig alles waren, was sie zu sehen bekommen würde. Der Club selbst lag unter dem Vorplatz der Reeperbahn. Einige Wochen später war sie dann mit einer Freundin dort gewesen und hatte nicht schlecht gestaunt, dass die halbrunden Scheiben aufrecht über dem Asphalt thronten und den Blick auf die Treppen freigaben, die hinabführten.

Franziska mochte diesen Teil Hamburgs. Hier war für jeden etwas los, ob Musical im Operettenhaus, Wachsfigurenkabinett oder Party auf dem Spielbudenplatz. Man feierte gemeinsam in Anzug und Abendkleid oder durchlöcherten, mit Sicherheitsnadeln verzierten Klamotten. Jedenfalls hatte sie es so empfunden, als sie noch in der Stadt gelebt hatte. An diesem Abend fiel ihr auf, wie dreckig es war. Verpackungen der Fast-Food-Shops lagen verstreut, dazwischen leere Sektflaschen, immer wieder zerbrochenes Glas und Kippen. Die Verlockung der Spielbank, die Limousinen, die langsam die Meile entlangrollten, Männer in Maßanzügen und Frauen mit einer Spur zu viel Schmuck und deutlich zu viel Make-up bildeten einen nahezu unanständigen Gegensatz zum Gestank von Urin und zu den abgerissenen Gestalten, die nach einem Euro fragten oder im Eingang eines Discounters lagen. Franziska war froh gewesen, endlich die Talstraße erreicht zu haben, hatte jedoch befürchtet, sich vor einer Kaschemme wiederzufinden, die sie normalerweise niemals betreten würde. Nun war sie positiv überrascht und fühlte sich ein wenig sicherer.

Es war so lange her, dass sie Conor das letzte Mal gesehen hatte. Da waren sie offiziell noch ein Paar gewesen. Wie würde es sein, ihm nach all den Jahren zu begegnen? Das hatte sie sich mindestens hundertmal gefragt. Jetzt war es so weit. Sie sah auf die Uhr. Um zehn sollte das Konzert beginnen, es war kurz nach halb zehn. Auf keinen Fall wollte sie zu früh hinuntergehen. Sie sah sich verstohlen nach ihm um. Das war natürlich dumm, denn er war mit Sicherheit längst da. Außerdem gab es bestimmt einen separaten Künstlereingang. Unentschlossen mischte sie sich noch ein wenig unter die anderen Gäste und versuchte, Gesprächsfetzen aufzuschnappen. Ob das alles eingefleischte Fans waren? Ihr Herz schlug ihr bis zum Hals. O Gott, sie fühlte sich schlimmer als vor ihrer Abi-Prüfung. Erst jetzt entdeckte sie neben dem Zugang zur Keller-Kneipe einen Schaukasten. »Heute im Kerker:«, las sie. Die Buchstaben waren verblichen, hier und da fehlte ein Stück. Sie trat näher und sah einen Mann, knapp schulterlange schwarze Haare, eine Lederjacke – Conor. Er war kaum zu erkennen, denn er war komplett schwarz gekleidet, und auch der Hintergrund war schwarz. Mit dünnen weißen Strichen waren Engelsflügel an seinen Rücken gemalt. Irish Angel stand am unteren Rand des Plakats, vermutlich sein Künstlername. Wieso hatte sie eigentlich nicht im Internet nach dem Musiker Conor gesucht? Sie hatte sich damit begnügt, den Spinnerei-Erben zu finden. Das bedauerte sie jetzt. Ach was, es war auch schön, sich überraschen zu lassen. Sie wusste, dass er Gitarre spielen konnte und eine gute Stimme hatte. Und sie wollte ihn sehen. Und das würde sie. Mehr interessierte sie in diesem Augenblick nicht. Das Geheimnis, das sie bisher nur mit Dr. Heymann teilte, hätte ihr für ein Wochenende in Sachen Aufregung eigentlich gereicht. Trotzdem unterdrückte sie den Fluchtinstinkt, der sie mit einem Mal packte, riss sich zusammen und lief die Stufen hinab, als wäre sie

Stammgast im Kerker. Unten hockte ein Mädchen hinter einem zerschrammten Tisch, auf dem Aufkleberreste und Brandlöcher ein interessantes Muster bildeten.

»Hi, ich bin Franziska Marold. Conor wollte eine Karte für mich zurücklegen«, sagte sie, als wäre auch das nichts Besonderes für sie. War es aber, sie hätte schreien können vor Vorfreude.

»Na, da hast du ja Glück.« Das Mädchen, das wie höchstens siebzehn aussah, kontrollierte weder eine Gästeliste, noch händigte sie ihr eine Eintrittskarte aus. Sie drückte einen Stempel in ein mit Farbe getränktes Kissen und rollte gelangweilt rote Gitterstäbe auf ihren Handrücken.

»Danke«, sagte Franziska und ging durch einen kurzen schmalen Flur. Mann, war das dunkel. Auch in dem Club selbst gab es nur eine spärliche Beleuchtung. Eine Discokugel, die so gar nicht zum Ambiente passen wollte, ließ gelbe Punkte träge über zerschlissene schwarze Clubsessel gleiten, über schwarz gestrichene Wände, die im Lauf ihres Daseins einiges abbekommen hatten und mit etwas Farbe notdürftig wieder hergerichtet worden waren, über einen schwarzen Fußboden, dem die Begegnung mit einem Besen gutgetan hätte, und über den Tresen, ein schwarzes Monstrum mit orangem Rahmen. Der einzige Farbklecks weit und breit. Orange wie Sanddorn.

Franziska holte sich eine Kräuterlimonade und ließ sich an einem Zweiertisch ganz vorne seitlich von der Bühne nieder. Erst nach einer Weile hatte sie den schwarzen Vorhang erkannt und begriffen, dass das der Platz sein musste, an dem Conor gleich singen würde. Ob er schon auf der Bühne war? Er war ein ziemlich cooler Typ gewesen, aber ein Auftritt in Hamburg, weit weg von seiner Heimat und vielleicht auch von seinen treuen Fans, würde ihn doch sicher ein wenig nervös machen. Sie konnte ihn sich nicht mit Lampenfieber vorstellen. Wenn sie ehrlich war, konnte sie ihn sich überhaupt nicht mehr in einer bestimmten Situation vorstellen. Sie sah sich um. Besonders viel war nicht los. Gleich zehn Uhr. Vereinzelt kamen Leute in den Raum und besetzten ein paar Plätze. Ein Topstar war Conor offenbar nicht, zumindest nicht in Deutschland. Trotz der wenigen Menschen war die Luft verbraucht. Alkohol- und Schweißgeruch drang in ihre Nase, als wäre der Laden gerade noch brechend voll gewesen.

Dann war es so weit, das wenige Licht verlosch, selbst die Discokugelpünktchen hatten sich davongemacht. Noch immer war es ziemlich leer. Schade, sie hätte Conor ein volles Haus gegönnt. Ein leises Schnarren verriet, dass der Vorhang sich öffnete. Franziskas Augen hatten sich an die Dunkelheit gewöhnt, und sie konnte Umrisse erkennen. Und nun warf auch ein Scheinwerfer eine Andeutung von Licht auf die Bühne. Da stand ein Mann, den Kopf gesenkt. Ihr Herz klopfte so schnell, dass sie Angst hatte, durchzudrehen. Conor trug das schwarze Haar noch immer so wild wie damals. Auch die Ausstrahlung war noch dieselbe. Ihn umgab eine Aura, der man sich nur schwer entziehen konnte. Jedenfalls galt das für sie. Er wirkte verletzlich, geheimnisvoll und gleichzeitig äußerst männlich und umwerfend anziehend. Sie starrte gebannt nach vorn. Irgendwo im unbeleuchteten Bereich musste ein Musikerkollege sein, der die ersten Akkorde auf dem Bass spielte. Im selben Moment wurden weiße Flügel auf die Wand projiziert, vor der Conor stand. Kraftvolle mächtige Schwingen – Irish Angel. Auf seiner schwarzen Lederjacke funkelte ein Totenkopf. Also wohl eher ein Todesengel, ging ihr durch den Kopf. Ihr gesamter Körper kribbelte, ihr war mit einem Schlag so flau wie bei einer Achterbahnfahrt, wenn es abwärtsging. Plötzlich ein leises Summen, das sich in einer Sekunde zu einem bedrohlichen Brummen steigerte und mehr und mehr anschwoll. Es klang wie die Begleitung einer Filmszene, in der die Spannung gerade bis ins Unermessliche wuchs. Dann Stille. Und schließlich Conors Stimme, leise, hoch, fast ein wenig zittrig.

»Whish I could turn back time.« Franziska spürte, wie ihr Tränen in die Augen schossen. Schon mit dem ersten Ton hatte er etwas ganz tief in ihr berührt. Und dann auch noch dieser Text. Ich wünschte, ich könnte die Zeit zurückdrehen. »I never said goodbye.« Wie wahr, er hatte ihr nie Auf Wiedersehen gesagt. »Das werde ich nicht tun, denn ich will ja nicht, dass du gehst«, hatte er erklärt. Was er jetzt sang, klang wie eine Anklage. Leise Töne, wieder Stille. Plötzlich wie aus dem Nichts ein Schlagzeuger, der mit seinen Stöcken so gewaltig auf sein Instrument eindrosch, dass sie kurz erschreckte. In derselben Sekunde zerfiel die Projektion der Flügel in tausend Stücke, die kurz zu glühen schienen und dann verschwanden. Ebenfalls zeitgleich riss sich Conor die Jacke von den Schultern und warf sie zur Seite. Jemand reichte ihm seine Gitarre. Welch ein furioser Konzertauftakt! Hier und da johlte und pfiff jemand überwältigt. Franziska kam allmählich wieder im Hier und Jetzt an und stimmte in den Applaus ein. Dieser Auftritt hätte ein großes Publikum verdient, dessen war sie jetzt schon sicher. Wenigstens brachten die anwesenden Gäste ihre Begeisterung lautstark zum Ausdruck. Conor blickte kurz in den Raum. Seine Lippen verzogen sich zu einem Lächeln, doch er wurde sofort wieder ernst. Das erste Lied erzählte die Geschichte eines Selbstmörders, der über das Verlassenwerden der geliebten Frau nicht hinweggekommen war. Nun stand sein Geist neben ihr auf dem Friedhof, während sie Blumen niederlegte, und es zerriss ihn fast, ihr nahe zu sein, ohne dass sie ihn sah oder wenigstens spürte.

»Ich sterbe noch einmal«, sang er. »Nicht einmal im Tod bist du mein.« Franziska wischte sich eine Träne von der Wange. Es war nur ein Lied, sagte sie sich. Und hielt sie ihren Klienten nicht immer wieder vor, sie sollten nicht alles auf sich beziehen? Trotzdem spielten ihre Emotionen total verrückt. Sie fühlte sich für den Schmerz in Conors Gesicht verantwortlich. Der letzte Akkord. Conor trat einen Schritt nach vorn. Nun wurde er vom Scheinwerferlicht komplett erfasst. Ob er sie an ihrem Tisch erkennen konnte, oder wurde er so geblendet, dass er gar nichts sah?

»Thank you!«, rief er. »Hallo, Hamburg!« Er drehte sich kurz zu seinem Schlagzeuger und dem Bassisten um und nickte ihnen zu.

Das zweite Stück war dynamischer und voller Energie. Franziska wippte mit dem Fuß und nickte mit dem Kopf, bis ihr gesamter Oberkörper von dem Rhythmus erfasst wurde. Sie betrachtete Conor, der über die kleine Bühne rockte, als stünde er in einem Stadion vor Zehntausenden. Das ärmellose Shirt erlaubte einen Blick auf muskulöse tätowierte Arme. Überhaupt, was für eine Figur! Schmale Hüften, ein kräftiger Brustkorb und ein ziemlich knackiger Hintern. Er verstand es perfekt, sich in Szene zu setzen. Seine Bewegungen waren sexy und verrieten, dass ihm die Musik im wahrsten Sinne des Wortes im Blut steckte. Franziska starrte ihn ungeniert an. Das schwarze Haar glänzte feucht. Er trug einen Ohrring und einen auffälligen schwarzen Ring an der linken Hand. Den Dreitagebart hatte er damals schon gehabt. Nein, er hatte sich wirklich nicht viel verändert, war nur etwas kantiger geworden, was ihm sehr gut stand.

Das Licht veränderte sich. Plötzlich blickte Conor genau in ihre Richtung. Ihr stockte der Atem. Sie hatte ganz vergessen, wie intensiv diese braunen Augen einen ansehen konnten. Kleine Fältchen gruben sich neben seine Augenwinkel. Nur Conor konnte so warm lächeln, ohne die Lippen auch nur zu bewegen.

»I'll never let you go again«, sang er, ohne den Blick von ihr zu nehmen. »Ich lasse dich nicht wieder gehen.« Er hatte sie erkannt!

Für Franziska war das Konzert ein einziger Rausch. Immer mehr Leute fanden den Weg in die Keller-Kneipe, sodass es am Ende doch noch voll und auch unerträglich stickig war. Trotzdem ging es ihr so gut wie lange nicht. Irgendwann während eines sehr schnellen Stückes war sie aufgesprungen und hatte den Rest des Auftritts wie die meisten anderen auch tanzend oder sich zu einer Ballade wiegend verbracht.

Sie jubelte, klatschte und war total verschwitzt, als Conor nach fast zwei Stunden verkündete: »Okay, that's it, guys. Thank you very much. Tschuss, Hamburg, gute Nackt.«

Der Vorhang schloss sich. Nur langsam verebbte der Applaus. Was sollte sie tun? Würde er in den Zuschauerraum kommen, oder wäre es besser, sie würde jemanden fragen, wo sie den Künstler treffen könnte? Sie brauchte nicht lange nachzudenken. Der Vorhang bewegte sich, Finger mit einem dicken schwarzen Ring schoben sich heraus, dann ein tätowierter Arm. Conor hatte sich ein Handtuch um den Nacken gelegt und kam direkt auf sie zu.

»Hi, Zis«, flüsterte er, als er vor ihr stand, legte die Hände auf ihre Oberarme und küsste sie zärtlich auf die Wange. »Es ist so schön, dass du gekommen bist. Tut mir leid, mein Deutsch ist noch immer nicht besser, es existiert nicht«, entschuldigte er sich auf Englisch mit seinem irischen Akzent und lachte. »Das hast du ja eben gehört.«

»Was ich eben gehört habe, war fantastisch! Conor, du warst großartig!« Sie sah ihm in die Augen. »Schön, dich zu sehen.«

»Hi, sorry, kann ich bitte ein Autogramm haben?« Ein junges Mädchen drängte Franziska zur Seite und hielt Conor eine CD unter die Nase. Sie himmelte ihn förmlich an. Franziska musste schmunzeln. Kein Wunder, wahrscheinlich waren alle weiblichen Anwesenden seinem Zauber verfallen. Es folgten weitere Mädchen und auch ein paar Männer, die sich CDs unterschreiben ließen. Franziska beobachtete, wie Conor mit ihnen scherzte und sich für Komplimente bedankte. Er gab jedem das Gefühl, in diesem Moment der wichtigste Mensch weit und breit zu sein. Sie wartete geduldig ab und registrierte die fragenden Blicke, mit denen sie hin und wieder bedacht wurde. Bestimmt hätten einige jetzt gern mit ihr getauscht, doch sie hätte ihren Platz um nichts in der Welt hergegeben. Es fühlte sich gut an, die Frau zu sein, die er nach seinem Auftritt geküsst hatte.

»Entschuldige, ich muss das machen, wir leben von dem Verkauf«, erklärte er, als er fertig war.

»Du musst dich doch nicht entschuldigen. Schließlich bist du nicht meinetwegen hier.«

»Doch.« Sein Blick ging ihr durch und durch. Wieder berührte er kurz ihren Arm. »Ich ziehe mich schnell um, dann können wir irgendwo hingehen. Okay?«

Allmählich leerte sich der Raum, die Discokugel wurde aus- und das Neonlicht angestellt. Erst jetzt offenbarte sich, wie schäbig diese Spelunke wirklich war. Zwei junge Männer gingen von Tisch zu Tisch und sammelten leere Flaschen und Gläser ein. Der Zauber, der eben noch die Kneipe erfüllt hatte, war dahin. Franziska wollte nur noch raus an die frische Luft.

Sie überquerten die Reeperbahn und bogen links ab in die Lincolnstraße. Mit jedem Schritt wurde es ein bisschen leiser und ein wenig grauer. Conor hatte sofort den Arm um ihre Taille gelegt, als sie den Kerker verlassen hatten.

»Ich muss unbedingt noch etwas essen«, sagte er und lächelte sie an. »Vor einem Auftritt kann ich nicht. Lampenfieber.«

»Das kann ich gut verstehen.«

Sie entschieden sich für die erstbeste Pizzeria und fanden einen Zweiertisch hinter einer Säule. Zu ihrer Überraschung bestellte Conor Wasser. Früher hatte er Bier getrunken.

»Ich muss auf mich aufpassen.« Er hob kurz das T-Shirt an und präsentierte einen perfekten Waschbrettbauch. Franziska hätte ihn gerne länger betrachtet, doch schon schob er den Stoff wieder darüber und klopfte auf die Pracht. »Dafür habe ich zu viel getan, um es an Alkohol zu verlieren.«

»Trifft sich gut, ich trinke momentan auch keinen«, sagte sie.

»Du machst auch viel Sport, stimmt's? Du siehst toll aus.«

Eine Kellnerin kam und nahm die Bestellung auf. Conor sah sie an, und sie schmolz augenblicklich dahin. Franziska überlegte, ihr einen Stuhl hinzuschieben, auf den sie notfalls sinken konnte.

»Ich bin noch immer überwältigt von deinem Konzert, Conor«, sagte Franziska, als sie wieder alleine waren.

»Danke, das ist süß von dir. Oh, hätte ich fast vergessen.« Er griff in die Innentasche seiner Lederjacke und legte ihr eine CD hin. »Ich hoffe, du hörst mich lieber live. Das ist ein Ersatz, falls es mal nicht geht.«

»Danke! Ich fürchte, ich werde mich oft mit dem Ersatz abfinden müssen.« Sie lachte. »Das ist ziemlich schade, weil du live einfach unschlagbar bist. Ich freue mich wirklich sehr. Du musst sie mir natürlich auch signieren.«

Wieder griff er in die Innentasche. Dann schnappte er sich die CD, schrieb mit schnellem Schwung und ernstem Gesicht etwas darauf und schob sie ihr wieder hin, während er den Stift einsteckte.

»Forever yours. Love, Conor.«

»Danke«, flüsterte sie und spürte, wie ihre Wangen brannten.

Sie teilten sich eine Pizza und eine große Schüssel Salat. Conor wollte haarklein wissen, was sie machte, wo sie lebte.

»Du wohnst auf einer Insel«, sagte er einmal. »Irland ist auch eine, das hättest du schon lange haben können.«

Sie plauderten über vergangene Zeiten und lachten. Franziska fielen immer mehr ihrer ehemaligen Kommilitonen ein. Sie fragte nach ihnen und genoss es, seinen Geschichten zuzuhören. Nur über sie beide, über den Abschied auf dem Flughafen sprachen sie nicht.

»Du leitest also die Spinnerei und machst außerdem Musik. Wie geht das, ich meine, wie schaffst du das alles? Solche Dinge macht man doch nicht halb, und sie kosten Zeit und Kraft.«

Die Kellnerin räumte das Geschirr ab. Conor rückte sofort ganz nah an den Tisch, stützte sich auf und lehnte die Wange gegen seine Faust. Seine warmen braunen Augen waren unverwandt auf Franziska gerichtet. Da waren wieder die für ihn so typischen Lachfältchen. Irgendetwas in ihrem Bauch flatterte, sie hätte sich in diesem Blick verlieren können.

»Leidenschaft«, sagte er unvermittelt, und seine Wangenknochen zuckten kurz.

»Was?«, hauchte sie.

»Mit Leidenschaft geht alles, das ist die Lösung. Wenn du Leidenschaft für etwas hast, kannst du alles schaffen.« Sie nickte. Plötzlich sah sie Niklas vor sich an einem Tisch in einer Brauerei, in den Augen die Reflexion einer flackernden Kerze. Sie waren das erste Mal zusammen ausgegangen. Niklas hatte sie zu den Störtebeker Festspielen eingeladen. Er hatte behauptet die Karten von einem Freund geschenkt bekommen zu haben, dabei wusste sie, dass er sie extra besorgt hatte. »Einen Penny für deine Gedanken«, sagte Conor leise.

»Ach, die wären keinen Penny wert«, behauptete Franziska schnell. »Leidenschaft«, wiederholte sie. »Ja, die merkt man ganz deutlich, wenn du auf der Bühne stehst.«

»So, wir machen Feierabend.« Die Kellnerin war an ihren Tisch getreten. »Ich würde gern abkassieren.«

Kurz darauf standen Franziska und Conor auf der Straße. Es hatte sich merklich abgekühlt.

»Wir können noch irgendwo etwas trinken, wenn du Lust hast.« Conor stand ganz nah bei ihr. Sie konnte seine Wärme spüren.

Franziska sah auf die Uhr. »Es ist gleich drei! Ich glaube, ich fahre jetzt besser. Wie lange bist du in der Stadt? Können wir uns noch mal sehen?«

»Ja, natürlich. Ich bleibe noch ein paar Tage«, sagte er unbestimmt. »Ist deine Wohnung weit von hier? Ich könnte dich bringen.« Seine Augen funkelten. Auf keinen Fall, dachte sie. Wenn er sie noch länger so ansah, konnte sie für nichts garantieren.

»Nein, dein Hotel ist bestimmt hier ganz in der Nähe, oder? Bis zu meiner Wohnung ist es ein ganzes Stück, das wäre Unsinn.«

»Schade.« Wie konnte man nur von einer Sekunde auf die andere so traurig ausschauen.

»Wir sehen uns morgen wieder«, versprach sie und konnte sich nicht beherrschen, ihm eine Strähne des strubbeligen Haars aus dem Gesicht zu streichen. Das hätte sie nicht tun sollen. Er zog sie sofort an sich und küsste sie. Seine Lippen waren weich und fordernd, der Dreitagebart zerkratzte ihre zarte Haut. Er musste wirklich einiges für seine Figur getan haben. Sie kannte keinen Mann mit so festen Muskeln. Es war aufregend, erregend. Conor presste sie fester an sich. Sie war wie in einem Traum, aus dem sie nie wieder aufwachen wollte. Da sah sie Niklas' Gesicht vor sich, seinen Blick, als sie sich verabschiedet hatten. Und sie hörte seine Stimme am Telefon: »Mach keinen Blödsinn, okay?« Das hier war in seinen Augen definitiv Blödsinn. Sie schob Conor sanft von sich und senkte den Kopf, sodass er ihre Lippen freigeben musste.

»Ich sollte jetzt wirklich gehen. Allein.«

Franziska wurde wach und reckte sich mit geschlossenen Augen. Sie hatte doch geträumt, oder? Heute musste Samstag sein, und sie würde am Abend zum Konzert gehen. Es konnte nicht halb so gut werden wie das, was sie gerade wieder im Kopf hatte. Sie schnupperte und bildete sich ein, sogar noch Conors Rasierwasser in der Nase zu haben. Vorsichtig tastete sie neben sich und streckte den Arm ganz aus. Da war niemand. Erst jetzt traute sie sich, die Augen zu öffnen. Entweder war sie brav alleine nach Hause gegangen, oder es war doch nur ein Traum gewesen. Sie sah nach rechts. Auf ihrem Nachtschränkchen lag eine CD. Kein Traum. Sie richtete sich auf, lächelte und griff nach der Plastikhülle. »Forever yours. Love, Conor.«

Er empfand noch immer etwas für sie, daran hatte sie keinen Zweifel. Ihr ging es nicht anders. Was hatte Maren gesagt? Du warst verrückt nach ihm. Stimmt, und irgendwie war sie das noch immer. Conor hatte fast immer ein zartes spöttisches Lächeln auf den Lippen. Er konnte in einer Sekunde albern wie ein großer Junge sein, im nächsten ernst und so melancholisch, dass man sich Sorgen um ihn machen musste. Das hatte sie damals fasziniert, und das fesselte sie heute noch. Sie betrachtete die Einlage, die das gleiche Motiv hatte wie das Plakat. Es war eine billige Kopie, dünnes Papier, einseitig bedruckt. Die CD selber war ein einfacher Rohling, unbeschriftet. Das war nicht die Arbeit eines Profis. Vielleicht war die neue Scheibe einfach nicht fertig geworden, und Conor hatte ein paar Exemplare gebrannt, um etwas anbieten zu können. Hatte er nicht gesagt, er und seine Jungs lebten von dem Verkauf? Vielleicht war er aber auch bei gar keiner Plattenfirma unter Vertrag, sondern musste seine Musik immer selbst kopieren und verkaufen. Darüber hatten sie nicht gesprochen. Es war ihr auch egal. Sie heftete ihren Blick auf die vier Wörter und strich verträumt mit dem Finger darüber.

»O Mann!«, rief sie und ließ sich zurück auf ihr Kissen fallen. Wohin sollte das alles führen? Wieder tastete sie mit den Fingern über das Nachtschränkchen. Sie griff nach der Ultraschallaufnahme und sah sie lange an. Ihre Hand wanderte ganz automatisch zu ihrem Bauch. Noch war er flach, aber bald würde man etwas sehen. »Hallo, du«, flüsterte sie leise. »Geht es dir gut?«

Während die Kaffeemaschine lief, schaltete sie ihr Laptop und das Handy ein. Keine neuen Nachrichten. Sie machte sich ein Müsli. Während sie löffelte, öffnete sie den Browser und gab Irish Angel in die Suchmaschine ein. Viel war es nicht, was sie fand. Conor trat nicht gerade häufig auf. Eigentlich keine Überraschung, immerhin leitete er ein Familienunternehmen. Da musste die Musik bestimmt zurückstehen. Sie landete schließlich auf den Einträgen einiger Kneipen in und um Dublin, die ähnlich heruntergekommen wirkten wie der Kerker. Es waren Ankündigungen für längst vergangene Konzerte, die niemand gelöscht hatte. Eintritt frei, hieß es überall, der Hut gehe anschließend herum. Ansonsten war er anscheinend meistens als Straßenmusiker unterwegs, was in Irland eine große Tradition hatte, wie sie sich erinnerte. Jetzt verstand sie auch, warum er auf den Verkauf der CDs angewiesen war. Wahrscheinlich eher seine Jungs, denn er hatte ja noch die Spinnerei, mit der er sein Geld verdiente. Merkwürdig, von einer Band war nirgends die Rede. Sah aus, als würde sich Conor immer wieder neue Musiker suchen.

Franziska schreckte hoch, als ihr Handy ertönte – Maren.

»Hallo, Ziska, ich muss jetzt unbedingt wissen, wie es dir geht. Warst du beim Arzt?«

Franziska sah auf die Ultraschallaufnahme und lächelte. »Ja, liebe Maren, da war ich. Es ist alles in bester Ordnung.«

»Ach, super! Ich hatte recht, oder? Dir ist der ganze Stress auf den Magen geschlagen.«

»Nicht ganz. Erzähle ich dir irgendwann mal ausführlich, aber jetzt sag du mir erst mal, wie es dir geht.«

Maren erzählte, dass alle Zeichen zwischen Richard und ihr auf Versöhnung standen. Er hatte sich von seiner Kollegin getrennt.

»Ich glaube, so viel wie in den letzten Stunden haben wir in den acht Jahren unserer Ehe nicht miteinander geredet.« Maren lachte. »Der Drops ist noch lange nicht gelutscht, wir werden auch in Zukunft noch viel besprechen müssen. Es gibt Schlimmeres. Das Wichtigste ist, dass wir uns beide sicher sind, noch einen Versuch zusammen verdient zu haben.«

»Ach, Maren, das freut mich so! Ehrlich, da fällt mir eine Riesenlast vom Herzen.«

»Tja, dafür müssen Niklas und Rügorange wohl dauerhaft ohne mich auskommen.«

»Die bittere Pille schlucken wir beide sehr gern.«

»Apropos Niklas. Sag mal, hast du dich gestern Abend nicht mit Conor getroffen?«

»Ja.«

»Mann, jetzt lass dir doch nicht die Würmer einzeln aus der Nase ziehen. Erzähl schon!«

Franziska schwärmte von seinem Auftritt, von seiner Stimme und den Songs.

»Sieht er noch so gut aus wie früher?«

»Noch besser, männlicher, erwachsener.«

»Seht ihr euch wieder?«, fragte Maren im verruchtesten Ton, den sie zustande brachte.

»Klar, was denkst du denn?«

»Ziska, du riskierst doch nichts, oder? Conor ist ein Appetithappen zum Angucken und vielleicht auch, um sich mit ihm einmal kräftig durchs Bett zu wühlen, aber der ist nichts fürs Leben.«

»Jaja, ist ja gut. Ich weiß schon, wohin ich gehöre.« Das war eine glatte Lüge.

»Schätzchen, ich telefoniere. Bin sofort bei dir.« Maren seufzte. »Ich fürchte, ich muss Schluss machen. Felix hängt zurzeit an uns beiden wie eine Klette.«

Sie hatten sich gerade verabschiedet, als Franziskas Telefon den nächsten Anruf ankündigte.

»Moin, Ziska. Ich liege gerade auf meinem Sofa, alle viere von mir gestreckt, und muss an dich denken.«

»Hallo, Gesa. Das ist aber nett. Wie läuft es denn so? Ist alles gut auf der Insel?«

»So würde ich das nicht ausdrücken. Du musst unbedingt bald zurückkommen. Gestern waren Typen vom Gesundheitsamt da.«

»Am Samstag?«, fragte Franziska alarmiert.

»Irgendein Vollpfosten hat denen den Tipp gegeben, dass tierische Gelatine in unseren veganen Bärchen ist. Ich wette, dieser geheimnisvolle Jemand hat lange blonde Haare und ein breites Zahnpasta-Lächeln.«

»Das kann doch gar nicht sein. Haben die das getestet?«

»Jo, aber das Ergebnis gibt's natürlich erst nächste Woche. Wenn da was dran ist, hat Niklas neuen Ärger an der Hacke. Ziska, er braucht dich.« Plötzlich hatte Franziska ein Bild vor Augen. Weißes Pulver auf dem Fußboden in der Produktionshalle. Ihr wurde flau im Magen. »Ohne Scheiß, der Chef war am Mittwoch schon bei einem Vortrag von so ’nem Finanzheini.«

»Was?«

»Ja. Das sollte ich dir bestimmt nicht verraten, aber jetzt ist das auch schon egal.« Sie klang sehr bedrückt. »Die Ernte ist ein Reinfall, die Kunden hauen ihm ab, der Nektar war verunreinigt. Wenn du mich fragst, ist bei ihm beruflich im Moment viel Luft nach oben.« Franziska seufzte tief. »Wie geht es dir denn so?«, wollte Gesa in einem Ton wissen, der für sie alles andere als typisch war.

»Alles bestens, mir geht es gut. Kein Grund zur Sorge.«

»Echt? Mann, da bin ich froh.« Stille, Räuspern. »Dann kann ich dir ja was zumuten, das dich bestimmt aufregt.« Das klang gar nicht gut.

»Raus mit der Sprache!«, verlangte Franziska, stand auf und ging langsam im Wohnzimmer auf und ab.

»Niklas hat die Kamera im Kabuff entdeckt.«

»O Mist!« Sie blieb stehen und schloss für eine Sekunde die Augen. »Das wird er mir nicht verzeihen. Der denkt doch, ich habe das gemacht, weil ich eifersüchtig bin.«

Am anderen Ende der Leitung blieb es jetzt länger still. »Dachte ich mir schon, dass es bei euch auch privat gerade nicht so rund läuft«, sagte Gesa dann zaghaft. »Das war mir klar, als der Chef dir unterstellt hat, du hättest Produkte manipuliert, um das der Blondie unterzujubeln.« Wieder Pause. »Ich habe gesagt, dass ich die Kamera installiert habe. Im Alleingang.«

»Bist du verrückt?«

»Du hast recht. Er war alles andere als begeistert von der Spionageaktion. Er wollte die Aufnahmen nicht einmal sehen.« Sie schnaubte ärgerlich. »Die kannst du ihm dann ja zeigen, wenn du zurück bist. Tja, äh, ich habe dann mal lieber gekündigt.«

»Das ist nicht dein Ernst!« Franziska wurde schwindlig, sie musste sich setzen. »Das kommt überhaupt nicht infrage. Ich kläre das mit Niklas. Ich sage ihm, dass Kimberly die veganen Bärchen manipuliert hat.«

»Woher weißt du das denn?«

»Erkläre ich dir, wenn ich wieder zu Hause bin. Auf jeden Fall bleibst du. Rügorange ohne dich, das wäre wie das Kap ohne Kreidefelsen.«

»Du, Ziska, ich muss jetzt Schluss machen.« Gesas Stimme war brüchig. »Wir schnacken, wenn du zurück bist, okay?« Sie holte tief Luft. »Ist vielleicht alles ganz gut so. Jetzt traue ich mich wenigstens, als Malerin durchzustarten. Die Nachfrage ist gigantisch.« Ihr Lachen verunglückte. »Also, Ziska, bis bald!«

Franziska lief in der Wohnung hin und her wie der sprichwörtliche Tiger im Käfig. Niklas musste wirklich verzweifelt sein, wenn er zu einem Vortrag über Finanzen ging, ohne mit ihr darüber zu reden. Und sie hatte ihm unterstellt, er sei mit Kimberly im Kino gewesen und hätte sich bei Mondschein einen Liebesfilm angesehen. Ganz tolle Leistung! Sie musste sich entschuldigen, und zwar schnell. Überhaupt musste sie endlich alles klären, was in den letzten Wochen und Monaten so gründlich schiefgelaufen war.

Gestern hatten sie sich nach so vielen Jahren das erste Mal wiedergesehen, und heute war schon wieder Zeit, einander Lebewohl zu sagen. Oder? Franziskas Gedanken drehten sich in einer Endlosspirale. Den ganzen Weg die Rothenbaumchaussee hinunter, durch den Dammtorbahnhof und nun über die geschwungenen Sandwege des Botanischen Gartens schwankte sie zwischen: Du musst zurück nach Rügen und Niklas zur Seite stehen. – Du musst Conor und dir eine zweite Chance geben. Dummerweise war Plan A mit Plan B nicht kompatibel. Das

Kind in ihrem Bauch war von Niklas, ein fetter Pluspunkt für Plan A. Auf welcher Seite ihre Gefühle standen, konnte sie unmöglich sagen.

Sie hatten sich um drei Uhr an den Tropengewächshäusern verabredet. Franziska war zwanzig Minuten zu früh da. Sie entdeckte eine Bank, geschützt von einer Hecke. Es war windstill und mild, der perfekte Platz, um die Herbstsonne zu genießen. Sie spürte ihren Pulsschlag im Hals und musste sich sehr zusammenreißen, um ihren zitternden Atem einigermaßen zu kontrollieren. Was tat sie hier? Sie hätte Niklas sagen müssen, dass sie in Hamburg einen Mann traf. Es war doch nichts dabei. Aber sie hatte es ihm verschwiegen, hatte Conor mit keiner Silbe erwähnt. Jetzt fühlte sie sich, als wäre sie dabei erwischt worden, mit Conor ins Bett zu steigen, was sie keinesfalls vorhatte. Sie fühlte sich wie eine Ehebrecherin, und das, obwohl sie nicht einmal verheiratet war. Was hättest du gedacht, wenn Niklas sich zum Nachdenken abgesetzt und eine fremde Frau getroffen hätte, mit der er mal ein Verhältnis hatte, fragte sie sich. Alles ganz harmlos. Haha, das hätte sie nie geglaubt. Sie war ja schon von einer Affäre überzeugt gewesen, nur weil er mit Kimberly in einem Café gesessen und gelacht hatte. Der Mönch aus der Uferkapelle kam ihr in den Sinn. Liebe ohne Vertrauen, das ist wie ein Fluss ohne Wasser. Wann war ihr das Vertrauen abhandengekommen? Kimberly brauchte nur einen winzigen Hinweis zu platzieren, und schon glaubte sie, Franziska, sie und Niklas hätten eine romantische Kinoverabredung unter freiem Himmel. Dabei war er in Wirklichkeit bei dem Vortrag eines Finanzberaters gewesen. Sie war diejenige, die gerade ihre Beziehung infrage stellte und riskierte.

Franziska fühlte sich mit einem Mal richtig elend. Sie schloss kurz die Augen. Als sie aufschaute, sah sie Conor am Ende des Weges, der um den Wallgraben führte. Er hatte eine alte Armytasche lässig über die Schulter geworfen und steckte in einer abgewetzten schwarzen Lederjacke. Als er näher kam, beschlich sie ein eigenartiges Gefühl. Er hatte sich verändert. Gestern war er noch der strahlende Musiker gewesen, von seinem Publikum gefeiert. Jetzt ließ er die Schultern hängen und wirkte müde. Ein Pärchen ging ihm entgegen. Conor rempelte den jungen Mann an. Kein Wunder, er hielt den Blick die ganze Zeit gesenkt. Wie sollte er da wohl jemanden bemerken? Franziska schluckte, als sie sah, wie Conor den Mann beschimpfte, anstatt sich zu entschuldigen. Er wirkte unheimlich aggressiv. Sein Gesicht sah ganz grau aus. In diesem Moment hatte er sie entdeckt. Er kam auf sie zu, ohne den Blick von ihr abzuwenden. Seine braunen Augen waren matt, irgendetwas schien ihn zu deprimieren. Sie stand auf. Als er bei ihr war, warf er seine Tasche auf die Bank, nahm sie wortlos in den Arm und drückte sie fest an sich wie ein Ertrinkender, der sich an eine Boje krallte. Franziska hielt ihn sekundenlang fest, dann löste sie sich behutsam von ihm.

»Hey, was ist los? Ist etwas passiert?«

»Das Leben, Zis, das Leben passiert. Es ist leider nicht wie die Bühne.«

»Komm, ich lade dich zu Kaffee und Torte ein. Da drüben auf der anderen Seite des Grabens gibt es ein nettes Café. Jedenfalls war es früher gut«, erzählte sie fröhlich. »Der Chef sagte damals immer: ›Alles, was weniger wiegt als dreihundert Gramm, ist kein Stück Kuchen, das ist ein Keks.‹« Sie lachte angestrengt. Immerhin verzog er die Lippen ein wenig, doch die Lachfältchen zeigten sich nicht, und seine Augen blieben unendlich traurig.

»Okay«, sagte er und trottete neben ihr her über die Brücke.

In dem Café angekommen, ließen sie sich auf Korbstühlen nieder, die Franziska an zu Hause erinnerten. Anstelle von Sanddornsträuchern gab es hier mächtige Rhododendronbüsche und schlanke Buchen.

»Hübsch, oder?« Sie sah ihn erwartungsvoll an und musste sich eingestehen, dass ihr Aufmunterungsprogramm grandios scheiterte. »Was ist das, der Blues nach einem tollen Auftritt?«, wollte sie wissen.

»Du hast ja keine Ahnung. Du denkst, ich will immer nur gefeiert und beklatscht werden, stimmt's?«

»So war das nicht gemeint. Ich kann mir nur vorstellen, dass so ein Konzert jede Menge Glückshormone freisetzt. Wäre doch möglich, dass man danach in ein Loch fällt«, sagte sie vorsichtig.

»Stimmt, hast recht.« Er bestellte Espresso, keinen Kuchen, keine Torte, kein Eis.

»Also ich habe Hunger. Einen Cappuccino und den Apfelstrudel, bitte.« Als der Kellner ging, fragte sie: »Was bedrückt dich so? Willst du darüber reden?«

»Es ist doch alles Scheiße!« Er fuhr sich mit beiden Händen durch die schwarzen Haare. »Du hast selbst gesehen, was gestern in dieser Kneipe los war.« Es klang verächtlich, wie er es sagte. »Wie viele Typen können nicht singen, schreiben furchtbare Texte und verstehen nichts davon, wie man eine gute Show macht.« Er warf sich auf dem Stuhl zurück und stieß ein böses Lachen aus. »Trotzdem haben sie Erfolg und sind berühmt. Warum?« Er funkelte sie an. »Weil sie die richtigen Leute kennen, weil sie sich anpassen und das machen, was von ihnen verlangt wird.«

»Außerdem können die sich wahrscheinlich voll auf ihre Musik konzentrieren, während du dich noch um die Spinnerei kümmern musst.«

»Das ist doch genau so ein Mist!«, schimpfte er. »Ich wollte sie schon verkaufen, aber glaubst du, jemand will sie haben?«

»Verkaufen? Aber ... Ich dachte, du machst das gern. Ich meine, der Betrieb ist doch schon seit Generationen in den Händen der Berrymores.«

»Du sprichst wie mein Vater.« Der Kellner brachte die Bestellung. Conor stürzte den Espresso hinunter, als wollte er gleich wieder gehen. Plötzlich veränderte sich sein Blick. Er legte beide Arme auf den Tisch und beugte sich zu ihr hinüber. »Könntest du dir vorstellen, die Spinnerei zu führen?«

Meinte er das ernst? Franziska war sprachlos. Kurz blitzte ein Bild vor ihrem geistigen Auge auf. Sie und Conor vor einem alten Backsteingebäude, dahinter saftig grüne Wiesen, die sich über sanfte Hügel erstreckten. Es wäre ein Neuanfang, etwas ganz anderes. Nur wollte sie überhaupt alles ändern, alles neu gestalten? Es wäre eine Flucht. Sie hatte keinen Schimmer von der Branche. Spinnereibesitzerin in Irland, das klang großartig, wenn man es bei einem Klassentreffen sagen konnte. Doch mit der romantischen Vorstellung, die eine Sekunde lang aufgetaucht war, hatte die Realität vermutlich rein gar nichts zu tun.

Conor streckte die Hand nach ihr aus und strich ihr zärtlich über die Wange. »Was meinst du, Zis, wir beide zusammen könnten den alten Laden wieder flottmachen, oder?« Endlich lag wieder dieses warme Lächeln in seinen Augen. »Der Strudel sieht gut aus«, sagte er unvermittelt. »Lass mich probieren.« Er öffnete die Lippen. Franziska schob ihm ein Stück in den Mund. »Der ist gut.« Es sah aus, als hätte Conor seinen Frust überwunden, von einem Moment zum anderen.

»Ich hatte den Eindruck, die Spinnerei läuft ganz gut. Ist es nicht so?«

»Ja, ja, ist alles super, solange meine Mutter sich noch darum kümmert. Mein Dad kann nicht mehr, er ist krank«, erzählte er. »Er hat schon zweimal versucht, sich umzubringen. Kein Wunder, die Spinnerei ist ein langweiliges Geschäft. Ich will damit nicht auch mein Leben verschwenden wie er.«

»Das tut mir sehr leid. Ich wusste nicht ...«

Er sah mit einem Mal durch sie hindurch. »Ihr habt hier einen wunderschönen Friedhof in der Stadt. Warst du mal dort?« Noch immer blickte er sie nicht an.

»Du meinst Ohlsdorf?« Er nickte abwesend. »Ich habe irgendwann mal eine Führung gemacht. Wieso?«

»Kennst du die Dichterecke? Wusstest du, dass da Schriftsteller liegen, die nicht einmal dreißig Jahre alt geworden sind? Künstler werden nicht alt, wie es aussieht. Mein Vater hat viel geschrieben, Gedichte vor allem. Er hätte etwas anderes mit seinem Leben anfangen sollen.«

»Wer weiß, ob es ihm damit besser gegangen wäre«, meinte sie und fügte in Gedanken hinzu: Oder ob er dann auch schon tot wäre. Sie fragte sich, was Conor ihr sagen wollte. Das alles ergab keinen Sinn.

»Ich bin Künstler, Zis, Musiker. Das ist mein Leben.«

»Und darin bist du gut, keine Frage. Sehr gut sogar. Deine Titel könnten der breiten Masse gefallen, glaube ich.« Sie lachte unsicher. »Ich kenne mich damit natürlich nicht aus, aber ich könnte mir vorstellen, dass du mit dem richtigen Manager, der dir viele Auftritte besorgt, auch Erfolg hättest.«

»Wenn es so einfach wäre! Es ist so gut wie unmöglich, einen guten Manager zu finden.«

»Und eine Plattenfirma? Mit deiner CD würdest du bestimmt Interesse wecken. Hast du das schon versucht?«

»Ich habe mit vielen Leuten aus dem Business gesprochen«, erklärte er ihr. »Die haben alle keine Ahnung. Die wollen mich einengen, aus mir eine Marke kreieren. Ich soll Sommerhits schreiben, so was wie Justin Timberlake.« Sein Gesicht verzog sich, als hätte ihn gerade jemand gebeten, sich eine fette Spinne auf den Arm zu setzen.

»Aber du bist doch eine Marke«, wandte Franziska ein. »Irish Angel, das ist doch nicht nur ein Künstlername. Deine melancholischen Balladen, deine rockigen Stücke, das bist doch hundertprozentig du, und das passt zu Irish Angel. Ich kann mir einfach nicht vorstellen, dass das niemand erkennt.«

»Es gab schon welche, die mich unter Vertrag nehmen wollten.« Wieder dieses verächtliche bittere Lachen. »Da hätte ich für ein lächerliches Honorar eine bestimmte Anzahl an Auftritten zusagen müssen. Und dann in kleinen Clubs oder bei Festivals, wo ich nur einen Song hätte singen dürfen. Auf keinen Fall, ich lasse mich nicht verarschen.« Franziska war irritiert. Der Kerker war nun wirklich ein kleiner Laden, und das Honorar war gleich null gewesen. Um als Künstler bekannt zu werden, musste man heutzutage wohl die eine oder andere Kröte schlucken, dachte sie. Conor hatte Chancen gehabt, wie es aussah, aber er hatte sie in den Wind geschlagen. »Am liebsten wäre ich nur draußen bei den Schafen«, sagte er plötzlich.

»Ich dachte, die Musik ist dein Leben.«

Er griff nach ihren Händen. »Du bist mein Leben.« Er lächelte und senkte den Kopf. »Das klingt komisch, ich weiß. Wir haben uns viele Jahre nicht gesehen. Zu viele Jahre.« Jetzt sah er ihr in die Augen. »Ich habe gestern gesagt, dass ich deinetwegen in Hamburg bin, und das stimmt. Gleich als die erste Mail von dir kam, habe ich mich um einen Gig hier bemüht.«

»Wie bitte? Aber du … Ich habe dir doch ziemlich schnell geschrieben, dass ich nicht mehr in Hamburg lebe. Du konntest nicht wissen, ob ich kommen würde.«

Da war wieder sein typisches Lächeln. »Doch, ich wusste es. Wir gehören zusammen, das weißt du genauso gut wie ich. Warum hättest du dich sonst gemeldet?«

»Tut mir leid, Conor, aber so war es nicht.«

Er schien sie gar nicht gehört zu haben. »Du bist meine große Liebe, Zis. Ich hatte viele Frauen, das kannst du mir glauben, jede Menge.« Das glaubte sie sofort. »Aber es gab nach dir keine, die mir etwas bedeutet hat. Und du liebst mich auch noch, Zis, das sehe ich dir an.«

»Ich bin mir nicht sicher, was ich für dich empfinde, Conor«, sagte sie langsam. »Ich weiß nicht, ob ich einfach nur bereue, damals nicht geblieben zu sein, oder ob ich dich gerade für eine gute Gelegenheit halte, mein Leben gründlich zu verändern.« Liebe Güte, was redete sie denn da? »Ich meine, das werde ich in nächster Zeit sowieso tun. Das ist gerade alles ein bisschen kompliziert.«

»Nein, Zis, ist es nicht. Komm mit mir nach Irland. Gleich morgen, wenn du willst.« Er lachte. »Oder ich bleibe hier, kein Problem.« Er hielt ihre Hände, zog sie zu sich heran und neigte sich zu ihr, bis sich ihre Nasenspitzen beinahe berührten. Er sah sie an, als er seine Lippen ganz zärtlich auf ihre legte. Franziska war wie elektrisiert. Dieser Kuss schien nie enden zu wollen. Er versetzte ihren ganzen Körper in Aufruhr. Als Conor sich irgendwann von ihr löste, flüsterte er rau: »Sag mir jetzt, dass du mich nicht liebst, und ich weiß, es ist eine Lüge.«

Der Kellner räumte ab. Conor ließ sich wieder gegen die Lehne seines Korbstuhls fallen. Franziska brannte, sie begehrte ihn mit jeder Faser ihres Körpers. Gleichzeitig steckte ein Stachel in ihren Eingeweiden. Conor wollte von seiner Musik leben, sich aber nicht an die Regeln der Branche halten. Einmal sagte er, die Spinnerei sei sterbenslangweilig, dann wieder wollte er sie mit ihr gemeinsam führen. So attraktiv er war, so wankelmütig war er. Das war nicht gerade der Mann, den sie sich für ihre Zukunft wünschte.

»Conor, ich habe dich sehr geliebt, das weißt du. Gerade in letzter Zeit habe ich mich oft gefragt, was aus uns geworden wäre, wenn ich damals mutiger gewesen und in Irland geblieben wäre. Es gab bei mir nicht so wahnsinnig viele Männer nach dir. Aber jetzt gibt es einen, der mir etwas bedeutet.« Sein Gesicht wurde in der Dauer eines Wimpernschlags fahl, seine Wangenknochen traten hervor, die vollen Lippen wurden zu schmalen Strichen.

»Warum hast du mir dann diese Nachricht geschickt?« Er funkelte sie an. Seine Stimme verriet, dass er unendlich enttäuscht war.

»Es tut mir so leid, Conor, dass du das so aufgefasst hast. Ich habe wirklich nur im Netz nachgesehen, ob ich dich finden kann, weil ich wissen wollte, wie es dir geht, ob du die Spinnerei übernommen hast, wie du wolltest. Ich … Es läuft gerade nicht so gut zwischen mir und diesem Mann. Ich gebe zu, dass ich mich gefragt habe, ob du doch der Richtige wärst.«

»Ich werde es dir beweisen, okay? Du musst mir nur die Chance geben. Lass uns in deine Wohnung gehen.« Er stand auf. »Jetzt gleich. Ich zeige dir, wie viel du mir bedeutest, wie sehr wir zusammengehören. Und dann gehen wir etwas essen und anschließend irgendwohin, wo wir über die Lichter der Stadt sehen können«, schlug er atemlos vor.

Franziska erhob sich zögerlich. »Keine gute Idee«, sagte sie und fand, es hörte sich nach der verführerischsten Idee seit Langem an. Trotzdem, verstand er unter einem Liebesbeweis etwa, sich einmal gehörig durch die Laken zu wühlen, wie Maren es ausgedrückt hatte? »Lass uns durch die Stadt ziehen und irgendwo essen gehen. Aber mehr darfst du nicht von mir erwarten, Conor. Das könnte ich Niklas nicht antun.«

Gerade noch aufgedreht, fiel er in sich zusammen. »Okay, verstehe.« Er starrte auf den Boden. Plötzlich schnappte er sich seine Tasche. »Sag mir, wo wir uns treffen, ich muss noch etwas erledigen.«

»So plötzlich?«

»Ja, es ist wichtig. Wo und wann?«

Engel

»Was ist die Weisheit eines Buchs
gegen die Weisheit eines Engels?«

Friedrich Hölderlin

Die Klingel riss Franziska aus ihren Gedanken. Warum nur hatte sie sich mit Conor doch in ihrer Wohnung verabredet? Das war gefährlich. Nicht dass sie ihm nicht traute, aber für sich selbst konnte sie nicht die Hand ins Feuer legen, wenn er sie mit diesem gewissen Blick ansah. Bei seinem geradezu überstürzten Aufbruch hatten sie besprochen, dass er zu ihr komme, da er nicht wisse, wie lange er brauchen werde. Franziska hatte während des gesamten Heimwegs gegrübelt. Was sollte sie nur von ihm halten? Einmal erklärte er ihr, mit Leidenschaft könne man alles schaffen, ein Geschäft führen und als Musiker unterwegs sein, dann war ihm die Spinnerei nur langweilige Last, die er versuchte loszuwerden. Im nächsten Moment wollte er den Betrieb mit ihr weiterführen und schon eine Sekunde später nur noch Sänger sein oder vielleicht lieber doch Schäfer. Sie kannte nicht viele Künstler, doch sie stellte sich vor, dass diejenigen, die von ihrer Musik, ihrer Malerei oder ihren Texten leben wollten, sich zumindest ein wenig an den Markt und die Nachfrage anpassen mussten. Wie es schien, gehörte Conor zu denen, die sich erst dann als Künstler empfanden, wenn sie kompliziert und unangepasst waren. Am liebsten wäre er nur draußen bei den Schafen. Von wegen. Das war doch nur Flucht.

Das passte doch alles nicht zusammen, dachte sie, als sie ihm öffnete.

Conor lehnte lässig im Türrahmen. »Hi, Baby.« Dann stieß er sich ab und trat näher. Er wirkte unsicher auf den Beinen, und seine Augen flackerten. Franziska machte einen Schritt zur Seite, damit er reingehen konnte, ohne ihr näher zu kommen. Er roch nicht nach Alkohol.

»Hast du alles erledigen können?« Sie sah verstohlen auf die Uhr. Knapp fünf, sie hätte später mit ihm gerechnet.

»Ja, alles gut. Schöne Wohnung«, rief er aus dem Wohnzimmer. »Gefällt mir gut.«

»Mir hat sie auch mal sehr gefallen, inzwischen finde ich sie ein bisschen ungemütlich.«

»Überhaupt nicht, sie ist cool.«

Franziska folgte ihm zum Fenster. »Super Ausblick.« Seine Stimme klang irgendwie merkwürdig, so schwammig.

»Wollen wir los?« Sie stand jetzt hinter ihm. »Es gibt hier ein nettes Lokal gleich um die Ecke.«

Er drehte sich um und zog sie in seine Arme. »Vorspeise?« Schon küsste er sie. Franziska spürte seine kräftigen Oberschenkel an ihren und seinen muskulösen Bauch. Dieser Kuss war nicht zärtlich wie der vorhin im Café. Er war fordernd und leidenschaftlich. Das war wieder der Conor, den sie auf der Bühne erlebt hatte. Er wusste genau, was er wollte, und er nahm es sich. Seine Hand glitt auf ihren Po und presste sie enger an sich. Er hatte Lust, das konnte er nicht verbergen. Und das wollte er auch gar nicht, im Gegenteil. Die andere Hand streichelte ihren Nacken. Seine Zunge glitt über ihre Lippen, die sich sofort öffneten. Ihr entfuhr ein Stöhnen. Er lachte ein leises tiefes Lachen. Das klang siegesgewiss, doch er hatte nicht gewonnen und würde es auch nicht. Sie hatte eine sonderbare Art, ihm das klarzumachen, indem sie mit einer Hand in seinen dicken schwarzen Haaren wühlte und mit der anderen jedes Detail seines Rückens erkundete. Sein Shirt hing locker über der Hose. Sie konnte nicht widerstehen und ließ ihre Finger darunter gleiten. Die Haut spannte sich glatt über den Muskeln. Mit einem schnellen Griff zog er ihre Bluse aus der Jeans. Sie musste ihn aufhalten, jetzt musste sie ihn endlich aufhalten. Dummerweise kannte Conor die Schalter genau, mit denen man ihren Verstand ausknipste. Während eine Hand zärtlich über ihre Wirbelsäule strich und die Fingerspitzen der anderen wie zufällig ihre Brüste berührten, küsste er ihr Ohrläppchen und den Hals. Dann kniete er vor ihr nieder, einen Arm wie ein Schraubstock um ihre Taille gelegt, und streichelte ihren Oberschenkel. Seine Zunge fuhr spielerisch über ihren Bauch, während seine Hand die Innenseite des Oberschenkels erreicht hatte.

»Conor«, stöhnte sie.

»Ja, Zis, ich bin hier.« Seine Finger öffneten routiniert den Knopf ihrer Jeans.

»Nicht, Conor«, hauchte sie. Ein schwacher Versuch.

»Falsches Wort, Baby.« Er stand auf, ohne sie loszulassen. »Mehr, Conor, wolltest du sagen, habe ich recht?« Wieder dieses selbstbewusste, höchst anziehende Lachen. »Komm mit!« Er lockerte den Griff, nahm ihre Hand und ging voraus. Offenbar hatte er vom Flur aus schon gesehen, wo das Schlafzimmer war.

»Wir sollten das nicht tun«, protestierte sie schwach. Wozu eigentlich? Um nachher sagen zu können, dass sie es nicht gewollt hatte? Das entsprach wohl nicht ganz der Wahrheit. Er ließ sie los und zog sein T-Shirt aus. Franziska stockte der Atem, dieser Körper war unglaublich. Sie ließ sich Zeit, betrachtete jeden Millimeter ausgiebig, ehe ihre Augen aufwärtswanderten, direkt in seinen spöttischen Blick. Er beobachtete sie offenbar schon eine ganze Weile, und er wusste genau, wie gut er aussah.

»Habe ich doch gestern gesagt«, meinte er schmunzelnd. »Ich habe viel dafür getan.« Das glaubte sie gerne. Ihr Blick wanderte kurz nach links und fiel auf eine kleine Ultraschallaufnahme auf dem Nachttisch.

»Conor, es tut mir leid, ich kann das nicht.« Sie drehte sich um und ging in den Flur. Sofort hörte sie Schritte hinter sich und spürte seinen kräftigen Arm, der sie von hinten umfing.

»Glaube ich nicht. Ich glaube, du bist sogar richtig gut darin. Und du willst es«, flüsterte er an ihrem Ohr. Sie hätte ihm recht geben müssen, aber dann würde er es weiter probieren und Erfolg haben.

»Nein, Conor, ich will es nicht«, brachte sie erstaunlich sicher hervor. Sie löste seinen Arm und drehte sich zu ihm um, trat aber gleichzeitig einen Schritt zurück. Was stimmte mit seinen Augen nicht? »Ich habe dir gesagt, dass es einen anderen Mann gibt. Ich gebe zu, ich bin mir im Moment nicht ganz sicher, was ich will. Aber selbst wenn ich meine Beziehung beenden sollte, würde ich nicht mit dir ins Bett gehen, solange ich keine klaren Verhältnisse geschaffen habe.« Er ließ die Schultern hängen. Sein Blick irrte an ihr vorbei. »Bitte entschuldige, wenn ich dir andere Hoffnungen gemacht habe«, flüsterte sie.

»Ist okay«, sagte er, als wäre nichts geschehen, ging ins Schlafzimmer und zog sein T-Shirt wieder über den Kopf.

»Wollen wir trotzdem noch zusammen etwas essen gehen?«, fragte sie ihn zaghaft.

»Ja, klar, warum nicht?« Seine Stimmungen wechselten schneller als Ebbe und Flut.

Als sie wenig später vor das Haus traten, hielt gerade eine junge Frau mit ihrem Fahrrad an. Sie stellte es auf dem Bürgersteig am Zaun ab und grüßte die beiden. Franziska hatte sie schon einmal gesehen. Sie wohnte anscheinend im ersten Stock. Das Rad war mit vollgepackten Seitentaschen, einem

Korb am Lenker, in dem Äpfel, Kartoffeln und irgendetwas Eingewickeltes zu erkennen waren, und einem Kindersitz beladen. Die Frau hob ihre Tochter aus dem Sitz. Dabei blieb das Mädchen unglücklich mit dem Fuß hängen, sodass das Fahrrad aus dem Gleichgewicht geriet und fiel. Es schepperte gehörig, die Klingel gab ihren Senf dazu, und das Kind fing an zu schreien.

»Ist schon gut, Süße, ist nichts passiert«, sagte die junge Mutter. »Bleibst du hier kurz stehen? Mami sammelt schnell die Einkäufe ein.« Äpfel kullerten bereits in Richtung Straße. Franziska überlegte, wie sie am besten helfen konnte. Da Conor sich sofort zu dem Mädchen hockte, machte sie sich daran, das Fahrrad aufzurichten. Eine der Seitentaschen war bei dem Sturz abgefallen. Vielleicht konnte man sie wieder befestigen.

»Danke, ist nett, wenn Sie kurz einen Blick auf meine Kleine haben«, rief die Frau Conor zu. »Ich habe gleich alles wieder zusammen.« Sie lachte.

»No problem.« Franziska beobachtete, wie Conor mit der Kleinen umging. Im Handumdrehen versiegten die Tränen, das Kind lachte wieder und war offenbar ganz begeistert von dem lustigen Mann.

»Ach je, da ist ja auch noch etwas«, sagte die junge Mutter gerade. »Wer hätte gedacht, dass Kakaobüchsen so weit rollen können!« Sie lief hinter ihren Einkäufen her. Dann geschah alles gleichzeitig. Franziska bemerkte ein schnarrendes Geräusch, Conor griff zu seinem Handy, das Mädchen rannte hinter seiner Mutter her, und ein Fahrradkurier schoss um die Ecke.

Franziska schrie: »Vorsicht!« Der Mann auf dem Rennrad fuhr einen Schlenker um das Kind, landete auf der Straße und wich in letzter Sekunde einem Auto aus, dessen Fahrer wütend hupte.

Niemandem war etwas passiert, doch Franziska war außer sich. Die junge Frau bedankte sich schmallippig und begab sich mit ihrer Tochter ins Haus. Franziska und Conor gingen schweigend weiter zu dem kleinen Lokal, das sie noch von früher kannte.

»Wie konntest du das Mädchen aus den Augen lassen?«, fragte sie, als sie an einem Ecktisch Platz genommen hatten. Das war verantwortungslos von ihm, und darüber wollte sie reden.

»Ich hatte eine Nachricht«, gab er zurück, als erklärte das alles.

»Die hätte warten können. Der Typ hätte sie um ein Haar umgenietet!«, ereiferte sie sich.

»Sei doch nicht so hysterisch, Baby! Siehst du, wir hätten doch Sex haben sollen, dann wärst du entspannter.« Franziska schnappte nach Luft. Der Appetit war ihr außerdem vergangen. Während des Essens wechselten sie kaum ein Wort. Conor stocherte ähnlich lustlos in seinem Gemüse herum wie sie. Franziska vermutete, dass er Drogen genommen hatte. Alles an ihm deutete darauf hin. Jetzt schien die Wirkung langsam zu verebben, und er fiel in seine düstere Stimmung zurück, die mittags wie eine Last auf ihm gelegen hatte.

Der Vorfall mit dem Mädchen wollte ihr nicht aus dem Kopf gehen. In der ersten Sekunde war sie von dem Anblick gerührt gewesen, den der Irish Angel und das Engelchen abgegeben hatten, aber dann? Ihr schien die Szene geradezu symptomatisch für sein ganzes Leben zu sein. Er konnte sich nicht entscheiden, machte alles gleichzeitig, aber nichts richtig, dachte sie. Okay, da konnte sie sich gut an die eigene Nase fassen, doch er war ja wohl noch schlimmer. Wirklich? Sie musste sich eingestehen, dass sie auch selten eine Sache ganz und mit ungeteilter Aufmerksamkeit machte. Vielleicht war deshalb zu Hause alles so schwierig, weil sie sich mit Geldverdienen, Ehrenamt und Rügorange verzettelte. Bald würde sie selber ein Kind haben, für das sie verantwortlich war. Wenn sie dann auch wieder hier ein bisschen wurschtelte, da etwas anfing, würde das unweigerlich zur Katastrophe führen.

»Du bist so nachdenklich.« Conor hatte sie offenbar schon eine ganze Weile beobachtet, ohne dass sie es bemerkt hatte.

»Ja.« Sie lächelte matt. »Ich glaube, ich sollte morgen nach Hause fahren, nach Rügen, und dort einiges klären.«

»Wirst du ihm sagen, dass du mich noch liebst und dass wir zusammengehören?« Sein trauriger Blick verriet, dass er nicht daran glaubte.

Sie schüttelte den Kopf. »Tut mir sehr leid, Conor.«

Er nickte langsam und schluckte. »Okay, ich wünsche dir, dass du glücklich wirst«, flüsterte er, wobei er das Du betonte. Der Vorwurf, er selbst werde niemals glücklich werden, was ihre Schuld sei, schwang darin mit. »Ist schon komisch, ich wollte nie wie mein Vater sein.« Er pustete die Luft durch die Nase. »Dabei habe ich wohl mehr von ihm, als ich wahrhaben will.«

Was sollte das denn bedeuten? Franziska wartete, doch er sagte nichts mehr dazu. Sie wollten beide kein Dessert und auch keinen Espresso mehr, sondern hatten es eilig, ins Freie zu kommen. Franziska fröstelte und zog ihre Jacke fest um sich. Und nun? Die Frage, ob sie noch irgendwo hingehen oder sich hier und jetzt verabschieden sollten, erledigte sich. Conor hob die Hand und winkte ein Taxi heran.

»Lebe wohl, Zis. Forever yours. Mir war es ernst damit.«

Sie wusste nicht, was sie sagen sollte. Da nahm er sie in den Arm und küsste sie, als brauchte er ihre Energie, um zu überleben. Ebenso plötzlich ließ er sie wieder los, drehte sich um und stieg ein. Es war wie damals. Conor floh regelrecht. Sie sah einen feuchten Glanz in seinen Augen, als das Taxi mit ihm davonfuhr. Und genau wie damals unternahm sie nichts, um ihn aufzuhalten. Es war richtig, dass er ging. Sie setzte sich langsam in Bewegung, nachdem die Rücklichter längst aus ihrem Blick verschwunden waren, und lief einen Umweg, bis ihr kalt wurde.

Franziska schaltete kein Licht an. Es dämmerte zwar ganz allmählich, doch noch konnte sie alles erkennen. Mehr wollte sie nicht. Sie stand eine Weile da und hörte ihrem zitternden Atem zu. Schließlich ging sie zum Sofa, setzte sich, zog die Knie an und umfasste ihre Beine mit beiden Armen. Ihr war noch immer kalt, also wickelte sie eine Decke um ihren Körper. Es war noch nicht besonders spät, erst kurz vor halb acht. Sie würde ihre Gedanken sortieren und dann Niklas anrufen. Anschließend würde sie ins Bett gehen und morgen zurück nach Rügen fahren. Ihr Handy brummte. Sie stand auf, ging in den Flur und kramte es aus ihrer Tasche. Bestimmt war Niklas ihr zuvorgekommen. Sie starrte auf das Display. Die Nachricht war von Conor.

»Wenn Du diese Zeilen liest, bin ich im Reich der toten Dichter, den Engeln ganz nah. Der perfekte Platz für Dein Irish Angel.«

Franziska starrte auf die Buchstaben, bis sie verschwanden. Das Display wurde dunkel. Stromsparmodus. Was hatte das zu bedeuten? Im Reich der toten Dichter, den Engeln ganz nah, wo oder was sollte das sein? Sofort hatte sie wieder seinen Blick vor sich, als das Taxi mit ihm davongefahren war, als sie ihn zum zweiten Mal verlassen hatte. Ihre Verwunderung verwandelte sich ganz allmählich in Panik, die ihre Kehle heraufkroch. Ihr kamen die Worte in den Sinn, die er über seinen Vater gesagt hatte, dass er nie so habe werden wollen wie er. Und dass er mehr mit ihm gemeinsam habe, als er sich habe eingestehen wollen.

»O Gott, bitte nicht«, flüsterte sie. Conors Vater hatte zweimal versucht, sich das Leben zu nehmen. Und Conor selbst? Er war schwermütig, daran bestand kein Zweifel. Sie sprang auf. Was sollte sie nur tun? Sie wusste nicht einmal, in welchem Hotel er wohnte. Sie griff erneut nach ihrem Handy. Fast wäre es ihr aus der Hand gerutscht. Ruhig bleiben, sagte sie sich. Wie hieß das Sprichwort noch? Wenn du es eilig hast, mach langsam! Das hatte sich schon mehr als einmal bewahrheitet. Sie las seine Nachricht wieder und wieder. Im Reich der toten Dichter. Sie kannte in Hamburg keinen Club, der so hieß. Ihr fiel lediglich ein Film ein, aber in einem Film konnte man nicht sein.

»Verdammter Mist!« Ihr stiegen Tränen in die Augen. Unvermittelt hatte sie Niklas' Stimme im Ohr, der sie gern als Stadtschluchze bezeichnete, wenn sie wegen einer rührenden Szene oder einer traurigen Stelle in einem Buch weinen musste. Eilig wischte sie sich mit dem Handrücken über die Augen. Heulen brachte sie nicht weiter. Sie musste nachdenken und handeln. Sie verdrängte den Gedanken, dass sie die Schuld an dem trug, was Conor möglicherweise vorhatte oder noch schlimmer, schon getan hatte. Reich der toten Dichter, Engeln nah. Das Reich der Toten war ein Friedhof. »Das ist es!«, rief sie und rannte los. Im Flur schnappte sie sich den Autoschlüssel und ihre Jacke gleichzeitig.

Sie fuhr die Hochallee viel zu schnell entlang und schoss über den Eppendorfer Baum. Blöder Mist, sie hätte eine Taschenlampe mitnehmen sollen. Nicht mehr lange, und es war dunkel. Alsterkrugchaussee, Maienweg. Wenigstens ging es immer nur geradeaus, daran erinnerte sie sich. Sie zwang sich, das Tempo zu drosseln. Zu ihrer Linken lag irgendwo der Flughafen. Es konnte nicht mehr weit sein. Da war das Hinweisschild. Sie bog ab, überquerte die Alster und fuhr wenig später auf einen der Parkplätze, die zu dem riesigen Areal des Ohlsdorfer Friedhofs gehörten. Das Tor war noch offen. Gott sei Dank! Nicht auszudenken, wenn sie über einen Zaun hätte klettern müssen. Es wurde immer schummriger. Den Rückweg schaffte sie bestimmt nicht mehr ohne Licht. Auf einer riesigen Tafel suchte sie nach dem Grab von Wolfgang Borchert. Er war der einzige Dichter, der ihr einfiel, der hier beerdigt und keine dreißig Jahre alt geworden war. Jetzt musste sie nur noch die Koordinaten auf dem Plan finden. Bitte, lieber Gott, lass mich nicht zu spät kommen, flehte sie still. AC 5, da war es.

Franziska rannte los. Sie hatte keinen Blick für die reich mit Skulpturen verzierten Grabstätten, an denen sie vorbeihetzte. Hohe Bäume schluckten das letzte Tageslicht. An einem Kreisel bog sie links ab. War sie hier richtig? Niklas lästerte manchmal über ihre Orientierung. Woran sollte sie sich hier auch orientieren, wenn sie sich doch nicht auskannte? Sie hatte versucht, sich die Strecke einzuprägen, aber das hier war keine Übersichtskarte, das war die Realität. Sie spürte, wie ihr die Luft knapp wurde, und verlangsamte ihren Schritt. Es half niemandem, wenn sie hier umkippte, und außerdem trug sie nicht nur für sich die Verantwortung. Auf einem Grab nahe bei einem Brunnen aus Granit thronten zwei Engel, ein majestätischer großer und ein zierliches Engelchen. Den Engeln ganz nah. Der Friedhof war riesig, und Engel gab es hier in Hülle und Fülle. Aber wenn sie nur einigermaßen richtig gelaufen war, konnte sie nicht mehr weit von der Dichterecke entfernt sein. Sie hielt sich rechts, überquerte eine Straße und sah einen Hügel, der sich schemenhaft abzeichnete. Das war richtig, sie war ganz sicher. Gerade wollte sie in einen Rundweg einbiegen, als sie eine Stimme hörte. Sie blieb stehen. Kein Zweifel, das war Conors Stimme. Sie hätte sie unter Tausenden erkannt. Ihr schossen Tränen in die Augen, so erleichtert war sie. Und während sie tief einatmete, begriff sie, dass er leise sang.

»You put roses on my grave.« Du legst Rosen auf mein Grab. Das erste Lied, das er gestern gesungen hatte. Gestern. Es kam Franziska vor, als wäre das Konzert schon Tage oder Wochen her. »Whish I could turn back time.« Sie setzte sich langsam wieder in Bewegung, Schritt für Schritt. Sie musste noch einmal mit ihm reden, ihm sagen, dass er die Zeit nicht zurückdrehen konnte, dass er nach vorne schauen und endlich eine Entscheidung für sein Leben treffen musste. An einer Weggabelung blieb sie hinter einer Säule stehen. Er saß auf einem Findling neben einem Grab. Sein Gesicht war tränennass. Er starrte vor sich hin und sang leise mit zitternder Stimme. Es betrübte sie zutiefst, ihn so verloren zu sehen. Er würde immer einen Platz in ihrem Herzen haben. Herr Meyer fiel ihr plötzlich ein, der gesagt hatte, die erste Liebe besitze immer einen Teil des Herzens. Wer auch immer danach kam, konnte nie mehr das ganze Herz haben. Wie klug dieser Herr Meyer war.

Franziska wollte gerade zu Conor gehen, um ihm genau das zu sagen, als sie Schritte hörte. Da war noch jemand um diese Zeit auf dem Friedhof unterwegs. Und dieser Jemand hatte es genauso eilig wie Franziska auf ihrem Weg hierher, wie es schien. Eindeutig, da rannte jemand. Ein Mädchen tauchte auf, blutjung, soweit Franziska das in dem spärlichen Licht erkennen konnte.

»Conor«, rief sie. »O Gott, Conor!« Sie fiel vor ihm auf die Knie und schlang die Arme um ihn. Die beiden wirkten vertraut. Franziska hielt den Atem an. Sie sollte das nicht sehen, es ging sie nichts an, sie sollte gehen. Doch sie hatte Angst, sich vom Fleck zu rühren. Conor ließ die Umarmung teilnahmslos geschehen. Irgendwann nach einer gefühlten Ewigkeit hob er die Hände wie in Zeitlupe auf den Rücken der jungen Fremden. Und dann, als wäre mit einem Schlag wieder Leben in ihn gekehrt, krallte er sich in den Stoff ihrer Jacke und presste sie an sich.

Sie würden nicht bemerken, wenn Franziska jetzt verschwand. Ganz langsam zog sie sich zurück. Conor war nicht allein. Er würde nie allein sein, wenn die Dunkelheit kam, um ihren Engel in den Abgrund zu reißen. Es würde immer ein Mädchen geben, das glaubte, ihn retten zu können.

Zurück auf dem Parkplatz, erfasste Franziska eine tiefe Ruhe. Die Andeutung eines Lächelns huschte über ihr Gesicht, und sie wischte sich über die feuchten Augen. Dann fuhr sie langsam durch das nächtliche Hamburg. Im hell erleuchteten Eingang eines Supermarktes sah sie einen Schlafsack liegen. Jemand, der kein Zuhause hatte, musste dort sein Nachtlager aufgeschlagen haben. An einer Ampel torkelte ein junges Mädchen auf die Straße, dem die Wimperntusche in schwarzen Rinnsalen über das Gesicht lief. Franziska überkam eine Abscheu, wie sie sie selten gespürt hatte. Sie wollte ihre Wohnung nicht länger. Sie war hier nicht mehr zu Hause. Als sie wenige Minuten später vor dem Haus anhielt, hatte sie mehrere Entschlüsse gefasst.

Abschied

»Das Geheimnis der Liebe
ist größer als das Geheimnis des Todes.«

Oscar Wilde

»Franziska?« Niklas richtete sich auf und tastete ein paarmal erfolglos, ehe er den Schalter der Nachttischlampe fand. »Ist was passiert?«, fragte er und blinzelte verschlafen.

Sie schlüpfte, ohne zu antworten, unter ihre Decke.

»Wie spät ist es denn?«

»Kurz nach drei. Entschuldige, dass ich dich geweckt habe.« Sie beugte sich zu ihm und gab ihm einen Kuss. »Es ist alles in Ordnung, du brauchst dir keine Sorgen zu machen. Schlaf schnell weiter.«

»Ja, gute Nacht«, murmelte er und löschte das Licht.

Franziska hatte ihren Wagen, nachdem sie vom Friedhof zurück gewesen war, einfach auf dem Bürgersteig stehen lassen, ihre Sachen zusammengepackt und Hamburg auf der Stelle den Rücken gekehrt. Ein Rat, den sie Klienten häufig mit auf den Weg gab, war, sofort mit der Umsetzung anzufangen, wenn man eine Entscheidung getroffen hatte. Nachdem ihr nach Wochen der Unsicherheit bei den toten Dichtern und dem schwermütigen irischen Engel nicht nur ein Licht, sondern ein ganzer Kronleuchter aufgegangen war, hatte sie keine Zeit mehr verlieren wollen. Sie hatte Heimweh nach Rügen gehabt, nach der Ostsee, dem Sanddorn und vor allem nach Niklas.

Als ihr Wecker nach drei Stunden piepte, war Franziska sofort munter. Sie sprang aus dem Bett, kochte Kaffee und schlug Rührei in die Pfanne.

»Guten Morgen.« Niklas kam in die Küche, gab ihr einen Kuss auf die Wange und sah sie fragend an. »Dann war das doch kein Traum, du bist echt mitten in der Nacht nach Hause gekommen. Muss ich das verstehen?«

Sie lachte. »Wohl kaum. Hauptsache, du freust dich ein bisschen.« Das hoffte sie wirklich von ganzem Herzen.

»Klar, was denkst du denn?« Er ließ sich am Küchentisch nieder. »Hier war einiges los, während du weg warst.«

»Hm, habe ich schon gehört. Ich habe einmal mit Gesa telefoniert.«

»Verstehe.« Sie stellte ihm einen Teller Ei mit Speck hin. »Danke, das ist ja mal ein opulentes Frühstück.«

»Kannst du brauchen, schätze ich. Nik, meinst du, wir könnten heute Abend in Ruhe miteinander reden, oder hast du keine Zeit?«

Er seufzte. Sie bemerkte dunkle Ringe unter seinen Augen. »Wenn heute keine neuen Katastrophen passieren, sollte ich eigentlich Zeit haben. Hat Gesa dir von der Sache mit den veganen Bärchen erzählt?« Sie nickte. »Kann sein, dass die Ergebnisse heute schon kommen. Aber ich habe echt keine Ahnung, was das dann nach sich zieht.« In Windeseile hatte er sein Rührei verdrückt. »Ich will dann mal los. Je früher ich anfange, desto größer ist die Chance, dass ich einigermaßen früh zu Hause bin.« Er küsste sie zum Abschied noch einmal auf die Wange. Niklas war verunsichert, aber das war ja auch kein Wunder. Sie hoffte inständig, dass sie am Abend endlich alles klären und dann einen Strich unter die ganze Affäre Kimberly ziehen konnten.

Voll neuer Energie kaufte sie ein und schob zwei Bleche Kuchen in den Ofen, um den Erntemannschaften die Mittagspause zu versüßen. Auch mit John, der glücklicherweise wieder topfit war, sprach sie ein paar Worte. Gesa sah sie nur von Weitem. Die Gute hielt natürlich die Kündigungsfrist ein und schuftete wie eh und je. Marianne hielt im Büro die Stellung.

»Das macht mehr Spaß, als ich gedacht hätte«, sagte sie gut gelaunt. Hatte sie etwa ein leichtes Make-up aufgelegt? »Schade, dass diese Amerikanerin nach der Ernte wieder hier sitzt. Ich würde mich sonst glatt bei meinem Sohn bewerben.«

»Wer weiß«, entgegnete Franziska nur, »vielleicht wird die Stelle ja frei.« Marianne war nun schon eine ganze Weile arbeitslos. In ihrem Alter war es nicht einfach, noch etwas zu finden. Eigentlich kein dummer Gedanke, bei Rügorange anzuheuern.

Franziska wollte wieder gehen, da hielt Marianne sie auf. »Ich würde gern mal mit dir spazieren gehen und ein bisschen klönen. Hättest du Lust?«

»Klar, gern.« Franziska war überrascht.

»Morgen so um vier, wenn ich hier Feierabend habe?«

Niklas kam tatsächlich früh nach Hause. »Ich springe schnell unter die Dusche, dann bin ich da.«

»Perfekt. Ich werfe schon mal die Nudeln ins Wasser.« Franziskas Herz klopfte wie vor dem ersten Rendezvous. Es gab Spaghetti mit Gorgonzolasoße, Niklas' Lieblingsgericht, und eine Beichte zum Dessert.

Während des Essens erzählte Niklas, dass er vom Gesundheitsamt noch nichts gehört habe. Er regte sich schrecklich über die Kamera auf, die Gesa installiert hatte, um das Büro-Monster zu überwachen.

»Ist doch nicht zu fassen. Mir will einfach nicht in den Kopf, was mit ihr los ist. So kenne ich sie gar nicht.«

»Das gehört auch zu den Dingen, die wir in Ruhe besprechen müssen«, sagte sie zaghaft. »Das war nämlich alles ganz anders, als du denkst und als Gesa dir weisgemacht hat.«

»Ach ja?« Er war alarmiert. »Dann mal los«, sagte er, erhob sich und ging ins Wohnzimmer. »Willst du ein Glas Wein?«

»Nein, danke.« Da saßen sie nun also in ihrer Villa Sanddorn. Draußen ging die Sonne so spektakulär unter, dass sie eigentlich auf der Veranda sitzen müssten. Doch sie hätten vermutlich ohnehin keinen Blick für die Schönheit. Wie sollte Franziska nur anfangen? Ihr Herz schlug ihr bis zum Hals. Am besten redete sie sich alles von der Seele, sortieren konnten sie später noch gemeinsam. »Die Kamera habe ich im Kabuff montiert«, begann sie. »Es war meine Idee.«

Niklas atmete hörbar aus. »Habe ich mir fast gedacht«, knurrte er.

»Du liegst aber falsch, wenn du denkst, dass ich eifersüchtig war. Nein, stimmt nicht, ich war eifersüchtig«, korrigierte sie. »Nur war das nicht der Grund für die Überwachungsaktion.« Sie ordnete ihre Gedanken. »Nik, ich habe Kimberly mit Georg Lehmann gesehen, deinem Konkurrenten aus Sachsen-Anhalt.«

»Ich weiß, wer Georg Lehmann ist«, entgegnete er, ohne den Blick von ihr abzuwenden. Wie sehr sie seine grauen Augen mochte. Es lag so viel Sicherheit darin.

»Klar. Kimberly hat ihn in Berlin auf der Messe kennengelernt. Sie sind in Kontakt geblieben und hier auf Rügen zusammen Tretboot gefahren. Gesa und ich haben überlegt, dass es kein Zufall sein kann, wenn dir langjährige Stammkunden plötzlich die Partnerschaft kündigen, wenn dein Sanddornnektar verunreinigt sein soll und wenn es auf dem Feld brennt. Und nun auch noch die Sache mit den gar nicht mehr veganen Bärchen. Ich fürchte, ich kenne das Ergebnis vom Gesundheitsamt jetzt schon.«

»Wie das denn?«

»Ich war außerhalb der Betriebszeiten drüben in der Produktionshalle. Kimberly war auch da, das heißt, sie hat sich gerade durch den Hintereingang verdrückt. Vor dem Bottich, in dem die Masse für die veganen Bärchen aufbewahrt wird, war weißes Pulver verstreut. Und da lag ein Papierschnipsel, die Ecke eines großen Sacks. Ich bin sicher, sie hat Gelatinepulver in den Bottich gekippt und den Leuten vom Amt einen Tipp gegeben.«

»An dem Punkt waren wir doch schon mal. Kannst du mir einen logischen Grund nennen, warum sie das alles tun sollte?«

Noch war er immerhin ruhig, doch es hatte nicht den Anschein, als ließe er sich überzeugen.

»Stimmt, wir waren schon an diesem Punkt. Leider hast du Kimberly diesen Schwachsinn mit den Reisetipps geglaubt. Erinnerst du dich an die Mail von Lehmann? Er hat ihre bisherige gute Arbeit gelobt, geschrieben, er freue sich auf die weitere Zusammenarbeit, und hat ihr signalisiert, dass ihre Gehaltsvorstellung passt. Sie hat nicht für eine Freundin angefragt, Nik. Sie hilft Lehmann, Rügorange kaputt zu machen, um dann für richtig viel Kohle bei ihm einzusteigen.« Ehe er Einspruch erheben konnte, sprach sie weiter: »Kimberly hat behauptet, Gesa würde hinter alldem stecken und es ihr nur in die Schuhe schieben, weil sie abgewiesen wurde. Du weißt, dass Gesa das niemals tun würde. Sie würde dir nie schaden. Es muss also jemand anders hinter allem stecken. Nik, Lehmann kündigt auf seiner Homepage die Eröffnung eines Sanddorn-Salons an, in dem man unter anderem ganz neue Kreationen probieren kann«, sagte sie eindringlich.

»Das hast du mir schon mal erzählt.«

»Ich habe Kimberly mit Gesas Mappe mit den Rezepten gesehen. Sie hat sie kopiert. Darum habe ich die Kamera installiert, um ihr eine Falle zu stellen. Gesa und ich haben so getan, als gäbe es ein brandneues Rezept für ein Mittelchen der ewigen Jugend. Wir wollten sie auf frischer Tat ertappen, wenn sie sich das auch noch unter den Nagel reißt und kopiert. Und das hat sie getan, Nik, sie ist uns auf den Leim gegangen.«

Die Spannung lag zäh wie Honig im Raum. Es kostete Franziska Kraft, sich davon nicht lähmen zu lassen.

»Ganz ehrlich, Ziska, ich bin sicher, dass es dafür eine Erklärung gibt. Das war bisher immer so. Deswegen will ich diese Leier einfach nicht mehr hören.«

»Dummerweise bin ich Kimberly auch auf den Leim gegangen«, sagte sie, ohne auf seinen Einwand einzugehen. »Ich muss mich bei dir entschuldigen, Nik. Ich weiß jetzt, dass du nicht mit ihr im Kino warst.«

Er lachte überrascht auf. »Ich habe mich die ganze Zeit gefragt, wie du darauf kommst. Als ob ich für so etwas im Moment Zeit hätte.«

»Sie hat mir eine angekreuzte Ankündigung des Open-Air-Kinos unter die Nase gehalten, ehe sie etwas mit dir besprechen wollte. Und dann warst du am Mittwochabend weg, ohne zu sagen, wohin du gehst. Ich habe eins und eins zusammengezählt.« Sie senkte den Blick. »Blöderweise kam dabei drei raus«, gestand sie kleinlaut.

»Sie wusste, dass ich einen Termin in Bergen habe«, begann Niklas nachdenklich. »Vielleicht wollte sie wirklich, dass du glaubst, ich würde mit ihr ausgehen. Das könnte Rache für deine Attacke gegen sie gewesen sein.«

»Oder sie will uns auseinanderbringen.« Höchste Zeit, um endlich über ihre Beziehung zu reden. »Ich habe in Hamburg jemanden getroffen, einen Freund von früher«, setzte sie an.

»Ach nee, das ist ja interessant. Davon hast du nichts erzählt. Was ist das für ein Freund?«

Sie lächelte scheu. »Conor, ein Ire, mit dem ich zusammen war, als ich in Dublin studiert habe.«

Seine Miene versteinerte. »Du unterstellst mir eine Affäre mit meiner Mitarbeiterin und fährst selbst nach Hamburg, um deinen Verflossenen zu treffen? Das glaube ich doch wohl nicht!«

»So war das nicht. Ich habe lockeren Kontakt mit ihm und wusste, dass er in der Stadt einen Auftritt hat. Er ist Musiker. Auch. Also eigentlich hat er die Spinnerei seiner Eltern übernommen.« Franziska erzählte von ihrer Zeit in Irland und von dem Gedanken, etwas ganz anderes mit ihrem Leben anzufangen, etwas, das handfester war und nicht so abgehoben wie das Coaching. »Es ist nicht so, dass ich meinen Job nicht auch gern machen würde. Es ist ein tolles Gefühl, wenn man jemandem helfen kann. Ich rette niemandem das Leben wie du damals, als ich unterhalb der Steilküste spazieren gegangen bin und von den Schlamm- und Kreidemassen beinahe erschlagen worden wäre. Aber ab und zu kann ich bei entscheidenden Weichenstellungen helfen, und das ist auch etwas wert. Nur manchmal denke ich, es ist alles so theoretisch. Manchmal möchte ich lieber etwas in der Natur machen, in der Erde buddeln, ich weiß auch nicht.«

»Du kannst jederzeit auf den Feldern arbeiten.«

»Das meine ich nicht, wobei das eine gute Erfahrung war, während der Ernte bei Wind und Wetter Stunde um Stunde draußen zu sein, Zweige zu schneiden und in die Kisten zu verfrachten.« Sie lächelte bei dem Gedanken. »Und ich könnte mir auch gut vorstellen, dass ich mir nächstes Jahr Zeit dafür nehme und in einer Mannschaft mitarbeite. Oder als Springer, wenn du willst.« Eine Weile blieb es still. »Das Wiedersehen mit Conor hat mir gezeigt, wie wichtig es ist, sich für etwas zu entscheiden, zu hundert Prozent, meine ich. Ich habe mich einfach verzettelt, wollte immer alles gleichzeitig und habe dadurch nichts ganz gemacht. Das ist einer der Gründe, warum wir so viel Stress hatten, glaube ich.« Wenn er doch nur etwas sagen würde. Aber das tat er nicht. »Ich habe meine Wohnung in Hamburg gekündigt.« Sie sah ihm in die Augen. »Sie erzeugt nur unsinnige Kosten, ich brauche keine Hintertürchen mehr.« Niklas' Lippen zuckten, er lächelte, und in seinen Augen lag ein warmer Glanz.

»Hört sich gut an«, sagte er. Das war der richtige Zeitpunkt, ihm noch etwas zu sagen. Sie holte Luft, da kam er ihr zuvor: »Es ist ganz schön spät geworden. Ich muss das jetzt erst mal alles verdauen, Ziska. Keine Ahnung, was ich davon halten soll, dass du dich hinter meinem Rücken mit deinem Ex getroffen hast.« Sie schluckte. »Hast du mit ihm geschlafen?«

»Nein!« Das war die Wahrheit, und doch brannte das schlechte Gewissen in ihrem Magen.

Er nickte. »Okay. Ich gehe jetzt schlafen. Lass mir 'n bisschen Zeit, und dann reden wir weiter, in Ordnung?« Sie nickte stumm. »Schön, dass du wieder da bist.« Er beugte sich zu ihr und küsste sie zart auf den Mund.

Die Enttäuschung darüber, dass nicht alles geklärt, nicht vergessen und vergeben war, wich am nächsten Tag Franziskas Tatendrang. Sie nahm Gesa zur Seite und redete ihr ins Gewissen, die Firma nicht zu verlassen.

»Ist lieb, Ziska, aber der Chef müsste mich schon bitten zu bleiben. Und das wird er nicht. Nee, tut mir leid, da bin ich stur.«

Sie rief Thekla an, die für Fischer Heinrich eifrig Rentenpläne schmiedete. Ob der überhaupt davon wusste? Ronja machte sich bei den Stage Kids sehr gut.

»Du wirst sie vermutlich bei eurem Saison-Abschlussfest sehen«, kündigte Thekla an, und Franziska konnte hören, wie stolz und glücklich sie war. »Wenn sie es sich nicht in letzter Sekunde anders überlegt. Ronja hat ein paar Jungs kennengelernt. Was sage ich? Junge Männer sind das. Ich fürchte, das Kind hängt zu viel mit denen rum.«

»Wahrscheinlich kommt sie ganz nach ihrer Großmutter«, warf Franziska ein.

»Du freches Ding! Das ist doch wohl etwas anderes.«

Bevor sie ihr Büro auf den neuesten Stand brachte und kalkulierte, wie viele Einnahmen im Monat sie benötigte, um über die Runden zu kommen, die Wohnungsmiete in Hamburg nicht mehr mitgerechnet, rief Franziska noch schnell bei Klaas Christensen an. Er war tatsächlich in sein neues Haus bei Neu Mukran eingezogen, völlig überstürzt. Ein zweites Zimmer sei auch schon bewohnt, erklärte er ihr in seiner unkomplizierten direkten Art. Dort lebe eine Haushälterin, die ursprünglich aus Polen stamme, aber schon länger in Deutschland tätig sei.

»Patente Deern!«, lautete sein Urteil. Für Franziska hörte sich das beinahe nach einer Pflegerin an. Es war von Anfang an seine Idee gewesen, zwei oder drei Pflegekräfte einziehen zu lassen, damit die Wohngemeinschaft der Senioren funktionieren konnte. Allerdings konnte sie sich nicht vorstellen, dass er jetzt schon eine benötigte, obwohl seine Stimme nicht so kraftvoll klang, wie sie sie kannte, und er immer wieder husten musste. Sie nahm sich vor, ihm möglichst bald einen Besuch abzustatten. Sie stellte es sich schrecklich vor, vorerst zu zweit in dem großen Haus zu wohnen, während noch an allen Ecken umgebaut wurde, Lärm und Dreck inklusive.

Ehe sie sichs versah, war es vier Uhr. Marianne kam und holte sie zu einem Spaziergang ab.

Sie bummelten die Straße an der Plantage entlang in Richtung Vitt.

»Ich mache jetzt regelmäßig Spaziergänge«, erzählte Marianne. »Das tut mir gut.«

»Man sieht dir an, dass du in letzter Zeit mehr für dich tust. Das freut mich. Du wirkst viel ...« Sie zögerte. »... zufriedener«, beendete sie den Satz.

Franziska atmete die salzige Luft ein, die vom Meer kam. Ihr Herz machte einen Hüpfer, als sie die Kapelle erreicht hatten. Es fühlte sich wunderbar an, wieder zu Hause zu sein.

Auf der Treppe, die in den Fischerort führte, seufzte Marianne. »Maren fehlt mir. Sie ist wirklich nett.«

»Ja, das ist sie. Ich hätte sie auch gern hierbehalten, aber ich bin auch sehr froh, dass sie wieder bei ihrer Familie ist. Ich glaube, sie und ihr Mann raufen sich zusammen.«

»Das ist schön.« Marianne sah sie von der Seite an. »Und was ist mit euch? Du wirst es nicht glauben, aber Niklas und ich haben in deiner Abwesenheit ein Mutter-Sohn-Gespräch geführt.« Sie lachte. Es klang nicht mehr so bitter und spöttisch, wie Franziska es von ihr gewohnt war. »Ist lange her, dass wir so offen miteinander geredet haben.« Sie hatten den Ort erreicht, grüßten Heinrich von Weitem und gingen zum Strand. Die Sonne schien, aber es fegte ein böiger Wind über den Uferstreifen. Franziska war froh, dass sie ihr Schultertuch mitgenommen hatte. »Um ehrlich zu sein, haben wir so noch nie miteinander geredet«, nahm Marianne den Faden wieder auf. »Ich wusste nicht, dass er so große Geldsorgen hat. Ich dachte immer, du hättest Kohle ohne Ende.«

»Das gibt es wohl nur im Märchen«, meinte Franziska. »Meine Ersparnisse sind durch die Sanierung und die Erweiterung der Villa ganz schön geschrumpft. Und die Auftragslage war auch nicht so doll. Als wir uns kennengelernt haben, hast du mir vorgeworfen, ich würde nur in beruflichen Fragen coachen, nicht in privaten.«

»Das war kein Vorwurf«, stellte Marianne richtig. »Ich hab's bloß nicht verstanden. Hat doch nicht jeder so einen komplizierten Job, in dem er mal Unterstützung braucht, aber ein Privatleben hat jeder. Und eine Familie. Zeige mir den, der da nicht mal die Orientierung verliert!«

Franziska schmunzelte. »Du hast ja recht, hattest du damals schon. Darum habe ich ja meine *Sprechstunde Älterwerden* gegründet und mich so viel um Leute gekümmert, die normalerweise nie zu mir gekommen wären und die mich auch nicht hätten bezahlen können. Verstehe mich bitte nicht falsch, ich finde das richtig und werde auch auf keinen Fall die Finger davon lassen, nur kann man von ehrenamtlichen Einsätzen leider nicht leben.«

Sie gingen durch den weichen Sand und kletterten über Steinfelder.

»Niklas liebt dich sehr«, sagte Marianne plötzlich. »Er bewundert dich und dein Engagement.«

»Da bin ich mir nicht mehr so sicher. Ich hatte eher den Eindruck, er ist sauer, weil ich kein Geld mehr verdiene. Na ja, längst nicht mehr so viel wie früher. Jürgen meinte auch …«

»Du darfst nicht auf Jürgen hören«, unterbrach Marianne sie barsch. »Er traut seinem jüngeren Bruder nicht über den Weg. Das ist meine Schuld.«

»Quatsch.« Franziska sah Tränen in Mariannes Augen schimmern. »Niklas ist eben ein Frauentyp und war das schon immer. Von Jürgen kann man das nicht gerade behaupten.« Sie lachte. »Daher kommt das Misstrauen, denke ich, von dieser einen unglücklichen Mädchengeschichte. Das hat doch nichts mit dir zu tun.«

»Es hat sogar sehr viel mit mir zu tun.« Marianne räusperte sich. »Ich habe meinen Söhnen ’ne Menge zugemutet. Jürgen habe ich im Stich gelassen. Als es mir gepasst hat, habe ich ihn aus seiner Familie, aus eurer Familie gerissen. Ich habe ihn dir weggenommen und gleichzeitig dich ihm. Daran hatte er schwer zu knabbern. Dafür habe ich ihm Niklas vor die Nase gesetzt.« Sie seufzte. »Und umgekehrt. Die Jungs mussten damit klarkommen. Ich habe sie nie gefragt, was sie wollen.« Ein paar Sekunden hingen beide ihren Gedanken nach. Der Sand knirschte leise unter ihren Sohlen, die Wellen klatschten an das Ufer, ein Pulk Wildgänse zog in Formation über den Himmel und erfüllte die Luft mit ihren knatternden Schreien. »Ich musste ganz schön alt werden, ehe ich kapiert habe, dass nicht immer alle anderen Schuld haben.« Sie sah Franziska kurz von der Seite an und blickte dann in die Ferne. »Na ja, für zwei erwachsene Söhne bin ich gar nicht so alt.« Sie lachte, wurde aber sofort wieder ernst. »Ich konnte diese ganzen Sprüche nie leiden. Von wegen, jeder ist seines Glückes Schmied. Oder: Es gibt nichts Gutes, außer man tut es. Dabei ist da etwas dran. Man kann nicht warten, dass andere für etwas Gutes sorgen, man muss sein Schicksal schon selbst in die Hand nehmen.«

»Ich würde sagen, das hast du gemacht, als du damals bei Nacht und Nebel von Hiddensee in den Westen abgehauen bist.«

»Das stimmt.« Sie nickte. »Hast ja recht, es ist nicht so, dass ich nie etwas mit meinem Leben angefangen habe. Nur wollte ich immer mit dem Kopf durch die Wand. Und wenn's nicht geklappt hat, wie ich es wollte, waren immer andere verantwortlich, und ich konnte mich schön immer tiefer in mein Schneckenhaus verkriechen und die Welt schlecht finden. Damit habe ich meinen Söhnen den zweiten Schlag verpasst. Das war nicht fair.« Sie machte eine längere Pause, ehe sie sagte: »Niklas hat die Plantage ganz alleine aufgebaut, ohne einen Cent von mir.« Sie lachte auf. »Ich hatte doch nix, hab mich hängen lassen, nicht gearbeitet. Der Junge war mutig und hatte Köpfchen. Er hat gespart wie verrückt und hat obendrein einen Kredit aufgenommen, den er in null Komma nichts zurückgezahlt hat. Mensch, ich habe ihn bewundert.«

»Hast du ihm das mal gesagt?«

»Jetzt gerade, als du weg warst.« Sie zuckte ein wenig hilflos mit den Schultern. »Besser spät als nie. Dass er jetzt so im Schlamassel steckt, tut mir schrecklich leid. Und ich kann ihm wieder nicht helfen. Wie gerne wäre ich jetzt wie andere Eltern und könnte sagen: Hier, Sohn, zehntausend Euro. Reicht das erst mal?«

»Ach, Marianne, in einer solchen finanziellen Lage sind längst nicht alle anderen Eltern, das kannst du mir glauben. Mach dir keine Sorgen, bei mir geht es gerade wieder bergauf. Er hat die Sanierung der Villa doch meinetwegen angepackt. Also bin ich auch diejenige, die ihm jetzt helfen muss.«

»Hm«, machte Marianne. »Er bewundert dein Engagement«, wiederholte sie. »Er würde wahnsinnig gerne sagen können: Hör auf zu arbeiten, Ziska, mach nur noch, was dir am Herzen liegt. Bloß kann er sich das nicht leisten. Das nicht und auch kein …« Sie brachte den Satz nicht zu Ende. »Das soll er dir mal schön selbst sagen.« Franziska runzelte die Stirn. Was konnte Niklas sich nicht leisten? Er hatte nie von etwas gesprochen, das er sich sehr wünschte. Ehe sie weiter darüber nachgrübeln konnte, wollte Marianne wissen, was der Arzt gesagt habe. Sie blieb stehen und sah Franziska in die Augen. »Hatte ich recht mit meiner Vermutung?«

Franziska konnte nicht anders, sie lächelte. »Ja, ich bin schwanger.« Sie hatte Marianne noch nie so strahlen sehen. Ohne ein Wort nahm diese sie in den Arm und drückte sie fest an sich. Einen Moment standen sie so da, und es fühlte sich richtig an. Dann machten sie sich auf den Rückweg.

»Niklas weiß es noch nicht, oder?«

Franziska schüttelte den Kopf. »Niemand weiß es außer uns beiden.«

»Der kriegt sich nicht mehr ein vor Freude.« Marianne schmunzelte.

»Meinst du?«

Marianne schien über etwas nachzudenken. »Ja«, sagte sie dann, »da bin ich sicher.«

Stimmen wehten zu ihnen herüber. Franziska stutzte. Ihr waren eben schon die Gestalten aufgefallen, die am Strand miteinander lachten und herumtobten. Von Weitem hatte es ausgesehen, als wären sie dabei, sich auszuziehen. So war es. Die Ersten der kleinen Gruppe waren schon im Wasser.

»Da gehen tatsächlich welche baden«, bemerkte sie. »Bei dem Wind? Die frieren sich alles ab, wenn sie rauskommen.« Sie zog ihr Tuch ein bisschen fester um den Hals.

»Hm, ist auch nicht ungefährlich«, stimmte Marianne ihr zu. »Die Strömung ist hier sowieso schon ordentlich. Bei diesem Wetter zieht's dich ganz schnell raus.«

»Anscheinend haben sie Spaß.« Franziska grinste. Das Kreischen und Quietschen war ja kilometerweit zu hören. Plötzlich klangen die Schreie aber gar nicht mehr so ausgelassen. In der nächsten Sekunde kam ihnen ein Junge entgegengerannt, der hektisch mit den Armen wedelte.

»Hilfe! Kommen Sie schnell, Hilfe!« Den kannte Franziska doch. Ja, ganz sicher, das war einer aus Florians Theatertruppe. Sie und Marianne waren automatisch schneller geworden.

»O Gott, das ist Ronja«, rief Franziska und blickte auf den Kopf, der in den grauen Wellen kurz auftauchte und wieder versank. Sie rannte los und war auch schon dabei, ihr Tuch von ihrem Hals zu zerren. Marianne war ebenfalls losgesprintet, lief an ihr vorbei und zog sich im Lauf die Jacke aus.

»Du nicht«, rief sie atemlos, »du musst auf jemand anders aufpassen.«

Franziska sah zu, wie sie aus Schuhen, Hose und Pullover schlüpfte. Eine Sekunde zögerte sie und stand starr in den Wellen, die ihre Füße umspülten. Dann stürzte sie sich kopfüber und erstaunlich elegant ins Wasser.

»Ik könnt dich übers Knie legen«, wiederholte Fischer Heinrich immerzu.

»Wirklich, Ronja, was hast du dir bloß gedacht? Wahrscheinlich hast du gar nicht gedacht«, jammerte Rosa. »Ich habe dir hundertmal gesagt, du sollst nicht ins Wasser gehen, nicht an der Stelle.« Ronja guckte so bedröppelt aus der Wäsche, dass Franziska sich fragte, wie man ihr noch eine Standpauke halten konnte.

»Du hast gesagt, ich soll nicht allein schwimmen gehen«, rechtfertigte sie sich. »Ich war nicht allein.« Sie hatte einen Sessel neben den Schaukelstuhl von Heinrich III. geschoben. Da saß sie nun und hielt die gesunde Hand des alten Mannes, der sich ein wenig an sie schmiegte.

Marianne und Thekla kamen herein. Thekla hatte Marianne trockene Sachen gegeben. Sie waren ihr viel zu groß, sie sah darin aus wie ein Clown. Heinrich brach bei dem Anblick prompt in Gelächter aus, und auch Franziska konnte sich ein Grinsen nicht verkneifen.

»Ja, ich weiß, die Hose ist ihr etwas weit, und obenrum hat sie auch nicht so viel wie ich, aber so holt sie sich wenigstens nicht den Tod«, erklärte Thekla.

»Die knalligen Farben stehen dir«, stellte Franziska fest.

»Ich weiß nicht, wie ich Ihnen danken soll«, sagte Rosa mit ihrer immer etwas zu leisen Stimme.

»Ach was, ist ja nichts passiert.« Es war deutlich zu spüren, dass Marianne kein Aufhebens wollte.

»Hätte aber können!«

»Hätte, hätte, Fahrradkette«, nuschelte Ronja.

»Was soll das eigentlich heißen«, ereiferte sich Rosa und war tatsächlich mal laut – für ihre Verhältnisse. »Das habe ich noch nie verstanden. Ist auch egal. Ich will, dass du dich nicht mehr mit diesen Leuten herumtreibst.«

»Diese Leute sind die ersten Freunde, die ich hier gefunden habe.« Ronja tätschelte Heinrich III. den Arm. »Außer dir natürlich.« Seine Lippen zuckten. »Außerdem sind einige auch bei Flori in der Theatergruppe. Du wolltest doch unbedingt, dass ich da hingehe.«

»Aber ich möchte nicht …« Weiter kam Rosa nicht.

»Nun beruhigen Sie sich doch. Ich kann mir nicht vorstellen, dass Ronja so schnell wieder Lust auf ein Bad in der Ostsee hat«, stellte Marianne fest. »Und den Gesichtern nach zu urteilen, haben die anderen auch einen ordentlichen Schreck gekriegt. Die werden in Zukunft ein bisschen vernünftiger sein.« Als Thekla und Fischer Heinrich ihr recht gaben, schluckte Rosa die Bemerkung hinunter, die sie gerade noch hatte loswerden wollen.

Marianne erhob sich. »Ich gehe jetzt nach Hause, mich umziehen. Hoffentlich treffen wir unterwegs niemanden, der mich kennt«, knurrte sie.

Niklas kam aus dem Staunen gar nicht mehr heraus, als er hörte, was geschehen war.

»Du bist ins Wasser gesprungen, echt? Ich dachte, du meidest die Ostsee wie die Scholle den Strand.«

»Im Gegensatz zu so einem ollen Fisch gehe ich nicht gleich drauf, wenn ich meine Meinung ändere. Wurde höchste Zeit, diese blöde Angst zu überwinden. Ich kann dem Mädchen dankbar sein.«

»Sie kann dir dankbar sein, sie hatte schon ordentlich Salzwasser geschluckt«, berichtete Franziska und verzog das Gesicht.

Niklas sah seine Mutter an. »Hochachtung, ehrlich, Marianne, das war eine Spitzenleistung.«

»Ich werde wohl nicht mehr erleben, dass du mich Mutti nennst oder meinetwegen Mama. Mach es bei deinen Kindern besser, wenn du mal welche hast.« Sie sah Franziska nicht an, sondern erhob sich. »Ich gehe jetzt ins Bett. Und wenn ich ehrlich bin, würde ich ganz gerne bald wieder in meinem eigenen schlafen. Meinst du, diese Amerikanerin kann bald wieder das Büro übernehmen? Ich kann natürlich auch pendeln. Auf Dauer ist ein Ferienzimmerchen jedenfalls nichts für mich.«

»Klar, das verstehe ich.« Niklas rieb sich über die Augen. »Die Ernte ist sowieso bald vorbei, den Rest schaffen wir auch ohne Kimberly. So wie sie in letzter Zeit über die Schwielen an ihren Händen klagt, ist sie wahrscheinlich froh, wenn ich sie vom Feld abziehe.«

Franziska musste sich eingestehen, dass sie schadenfroh war. »Ich kann das Büro übernehmen, ihr braucht draußen jede Hand, selbst wenn sie Schwielen hat«, warf sie ein. Das Telefon klingelte. »Ich gehe schon. Gute Nacht, Marianne. Und danke für den schönen Spaziergang.« Sie schnappte sich den Hörer. »Marold?« Am anderen Ende war eine Frauenstimme, die sie nicht kannte, eine ältere Dame offensichtlich.

»Vielleicht erinnern Sie sich an mich, ich bin eine der Kandidatinnen für Klaas' Senioren-WG.«

»Aber ja, natürlich. Wie geht es Ihnen? Wollten Sie nicht auch schon jetzt einziehen, obwohl das Haus noch gar nicht ganz fertig umgebaut ist?« Sie nickte Marianne zu, die gerade ging.

»Von wollen kann keine Rede sein, ich hab Klaas zuliebe zugesagt. Dem konnte es ja nicht schnell genug gehen.« Sie klang bedrückt. »Seinetwegen rufe ich auch an. Klaas ist krank, das wissen Sie sicher.«

»Wir haben kürzlich telefoniert, da hörte er sich nicht besonders gut an, das stimmt.«

»Es sieht gar nicht gut aus.« Ein hartes Schlucken am anderen Ende der Leitung. »Er möchte Sie aber unbedingt noch mal sehen. Jetzt schläft er. Können Sie vielleicht gleich morgen früh kommen?«

Nebel waberte über die Wittower Straße hinter Juliusruh. Franziska fröstelte. Sie hatte eilig einen Kaffee mit Niklas getrunken und war gleich aufgebrochen. Die ganze Nacht hatte sie keine Ruhe gefunden. In einem Traum war die ledrige, stets braune Haut des alten Seebären weiß gewesen wie sein Bart. Als sie genauer hingesehen hatte, erkannte sie, dass er in einem Grab lag. Daneben die Skulptur eines Engels und ein Stückchen weiter ein Findling, auf dem ein gesichtsloser Mann saß und Gitarre spielte. Sie schauderte, als sie jetzt daran dachte. Von Conor hatte sie seit seiner mysteriösen Kurznachricht nichts mehr gehört. Sie hatte das sichere Gefühl, das würde sich auch nicht ändern. Wenn sie es dabei beließ, hätten sie vermutlich keinen Kontakt mehr und würden sich auch nie wieder sehen. Schade. Andererseits konnte sie sich keine tiefe platonische Freundschaft zwischen ihnen vorstellen. Also war es besser so. Sie hatte seine Musik und eine sehr romantische Erinnerung, die ihr keiner nehmen konnte.

Als sie das Haus hinter dem Parkplatz der Feuersteinfelder erreicht hatte, legte sich eine tonnenschwere Last auf ihre Brust. Sie klingelte, und wenig später öffnete ihr eine kleine drahtige Frau, die das blond gefärbte Haar mit zwei Spangen aus dem Gesicht gesteckt hatte. Ihr Akzent verriet ihre polnische Herkunft.

»Ich sähe mall, oob er wach iist.« Alles war still im Haus. Jemand musste den Handwerkern gesagt haben, dass sie heute nicht zu kommen brauchten oder vielleicht ein paar Tage nicht. Die Polin war gleich wieder da. »Komen Sie, komen Sie, er freut sich«, sagte sie lächelnd und rollte lustvoll das R. Franziska fiel ein Stein vom Herzen. Das klang weniger dramatisch als der Anruf am Vorabend. Die Freude verging ihr, als sie Klaas zu Gesicht bekam. Sein Rücken wurde von dicken Kissen gestützt, seine Bräune, die sich in den vielen Jahren auf See eingebrannt hatte, wirkte ungesund gelblich. Das blau-weiß gestreifte Pyjama-Oberteil, das unter einem dicken Deckbett hervorlugte, sah so adrett aus, wie seine Kleidung es immer gewesen war. Als er sie erkannte, trat ein zufriedenes Lächeln auf sein Gesicht.

»Is' goot, dass du kümmst. Ik heff noch so veel to doon.«

Franziska trat an sein Bett. »Klaas Christensen duzt mich. Damit hätte ich nicht mehr gerechnet.«

»Nu kenn ik di, nu segg ik Du to di.« Er klopfte neben sich. Die kleine Bewegung schien ihn anzustrengen. Franziska hockte sich auf seine Bettkante. »Sühst du, is' man goot, dat ik so veel Damp maakt heff.« Dampf gemacht hatte er wirklich, das konnte man wohl sagen. Er lachte und bekam einen Hustenanfall. Es dauerte, ehe er wieder genug Luft hatte, um weiterzusprechen. »Wenn ik hier schon nich' leven kunn, will ik tominnst hier starven.«

»Na, na, ans Sterben wollen wir aber noch nicht denken.« Sie kämpfte gegen Tränen.

»Mööt wi sogor. De Afkaat weer schon hier, is' allens regelt.« Franziska erschrak. Er hatte sogar schon mit einem Anwalt gesprochen. Stand es wirklich so schlecht um ihn? »Dat Huus warrt 'n Stiftung, de Meden gahn in't Vermögen vun de Stiftung.« Sie verstand nicht. »Die Mieten gehen in das Vermögen der Stiftung«, sagte er Silbe für Silbe. Er atmete pfeifend aus und sprach weiter: »Ik will, dat ole Lüüd, de alleen sünd, hier 'n Tohuus finnen, in dat se leven köönt. De Regels sünd fardig, de gellen för all. De kannst ok ännern, dat versteiht sik vun sülven. Muttst kieken, wokeen hier mitenanner torechtkamen mutt.« Er schloss die Augen und verschnaufte. Franziska wollte etwas sagen, spürte aber, wie ihre Lippen zitterten. Darum hatte er es so eilig gehabt. Er wollte nicht nur für seine letzten Jahre eine Gemeinschaft zusammenbringen, die nach Regeln zusammenlebt, er wollte etwas gründen, das über seinen Tod hinaus Bestand hatte. Eine Stiftung, in der alte Leute ein Zuhause fanden, in dem sie leben konnten. Franziska legte eine Hand auf seinen Arm. Nach einer Minute sah er sie wieder aus seinen hellblauen wässrigen Augen an. »Du schüllst mit fastsetten, wokeen hier leven dröfft un wat mit dat Geld maken warrt. Versprekst mi dat?«

Und sie war diejenige, die darüber bestimmen sollte, wer in die Gemeinschaft passte, wer hier leben durfte und wie das Geld der Stiftung ausgegeben werden sollte. Sie schluckte einen Kloß hinunter, nickte und hauchte: »Ja, das verspreche ich dir.«

»Deern, du hest mi mit dien Spreekstunn bannig hölpt, dank ok! Nu negt mien Leven sik to Enn, da will ik di ok wat op'n Weg geven.«

»Ich freue mich doch, wenn ich dir geholfen habe, dafür musst du mir doch nichts geben«, stotterte sie.

»Du dörvst dat, wat an'n besten is', nie to'n Sluss laten, hörst du? Bi'n Eten geiht dat, aver nich' in't Leven. Nie nich' dat, wat an'n besten is', wat du an'n meisten wullt, verschuven.« Wieder musste er Atem schöpfen. Nichts verschieben, hämmerte es in ihrem Kopf. Wie recht er hatte. »Dat is' gefährlich, du wetst nie, wann Sluss is'.« Sie konnte nichts dagegen tun, dass ihr die Tränen nun über die Wangen liefen. »Vun mien Besitt is' noch 'n beten över. Du kriggst 'n goot Batzen vun af.« Sie schüttelte den Kopf, brachte aber kein Wort heraus. »Doch, doch, dat will ik so.« Er machte eine Pause, dann sagte er feierlich und mit rauer Stimme: »Es war mir eine Ehre und eine Freude, dir begegnet zu sein, Frau Ziska.« Franziska schluchzte und umarmte ihn. Er ließ es kurz geschehen, dann legte er eine Hand an ihre Schulter und machte ihr unmissverständlich klar, dass es genug war. »So, un ehr ik nu ok noch dat Wenen anfang, geihst du no Huus.« Er hatte sich wieder im Griff. »Wo ik nu hengah, kannst nich' mitkamen. Is' mien letzt groot Fohrt. De mutt ik alleen maken. Denn wünsch mi man 'ne gode Fohrt.« Ein glückliches Strahlen erschien auf dem schmalen Gesicht. »'n beter Teel kunn't nich' geven, nu geiht dat na mien Fru.«

Franziska stutzte, dann verstand sie. Das Ziel seiner letzten großen Fahrt war seine Frau, natürlich. »Gute Reise, Klaas«, flüsterte sie und ging.

Als Niklas am Abend in die Küche kam, war Franziska noch sehr dünnhäutig. Die Begegnung mit Klaas, die unerwartet ein Abschied gewesen war, hatte sie tief berührt und traurig gemacht.

»Gesa hat mir einen Stick auf den Schreibtisch gelegt, auf dem die Aufnahme eurer Überwachungskamera drauf ist«, begann er ohne jegliche Vorrede. »Ich wollte mir den Film nicht ansehen, weil ich es überhaupt nicht in Ordnung finde, meine Mitarbeiter zu bespitzeln. Nach allem, was du neulich gesagt hast, habe ich heute früh aber doch mal einen Blick drauf geworfen.« Sie sagte nichts, sondern ließ ihn reden. »Sie kopiert eindeutig das Rezept, das sie eigentlich nichts angeht. Zumal ihr euch ja wohl noch drüber unterhalten habt, dass das geheim ist und eingeschlossen werden muss, bis ich mit dem neuen Produkt groß rauskomme.«

»So ungefähr, ja«, bestätigte Franziska leise.

»Ich habe außerdem mal auf Lehmanns Internetseite geguckt. Da wird ein neuer Sanddorndrink angekündigt. Irgendwas mit Superfood und Weltneuheit steht da. Sieht ganz so aus, als wäre das Gesas angebliche Entwicklung.« Franziska stellte zwei Teller und eine große Schüssel Salat auf den Tisch. »Du sagst ja gar nichts.«

»Ich warte. Ich weiß ja noch nicht, welche Schlüsse du jetzt ziehst.«

»Ich fürchte, daraus kann man fast nur einen Schluss ziehen«, entgegnete er zerknirscht. »Mit den Sanddornbärchen hattest du auch recht. Es wurde Gelatine nachgewiesen. Das Ergebnis ist heute gekommen.«

»Und nun?«

»Muss ich die letzte Produktion zurückrufen. Das bringt mich nicht um, aber das schadet natürlich meinem Ruf, wenn erst Nektar verunreinigt ist und dann vermeintlich vegane Gummibärchen doch tierische Gelatine enthalten.« Er schnaubte. Alles an ihm wirkte angespannt und unsicher. »Das hätte ich von Kimberly nie gedacht. Ich habe auch noch keine Idee, was ich mit ihr machen soll. Die hat doch wieder für alles irgendeine harmlose Erklärung. Ich kann ihr ja auch nicht wirklich was beweisen, außer, dass sie ein Rezept kopiert hat, aber das allein ...« Er gab sich Salat auf den Teller. »Egal, jetzt ist Feierabend«, verkündete er demonstrativ fröhlich. »Wie war dein Tag?«

Franziska schluckte. Sofort saß der fette Kloß wieder in ihrer Kehle, der sie schon den ganzen Tag begleitete.

»Ich war bei Klaas«, brachte sie gerade noch heraus, dann brachen alle Dämme.

»Hey, was ist denn jetzt los?« Niklas kam zu ihr, und sie stand auf und schmiegte sich an ihn. Sein Körper war warm, seine Arme hielten sie sicher. Er strich ihr beruhigend über den Rücken und flüsterte ab und zu ein paar Worte des Trostes. »Ich dachte, du bist keine Stadtschluchze mehr, sondern eine kernige Landfrau«, sagte er schließlich liebevoll.

Franziska musste lachen. »Kernige Landfrau«, wiederholte sie und schüttelte den Kopf. »Da stelle ich mir eine Matrone mit Kopftuch, Schürze und Gummistiefeln vor.« Sie putzte sich die Nase. »Geht wieder, glaube ich. Lass uns mal essen, ehe das Grünzeug welk ist.« Sie setzten sich, und Franziska erzählte, was geschehen war. »Ich mag ihn einfach so gern. Er ist geradeheraus, sehr klug und warmherzig. Ich will nicht wahrhaben, dass es jetzt so schnell mit ihm zu Ende gehen soll.«

»Sagtest du nicht, er ist achtzig?«

»Wird er.« Sie holte Luft. »Würde er in ein paar Wochen. Ach Mann, heutzutage werden viele neunzig und älter.« Sie stocherte in ihrem Salat herum. »Klaas hat etwas gesagt. Er wollte mir etwas auf meinen weiteren Lebensweg mitgeben.« Sie räusperte sich. »Nik, ich möchte zwischen uns beiden endlich wieder Klarschiff haben, sozusagen. Ich will diese Spannung nicht länger ertragen müssen.«

»Nee, ich ja auch nicht.« Er suchte nach Worten.

»Ich bin schwanger«, sagte sie und sah ihn an. »Darum war mir immer so schlecht, deshalb die Kreislaufprobleme.« Sie zuckte zaghaft mit den Schultern. »Ich erwarte ein Kind.«

Er ließ die Gabel sinken. »Ganz sicher?«

Franziska nickte. »Und bevor du auch nur etwas anderes denkst: Das Kind ist von dir. Es kann von niemand anderem sein. Ich hatte nichts mit Conor. Ich habe ihn wiedergesehen, weil es gepasst hat, weil er in Norddeutschland war, das ist alles. Du weißt, wie lange das mit der Übelkeit schon ging. Es gab keinen anderen, seit wir zusammen sind. Ich bin ungefähr in der zwölften Woche, mindestens. Natürlich werde ich hier in den nächsten Tagen zu meiner Frauenärztin gehen.« Sie hatte geredet wie ein Wasserfall. Niklas sah aus, als wäre er in eine Schockstarre gefallen. »Ein Abbruch wäre noch möglich, aber ich will das Kind bekommen, Nik«, erklärte sie leise.

»Bist du wahnsinnig?« Jetzt sprang er auf, kam zu ihr und zog sie von ihrem Stuhl hoch. »Ein Abbruch kommt überhaupt nicht infrage, natürlich bekommen wir es. Das ist doch … das ist …« Er drückte sie an sich. »Ich habe mir das so gewünscht«, flüsterte er erstickt.

Franziskas Erleichterung war grenzenlos. Die Anspannung der letzten Wochen und die Distanz, die zwischen ihnen gestanden hatte, lösten sich in Luft auf. Sie begann am ganzen Körper zu zittern.

»Weit ist es mit der kernigen Landfrau wohl nicht her«, meinte sie lachend, als sie sich endlich wieder voneinander lösten.

»Wir kriegen das hin«, sagte Niklas und ging in der Küche auf und ab. »Irgendwie kriegen wir das schon hin. Es gibt ja auch Kindergeld. Ich meine, du wirst vielleicht nicht ganz aufhören können zu arbeiten, aber ...«

»Mach dir darüber keine Sorgen«, unterbrach sie ihn.

»Ich mache mir in den letzten Monaten über nichts anderes Sorgen«, rief er. Leiser setzte er hinzu: »Na ja, über fast nichts. Das ist doch mein größtes Problem, Ziska. Ich war am Mittwochabend bei diesem Finanzheini, um mich über günstige kurzfristige Kredite zu informieren. Ich muss mir mehr Spielraum verschaffen. Darum muss ich mich dringend kümmern.«

Sie sah ihn lange an. Dann ging sie wortlos hinaus in den Flur und kam mit der Ultraschallaufnahme wieder.

»Darum musst du dich demnächst kümmern.« Sie drückte ihm das kleine Bild in die Hand.

Niklas bekam große Augen. »Man kann ja schon alles erkennen. Die Füßchen, guck mal! Und die Finger. Gott, ist das winzig.« Er wischte sich mit der Hand über die Augen.

»Inselschluchze«, neckte sie ihn.

»Ich würde so gerne ... Ich hab mich bisher nicht getraut ...«, stotterte er hilflos.

Franziska nahm ihn in den Arm. »Du hast bald wieder finanziellen Spielraum. Wir haben den bald wieder.« Sie erzählte ihm, dass ein Reiseveranstalter ihr Coaching-Konzept zu wirklich guten Konditionen anbieten werde. »Und einen neuen Klienten habe ich auch. Das ist ein Manager, der das volle Programm bei mir gebucht hat – Situationsanalyse, die Richtung herausfinden, in die er zukünftig gehen will, und Strategieplanung. Da schwappen einige Euros aufs Konto.« Sie strahlte ihn an. »Und die Wohnung in Hamburg muss ich auch nicht mehr lange bezahlen. Ich bin sicher, dass schnell ein Nachmieter gefunden ist. Das heißt, die Belastung fällt wahrscheinlich weg, ehe ein volles Vierteljahr vergeht.«

»Schade, dass Gesas Spezialrezept nur eine Erfindung war. Wenn ich ein Gesundheitssäftchen auf den Markt bringen könnte, das vor Falten schützt und bis ins hohe Alter fit hält, könnte ich auch etwas beitragen.« Er sah traurig aus.

»Du arbeitest mit der Natur, da lassen sich die Erträge und Einnahmen nun mal nicht minutiös planen. Das muss ich dir doch wohl nicht sagen. Es kommen wieder bessere Ernten und damit mehr Verdienst. Das Kochbuch wird bestimmt ein Bestseller, und außerdem wirst du deinen Beitrag leisten, wie du es nennst, indem du unserem Kind da draußen alles beibringst.« Sie deutete auf das Fenster, hinter dem in der Dunkelheit die Felder ruhten. »Du hast das hier alles aufgebaut. Wenn unser Kind die Plantage und den Betrieb irgendwann mal übernehmen kann, dann ist das allein dein Verdienst.«

Die letzten Tage der Ernte waren angebrochen, das Saison-Abschlussfest rückte näher. Nicht nur das, auch die feierliche Eröffnung eines Sanddorn-Salons in Sachsen-Anhalt mit Präsentation einer Weltneuheit in Sachen Superfood stand vor der Tür. Franziska und Gesa konnten sich das nicht entgehen lassen, zumal Kimberly zufälligerweise für genau diesen Tag um Urlaub gebeten hatte. Warum wohl?

»Ich komme mit«, erklärte Niklas Franziska zwei Tage vor der geplanten Abreise.

»Lehmanns Betrieb liegt zwischen Magdeburg und Halle. Wir müssen auf jeden Fall übernachten. Das heißt, du würdest zwei Tage fehlen.« Franziska sah ihn mit großen Augen an.

»Das muss mal gehen«, sagte er entschieden. »Ich habe mit John gesprochen. Es ist ohnehin fast alles runter von den Sträuchern. Marianne besetzt das Büro noch mal, und Florian hat sich bereit erklärt, ein paar Vorbereitungen für den Saisonabschluss zu übernehmen. Ich will mit, Ziska, ich will dabei sein, wenn Kimberly vor versammelter Mannschaft überführt wird.«

Einen Tag vor der Abfahrt war Franziska noch schnell bei ihrer Frauenärztin, die ihr bestätigte, dass alles normal und sehr gut aussah. Bestens gelaunt kam sie nach Hause, stieg aus dem Auto, bog um die Ecke und stieß beinahe mit ihrem Klienten Herrn Meyer zusammen.

»Hoppla«, sagte er fröhlich. Neben ihm stand die olle Mistkowsky. Was hatten die hier zu suchen? Vor allem: Warum standen sie gemeinsam hier herum, als hätte jemand vergessen, sie wegzuräumen? »Liebe Frau Marold, meine Frau und ich machen auf der schönen Insel ein paar Tage Urlaub und dachten uns, wir überraschen Sie mit einem Besuch.«

»Überraschung gelungen«, brachte Franziska heraus. Verheiratet. Der Meyer und die Mistkowsky. Darum hatte er ein solches Geheimnis aus der Branche seiner Frau gemacht, von wegen pädagogisch im weitesten Sinne. Hätte er von einer Tanzschule gesprochen, hätte sie sofort Lunte gerochen.

»Vor allem wollen wir uns beschweren«, keifte die Mischkowsky. Ihre Haare waren offenbar kürzlich frisch blondiert worden und sahen trocken und steif aus wie ein Amselnest. »Sie raten meinem Mann und Mitarbeiter, mehr an sich zu denken, mir sagen Sie aber, ich müsse meinem neuen Buchhalter zu verstehen geben, dass er nicht nur an sich denken kann. Was denn nun?« Herr Meyer und Franziska öffneten synchron den Mund, es sprach jedoch weiterhin die Mischkowsky: »Ist Ihnen überhaupt klar, was Sie anrichten, wenn Sie so unterschiedliche Weisheiten verbreiten? Haben Sie sich je überlegt, dass Sie dabei auf Menschen treffen könnten, die miteinander zu tun haben, so wie wir?«

Allmählich fand Franziska ihre Fassung wieder. »Damit muss ich immer rechnen, liebe Frau Mischkowsky. Ich sehe darin auch kein Problem. Was ich Ihnen vermittelt habe, war beides richtig.«

»Siehst du, Liebes, das habe ich dir doch gesagt.« Herr Meyer lächelte Franziska freundlich an und erntete dafür einen scharfen Seitenblick seiner Frau.

»Wie soll das denn gehen?« Sie verschränkte die Arme vor der Brust.

»Das will ich Ihnen gern erklären. Ihr Mann liebt Sie so vorbehaltlos, dass er für Sie auch mit offenen Augen in sein Unglück laufen würde. Deshalb wollte ich, dass er mehr an sich denkt«, erklärte Franziska ruhig.

Frau Mischkowsky bekam einen seltsamen Gesichtsausdruck. »Ist das wahr, Muppi?«

Herr Meyer tätschelte ihre Knitterwange. »Aber natürlich, Liebes.«

»Und Sie als Firmenchefin müssen natürlich die Marschrichtung vorgeben, statt sich diese von einem Mitarbeiter diktieren zu lassen«, fuhr Franziska fort. »Hätten Sie bei mir ein Paar-Coaching gebucht, hätte ich als Erstes mit Ihnen beiden an der Balance zwischen den eigenen Bedürfnissen und dem Erkennen und Berücksichtigen der Bedürfnisse des Partners gearbeitet.«

»Können wir so ein Paar-Coaching denn jetzt buchen?«, fragte Herr Meyer.

»Ja, vielleicht Anfang des nächsten Jahres, wenn die Tanzkurse vor Weihnachten und Silvester alle durch sind«, schlug Frau Mischkowsky vor.

»Bedaure«, erwiderte Franziska lächelnd. »Ich werde eine kleine Pause machen.«

»Schon wieder eine Auszeit? Mus kochen und Bonbons basteln oder so was? Oder dieses Mal vielleicht Sand sieben in der Sahara?« Frau Mischkowsky lachte affektiert, erntete dafür einen strafenden Blick ihres Mannes und verstummte.

»Viel besser, ich gehe in den Mutterschutz.«

Das Meyer-Mischkowsky-Duo riss die Augen auf und reagierte zeitgleich.

»Ach, wie schön!«, rief er.

»Ach du Schreck!«, platzte sie heraus.

Während der Autofahrt zur Lehmann-Präsentation sprachen Niklas und Gesa nur das Nötigste miteinander. Es war zum Verrücktwerden, Gesa wartete auf eine Entschuldigung, und Niklas bekam einfach nicht die Kurve. Still wurde es unterwegs trotzdem nicht.

»Wenn das Kind erst mal da ist, sollen die M&Ms ruhig kommen. Zwei Wochen Paar-Coaching, da klingelt die Kasse. Und der Vorbereitungsaufwand ist auch nicht groß, weil ich die beiden schon kenne.«

»M weiblich hat übrigens im Shop meine Bilder gesehen.« Gesa grinste breit.

»Und? Jetzt spann uns nicht auf die Folter.«

»Sie will vier meiner Werke für ihre Tanzschule kaufen«, antwortete sie und setzte den arrogantesten Blick auf, den sie zustande brachte.

»Toll!«, sagte Niklas und lächelte ihr durch den Rückspiegel zu, heftete die Augen aber dann sofort wieder auf die Straße. Franziska schmunzelte.

»Es kommt noch besser«, sprudelte Gesa los. »Dieser Hallöchen-Popöchen-Holger hat mich angerufen. Eine Galeristin hat ein Bild von mir in einem leeren Haus gesehen, das er vermakelt. Wir haben uns getroffen. Davon abgesehen, dass die

Schnecke ziemlich attraktiv und alleinstehend ist, will sie eine Ausstellung mit mir machen.«

»Im Ernst? Das ist ja großartig!« Franziska war plötzlich ganz erfüllt von Wärme. Das geschah häufig in letzter Zeit. Es war aber auch zu schön, dass es endlich wieder so viele Gründe gab, sich zu freuen und zuversichtlich in die Zukunft zu sehen.

»Ja, das ist super«, erklärte Gesa leichthin. »Vor allem, weil ich ja bald richtig viel Zeit habe, wenn bei Rügorange Schluss ist. Dann kann ich mit meiner Künstlerkarriere durchstarten.« Einige Sekunden blieb es ruhig. Franziska hörte Niklas' Atmen und Gesas demonstratives Pfeifen.

»So, jetzt reicht's.« Franziska sah von einem zum anderen. »Entweder halten wir an der nächsten Raststätte an, und ihr setzt euch an einen Zweiertisch und redet miteinander, oder wir halten nur an, damit ich auf die Rückbank klettern kann. Ich halte mir auch gern die Ohren zu.«

»Wir halten nicht an«, murrte Niklas, »wir dürfen schließlich nicht zu spät kommen. Wir reden heute Abend.«

»Okay, kein Problem.« Franziska löste den Gurt.

»Was wird das?«, fragten Niklas und Gesa aus einem Mund.

»Ich kann auch während der Fahrt nach hinten krabbeln«, verkündete Franziska und machte Anstalten, über die Handbremse zu klettern.

»Halt!«, riefen sie beide wieder zugleich.

»Wenn ihr euch doch nur immer so einig wärt«, meinte Franziska seufzend.

»Ist ja schon gut, wir halten am nächsten Rastplatz an, dann könnt ihr Plätze wechseln.« Niklas warf ihr einen finsteren Blick zu.

»Gott sei Dank, ich muss nämlich auch schon wieder auf die Toilette. Das ist so bei Schwangeren«, fügte sie hinzu und grinste.

»Okay, ich entschuldige mich, dass ich dir nicht geglaubt habe, Gesa«, begann Niklas, kaum dass sie wieder auf die Autobahn fuhren. »Es tut mir echt leid. Weiß auch nicht, wieso ich dir nicht vertraut habe.«

»Das weiß ich auch nicht«, entgegnete Gesa störrisch und sah aus dem Fenster.

»Ich bitte dich um Entschuldigung«, wiederholte er. »Außerdem bitte ich dich, deine Kündigung zurückzunehmen.« Sie sah ihn an, sagte aber nichts. »Mann, Gesa, du kennst den Laden von der Pike auf. Und wir haben immer super zusammengearbeitet. Ich habe mich entschuldigt, ich war ein Idiot.«

»Stimmt«, antworteten Gesa und Franziska.

»Was muss ich denn noch tun? Dir eine Gehaltserhöhung versprechen, damit du bleibst?« Er setzte seinen Hundeblick auf. »Kriegst du, wenn ich momentan auch nicht weiß, woher ich die nehmen soll.«

»Ich will nicht mehr Geld, Chef.« Gesa schnaufte. »Ich bin total von dir enttäuscht. Keine Ahnung, ob ich das vergessen und einfach so weitermachen kann.« Eine Weile schwiegen beide. Franziska knuffte von hinten gegen den Beifahrersitz. »He!«, beschwerte Gesa sich. »Ich denk drüber nach, okay?«

»Ja, das wäre toll«, sagte Niklas erleichtert.

»Auf jeden Fall will ich mehr Freizeit, falls ich bei dir bleibe.« Ihr Ton wurde ganz weich. »Das mit der Malerei ist mir echt wichtig. Ich hätte nie gedacht, dass meine Bilder so gut ankommen.«

»Das kriegen wir schon irgendwie hin, falls du bleibst«, entgegnete Niklas. »Ich hab sowieso ein paar Ideen, wie ich den Laden umstrukturieren könnte.« Franziska und Gesa sahen ihn fragend an, doch er hüllte sich für den Rest der Fahrt zu diesem Thema in Schweigen.

Der sogenannte Sanddorn-Salon lag mitten in einem Industriegebiet neben Lehmanns Produktionshalle. Von Feldern oder Pflanzen keine Spur. Die lagen einige Kilometer außerhalb, wie die drei erfahren hatten. Schon von Weitem leuchteten ihnen orange Fähnchen und Luftballons entgegen.

»Also wie besprochen. Sobald einer Kimberly sieht, löst er Alarm aus«, erinnerte Niklas die beiden, während sie gemeinsam auf den knallig geschmückten Eingang zugingen. »Überhaupt halten wir uns, so gut es geht, im Hintergrund.«

»Aye, aye, Chef!« Gesa legte kurz die Handkante an die Stirn. »Ich bin sowieso nicht scharf drauf, mit Blondie Konversation zu machen.«

Der Salon hatte den Charme eines Labors, das durch orangefarbene Kugellampen, Barhocker mit zitronengelben Plastikschalen und Bistrotische, in deren Platten umlaufend oranges Licht eingearbeitet war, aufgelockert wurde.

»Achtung, Blondie auf drei Uhr«, zischte Franziska und drehte sich in die entgegengesetzte Richtung.

»Kleiner oder großer Zeiger?«, wollte Gesa wissen.

»Witzig!« Franziska schüttelte den Kopf. Sie verdrückten sich in eine Ecke, die hinter einer Säule, ebenfalls mit Lichteffekten verziert, versteckt lag. »Die klebt an dem Lehmann wie eine Klette«, murmelte sie. »Entweder will sie direkt in der Geschäftsleitung anfangen, wenn sie Rügorange den Rücken kehrt, oder sie hat sicherheitshalber gleich intime Bande geknüpft.«

»Ha, vielleicht ist das überhaupt die Erklärung«, warf Gesa ein. »Die wollte von vornherein Frau vom Chef werden. Bei Niklas hat sie ohne Erfolg gebaggert, also hat sie sich anderweitig orientiert. Für die nötigen Kontakte hat sie in Berlin schon gesorgt. Das nenne ich weitsichtig.« Sie zog die Augenbrauen hoch.

»Möglich wär das«, pflichtete Niklas ihr bei.

»Guckt euch das an«, raunte Franziska den beiden zu, die einen der Probiertische entdeckt und das Angebot studiert hatte. »Sie haben sich nicht einmal die Mühe gemacht, die Rezepte ein wenig abzuwandeln. Sanddorn-Birnen-Marmelade, Orangen-Sanddorn-Likör, kleine Kuchen, Torte mit Geleeboden und sogar unser Dressing.«

Gesa nickte. »Unser Quark, unsere orange Suppe, unser Punsch. Die muss sich ihrer Sache echt sicher sein. Ich meine, sie hätte doch damit rechnen müssen, dass wir ihr mächtig auf die Finger gucken.«

»Vor allem, nachdem wir sie mit ihrer Mail von Lehmann konfrontiert haben«, stimmte Franziska zu. »Sie setzt alles auf eine Karte.«

»Sehr verehrte Damen und Herren, liebe Freunde, darf ich um Ihre Aufmerksamkeit bitten?« Lehmann eröffnete die Veranstaltung. Die Gäste drängten in seine Richtung. Franziska, Gesa und Niklas ließen jeden freundlich vor. Trotzdem gelang es Franziska immer mal wieder, einen Blick auf Kimberly zu ergattern. Ihre blonden langen Haare sahen aus wie mit Klarlack besprüht, ihre Zähne ebenfalls. Sie strahlte sehr zufrieden. Wann hatte sie vor zu kündigen? Oder wollte sie weiterhin bei Lehmann die Figur im Hintergrund bleiben? Auch möglich, dass sie Rügorange zuerst zugrunde richten und dann wechseln wollte, vielleicht sogar zum nächsten Konkurrenten. Ja, sie war so etwas wie eine Schwarze Witwe, nur dass sie keine Ehemänner, sondern Firmen aus dem Weg räumte. Franziska musste schmunzeln, ihre Fantasie ging mit ihr durch. Sie hatte nicht zugehört, nahm aber an, dass sie nicht viel verpasst hatte. Jetzt wurde es allerdings interessant. »Bevor Sie sich gleich an unseren Kreationen laben können, werden diese reizenden Damen Ihnen ein ganz besonderes Schlückchen kredenzen«, kündigte Lehmann an, und seine Brust schwoll wie der Kamm dem Gockel. »Es ist der Tropfen der ewigen Jugend, eine Entwicklung, auf die wir besonders stolz sind, denn meine zauberhafte Assistentin und Lebensmittelingenieurin hat unzählige Stunden der Forschung, des Schweißes und der Tränen investiert, um die Rezeptur zu kreieren.«

»Gott, ist der schwülstig«, stöhnte Gesa.

»Geht's auch 'ne Nummer kleiner?«, knurrte Niklas und verdrehte die Augen. »Lebensmittelingenieurin! Das wüsste ich aber.«

»Ich warne Sie vor, Herrschaften«, sagte Lehmann, »der Geschmack ist ein wenig gewöhnungsbedürftig.« Er lachte süffisant. »Aber so ist es nun einmal, je bitterer die Medizin, desto wirkungsvoller.« Die Gäste sahen sich verunsichert an, einige tuschelten. »Wir wollten an keiner der kostbaren Ingredienzen sparen, die Ihnen Gesundheit und ein langes Leben schenken, lediglich am bösen Zucker.« Er wartete und reckte sich, um auch die Menschen in den hinteren Reihen sehen zu können. Franziska, Gesa und Niklas gingen in Deckung. »Ich denke, alle sind versorgt. Dann sage ich mal: Zum Wohl!«

Franziska schnupperte vorsichtig an der dicken dunkelbraunen Flüssigkeit und verzog das Gesicht. Gesa hatte nur kurz ihre Nase an das Gebräu gehalten und dann sofort dem Zettelchen ihre Aufmerksamkeit geschenkt, das zusammen mit den Gläschen verteilt worden war. Sie stutzte und brach in dröhnendes Gelächter aus. Alle drehten sich zu ihr um.

»Na, super!«, murmelte Niklas.

»Reiß dich zusammen!«, zischte Franziska. »Was ist denn so komisch?«

Gesa konnte nicht antworten. Sie wieherte so herzhaft, dass die Umstehenden teilweise einstimmten.

»Offenbar macht unser Health-Shot, wie wir das Power-Schlückchen genannt haben, nicht nur gesund, sondern auch fröhlich.« Lehmann lachte, wirkte aber ausgesprochen verunsichert. Kimberlys Lächeln war eingefroren, sie hatte Gesa erkannt.

Die schnappte nach Luft und sagte laut: »Die Wirkung wird vom GeJo-Institut Lugano bestätigt.« Sie musste schon wieder kichern. »GeJo, das bin ich, Gesa Johannsen.« Jetzt wurde Kimberly blass unter der von den Wochen auf den Feldern gebräunten Haut. »Ich habe das unter das Rezept geschrieben, das übrigens von mir stammt.« Sie sah fröhlich in die Runde. »Das war eigentlich nur so ein Gag für mich. In Lugano war ich dieses Jahr im Urlaub.« Jetzt ging ein Raunen durch die Menge, das sich schnell zu lautstarkem Protest steigerte.

»Hatte ich dir nicht gesagt, du sollst das überprüfen?« Lehmann hatte das Mikrofon vor Schreck weder ausgeschaltet noch zur Seite genommen. Erst als es schon zu spät war und die Beschimpfungen und empörten Fragen auf ihn einprasselten, bemerkte er, was er getan hatte. Mit einem Mal ertönte ein helles Klingeln. Das Stimmengewirr wurde leiser und verstummte schließlich vollständig. Gesa hielt ihr volles Gläschen mit dem Health-Shot und einen Teelöffel in den Händen.

»Tja, so kann's gehen, wenn einer eine Grube gräbt«, begann sie gedehnt und strahlte über das ganze Gesicht. »An Ihrer Stelle würde ich übrigens nicht zu viel von dem Zeug trinken, für den Fall, dass Sie es überhaupt runterkriegen. Ein bisschen Senf, ganz viel Zucker und eine ordentliche Portion Pflaumensaft sind zwar nicht gesundheitsschädigend, dürften aber stark abführend wirken. Ups, das mit dem vielen bösen Zucker hätte ich bestimmt nicht verraten dürfen.« Sie hatte unendlich viel Spaß an ihrem Auftritt und den entsetzten Mienen. »Das hier ist Niklas Ritter, mein Chef und Gründer und Leiter von Rügorange, einer Sanddornplantage auf dem nördlichsten Zipfel von Rügen. Herr Lehmann hat erzählt, dass die Ernte dieses Jahr extrem gut ausgefallen ist. Bei uns war leider das Gegenteil der Fall. Und ich kann Ihnen auch erklären, warum. Wir produzieren Bioqualität. Das heißt, wir dürfen kein Gift spritzen und sind der fiesen Fruchtfliege ziemlich ausgeliefert. Hier sieht das ein bisschen anders aus. Hier werden die Früchte ordentlich verseucht. So viel zu Gesundheit, langes Leben und all dem Quatsch.«

»Jetzt ist es aber gut, Frau Johannsen«, rief Lehmann aufgebracht.

»Nee, isses noch lange nich'«, widersprach sie ungerührt. »Wir hatten nämlich nicht nur böse Einbußen, sondern wurden auch noch beklaut und betrogen.« Diesmal ging ein entsetztes Raunen durch die Menge. Da Gesa Kimberly anstarrte, hefteten sich auch die Blicke der anderen ganz langsam auf sie. »Blondie aus California hat bei Rügorange spioniert und Rezepte geklaut. Glücklicherweise nur Entwürfe, die noch nichts getaugt haben«, sagte sie gut gelaunt. »Die ausgereiften Versionen können Sie pünktlich zu Weihnachten kaufen. *Rügorange – unsere Lieblingsrezepte* wird das Kochbuch heißen. So, Werbeblock beendet.« Einige lachten. »Sie hat uns beklaut und hat Produkte verunreinigt und manipuliert. Sie wollte Herrn Lehmann einen Konkurrenten vom Hals schaffen und dafür abkassieren. Pfui, mir würde aus diesem Laden nichts mehr schmecken.« Gesa verschränkte die Arme vor der Brust und ließ Kimberly nicht aus den Augen. Nach einer Sekunde der Stille fing jemand an zu klatschen. Ein Zweiter setzte ein, dann ein Dritter.

»Das ist ein Skandal«, brüllte Lehmann in das Mikrofon. Es gab ein hässliches Quietschen. »Ich habe davon nichts gewusst.«

Die Gäste verließen in Scharen den Sanddorn-Salon. Schließlich waren nur noch Franziska, Gesa, Niklas und zwei Journalisten übrig. Diese hatten die ganze Zeit eifrig geschrieben und Fotos gemacht und bestürmten nun den Gastgeber mit ihren Fragen.

Niklas trat zu Kimberly. »Du hast mich getäuscht, das gebe ich zu.«

»Mich auch!«, ereiferte Lehmann sich. »Mich auch, lieber Kollege.«

Niklas würdigte ihn keines Blickes. »Du hast gute Zeugnisse und Referenzen und ein einnehmendes Wesen. Darauf kann man hereinfallen. Das macht mir nicht zu schaffen. Dass ich dir aber geglaubt habe, obwohl du auch noch Gesa deinen Mist in die Schuhe schieben wolltest, das werde ich mir nie verzeihen. Gesa ist die loyalste und beste Mitarbeiterin, die man sich überhaupt nur wünschen kann. Und sie ist noch viel mehr als das, sie ist eine Freundin. Ich hoffe, Kimberly, dass du irgendwann kapierst, was du hier angerichtet hast.« Damit ließ er sie stehen und ging in Richtung Ausgang. Plötzlich drehte er sich noch einmal zu ihr um. »Ich nehme nicht an, dass du ein Zeugnis von mir haben willst. Dein Gehalt bekommst du bis einschließlich heute, obwohl du keinen Cent verdient hast. Ich hoffe, ich muss dich nie wieder auf unserer schönen Insel sehen.«

»Wie ich schon sagte: Wer anderen eine Grube gräbt …«, säuselte Gesa und folgte Niklas hocherhobenen Hauptes. Die beiden Journalisten hatten Augen und Ohren weit aufgesperrt, um nur ja nichts zu verpassen. Sie kritzelten um die Wette.

»Wir kennen Ihre Mail, Herr Lehmann, in der Sie Kimberly für die gute Arbeit loben, ihr sagen, wie sehr Sie sich auf die weitere Kooperation freuen, und dass das mit ihrer Gehaltsvorstellung klargeht. Aber das wissen Sie bestimmt. Ich habe Sie beide vor Wochen zusammen im Tretboot gesehen. Versuchen Sie also nicht, uns weiszumachen, diese Hexe hätte auch Sie getäuscht. Sie sollten sich jetzt sehr gut überlegen, was Sie den beiden Herren von der Presse erzählen.« Franziska sah Kimberly an, deren Lippen zu einem schmalen Strich zusammengepresst waren. »Mir ist in meinem Leben glücklicherweise noch nie ein Mensch über den Weg gelaufen, der so böse und skrupellos ist wie du.«

»Ich habe es dir doch schon mal erklärt. Wenn man nicht kämpft und verteidigt, was einem gehört, hat man es nicht verdient. Jeder guckt, wo er bleibt, und muss zuerst selber dafür sorgen, dass ihm etwas gehört.«

Franziska ersparte sich eine Antwort und ging.

Finale

»Alles nimmt ein gutes Ende
für den, der warten kann.«

Leo N. Tolstoi

Es war der Abend des Saison-Abschlussfestes. Die Stage Kids hatten mal wieder einen Auftritt hingelegt, der sämtliche Lachmuskeln strapaziert hatte. Niklas hatte sich vor versammelter Mannschaft noch einmal bei Gesa entschuldigt.

»Voll fies!«, beschwerte die sich. »Jetzt muss ich ja wohl weiter für dich arbeiten.« Urkomische und äußerst emotionale Momente wechselten sich ab. Um zwei Uhr nachts gingen endlich die letzten Nachtschwärmer ins Bett. Franziska und Niklas hatten nur schnell das Nötigste zusammengeräumt. Jetzt schlossen sie die Haustür hinter sich und atmeten auf.

»Geschafft!« Franziska hängte ihre Jacke an den Haken. »Es war mal wieder ein schönes Fest. Und jetzt kehrt endlich Ruhe ein.«

»Ich würde gern noch einen Schlummertrunk mit dir nehmen.« Niklas kam auf sie zu. »Dunkles Bier für mich und ein leckeres Wasser für dich. Klingt verlockend, oder?« Er zwinkerte frech.

»Pfui, kannst du gemein sein.«

Er zündete im Wohnzimmer Kerzen an, und sie kuschelten sich eng aneinander.

»Ich habe mich vor der gesamten Belegschaft bei Gesa entschuldigt, weil es um die Firma ging. Bei dir möchte ich mich unter vier Augen entschuldigen.« Franziska schluckte. Hatte er doch etwas mit Kimberly gehabt?

»Wofür?«

»Meine wirtschaftlichen Sorgen haben mich aufgefressen. Es war alles irgendwie zu viel. Trotzdem hätte ich das nie an dir auslassen dürfen.« Franziska atmete auf. »Ich wollte so gerne eine Familie gründen, hatte aber immer das Gefühl, ich kann nicht einmal zwei Personen ernähren. Das hat mich fertiggemacht. Ich dachte die ganze Zeit, wir können uns kein Kind leisten, und das ist meine Schuld.« Jetzt begriff sie, was Marianne gemeint hatte, als sie sagte, es gebe etwas, das sich Niklas sehr wünsche, aber nicht haben könne. »Dir ist kalt, oder?«

»Ein bisschen frisch«, gab sie zu. Niklas stand auf und verließ das Wohnzimmer. Als er mit ihrer Strickjacke zurückkam, war auch sie aufgestanden und hielt einen Brief in der Hand.

»Was ist das?« Er blickte irritiert auf das Kuvert.

»Ich habe mich bei einem Institut beworben. Erwachsenenbildung sozusagen. Etwas in dieser Richtung zu machen war mal mein Wunsch.« Sie wedelte mit dem Umschlag. »Die haben mich zum Vorstellungsgespräch nach München eingeladen.«

»München? Wie soll denn das gehen? Ich dachte eigentlich …«

»Ich glaube, ich habe jetzt die Chance, dass mein größter Traum in Erfüllung gehen könnte«, sagte sie sanft.

Er seufzte tief. »Okay, wenn du das so gerne willst, werden wir schon eine Lösung finden.« Er wirkte schrecklich enttäuscht. Franziska sah ihn lange an, dann ging sie ganz langsam auf die Knie.

»Was wird das?« Es war ihm sichtlich unangenehm.

»Ein Antrag. Du weißt, ich liebe den Winter und den Schnee.« Niklas runzelte irritiert die Stirn. »Aber nicht den von gestern. Der ist grau und hässlich. Den habe ich weggeschippt. Endgültig.«

»Könntest du bitte aufhören, in Rätseln zu sprechen? Und könntest du vor allem aufstehen? Das fühlt sich komisch an.«

»Ich hätte dich für emanzipierter gehalten.« Sie schmunzelte.

Niklas reichte ihr die Hand und zog sie an sich. »Oho, eine Retourkutsche! Na, da fahre ich doch mit.«

»Auch mit der Hochzeitskutsche?« Seine Mundwinkel zuckten, seine Augen bekamen einen eigenartigen Glanz. Es gab jetzt zwei Möglichkeiten. Entweder lachte er sie aus, oder er sagte Ja. »Eine Kutsche muss es meinetwegen nicht sein«, lenkte sie ein. »Aber ich möchte dich heiraten und frage dich hiermit in aller Form, ob du mein Mann werden möchtest. Das ist mein größter Traum, und ich werde mir das Beste nicht bis zum Schluss aufheben. Man weiß schließlich nie, wann Schluss ist.«

»Und München?«

Sie schüttelte den Kopf. »Ich werde nicht schon wieder etwas Neues anfangen. Schon gar nicht weit weg von dieser Insel.« Sie legte den Kopf schief. »Wenn es sein muss, bitte ich auch Marianne um deine Hand, aber ich hoffe, du ersparst mir das.«

»Ja, Franziska Marold, ich will«, sagte er leise und küsste sie. »Wo wir gerade bei Träumen sind, die man nicht aufschieben sollte«, begann er und hielt sie ganz fest. »Fischer Heinrich will tatsächlich mit Thekla nach Spitzbergen schippern. Auf lange Sicht wird er seinen Kahn und die Räucherbude aufgeben. Er hat keine Nachkommen. Ich habe mir da etwas überlegt. Vitt ist ein sehr schöner Ort, um ein Kind großzuziehen, findest du nicht?«

»Da bin ich ganz deiner Meinung. Aber was wird dann aus deiner Plantage? Ich meine, du liebst deinen Sanddorn.«

»Klar tu ich das. Aber mit dem Kahn rauszufahren, Touristen etwas von der tollen Natur hier zu erzählen, würde mir auch

Spaß machen. Und hinterher kann ich denen gleich unsere Produkte verkaufen. Oder noch besser: Wir bieten gleich noch Führungen über die Plantage und durch die Produktion an.«

»Keine schlechte Idee«, sagte sie.

»Vielleicht findet Holger sogar irgendwann ein Häuschen in Vitt für uns. Dann können wir die Villa komplett vermieten und leben unten am Strand. Hast du nicht immer gesagt, Vitt ist dein Lieblingsort der Insel?« Sie nickte. »Wir heben uns nichts mehr bis zum Schluss auf. Wir machen einfach alles, was wir wollen. Vor allem machen wir es zusammen.«

Epilog

Klaas Christensen war kurz nach Franziskas Besuch gestorben.

An einem sonnigen Oktobertag betraten sie und Niklas die Albatros, um an der Seebestattung teilzunehmen.

»Sie müssen Frau Marold sein.« Ein großer schlanker Mann mit schwarzem, von Silberfäden durchzogenem Haar reichte ihr die Hand. »Christensen. Er war mein Vater.«

»Freut mich, Sie kennenzulernen. Ich wusste gar nicht, dass er Kinder hatte.«

»Wir hatten wenig Kontakt, leider. Ich bin Anwalt und für einen international agierenden Konzern tätig. Die meiste Zeit des Jahres habe ich in den Staaten zu tun oder in Asien. Vater hat mir viel von Ihnen erzählt. Sie sind Coach, richtig?«

»Das war ich.« Sie lächelte. »Das heißt, ja, noch bin ich Coach. Aber ich suche gerade nach einer Partnerin oder einem Partner, damit ich ein bisschen kürzer treten kann. Mein Mann und ich werden ein kleines Fischlokal unten in Vitt übernehmen. Und er wird außerdem mit Touristen zum Fischen rausfahren.« Sie sah zu Niklas auf und strahlte.

Christensen sprach ein paar Worte, ehe die Urne geöffnet und die Asche über die grauen Wellen verstreut wurde. Niklas schlang den Arm um Franziska, und sie legte ihren Kopf an seine Schulter.

»Gute Reise, Vater!«, sagte Christensen.

»Ich glaube, er hat sein Ziel schon erreicht«, meinte Franziska leise und lächelte.

Rügorange

Unsere Lieblingsrezepte

Gesas Sanddorn-Birnen-Marmelade

- gut 500 g gefrorene Sanddornfrüchte oder
- 400 g Sanddornmark
- 500 – 600 g Fruchtfleisch Williamsbirne
- 500 g Gelierzucker 2:1

Entweder die aufgetauten Früchte mit etwa 50 ml Wasser aufkochen, bis sie platzen, dann durch ein Sieb in einen Topf streichen oder fertiges Mark in einen Topf geben. Mit Birne auffüllen, sodass es insgesamt 1 kg Fruchtmasse ergibt. Den Gelierzucker unterrühren, aufkochen, 3 Minuten sprudelnd kochen lassen. Gelierprobe machen und ab in die ausgekochten Gläser.

Mariannes schlanker Sanddornquark (eine Portion)

- 150 g Magerquark oder fettarmer Hüttenkäse
- 2 cl Sanddornnektar pur
- 1 TL Sanddornaufstrich

- 1 EL Milch
- Zucker, Stevia oder Ahornsirup
- Minzblätter

Quark mit der Milch glatt rühren. Nektar und Fruchtaufstrich zufügen. Zum Schluss alles mit dem Süßungsmittel der Wahl abschmecken und mit Minzblättchen dekorieren.

Franziskas kleine Sanddornkuchen

- 100 g Zucker
- 130 g Vollkornmehl
- 130 g Weizenmehl
- 250 ml Milch
- 2 Eier
- 1 EL Speiseöl
- 2 EL Sanddornaufstrich oder -konfitüre
- 1 Päckchen Backpulver
- Salz
- 250 g frische Mango
- 12 Muffin-Förmchen

Ein Muffinblech mit Papierförmchen bestücken und den Ofen auf 200 °C vorheizen. Zucker, Eier, Fruchtaufstrich bzw. Konfitüre, Milch und Öl schaumig quirlen. Mehl, Backpulver und eine Prise Salz unterheben und gut verrühren. Die Mango schälen und das Fruchtfleisch in kleine Stücke schneiden. Vorsichtig unter den Teig heben. Diesen in die Förmchen geben und gut 15 Minuten backen.

Theklas Torte

Für den Teig:

- 100 g weiche Butter
- 100 g gemahlene Mandeln
- 100 g Mehl
- 100 g Zucker
- 1 Prise Salz
- 1 Eigelb

Für den Quark:

- 50 g weiche Butter
- 150 g Zucker
- 2 Päckchen Vanillezucker
- 500 g Magerquark
- 2 Eier
- 200 g Crème fraîche
- 40 g Speisestärke
- Für den Guss:
- 150 ml Sanddornsaft
- 100 ml Apfelsaft
- 1 Päckchen Tortenguss, hell
- 2 – 3 EL Puderzucker

Die Butter mit den gemahlenen Mandeln, dem Mehl, dem Zucker, der Prise Salz und dem Eigelb verkneten, zugedeckt im Kühlschrank mindestens 30 Minuten ruhen lassen. Eine Springform mit Backpapier auslegen. Den Teig einfüllen und mit möglichst kalten Händen vorsichtig platt drücken, bis der Boden gleichmäßig bedeckt ist. Teig an den Rändern hochziehen.

Den Ofen auf 180 °C vorheizen.

Die Butter mit dem Zucker und dem Vanillezucker verquirlen und den Quark unterrühren. Die beiden Eier trennen und die Eigelbe unterziehen. Auch die Crème fraîche sowie die Speisestärke nun gut unterrühren. Die beiden Eiweiße steif schlagen und behutsam unter die Quarkmasse ziehen. Den Quark gleichmäßig auf dem Teig verteilen. Alles rund 50 Minuten backen. Für den Guss die beiden Säfte in einen Topf geben und aufkochen. Den Zucker zufügen und zum Schluss ebenfalls den Tortenguss (nach Packungsanleitung). Den Sanddornguss auf der ausgekühlten Torte verstreichen. Vor dem Genuss noch etwas kalt und vor allem fest werden lassen.

Orange Suppe, wie Fischer Heinrich sie mag

- 2 kg Hokkaido-Kürbis
- 500 g Süßkartoffeln
- etwa 1 l Gemüsebrühe
- 1 große Zwiebel
- 1 Knoblauchzehe
- Bratöl oder Butter
- etwa 100 ml Sanddornsaft ungesüßt
- Salz und Pfeffer
- nach Geschmack geräucherte Forelle oder Jakobsmuscheln

Die Zwiebel und den Knoblauch putzen, den Kürbis waschen und von den Kernen befreien, die Süßkartoffeln schälen. Alles in Würfel schneiden. Zwiebelstückchen in Öl oder Butter scharf anbraten. Hokkaido und Süßkartoffel dazugeben. Erst kurz vor dem Ablöschen die Knoblauchstückchen zufügen. Mit rund 700 ml Brühe ablöschen. Das Ganze einige Minuten köcheln lassen und anschließend mit dem Pürierstab oder im Standmixer in Suppe verwandeln. Den Sanddornsaft zugießen, dann nach gewünschter Konsistenz weitere Brühe zufügen und immer wieder durchmixen. Die Suppe mit Pfeffer und Salz abschmecken. Fischer Heinrich legt sich zum Schluss ein paar Stückchen geräucherte Forelle in den gefüllten Suppenteller, oder er brät Jakobsmuscheln an und gibt diese in die orange Suppe.

Marens Lieblingsdressing

- 100 ml Olivenöl
- 100 ml Sanddornsaft ungesüßt
- 2 – 4 EL Agavendicksaft oder Ahornsirup
- Salz und Pfeffer

Das Öl mit dem Saft kräftig verrühren, einen Schuss Wasser und zunächst 2 Esslöffel Dicksaft oder Sirup zufügen und erneut rühren. Nach Geschmack mehr Süße zugeben, zum Schluss mit Pfeffer und Salz abschmecken. Dazu passt gut ein geschmackvoller Salat mit Schafskäse, Nüssen und Schinken.

Niklas' Aufwärmpunsch für zwei

- 200 ml Apfelsaft
- 200 ml Orangensaft
- 100 ml Sanddornsaft gesüßt
- 100 ml Ingwertee ungesüßt

Zunächst den Tee kochen. Diesen dann zusammen mit den Säften heiß machen – bitte nicht kochen! Wer es sehr sauer mag, greift zu ungesüßtem Sanddornsaft. Süße Jungs und Mädels dürfen natürlich mit etwas Zucker oder Honig nachhelfen.

Gesas neueste Kreation: Orangen-Sanddorn-Likör – Achtung, stark!

- 500 ml Weingeist 96 %
- 500 ml Wasser
- 350 g Zucker
- 6 Orangen
- 100 g frische Sanddornbeeren

Die Orangen waschen und dünn schälen. Nur die orange äußere Schale verwenden, nicht den weißen inneren Teil mitnehmen. Die Beeren zusammen mit den Schalen in ein Gefäß aus Glas oder Keramik geben, mit dem Weingeist übergießen, Gefäß verschließen und für 3 Wochen kalt und dunkel aufbewahren. Nach der Wartezeit den Zucker im Wasser aufkochen, bis er sich aufgelöst hat. Die Flüssigkeit abkühlen lassen. Orangenschalen und Beeren ausdrücken, den Alkohol filtern und mit dem Zuckerwasser mischen. Abfüllen. Prost!

Danksagung

Ein herzliches Dankeschön geht dieses Mal an meine sympathische Kollegin Heike Wiechmann für eine gute Portion Inspiration zur rechten Zeit und an meinen Ehemann, der mir zu jedem Roman mindestens einen Einfall beisteuert.

Außerdem bedanke ich mich besonders bei Christine Berger vom Sanddorn-Garten Petzow (www.sanddorn-garten-petzow.de) für die Anregungen zu einigen himmlischen Rezepten und für ebenso informative wie angenehme Stunden im Grünen.

Zuletzt muss ich mich für mein miserables Plattdeutsch entschuldigen. Könnern stehen vermutlich die Haare zu Berge. Ich hoffe, es verdirbt niemandem die Freude am Buch.

Blauer Himmel, weiße Klippen
und eine Reise in die Vergangenheit

LENA JOHANNSON

Sanddornsommer

ROMAN

Stellen Sie sich vor, Sie kommen an einem strahlend schönen Sommertag auf Rügen an: Die Luft ist warm und weich auf Ihrer Haut, eine sanfte Brise weht und duftet frisch nach Salz und Meer, Sie atmen tief ein …
Genauso ergeht es Franziska, die eigentlich auf der Insel nur eine berufliche Auszeit nehmen und sich vor ihrem 30. Geburtstag neu orientieren wollte. Aber dann verliebt sie sich Hals über Kopf – nicht nur in die Schönheit Rügens. Und sie kommt einem Geheimnis auf die Spur, das sie seit ihrem zweiten Lebensjahr begleitet.

KNAUR

Wind, Wellen und der Traum
von einem anderen Leben

LENA JOHANNSON

Die Ärztin von Rügen

ROMAN

Rügen um 1890: Die junge Arzttochter Anne hat nur einen Traum – sie will in die Fußstapfen ihres Vaters treten, doch das ist zu dieser Zeit für eine Frau unmöglich. Als Assistentin ihres Vaters und des neuen Badearztes steht sie zahlreichen Patienten mit Rat und Tat zur Seite. Doch dann versagt der Arzt kläglich, und Anne wird Zeugin seines Scheiterns. Von nun an macht er Anne das Leben zur Hölle und gefährdet sogar ihre Liebe zu einem Kollegen.

KNAUR